经典传家

经典回到生活　阅读从心开始

经典传家

『经典传家』丛书遴选了清代《四库全书》的精华，而且每一种书在注释、译文、解读等方面做了大量的、扎实的工作。

——傅璇琮

国学就是中国人的学问。『经典传家』是一套非常适合大众阅读的国学经典丛书。国学的传承和发展迫切需要好的大众读本。

——毛佩琦

《四库全书》浩如烟海，真正的必读经典就这百余部。

——任德山

国学是相互通融的，切忌断章或是割裂。今人只有从《周易》等原始经典入手，才能真正找到进入国学的门径。

——刘君祖

经典传家系列丛书

图解婉约词

温庭筠 等 著

崇贤书院 释译

黄山书社

《婉约词》阅读指南

释意全面弥合古今差异

原文、说明、注释、词解、历代词评帮助读者解读经典。注音随文添加，便于连贯阅读，感受长短句中特有的音韵之美。

轻松阅读还原经典产生环境

作者简介贯穿其间，使读者了解作者的生平概况、秉性意趣，从另一个侧面帮助读者了解欧阳修、晏殊、苏轼、李清照、辛弃疾等大师巨匠。

词评

- 引述历代权威词论
- 摘录名家点评
- 辑录切中要点的精妙评价

作者简介

- 记述作者生平概况
- 简陈诗歌产生的历史和社会背景
- 尽力为读者还原作品产生的年代

选字注音

- 生僻字随文单独注音
- 反复标注加深读者记忆

说明

- 简述词牌的由来及词作背景

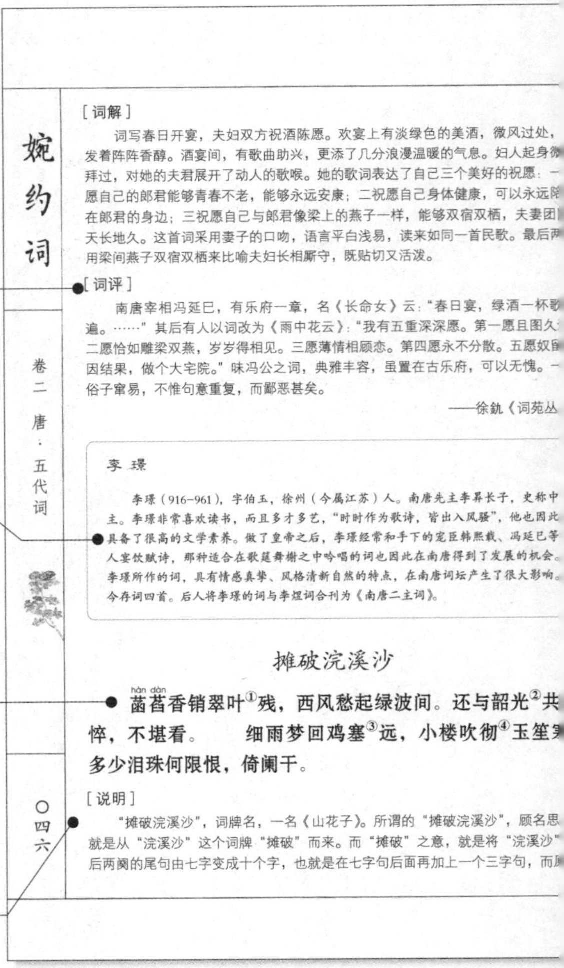
婉约词

卷二 唐·五代词

[词解]

词写春日开宴，夫妇双方祝酒陈愿。欢宴上有淡绿色的美酒，微风过处，发着阵阵香醇。酒宴间，有歌曲助兴，更添了几分浪漫温暖的气息。妇人起身微拜过，对她的夫君展开了动人的歌喉。她的歌词表达了自己三个美好的祝愿：一愿自己的郎君能够青春不老，能够永远安康；二祝愿自己身体健康，可以永远陪在郎君的身边；三祝愿自己与郎君像梁上的燕子一样，能够双宿双栖，夫妻团圆天长地久。这首词采用妻子的口吻，语言平白浅易，读来如同一首民歌。最后两用梁间燕子双宿双栖来比喻夫妇长相厮守，既贴切又活泼。

[词评]

南唐宰相冯延巳，有乐府一章，名《长命女》云："春日宴，绿酒一杯歌遍。……"其后有人以词改为《雨中花云》："我有五重深深愿。第一愿且图久二愿恰如雕梁双燕，岁岁得相见。三愿薄情相顾恋。第四愿永不分散。五愿奴因结果，做个大宅院。"味冯公之词，典雅丰容，虽置在古乐府，可以无愧。一俗子窜易，不惟句意重复，而鄙恶甚矣。

——徐釚《词苑丛

李璟

李璟（916-961），字伯玉，徐州（今属江苏）人。南唐先主李昪长子，史称中主。李璟非常喜欢读书，而且多才多艺，"时时作为歌诗，皆出入风骚"，他也因此具备了很高的文学素养。做了皇帝之后，李璟经常和手下的宠臣韩熙载、冯延巳等人宴饮赋诗，那种适合在歌筵舞榭之中吟唱的词也因此在南唐得到了发展的机会。李璟所作的词，具有情感真挚、风格清新自然的特点，在南唐词坛产生了很大影响。今存词四首。后人将李璟的词与李煜词合刊为《南唐二主词》。

摊破浣溪沙

菡萏(hàn dàn)香销翠叶①残，西风愁起绿波间。还与韶光②共悴，不堪看。　细雨梦回鸡塞③远，小楼吹彻④玉笙寒多少泪珠何限恨，倚阑干。

[说明]

"摊破浣溪沙"，词牌名，一名《山花子》。所谓的"摊破浣溪沙"，顾名思就是从"浣溪沙"这个词牌"摊破"而来。而"摊破"之意，就是将"浣溪沙"后两阕的尾句由七字变成十个字，也就是在七字句后面再加上一个三字句，而

○四六

《婉约词》阅读指南

重新发掘经典价值

通过说明、注释、词解、版画，尽力还原词作本身的美感，启迪困惑，点化人心。

珍贵版画丰富阅读线索

书中选取近两百幅珍贵版画，切合意境，诠释所选诗篇。

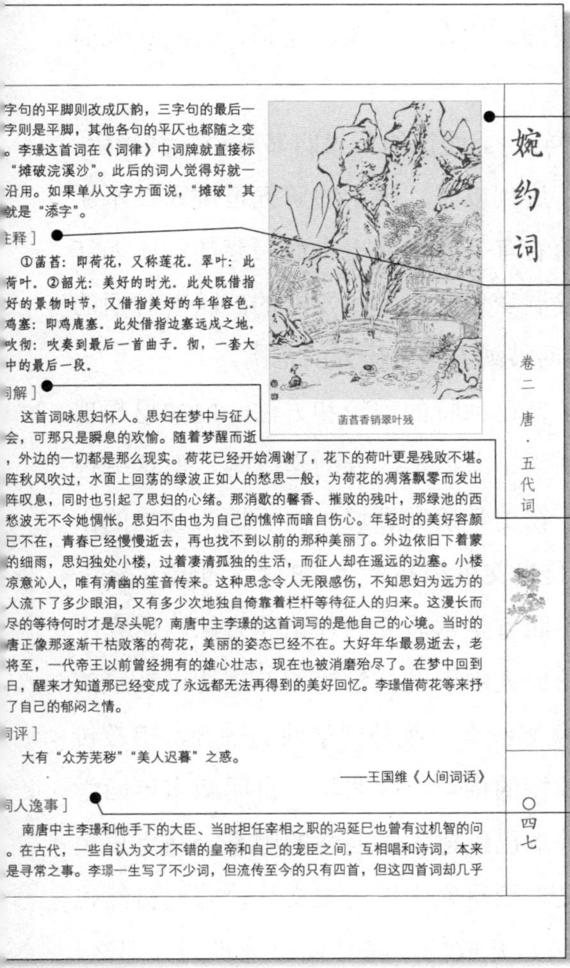

字句的平脚则改成仄韵，三字句的最后一字则是平脚，其他各句的平仄也都随之变。李璟这首词在《词律》中词牌就直接标"摊破浣溪沙"。此后的词人觉得好就一沿用。如果单从文字方面说，"摊破"其就是"添字"。

注释］

①菡萏：即荷花，又称莲花。翠叶：此荷叶。②韶光：美好的时光。此处既借指好的景物时节，又借指美好的年华容色。鸡塞：即鸡鹿塞。此处借指边塞远戍之地。吹彻：吹奏到最后一首曲子。彻，一套大中的最后一段。

菡萏香销翠叶残

词解］

这首词咏思妇怀人。思妇在梦中与征人会，可那只是瞬息的欢愉。随着梦醒而逝，外边的一切都是那么现实。荷花已经开始凋谢了，花下的荷叶更是残败不堪。阵秋风吹过，水面上回荡的绿波正如人的愁思一般，为荷花的凋落飘零而发出阵叹息，同时也引起了思妇的心绪。那消歇的馨香、摧败的残叶，那绿池的西愁波无不令她惆怅。思妇不由也为自己的憔悴而暗自伤心。年轻时的美好容颜已不在，青春已经慢慢逝去，再也找不到以前的那种美丽了。外边依旧下着蒙的细雨，思妇独处小楼，过着凄清孤独的生活，而征人却在遥远的边塞。小楼凉意沁人，唯有清幽的笙音传来。这种思念令人无限感伤，不知思妇为远方的人流下了多少眼泪，又有多少次地独自倚靠着栏杆等待征人的归来。这漫长而尽的等待何时才是尽头呢？南唐中主李璟的这首词写的是他自己的心境。当时的唐正像那逐渐干枯败落的荷花，美丽的姿态已经不在。大好年华最易逝去，老将至，一代帝王以前曾经拥有的雄心壮志，现在也被消磨殆尽了。在梦中回到日，醒来才知道那已经变成了永远都无法再得到的美好回忆。李璟借荷花等来抒了自己的郁闷之情。

词评］

大有"众芳芜秽""美人迟暮"之感。

——王国维《人间词话》

词人逸事］

南唐中主李璟和他手下的大臣、当时担任宰相之职的冯延巳也曾有过机智的问。在古代，一些自认为文才不错的皇帝和自己的宠臣之间，互相唱和诗词，本来是寻常之事。李璟一生写了不少词，但流传至今的只有四首，但这四首词却几乎

婉约词

卷二 唐·五代词

○四七

以古版画与经典图文相配

- 搜集近两百幅古代珍贵版画
- 务求切合词意，帮助读者融入词作意境

注释

- 准确、严谨，为读者排除阅读障碍

词解

- 用生动的语言翻译原作的内容
- 通过串讲、赏析，使读者更好地理解作品

词人逸事

- 收录历代笔记逸闻、传记传说
- 扩大知识范围，强调经典阅读的趣味性

总序

国学是什么？简单说，就是中国人之所以成为中国人的学问。因此，国学不仅包括数千年积累流传下来的经典，比如“四书五经”、《老子》《庄子》《孙子》《史记》《汉书》、唐诗、宋词，也包含研究中国人思维方式、生活方式、行为方式乃至娱乐方式的各种学问。广言之，国学研究的对象不仅包括文献，也包括实物；不仅包括物质文化遗产，也包括非物质文化遗产，如我国各民族的建筑、服饰、饮食、音乐、绘画、医药、戏曲等等。

国学是不断丰富、不断发展的学问。上面说的从“四书五经”到唐诗、宋词就是一个不断丰富发展的过程。近代以来，国学的研究范围还在不断地扩大，比如敦煌学、甲骨学，是随着有关文物的出土而兴起的；比如红学，是随着文学理论和学术风气的发展变化而兴起和发展的。随着时间的推移和学术的进步，必将有更多的学问被纳入国学研究的范围。

数千年来，中国人做学问形成了自己独特的理论和方法，比如思想理论、史学理论、文学理论，以及训诂学、考据学、音韵学等等。但这些理论和方法并不是一成不变的。比如，在史学研究领域，由于地下文物的出土，王国维等人提出了以地下文物与传世文献相补充互证的“二重证据法”。近代以来，西风劲吹。国人主动借鉴西方学术研究的理论和方法，研究中国学问。王国维借鉴尼采的哲学理论研究中国的文学戏剧，胡适以杜威的实验主义研究中国的“国故”。国学从来没有拒绝外国学问的融合，佛教传入中国后，经过改造，形成了中国独特的佛学、因明学；自明朝末年西学传入中国后，中国的天文学、数学等就已经融入了西学的因素。马克思主义传入中国后，不少人用马克思主义理论研究中国历史文化，它们自然也成为了国学的一部分。因此，国学又是开放的、随时代而进步的。那么，当今我们研究、振兴国学，不允许也不应该倒退，不允许也不应该僵化。

然而，国学又是与西学明显区分的。国学是西学的对应物，是与西学完全不同的学术体系。在近代，西学挟坚船利炮强势进入中国之后，中国人还视自我，对于中国固有之学问的称呼出现了中学、国故学、国粹、国学这样的名称。面对“帝国主义”的强大，中国人自愧不如，一方面拼命地学习、引进西学，另一方面拼命地贬低、抛弃国学。虽然也有一些人，如张之洞为保护中华文化之根本，提出“中学为体，西学为用”，如胡适，提出“整理国故”，以“再造文明”“建立民族自信心”，但其声音终被时代所淹没。国学一再被严重曲解和轻视，造成了中国历史文化的大断裂。也许，这一历史过程是必然的。但回顾过去，中国在走向独立富强的过程中，国学所付出的代价实在太大、太惨重了。

新中国成立后，饱受屈辱的中国人从此站立了起来，民族自信心大大加强，但没有能够及时认识到国学在新时代的重要性，甚至仅存的一点点国学遗产也进一步成为被抛弃的对象。改革开放三十年之后，走向富强的国人终于幡然醒悟，保护和振兴国学逐渐成为全民的共识。一个强大的自立于世界民族之林的国家，必然要有与之相匹配的伟大的民族文化。中国人，从领导者、学术界到普通百姓，都在重新发现国学的现代价值。同时，在走向全球化的进程中，东西方各国也把目光投向了中国。中国学问，中国的一切都在被重新评价。中国不仅为了自身的建设和发展需要从传统文化中汲取智慧，而且也面临着以优秀的中华文化向全人类贡献智慧的责任和挑战。

那么，这套经典传家丛书的编纂就是可喜的，编纂者的初衷和努力就是可敬的。希望这套丛书能发挥点滴作用，如同涓涓细水与千百万有志者的努力一道汇成大潮，去迎接中华民族的伟大复兴！

是为序。

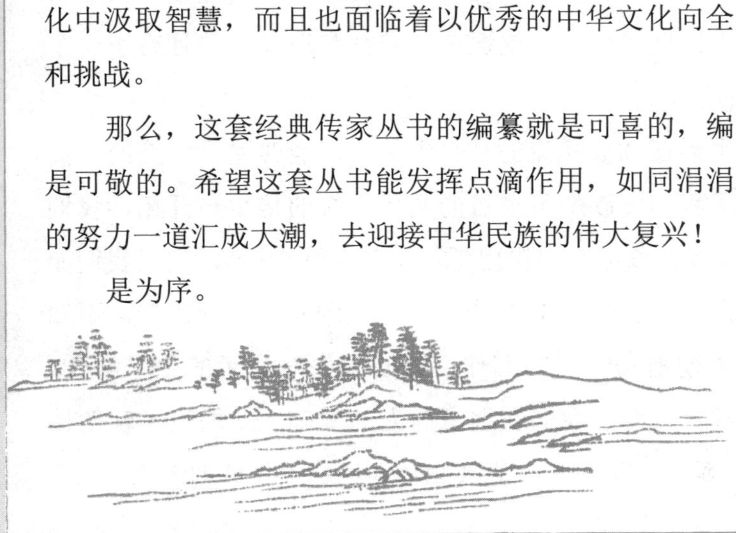

毛佩琦

二〇一五年五月

前言

婉约，是宛转含蓄的意思。婉约词舍弃了“大江东去”的豪壮俊迈，而把“杨柳岸，晓风残月”的旖旎风情发挥到了极致。爱美是人之天性。美的艺术形式，是沟通人类感情的桥梁。而创造美的意境，是婉约词的基本特征，这也使得它成为最能感化人心的文字。

著名的古典文学研究专家叶嘉莹教授曾经说过：“诗词的研究并不是我追求的目标，而是支持我走过忧患的一种力量。我们学习古典诗词，最大的好处就是让我们的心灵不死！”人生百年，几多曲折，其中的得失利害、波澜起伏我们又能控制多少？当你的人生面临着彷徨，甚至陷于困顿时，与其顾影自怜，不如仔细看看先人们为我们留下了些什么。

言情，是婉约词最经典的内容。那些只合十七八的女郎，执红牙板，浅吟低唱，其优雅宛转的词句道尽了人间的悲欢离合、喜怒哀乐，蕴含着生命的感动和召唤。在这一份跨越时空的共鸣中，积蓄了古代伟大词人的所有心灵、智慧、品格、襟怀和修养，无疑能够使得一个人超越小我生命的狭隘和无常，把目光投向更广大、更恒久的向往和追求，并且给予一个人坚强的力量和坚定的信仰。

为了使我们这些生活在物欲横流的社会中的人，能够追寻宁静的心灵空间和精神家园，为了我们民族最可宝贵的文化传统的传承与开拓，我们选取了近三百首婉约派经典作品，编辑出版了这部《婉约词》。然而我们如何能够很好地解读古人的作品呢？孟子曾经说过：“颂其诗，读其书，不知其人，可乎？”想要透彻地领悟一篇词作，就必须先对作者的生平时代、秉性意趣有相当的了解。为此，我们在继承前人的基础上，增设了辅助性条目，通过作者简介、词人逸事等等，真实立体地还原了作者的形象。

此外，注释、词解、词评等项目也为读者扫除了难解字词、古今异义、历史常识等阅读障碍，力求使作者自身的心境以及当时的时代背景、习俗环境全面地呈现在读者面前。

由于古今语言的变化，词作中难免保留有很多生僻字，很容易造成阅读的断续，严重影响了长短句中特有的音韵之美。为此，我们随文增加了大量注音，很好地解决了读者诵读方面的困难。生僻字的反复标注也有效地加深了阅读的记忆，解决了这一长期困扰读者的问题。

为了使读者最大限度地理解词意，我们还选取了近两百幅与正文相契合的珍贵古版画，以古人的手笔进一步阐释词中的意境，在帮助读者还原词人本心的同时，也使阅读变成了一件赏心悦目的事情。

百家讲坛的主讲人于丹在和叶嘉莹先生的一次对话中曾经感叹，看到诗词作为一种生活方式，可以让人如此自信，如此优雅，觉得这种人格的境界特别令人心向往之。那穿越生命的词句可以赋予我们生生不已的感动，唤起一种活泼开放的精神，那将是无尽的愉悦和美的享受。那么，就让我们携手，一起走近婉约词，来仔细体味那蕴藉旖旎的风致。

崇賢書院

目　录

晏几道

苏 轼

卷四 金·元·明·清词

卷一 敦煌曲子词

敦煌曲子词简介

清光绪二十六年（1900），在甘肃敦煌藏经洞中，发现了大约写作于公元 8 世纪至 10 世纪之间的唐、五代的曲子词抄本，其中除少数可考知作者的文人词外，绝大多数是无名氏的作品，包括部分民间创作。从形式上看，既有小令，也有长调；从内容上看，既有描写男女情爱的风月之作，也有“边客游子之呻吟，忠臣义士之壮语，隐君子之怡情悦志，少年学子之热望与失望，以及佛子之赞颂，医生之歌诀”；从风格上看，既有婉约词之形貌，也有豪放词之雏形。敦煌曲子词具有极为鲜明的个性特色和十分浓郁的生活气息，反映出词最初从民间兴起时那种原汁原味的形态，对我们了解词由俗到雅的发展历程、欣赏词的意境之美，有重要作用。今天我们所能见到的敦煌曲子词辑本，主要有王重民的《敦煌曲子词集》、饶宗颐的《敦煌曲》、任二北的《敦煌歌辞总编》等等。

鱼美人①

东风吹绽海棠开，香榭满楼台②，香和红艳③一堆堆④。又被美人和枝折⑤，坠金钗⑥。　金钗钗上缀（zhuì）芳菲⑦，海棠花一枝。刚被⑧蝴蝶绕人飞，拂下深深红蕊⑨落，污奴⑩衣。

拂下深深红蕊落

［说明］

这首词是敦煌曲子词中描写美人的名篇。作者是一位无名氏，其生活年代和生平事迹已不可考。

［注释］

①法国巴黎国家图书馆所藏的原墨迹中，标题为“鱼美人”。即词牌《虞美人》。

②“香榭满楼台”的正确顺序应该为“香满榭楼台”，颠倒顺序是出于押韵的需要，同时也是为了让语气更加舒畅，便于自由地进行歌咏吟唱，也表现出民间词活泼俏皮的特点。此处的“香榭”意思是说海棠花的香气充满了整座台榭。榭，修建于很高的土台上、没有围墙的木屋，又称台榭。③红艳：此处指海棠花。④一堆堆：即一簇簇，形容海棠花非常繁盛和茂密。⑤和枝折：连枝带花一起折下来。⑥坠金钗：指插在鬓角的金钗掉了下来。⑦缀：点缀，妆点。芳菲：海棠花。⑧刚被：偏偏被，硬是被。⑨深深：意思是“纷纷”。红蕊：即“黄蕊”，指淡黄色的花蕊。⑩奴：古代女子的自称。

[词解]

春天来了，东风吹裂了蓓蕾，催开了海棠，大地一片欣欣向荣的景象。海棠花的香味飘满了整个台榭，让人感到无限温馨，不禁陶醉在大自然的美景中。海棠花这样的香，这样的艳，春意又是这样的浓，使美人在这美景中久久驻足，不愿离去。如果能永远留住这美丽的时刻该多好啊！让这美景永远不会消逝，让这香飘四溢的海棠永远不会凋零，相随美人左右。“花开堪折直需折，莫待无花空折枝”，出于对海棠的怜爱，美人顿生了攀折之心。但只有花一朵，又能使海棠的美丽灿烂维持多久呢？不如连枝折下，好让这美丽与美人长相陪伴。美人挽起衣袖连枝折花，因用力过大，不觉头髻上的金钗掉落了。金钗掉落又何须惆怅呢，这满园的春意与芬芳已经被美人采撷入怀了。

带着万分喜悦之情，美人一面嗅着折下来的海棠花，对它嗅了又嗅，看了又看，爱不释手，一面低身捡起坠落的金钗。她把海棠缀在钗上，把这精心装饰过的金钗重新戴回头上，不觉感到无限欢欣。花面交相辉映，美人在园中不禁翩翩起舞，顿时令园中的景色美不胜收。这美丽招来了翩翩的蝴蝶，蝴蝶绕着美人飞舞。美人扑蝶，花粉便拂落到美人的彩衣上，弄脏了美人的衣服。美人轻轻的一拂、微微的一嗔，使她娇媚的神态尽显。

[词评]

《鱼美人》一首，书法在诸曲子词卷中为最佳，惜亦不著撰人姓氏。

——王重民《引用敦煌卷子号码及收藏记》

菩萨蛮

枕前发尽千般愿①，要休②且待青山烂。水面上秤锤浮，直待黄河彻底枯。　白日参辰③现，北斗④回南面。休即未能休，且待三更见日头。

[说明]

这首词是唐代一位无名词人的手笔，写的是一个深陷爱河的人向恋人的告白。

他对恋人发出了火热的誓言，来表明自己坚贞的爱意，这些誓言，全都是用一连串非常奇特、充满想象力的比喻句组成的，可以说极富独创性，这也让这篇抒情的小词成了唐代文化宝库中的一颗璀璨的明珠。读完这首词，就让人忍不住想起了汉代民歌《上邪》。

[注释]

①愿：誓。发愿，即发誓，是唐代俗语。②休：休弃，断绝。③参辰：同“参商”。参星和商星此出彼没，互不相见。④北斗：也叫“北斗七星”，即天枢、天璇、天玑、天权、玉衡、开阳、摇光，其斗柄永远指向北方。此处“北斗”意指斗柄。

[词解]

当爱情的火花点燃了两颗年轻的心，整个世界似乎都是为他们而存在，为他们而永恒。在“枕前”两人结为连理的幸福时刻，作者热切地希求两人能够像此时一样永远相偎相依，相亲相爱。她的情感如此热烈，在心里暗暗发尽了千般的誓愿来表达自己此时此刻的心情。青山不老，绿水长流，在古人的心目中，山河是永恒的象征。词人说，要让他们的感情断绝，除非青山枯烂，除非水面上能浮起重重的秤砣，除非黄河的水彻底干涸。但这些都是不可能发生的，词人用不可能发生的事情来表明自己对这段感情的忠贞不渝与对情人的一片痴心。如果这些还不足以表明词人的真情的话，词人期盼日月星辰能为她作证，让日月星辰来见证她的一片赤诚。在白天是不可能出现星星的，参、辰二星此出彼没，也不可能同时出现。北斗星永远挂在北面，不可能在南面出现。半夜三更是不可能出现太阳的。词人的情谊就像这日月星辰一样，真心不改，情谊难移。主人公一口气举出六事发愿，说得那样情真意切，以不可能实现的事，表明不可变异的心，足见词人对爱情的坚贞。

[词评]

此词连续反喻，以六种不可能来说明一种不可能。词中所举喻体，皆属日常生活中所习见，作者却处处从不可能处下笔，这便使抽象和具体结合了起来，创造了良好的艺术效果。

——程千帆（见《唐宋词鉴赏辞典》）

菩萨蛮

霏(fēi)霏①点点回塘②雨，双双只只鸳鸯语。灼灼③野花香，依依④金柳黄⑤。　盈盈⑥江上女，两两溪边舞。皎皎⑦绮罗光，轻轻云粉妆。

[注释]

①霏霏：形容雨下得很小，雨水如细丝一样轻柔。②回塘：弯曲环绕的池

双双只只鸳鸯语

塘。③灼灼：鲜艳明丽的样子，也形容野花鲜艳得像火一样。④依依：轻柔貌。⑤金柳黄：即“黄金柳”，颠倒顺序是为了押韵。“黄金柳”指刚刚发出嫩黄色幼芽的柳枝。⑥盈盈：仪态举止优雅美好的样子。⑦皎皎：明亮的样子。

[词解]

雨丝一点一点地打在弯曲环绕的池塘水面上，成双成对的鸳鸯在水面上交颈嬉戏，似乎在说着什么。鲜艳的野花全都盛开了，散发出浓郁的香气，刚刚发出嫩黄色幼芽的柳枝也轻轻地拂动着。两个姿态轻盈、举止优雅的女子，正在溪边翩翩起舞。雪白的皮肤在罗衣的映衬下，更加展现出了她们的青春活力。她们就像下凡的仙女一样超凡脱俗，清丽飘逸。这江、这水、这波、这美人，合在一起，就像一幅美丽的图画。这幅画中的景与人都形象逼真，惟妙惟肖，如在眼前。更加令人称奇的是，这首词中使用了大量的叠字，作者见到的风景也被他描绘得绚丽多姿。

望江南

莫攀①我，攀我太心偏②。我是曲江③临池柳，这人折了那人攀，恩爱一时间。

[说明]

“望江南”本是唐代教坊中的一首曲子的曲名，后来被用作词牌名，又有《忆江南》《梦江南》《江南好》等名字。教坊曲在盛唐时期极为盛行，这首《望江南》可以说是这个词牌中创作年代最早的一首词。

[注释]

①攀：通“扳”，牵挽。此处含有强制性。②心偏：原指心里有所偏向，这里指居心不良。此处是针对硬要“攀”花的公子哥说的。③曲江：即曲江池，位于今陕西省西安市东南，是唐朝都城长安郊外著名的风景胜地。

[词解]

这首词写的是一个被弃的歌妓的心声。虽然短短二十七个字，却将妓女的怨愤之情表现得淋漓尽致。这名女子发出了痛苦的呼叫：你们这些花花公子哥，别硬来牵挽我的衣襟，随意与我打情骂俏。你们无端地来招惹我，没有任何真情可言，只是毫不负责任地玩弄我的感情而已，真是不怀好心，居心不良。我只是曲江池边的一棵无依无靠的小小杨柳，柳树发芽，枝条舒展后，厄运也随之来临。人们折柳送别，任意折攀，我任人欺凌，内心的痛楚和无奈又有谁知？对于柳枝，人们喜欢了就去折摘，过后就把它丢弃。我的命运就和这柳枝一样，公子哥们寻欢作乐时对我甜蜜恩爱，千般柔情，万般喜爱，但是过后就把这恩爱之情抛之脑后了。所谓的恩爱，所谓的柔情蜜意，只是一时的谎言而已。让人怎能不伤心呢！我只是希望过正常人的生活，寻求一份真正的爱，期望能和相爱的人永远相守，但那不过只是美好的愿望而已。妓女的生活就是如此悲惨，永远摆脱不了被弃的悲剧命运。

莫攀我

［词评］

这首词以妓女的口吻直接叙述她们被侮辱、被损害的地位和生活，深切表达她们充满内心的恼恨和怨愤，真实地反映出封建社会把妓女不当人看的严酷现实。

——张锡厚（见《唐宋词鉴赏辞典》）

望江南

天上月，遥望似一团银①。夜久更阑②风渐紧，为奴③吹散月边云，照见负心人④。

［注释］

①团银：一团银子，这里采用谐音的修辞手法。团，即“圆”，象征团圆。“银”，与“人”谐音。②更：古代夜间用来计时的单位名称，一夜分为五更，一更约两小时。阑：尽，完。③奴：古代女子自称，此处自称“奴”，带有谦卑的感觉，表示词中的女主人公社会地位比较低下。④负心人：不负责任、抛弃恋人的人，多指男子，这里指女子的意中人。

与奴吹散月边云

[词解]

银盘似的圆月挂在夜空，在这凄迷的月夜，她凭栏远眺。如此良辰美景，不见情人叫她怎能不伤感？月圆之时，本是团圆的日子，但月圆人不圆，在这月圆之夜，只有她独守空房，无限寂寞孤单。夜已经很深了，时间越来越晚，风刮得越来越紧。这凄冷的风，给人带来阵阵凉意。在这起风的月夜，她特别思念自己的心上人，于是她在心里默默祈祷：风啊，你快点儿为我吹散月边的乌云吧，在明亮月光的照耀下好让我看到那个负心之人。女子失去了情人的爱，无处可诉，只能在这寂寞的夜晚对月倾诉衷肠。在这只与月光相伴的寂寞的长夜里，多期望能和你重新聚首，但你迟迟不归，一次次地令我伤心。对你真是欲爱不成，欲恨不能。不知道这种令人备受煎熬的日子什么时候才是尽头？只有对月祈祷，期望远在天边的情人能听到我的衷肠。

[词评]

这首词的艺术特色，不仅表现在构思的新巧，想象的丰富，而且还在于作者紧紧抓住弃妇爱极生怨与怨而生恨的感情变化，并通过这些感情变化的生动描写，强烈谴责负心人的不义行为，进一步抒发埋藏在弃妇心头的郁愤，给人留下火辣辣的印象。

——张锡厚（见《唐宋词鉴赏辞典》）

卷二 唐·五代词

李隆基

李隆基（685–762），即唐玄宗。登位之初，任贤用能，励精图治，开创了“开元盛世”的繁荣景象。晚年沉溺声色，内惑奸臣，外宠边将，终引发“安史之乱”，导致唐王朝衰败。唐玄宗兼备文才武略，知音律，善书法，工诗词。词作已散佚，仅存《好时光》一首。

好时光

宝髻偏宜宫样①，莲脸②嫩，体红香③。眉黛不须张敞④画，天教⑤入鬓长。莫倚倾国⑥貌，嫁取个，有情郎。彼此当年少，莫负好时光。

［说明］

《好时光》这首词的词牌是唐玄宗李隆基创制的。词的前后片分别是四句，共计四十五字。前后两片的第二句和第四句押韵，押的都是平声韵。《好时光》作为词牌，曲调一直都是固定的，后人填词时也大都依据这一固定曲调。

宝髻偏宜宫样

［注释］

①宫样：皇宫里盛行的服饰和装束的式样。②莲脸：像莲花一样美丽的脸。③红香：本意是指池塘里荷花的颜色和香气，此处形容女子年轻貌美，就像荷花一样。④张敞：汉宣帝时大臣，在担任京兆尹期间，经常亲自给妻子描眉，有人拿这件事在皇帝面前中伤张敞，张敞说道：“这本是夫妻间的隐私，何况还有比这更严重的，为什么偏偏抓住这一点不放呢？”后人于是用“画眉”来形容夫妻恩爱。⑤天教：天生就让我这样。⑥倾

国：原指因为贪恋女色而令国家覆亡，后形容女子非常美丽。

［词解］

词中着意描写了一位倾国丽人。她容颜俏丽，发髻随意梳理，不管梳成什么样式，都难以掩盖自己那娇美的面容。把头发梳成宫里流行的样式，更加展现出妩媚动人的姿态。美丽的脸庞娇嫩得就像出水的荷花一样，身上也散发出像荷花一样迷人的香味。她的眉毛无需修饰便长得又细又长，几乎与鬓角相连。这位女子长得这么美，男子希望她别因为自己美丽就孤芳自赏，应该抓紧时间嫁一个多情的郎君，千万不要辜负美好的青春时光。是呀，女子的美貌能够存在多长时间呢，只有真情才可以让两个人相伴到永远。

［词评］

音婉旨远，妙绝千古。

——顾梧芳《尊前集序》

［词人逸事］

唐玄宗非常喜爱音乐。他六岁就能歌舞，少年时在府中自蓄散乐一部以自娱。正是由于他酷爱音乐的缘故，他对宫中善于音律的女子宠爱有加。有一位名叫念奴的歌女不仅容貌美丽，而且歌唱得非常好听，唐玄宗经常让她陪伴在自己身边，不肯让她离开半步。每次念奴手拿檀板演唱歌曲时，一双会说话的眼睛总是左顾右盼，令人心醉。唐玄宗对杨贵妃说道："这个女子实在是太妖艳了，一个眼神就能撩拨人的心弦。"每当念奴展开歌喉的时候，歌声就如同天空中的朝霞一样，就算是钟鼓笙竽各种乐器一起发出嘈杂的声响也不能遮掩那歌声。在众多宫妓之中，念奴最受唐玄宗的宠爱。玄宗经常对身边的人说："这个女子一首曲子价值千金。"

王　建

王建（约767–830），字仲初，颍川（今河南许昌）人，唐朝诗人。王建官职不高，只做过县丞、司马一类的小官，世人称他为王司马。但是在文学方面，王建却与韩愈、张籍等大家齐名。王建一生的生活都很贫苦，因此很了解老百姓的疾苦，他创作过很多乐府诗，表达了自己对老百姓的同情。他还写过一百首《宫词》，除了描写"宫怨"这一传统题材之外，他还广泛地描绘了宫中的风物，这些诗都是研究唐朝宫廷生活的重要资料。他所写的一些小词，也很有特色。流传至今的有《王建诗集》十卷，他创作的词也留传下来十首。

调笑令

团扇[1]，团扇，美人并来遮面。玉颜憔悴[2]三年，谁复

商量管弦？弦管，弦管，春草昭阳路断[3]。

［说明］

《调笑令》，又作《转应曲》《三台令》《宫中调笑》等。从这个词牌中的“调笑”二字可以得知，这本来是供游戏时使用的词牌；从《转应曲》中的“转应”二字，可知这个词牌的发展历程，它最初想必是用来和答的歌词；从“三台令”这个名字可知这个词牌是从六言的“三台”中变化出来的。原本是专门供人开心玩笑的词牌，在王建手中却用来抒发宫女的哀怨之情，真可以说是别出心裁了。

［注释］

①团扇：形状如圆月的一种扇子，因为古代在皇宫中经常使用此扇，所以又名宫扇。汉成帝时，班婕妤失宠，于是作《团扇歌》，诗中表面上歌咏团扇有过“出入君怀袖，动摇微风发”的得志之时，可是也有“弃捐箧笥中，恩情中道绝”的遭遇，借此来表达自己被抛弃的悲凉感慨。②憔悴：萎靡困顿之状。③昭阳路断：通向昭阳宫的道路被阻断。昭阳，指昭阳宫，汉朝时宫殿，此处泛指皇帝嫔妃居住的宫殿。

［词解］

这首词写的是宫廷歌女被冷落后无奈痛苦的生活。冷落了，这皎如满月的宫扇；冷落了，这声如仙乐的丝竹管弦；冷落了，这美轮美奂的昭阳殿。曾几何时，昭阳殿是那么荣耀，皇上乘坐的车辇无数次临幸这里！只要皇上一到，宫殿中便终日回响急管繁弦的声音，在歌女们轻歌曼舞的曼妙姿态中，这鲜丽的团扇也曾经风光一时。现在，一切都如云烟飞散：往日轻歌曼舞中用的团扇早已失去了它昔日的光彩，现在被用来遮挡美人憔悴的容颜；春天来了，昭阳殿前的路上绿草茵茵，但皇帝再也不会幸临这里了。殿里那种急管繁弦、轻歌曼舞的欢快日子已经永远成为了过去，有谁能与我一起亲密探讨乐器演奏的事情？如今管弦已落满尘埃，自身再也没有被召幸的希望。失宠被弃后，春可重、弦可再，召幸“路断”却再也不会来。

［词评］

王仲初古《调笑》，融情会景，犹不失题旨。

——黄昇《花庵词选》

［词人逸事］

王建一生落魄，他出身低贱，从来都没有参加过科举考试。元朝人辛文房曾经写过一部《唐才子传》，书中有王建“大历十年丁泽榜第二人及第”的记录，而王建的好友贾岛也写过一首《留别光州王使君建》。因此后人都以为王建曾经中过进士，实际上，诗人王建并非“光州王使君建”，两个人只是同名罢了，诗人王建生于大历元年，大历十年时他只有十岁，怎么可能中进士呢？因此，《唐才子传》中记载的王建是一位做过光州刺史的官员，他与诗人王建同名，而且恰好也和贾岛是朋友，所以才闹出了这样的误会。

刘禹锡

刘禹锡（772–842），字梦得，洛阳（今属河南）人，世人称其为刘宾客、刘尚书，唐代文学家。刘禹锡在诗歌、散文方面都享有盛名，他在诗歌方面与白居易齐名，在散文方面与韩愈齐名，被人称为“诗豪”。他曾因在政治上被牵连而被流放，这一时期，他深入民间，学习民间歌谣，创作出了《竹枝词》《杨柳枝词》等新的诗歌形式。他的律诗和绝句骨力遒劲、回味悠长，这一点与晚唐时期温庭筠、李商隐等人的风格很像。他的诗对宋诗，特别是江西诗派有很大的影响。刘禹锡的诗留传下来的有八百多首，《全唐诗》将其编为十二卷。

忆江南

春去也，多谢[①]洛城人。弱柳从风疑举袂[②]，丛兰浥[③]露似沾巾，独坐亦含颦[④]。

独坐亦含颦

[说明]

这是刘禹锡回赠给白居易的一首唱和之作。刘禹锡曾在这首词后面写过一段自注：“和乐天春词，依《忆江南》曲拍为句。”也就是说，这首词是刘禹锡按照《忆江南》原来的曲调所填的一首词。

[注释]

①多谢：频频表示感谢。②袂：衣袖、袖子。③浥：通“溢”，沾湿、湿润。④颦：皱眉。

[词解]

这首词写的是一位洛阳少女的惜春之情。她一边惋惜春天的归去，一边又觉得春天对她也有无限依恋之情。春天离去了，但它对洛阳城里的人却充满了无限依恋和感激之情。杨柳依依，柔嫩的枝条在微风的吹拂下飘逸洒脱，好像是美人的衣袖在风中飘舞。一丛丛的兰花开得那样芬芳，花朵上却有晶莹的露水在闪动，好像是美人因伤心而掉下的眼泪。春对我们是这样的依恋，迟迟不愿离我们而去。她为她将要离开人间而伤心不已。我被花的至情至性感动了，独自停坐在那里，皱着眉，含着眼泪，为她对人间的这份真情而嘘唏不已。诗人通过拟人化手法，不写人惜春，却从春对人的依恋着笔，写来婉转有致，耐人寻味。最后“独坐亦含颦”，以人惜春收束全词，更增添了全词的抒情色彩。这首小词，抒发了惜春、伤春之情。

［词评］

作伤春词者，多从送春人着想。此独言春将去而恋人，柳飘离袂，兰浥啼痕，写春之多情，别饶风趣，春犹如此，人何以堪！

——俞陛云《唐五代两宋词选释》

［词人逸事］

柳宗元与刘禹锡可以说是知己，他们不仅在文学方面互为知音，在生活上也是相互帮助。唐永贞年间，二人都参加王叔文的政治改革，但也都因为改革失败而被贬官。元和十年（815），柳宗元再次被贬为柳州刺史，刘禹锡也同时被贬为播州刺史。播州地处荒蛮，条件非常艰苦，柳宗元担心好友，于是上书对皇帝说道：“播州条件艰苦，简直不是人能够居住的地方，刘禹锡还有老母亲需要供养，我真的不忍心让他受到这样的痛苦，同时也没办法向他的母亲交代，假如他被贬到播州的话，那么刘禹锡和母亲也许就再也无法见面了。所以，恳请陛下准许我与他交换，让我去播州，让刘禹锡去柳州。”这也让朝廷里的很多大臣受到了感动，因此有人出面给刘禹锡求情。最终皇帝尽管没有答应柳宗元的请求，可是也改任刘禹锡为连州刺史。

白居易

白居易（772–846），字乐天，自号香山居士、醉吟先生，太原（今属山西）人，唐代著名诗人。白居易官至太子少傅，世人称其为白傅，因死后谥号为“文”，故又称其为白文公。白居易同情下层人民，写过很多感叹时世、反映人民疾苦的诗篇，对后世的影响很大。其诗作风格平畅自然，通俗浅切，老妪能解，对以后唐诗及宋诗的创作都产生了极大的影响。曾自编《白氏长庆集》七十五卷，现存七十一卷。诗近三千首，数量之多，在唐诗人中首屈一指。词今存三十余首。

忆江南

江南好，风景旧曾谙（ān）①。日出江花红胜火，春来江水绿如蓝②。能不忆江南。

［说明］

《忆江南》本来名为《谢秋娘》，原是唐朝名相李德裕为悼念死去的爱妾谢秋娘所作，又名《望江南》《梦江南》，不过由于白居易这首《江南好》广为流传，它的最后一句又是“能不忆江南”，因此词牌就变成了《忆江南》。这首词作于白居易

春来江水绿如蓝

六十七岁时，当时白居易在洛阳，回想起自己年轻时曾经漫游江南，还在苏、杭二州做过官，那里的美景令他终生难忘，所以诗人便写下了这首小词，表达自己发自内心的对“江南好”的赞叹，也展现出他对江南的眷恋之情。

[注释]

①谙：熟记，熟悉。②蓝：植物名。一种草本植物，叶子可以提制蓝色染料。

[词解]

此词写的是作者对江南春色的美好回忆。江南的春色是多么好啊，一个“好”字，虽然浅显，但是非常贴切，总摄江南春景的各种美处，作者对江南美景的赞叹和向往也全都囊括其中。江南的风景之美，并不是作者所听到的传闻，而是自己出使杭州时的亲身体验与切身感受。如今回想起来，江南的美景还历历在目，还是那样的熟悉。早晨日出后，江花在阳光的照耀下那样红艳，像火焰一样，红得那样热烈；春天来了，江水碧绿如蓝花一样。江花、江水红绿相映，色彩明艳，给人以光彩夺目的强烈印象。因为江南太美了，才能令诗人回忆不休，怎能不忆江南呢？用“能不忆江南”这一个带有反问语气的句子来收尾，既表明了作者身在洛阳但是又对江南春景的念念不忘，又形成了一种含蓄深远的韵味，将读者带入一种回味悠长的意蕴之中。词中作者以平易的语言表现了优美的情韵，唤起人们对祖国河山和美好事物的无限热爱之情。

[词评]

作者抓住了景物的特点，运用贴切的比喻和工整的对偶句，把明媚、艳丽、温馨、柔美而富有生气、诗情画意般的江南水乡春色，凝练成寥寥十四个字，成为千古传诵、脍炙人口的佳句。读之，令人心驰神往。

——王方俊《唐宋词赏析》

[词人逸事]

白居易出生于一个书香门第，他的祖父名叫白湟，父亲名叫白季庚，外祖父名叫陈润，他们都是当时小有名气的诗人。在这样的家庭中长大，白居易自然也对读书很感兴趣，而且非常刻苦，最终成为一代文豪。白居易与李白、杜甫这些大诗人有一个共同点，那就是好酒。白居易家境富裕，经常自酿美酒，每次喝酒也必须要演奏丝竹管弦，让歌妓献上歌舞。和白居易对饮的人也不简单，都是当时的社会名流，比如裴度、刘禹锡等人。若逢良辰美景、雪朝月夕，白居易都会邀请客人前来饮酒，酒过三巡之后，便以诗歌唱和应答，最后一起在丝竹声中欣赏美妙的歌舞，可以说是不亦乐乎。一直到众人全都大醉之后，宴会才结束。白居易死了以后，河南尹卢贞将他的文章《醉吟先生传》刻在石碑上，把石碑竖在他的墓地旁边。据说洛阳当地的读书人和从四方赶来的文人，知道白居易生前喜欢喝酒，纷纷前往他的墓地祭拜，祭拜的时候全都把美酒洒在他的墓前，因此墓前一丈见方的地上经常是湿漉漉的。

长相思

深画眉，浅画眉。蝉鬓[1]鬅鬙(péng sēng)[2]云满衣，阳台行雨[3]回。　　巫山高，巫山低。暮雨潇潇[4]郎不归，空房独守时。

[说明]

《长相思》原本只是一种非常自由的用于演唱、表达男女之间相思之情的歌行。由于南朝乐府诗中有“上言长相思，下言夕别离”这样的句子，故而得名，后演变成词牌名。《长相思》也是唐代教坊中的曲名，后来演变成了词调。又称为《长相思令》《相思令》等。

[注释]

①蝉鬓：古代妇女的一种发型，特点为发层轻薄，望上去如蝉翼一般。②鬅鬙：头发蓬松散乱的样子。③阳台行雨：宋玉《高唐赋》载，楚王曾游高唐，“怠而昼寝。梦见一妇人……去而辞曰：‘……旦为朝云，暮为行雨，朝朝暮暮，阳台之下。’”“阳台行雨”因此成为男女欢会的代称。④潇潇：形容风急雨骤。

空房独守时

[词解]

这首《长相思》，写的是一位女子独守空房时盼望情人归来以及对情人的关切和思念之情。千般修饰眉毛，万般装扮，都是为了等待情人的归来那一刻。在这焦急的等待中，她回想起了曾和情人在一起共度的幸福时光。他们温情缱绻，柔情蜜意，十分恩爱。情人离家已经很长时间了，又一个夜幕降临，在这风急雨骤的晚上，情郎还是没有归来，留下女子茕茕孑立，孤苦无依，在偌大的空屋中独自为郎守候。“巫山高，巫山低”、“暮雨潇潇”，含有世路艰险之意，表现出女子对外出情人的挂念和担心。本词对爱情甜蜜生活的描写坦诚、泼辣、大胆，突破了儒家所提倡的含蓄敦厚笔法，极富艺术感染力。

[词评]

乐天此调，非后世作者所能及。

——黄昇（见周珽《删补唐诗选脉笺释会通评林》）

[词人逸事]

白居易用诗一样的语言，把自己历年的俸禄记录得明明白白，这在中国历史上是绝无仅有的。他任职校书郎时，在诗中说："幸逢太平代，天子好文儒。……俸钱万六千，月给亦有余。"官升左拾遗后，他的俸禄涨了一倍，有诗写道："月惭谏纸二百张，岁愧俸钱三十万。"官居苏州刺史时，白诗曰："十万户州尤觉贵，二千石禄敢言贫。"日后，白居易被调回京城做官，担任太子宾客的职务。俸禄已是刚刚做官时的十倍。等到他被擢升为太子少傅的时候，白居易的收入也达到了他人生之中的巅峰，而且这份工作也非常清闲。白居易在诗中写道："月俸百千官二品，朝廷雇我作闲人。""寿及七十五，俸沾五十千。"白居易晚年在辞去官职以后，还可以领到在职时俸禄的一半作为养老金。可见当时做官的收入确实是不错的。

温庭筠

温庭筠（812–870），或作廷筠、庭云，本名岐，字飞卿，太原（今属山西）人。温庭筠少年时代就才华出众，擅长诗词歌赋，不过生性傲慢不羁，喜欢讽刺权贵，也因此得罪了宰相令狐绹，多次参加科举考试却没能考中；又长期流连于青楼楚馆，受到时人轻视。他只是做过方城尉、隋县尉、国子监助教等小官，仕途上很不得意。不过温庭筠在文学史上的地位很高，可以说是晚唐时期的诗词巨匠，由于他的诗大多表达个人沦落不遇的情感以及男女爱情方面的题材，所以人们将他与李商隐并称为"温李"。他的词和韦庄齐名，人们并称二人为"温韦"，他们开创的词风也被称为"花间派"。今有《温庭筠诗集》《金荃集》传世。

更漏子

玉炉香①，红蜡泪，偏照画堂②秋思。眉翠薄③，鬓云残，夜长衾（qīn）枕寒。　梧桐树，三更雨，不道④离情正苦。一叶叶，一声声，空阶滴到明。

[注释]

①玉炉香：精美的香炉。②画堂：原指汉代宫中殿堂，后泛指华丽的堂舍。

③眉翠薄：是说眉黛褪色，鬓发不整，反映出女子辗转反侧，无法入睡的情态。

④不道：不管，不顾。

［词解］

梧桐树，三更雨，不道离情正苦

香炉正烧，香烛偏照，眉黛褪色，已是一片孤寂冷清的景象；夜深了，思妇还是无法入眠，长夜漫漫，倍感衾枕生寒，心中十分凄苦。秋夜三更冷雨，点点滴在梧桐树上，这离情之苦又有谁理解呢？寂静使室外落在空阶上、打在梧桐叶上的雨声显得异常清晰，一阵接一阵，一声连一声，仿佛是在有意折磨她敏感而脆弱的心，怎能不使人缠绵悱恻、整夜难眠！连绵不断的秋雨，滴在窗外的石阶上，一直滴到天明，怎不让人倍感萧瑟凄凉！这首词写画堂人的秋思、离情。秋夜寒冷漫长，对于心有牵挂的思妇来说是最为难捱的了。

［词评］

此首写离情，浓淡相间，上片浓丽，下片疏淡。

——唐圭璋《唐宋词简释》

［词人逸事］

温庭筠从小就很聪明，悟性也很高，而且非常好学，在苦心钻研诗词歌赋之外，他还很擅长演奏乐器，每次参加科举考试的时候，按照规定的韵脚作赋，他叉手八次就可以作完一篇文章，因此当时的人称他为“温八叉”。可是就是这样一个才华横溢的才子，却多次参加科考而不中，仕途蹭蹬。温庭筠从四十岁那年开始参加考试，却从来都没有考中，五十五岁那年，温庭筠又去参加考试。这一次，他大闹考场，结果当然也可想而知。从此之后，温庭筠再也没有参加考试，这也决定了他一辈子只能沉沦下僚的命运。

梦江南

梳洗罢，独倚望江楼①。过尽千帆皆不是，斜晖②脉脉③水悠悠，肠断白蘋（píng）洲④。

［注释］

①望江楼：这里指临江而建、可以眺望大江的楼阁。②斜晖：偏斜的太阳光，指落日余晖。③脉脉：默默地用眼睛盯着或传达情意的样子。作于东汉末年的《古诗十九首》中有“盈盈一水间，脉脉不得语”的诗句，多用来形容含情欲吐的眼神。④白蘋洲：长满了白蘋花的沙洲。

［词解］

女子早起梳妆后，独自倚靠在望江楼上眺望以等待爱人远行归来。过去了上千只船儿都不是心上人所乘的船只，她一直没有见到思念中的人。直到黄昏，仍只有江水相伴。日落前的余晖含情凝睇着悠悠江水，让人日日愁肠寸断于白蘋洲头，心中极为惆怅。“梳洗”的时间是早晨，“斜晖”则意味着天色将晚，这个女子始终倚在楼上远望，但是从眼前经过的帆船都不是心上人所乘的小舟，希望、失望乃至绝望，不觉让人柔肠寸断。爱人迟迟不归，思妇的千般柔情能与谁诉说呢？只有在天色将晚时空对斜阳、百无聊赖地看着流水凄清地流过，一直流向远方。“白蘋洲”并不是闲来之笔，“蘋”与水是互相依存的，蘋失去了水就会死去。这个女子无法见到意中人，正如蘋失去了水一样。诗贵含蓄，温庭筠这首词可以说深深地了解了妇人的心理，只是寥寥几个字，便将思妇不尽的情思描摹得淋漓尽致。这首词写得明丽清新，含蓄凄婉，具有非常强的艺术感染力。

［词评］

“千帆”二句，窈窕善怀，如江文通之“黯然魂消”也。

——俞陛云《唐五代两宋词选释》

［词人逸事］

温庭筠一辈子不得志，但是很喜欢与妓女打交道，终日酣饮高谈。不过温庭筠在仕途上的困顿，绝不单单是由于他喜欢狎邪酗酒。真正原因在于他那恃才傲物的个性，因为屡屡发表讽刺权贵的言论，所以他一直受到排挤和打压。唐宣宗在位时，宰相令狐绹向温庭筠询问一个典故出自何处。温庭筠竟然趁机当面讽刺令狐绹：“那本书并非特别生僻的书，宰相大人虽然忙于公事，可总不至于连基本的常识都不知道吧？”还在背后嘲笑令狐绹是“中书省内坐将军”，令狐绹听到这话以后十分生气。令狐绹还曾经让温庭筠代笔作《菩萨蛮》词，温庭筠写完以后，令狐绹就署上自己的名字，然后呈交皇帝，他多次告诫温庭筠不要将这件事泄露，哪知道温庭筠逢人就说自己是《菩萨蛮》的作者，让令狐绹颜面无存。

菩萨蛮

小山重叠金明灭①，鬓云欲度②香腮雪。懒起画蛾眉，弄妆梳洗迟。　照花前后镜，花面交相映。新贴③绣罗

襦（rú），双双金鹧（zhè）鸪。

［注释］

①小山：即小山眉，眉毛的一种画法。金明灭：额头上的黄色头饰忽隐忽现。金，指妇女在额头上所贴的黄色装饰物。②鬓云：指秀发飘散就像云彩一样。欲度：将要掩住但还没有掩住的样子。③新贴：将新做的样式和图案贴在衣服上，以此为“蓝本”进行刺绣。

［词解］

闺中女子初醒，眉晕褪色，眉际间的额黄忽隐忽现，一抹乌云般黑亮的头发，散乱地贴在女子雪白的香腮上，一幅惺忪懒散的神态。她实在懒得起来去画蛾眉，去整衣裳。梳洗打扮，那是多么麻烦的事。但怎么能一整天都躺着呢？虽然百般不愿起床，但还是懒洋洋地起来了。先经过一番梳洗，然后再慢慢地描画蛾眉，她的两鬓上插满了鲜花，她先是面对着梳妆台上的镜子看自己的正面，然后又拿着带手柄的镜子看自己的背后，仔细端详簪花是否已经簪好，与此同时，她也在审视着自己美艳的容貌。前后两面镜子同时使用，花的光彩和人的容貌也互相映衬。打扮完毕以后，她便开始了自己的工作：为罗襦刺绣图案。这是刚刚贴上的图案，那正是一对金鹧鸪，她忍不住受到了触动。她是那样寂寞、孤独，不知道什么时候才能寻找到属于自己的一份甜蜜爱情。此词运用了反衬的手法，用金鹧鸪把女子的寂寞空虚和百无聊赖的孤独感表现得淋漓尽致。

［词评］

“画屏金鹧鸪”，飞卿语也，其词品似之。

——王国维《人间词话》

［词人逸事］

唐朝咸通六年（865），温庭筠被任命为国子助教。第二年，他又以国子助教的身份主持了国子监的考试。曾经在科场中多次失意的温庭筠，这一次在主持考试的时候，严格地按照文章的好坏来评定等级的高低，他将所有考生的诗文都张贴出来，表现出一副请群众来监督的意思。原本那些权贵已经对温庭筠张贴诗文的做法感到不满，再加上那些被公布出来的诗文中有很多指责朝政、揭露腐败的文章，温庭筠还称赞那些文章“声调激切，曲备风谣”，这就更让那些权贵难以容忍了。因此，宰相杨收一怒之下将温庭筠贬为方城尉。这一次被贬之后，已届晚年的温庭筠终于在这一年的冬天抑郁而死。

韦 庄

韦庄（约836–910），字端己，京兆杜陵（今陕西西安附近）人，唐代文学家。他的诗作大多反映了唐朝末年政治动乱的现实，其中充满了一种感时伤事的感情。

他的词作主要是以情取胜，有一种疏淡秀雅的风格，是“花间派”词人中的重要一员。他和温庭筠并称为“温韦”。《花间集》收他的词四十八首，《全唐诗》收其诗三百余首。

浣溪沙

惆怅①梦余山月斜，孤灯照壁背②窗纱，小楼高阁谢娘家③。　暗想玉容何所似？一枝春雪冻梅花，满身香雾簇朝霞④。

［说明］

《浣溪沙》本是唐代教坊曲名，因西施浣纱于若耶溪，故又名《浣溪纱》。上下片三个七字句。四十二字。分平仄两体。平韵体流传至今。

［注释］

①惆怅：失意伤感。②背：暗，即灯光暗淡。③谢娘家：泛指青楼或恋人的居处。谢娘，唐代有名的妓女，本名谢秋娘，唐朝李德裕的小妾。④簇朝霞：被灿烂的朝霞所笼罩。

［词解］

梦醒后倍觉失意感伤，山边的明月也是一副意兴阑珊的样子。在这小楼高阁唯有一名女子和明月孤灯相伴，怎能不让人伤感呢？孤灯照亮墙壁，反而显得窗纱暗淡了，屋内显得更加孤寂冷清。男子暗暗思念自己的意中人，她现在是什么样子呢？她那洁白的容颜是不是还像从前那样，如冰雪中的梅花香艳、玉洁冰清，满身的衣着香泽如雾，被灿烂的朝霞所笼罩？在这凄清的月夜，男子对意中人的思念如此深切，他多么希望能快些来到意中人的身边，使她不再孤寂，与她长相厮守。

［词评］

“梨花一枝春带雨”“一枝春雪冻梅花”，皆善于拟人，妙于形容，视滴粉搓酥以为美者，何啻仙凡。

——李冰若《栩庄漫记》

［词人逸事］

韦庄的一生极其坎坷。年少时孤贫力学，才思敏捷。然而他大半生都科考不第，一直到五六十岁时才应举得第。原以为终于可以封妻荫子了，然而黄巢军攻占长安，政局动荡，皇帝仓皇出逃。韦庄的夙愿又一次落空。生逢乱世，只能落得悲剧的结局。韦庄因为生活困顿、抑郁不得志而性情大变，变得十分吝啬，刻薄寡情。他每次做饭都数米的粒数，用秤砣称好所用的柴火。多一点，少一点都不行。他的一个儿子八岁就死了，妻子用当时的衣服为孩子收殓，却遭到了韦庄的训斥和怒骂。

他用家里的破席子包裹儿子的尸体。送殡完毕后，重新把席子拿回家。

菩萨蛮

人人尽说江南好，游人只合①江南老。春水碧于天，画船听雨眠。　　垆边人②似月，皓腕凝霜雪③。未老莫还乡，还乡须断肠。

[说明]

垆边人似月

韦庄所作的《菩萨蛮》共有五首，在写法上学习和借鉴了白居易、刘禹锡的《忆江南》，内容主要是回忆自己以前在江南、洛阳漫游的经历，把自己的漂泊之感、离乱之痛与思乡之情融合在一起，具有极为深切的情蕴。他用清新流畅的白描笔调，表达了真挚深沉的情感。

[注释]

①只合：只应当。②垆边人：这里指当垆卖酒的女子。③皓腕：洁白的手腕。凝霜雪：指洁白的手腕如凝上了一层霜雪。

[词解]

人人都说江南的风景美丽怡人，引得来这里的游人驻足流连，情愿在这里终老一生。迷人江南水乡，确实有着迷人的自然景色。那像天空一样的清澈碧蓝的春水，在微风细雨中停留而眠的画船，迷人的美妙女郎，都令游人留恋和陶醉。那当垆劝酒的少女，美貌如花，温柔似月，有着明亮的双眸和雪白的肌肤。她是这江南春天最美丽的风景。江南的一切是多么美好啊！看到如此和谐温馨的美景怎能不使将欲远行的游子痛断人肠？有如此美景，如此美丽的江南少女，年轻的游子肯定不舍得离家漂泊，凄苦地远在他乡。若是远游，一定不要在未老的时候回来，如果未老时回来，游子肯定会因为辜负了江南的大好春色而感到遗憾，从而痛断肝肠。此词情致缠绵，意象鲜明，堪称咏“江南春色”的诸多诗作中罕见之佳作。

[词评]

端己奉使入蜀，蜀王羁留之，重其才，举以为相，欲归不得，不胜恋阙之思。

此《菩萨蛮》词，乃隐寓留蜀之感。“江南好”指蜀中而言。皓腕相招，喻蜀主縻以好爵；还乡断肠，言中原板荡，阻其归路。“未老莫还乡”句犹冀老年归去。

——俞陛云《唐五代两宋词选释》

[词人逸事]

韦庄是唐末五代时著名的文学家，他官至礼部尚书，很受王建的器重，但他不是科举出身，因此常被同僚轻视，其中有些人还是韦庄的下属。有一年，韦庄率领手下的官员祭祀孔子，当祭祀典礼结束之后，有个进士出身的官员想借机给韦庄难堪，于是就指着孔子的牌位向韦庄发难：“尚书大人，请问您认识这位老先生吗？”韦庄一听，就知道这个官员是在故意刁难自己，于是机智地回答说：“怎么不认识，这位老先生没有参加过科举考试，却是万代敬仰的圣人。”一句话把那个发问的官员羞了个大红脸。

荷叶杯

记得那年花下，深夜，初识谢娘①时。水堂西面画帘垂，携手暗相期②。　　惆怅晓莺残月，相别，从此隔音尘。如今俱是异乡人，相见更无因③。

[说明]

“荷叶杯”本是唐酒器名。原来是唐教坊曲名，后用为词牌。白居易诗有“石榴枝上花千朵，荷叶杯中酒十分”句。最初是酒令著词之调。古代的文人饮酒尚雅，碧筒饮则是雅中之雅。所谓的碧筒饮，实际上是一种饮酒的方式，它所用的酒杯是那些刚刚露出水面、卷在一起尚未打开的荷叶，把酒倒入其中，然后将叶心捅出一个小孔，使其与茎相通，然后把茎管当作吸管一样来吸酒。作酒杯用的荷叶被文人们称为“荷杯”、“荷盏”、“碧筒杯”。

[注释]

①谢娘：代指词人的心上人。②相期：互相倾诉爱慕之意。③无因：无缘。因，缘。

[词解]

韦庄年轻的时候曾经有过很多美好的回忆，良辰美景，不知今夕何夕，到了晚年，每当他回想那些风花雪月的往事时，对于那一年、那一夜的记忆尤其深刻，那是因为他当时幸运地结识了一个心上人。他和心上人可以说是一见钟情，初次见面就觉得很有缘分，他们两人在花前月下相谈甚欢，直到深夜都不愿意分别。这也是韦庄在阅尽浮华之后仍然对谢娘深情不已、念念不忘的原因。想到这位心上人时，词人也非常激动，完全沉浸于对昔日美好往事的回忆之中。词人的脑海中始终萦绕着自己和心上人海誓山盟、相约白头到老时的动人情景。“水堂”，给人一种极为清凉的感觉；"画帘"，又给人一种极为温馨的感觉；画帘垂下，让人有一种安静、美好的感觉。在这样一个美好的夜晚，两个有情人可以说是心有灵犀，含情脉脉，携手相期，这样的邂逅虽然短暂，但却足以成为永恒。这样的甜情蜜意，两心相悦，一切尽在不言之中，难以用话语来形容。接下来便是让人惆怅的事情了，两人刚刚相识、相期，在共度春宵之后却不得不分别。黄莺的啼叫声在平时听来是多么婉转动听，此刻似乎也让人感到烦恼不已；皎洁的月色在两人相会之时是那么温柔多情，可是当两人分手的时候，似乎也变得冷冷清清、令人备感凄寒了。黄莺一大早就鸣叫不止，似乎是催促着两人赶紧起床，当词人踏上漂泊的旅程时，一弯残月仍然悬挂在清晨的天空，此情此景，怎能不让词人感到惆怅万分呢？他们在这次分别之后，就再也没有见面，两人音信皆无，各走天涯。现在词人依然是沦落他乡，那位心上人也不知道去了哪里。在词人的心里，虽然一直牵挂着那位挚爱的心上人，可是无法再见的沉重的失落感却更加让词人有口难言，内心惆怅不已。词中隐约表现出来的那种人生无常的无奈感觉真的是令人唏嘘不已。

[词评]

韦端己词，似直而纡，似达而郁，最为词中胜境。

——陈廷焯《白雨斋词话》

[词人逸事]

韦庄出身贵族，五十岁前基本都在江南游历。过了五十岁，他看见世事平定了，就准备进京求仕。此后他又曾经做过校书郎、判官等一些闲职。后来韦庄进入蜀地，王建任命他做了掌书记的官职。王建建立前蜀政权称帝之后，韦庄被任命为丞相，从此受到重用，王建开国时制定的一些典章制度都是由韦庄亲手起草的。但是，王建却带给他深深的屈辱与悲伤。据说韦庄有一位宠姬，资质艳丽，很有才华。王建听说后，以教自己媳妇作词为借口，强夺了去。韦庄追念自己的宠姬，作了《荷叶杯》二首、《小重山词》等词，情意凄怨。据野史传说，这些词因为写得非常凄美，被人广为流传，不久便传到了前蜀的皇宫之中，韦庄那位宠姬看到这些词以后，非常感伤，于是绝食而死。

思帝乡

春日游，杏花吹满头。陌上①谁家年少，足风流②。妾拟将身嫁与③，一生休。纵被无情弃，不能羞④。

[说明]

《思帝乡》本是唐代教坊中的曲名，后来被人用为词牌填词。这首小词在语言上极为浅显，表达的主题也很明确，说的是一位女子想要在婚姻上拥有自由选择恋人的权利，从这首词中，我们也可以感受到唐朝自由、开放的社会风气。

［注释］

①陌上：田间道路上。②足风流：十分俊美，长得很帅气。③嫁与：嫁给他。④不能羞：意谓不后悔。羞，难为情。

［词解］

在一个轻风和煦、阳光明媚的春日，杏花已经开过，杏花的花瓣被吹落，飘落在前来春游的青年男女的头上。在出城游玩的人群中，有一位貌美如花的少女，她面带笑容，悠闲地在花丛中漫步。一阵微风吹过，杏花的花瓣也飘落在了这位少女的头上。正当少女沉浸在这无限美好的春光中时，她突然发现了一位英俊的年轻公子。这位少年公子也是趁着大好春光，信步出来郊游的。他那风度翩翩的姿态，英俊潇洒的形象，使得少女一见钟情。少女看着眼前的俊俏少年，不由得心动了。她多想嫁给他啊！把自己一生的幸福都交付给他，与他终身相伴。想必这样的俊朗少年一定会是一位值得托付的如意郎君！能嫁给这样知春、惜春的少年，即使被薄情抛弃，也永远不会后悔。这是一首爱情词，词中通过描写一个天真烂漫的少女热情大胆地追求爱情的故事，表现了她天真纯洁、爱情专一的优秀品德。

纵被无情弃，不能羞

［词评］

小词以含蓄为佳，亦有作决绝语而妙者。如韦庄“谁家年少，足风流。”之类是也。

——贺裳《皱水轩词筌》

［词人逸事］

唐天祐四年（907），韦庄在蜀王王建的府中做掌书记已经六年。成都在王建的治理下，社会安定，风调雨顺，出现了战乱后难得的一派升平景象。这年春天，成都风和日丽，才子佳人纷纷出城踏青，到处欢歌笑语。这天韦庄和几位同僚乘坐一艘画船出游，观赏风光，谈诗论文。时人都认为韦庄是个写春景、写儿女情的文人。韦庄常常为人生难觅知己而怏怏不快。没想到这天谈诗论文时他却遇到了知己。翰林学士冯涓说，他每次听韦庄的词，都朦朦胧胧地有另一番想法，感觉韦庄的词别有寄托，并非只有风流哀怨，而是在以此寄托情怀，婉转表达韦庄的抱负和大志。他说《思帝乡》这首词，除了第一句写景外，其他几句都在明明白白地表达韦庄“士为知己者死”的寄托。韦庄听后特别诧异，暗自为自己寻觅到知己而高兴。

女冠子

四月十七，正是去年今日。别君时。忍泪佯（yáng）[1]低面，含羞半敛眉。　不知魂已断，空有梦相随。除却天边月，没人知。

[注释]

①佯：假装，有意掩饰。

[词解]

不知魂已断，空有梦相随

四月十七，去年的今天，是我魂牵梦萦的难忘时刻。那日与情人相别的时候，想起长路漫漫，此一别，不知何时才能相见，我不觉悲从中来，泪水盈眶。但我强忍眼泪，不敢抬头，因为怕你看见更会增添离别的悲伤。我只是低着头，让秀发遮掩住自己的半边眉毛，假意做出一副害羞的模样。也许这样，会显得坚强一些，能减轻离别的悲伤，才能让你放心地离去。然而，眼泪虽然勉强忍住了，但自己的心呢，魂早已断，心也碎了。人既然难以相随，就让我的梦永远伴随在你的身边吧。对你的这种痴心真情，除了天边那轮皓月，谁能知晓、谁能理解呢?

[词评]

“能运密入疏，寓浓于淡。”韦庄《女冠子》说明了这一特色。

——况周颐《历代词人考略》

[词人逸事]

韦庄与歌伎裴娘的情意十分深厚。裴娘十岁时父母双亡，韦庄见小裴娘伶俐可爱，便把她收留在府内供养。转眼已经七年过去了。往日的小裴娘如今已如出水芙蓉，亭亭玉立，出落得天仙一般。加之她得遇名师，通晓音律，于是歌技超群，名冠京都。韦庄与裴娘两人是词曲音律上的知己，虽然韦庄的丞相府里歌伎颇多，但是他对裴娘特别垂爱。但是裴娘亦客亦婢的身份，使二人十分尴尬，二人的关系处得十分微妙。虽然心相归属，柔情蜜意，但在长达七年的时间里始终未袒露真情。后来裴娘因故离开了韦庄，两人分别之后，韦庄对她非常思念，特意为她作了一首《女冠子》。

女冠子

昨夜夜半，枕上分明梦见。语多时。依旧桃花面①，频低柳叶眉。　　半羞还半喜，欲去又依依。觉来②知是梦，不胜悲。

［注释］

①桃花面：唐人孟棨《本事诗·情感》中记载：诗人崔护于清明日独游都城南，渴而过一村求饮，有少女倚盛开桃树伫立，属意良厚。来岁清明崔又思之而往寻，但见景境依然，门扃无人。因题诗于扉曰："去年今日此门中，人面桃花相映红。人面不知何处去，桃花依旧笑春风。"后"人面桃花"成为形容所钟爱女子再难见到的典故。②觉来：醒来。觉，睡醒。

［词解］

昨夜夜半，枕上分明梦见。你看，这梦境是如此的真实，如此的明晰，那美貌的容颜，仍然如桃花一样绚烂，那眼眉，依然如柳叶一样微微挑动，那神情，依然带着无限的娇羞，半羞还半喜，欲去又依依。这样的人儿，如何不让人魂牵！这一双人儿，分明是同一梦境，一种相思，两处深愁，而梦，总是会醒。觉来知是梦，不胜悲！真是肝肠寸断。

［词人逸事］

有一次，韦庄和几个同僚一起吟诗作对，有个官员瞧不起韦庄的"白衣"身份（即没有参加科举考试，未取得功名），于是想羞辱韦庄。他们认为韦庄没有读过多少书，肯定不知道怎么对对联，于是就让韦庄出个上联，然后由他们来对。韦庄也知道他们的意思，就随口说了一个上联："劈破石榴，红门中许多酸子。"这些官员一听，立刻又羞又恼，韦庄分明是讽刺他们酸腐无能，尸位素餐，可是一时之间，他们也想不出下联，只好在那里连连擦汗。韦庄内心得意，表面上却不动声色，慢悠悠地对出了下联："咬开银杏，白衣里一个大仁（人）"。这个下联不仅对得工整，而且采用谐音，将自己与他们进行了鲜明的对比，这些官员听了之后，不得不佩服韦庄文思敏捷。

李 珣

李珣（约 855– 约 930），字德润，梓州（今四川三台）人，唐末词人。李珣的祖先是波斯人，黄巢起义时曾经跟随唐僖宗入蜀避难，之后便定居在梓州。李珣从少年时代起就享有很高的声誉，他的妹妹舜弦被前蜀的皇帝王衍册封为昭仪。李珣的祖先是贩卖香料和药材的，他从小受家庭的熏陶，参考了几十种古籍，撰写了一本六卷的《海药草本》。在文学方面，李珣留传至今的词有五十多首，分别被收入《花间集》和《尊前集》中。他的诗被《全唐诗》收录的有五十四首。李珣是“花间派”词人中的重要一员。李珣的词风清婉，与韦庄颇为相似，不过在内容上比韦词更加开阔。

南乡子

zhào

乘彩舫①，过莲塘，棹歌惊起睡鸳鸯②。游女带香偎伴笑，争窈窕③，竞折团荷遮晚照④。

［说明］

南乡就是南国，唐朝时又称为南中。《南乡子》这个词牌本是唐代教坊中的曲名，又名《好离乡》《蕉叶怨》。本来是单调，从后蜀欧阳炯开始，《南乡子》先后出现了二十七字、二十八字、三十字等不同的形势，但都采取了平仄换韵的形式。到南唐时，冯延巳将其变为双调，共五十六字，上下两片分别为四平韵，通篇采用一韵。李珣所作的《南乡子》共有十七首，描绘的都是南国水乡一带的风土人情，具有极为鲜明的地方特色和生活气息，读来似乎就像一首首具有浓厚风味的民歌。这首词是其中之一，描写了一个南国水乡少女的生活片断。

棹歌惊起睡鸳鸯

［注释］

①彩舫：经过彩饰的小船。②棹歌：划船时唱的歌。棹，划船工具，也代指船。鸳鸯：一种形似野鸭而较小的水鸟，雌雄成对生活，因以象征恩爱情侣。③窈窕：形容女子体态姣好的样子。④团荷：即荷叶。因其近似圆形，故称。晚照：傍晚时分的日光。

[词解]

这首词描写了一位年轻女子在夏季一个晴朗的日子泛舟游玩的情景。经过色彩装饰的画船在茂密的荷塘中迤逦穿行，红绿相映，好一片荷塘，好一个夏日！少女们荡着小舟，哼着小曲，尽情陶醉在这夏日的美景中。棹歌惊醒了栖眠荷底的鸳鸯，引得少女们破颜而笑，她们发出顽皮的、娇羞的笑声。她们是在笑鸳鸯惊恐的傻乎乎的样子，还是由双宿双飞的鸳鸯引发了对爱情的甜蜜憧憬？或者是在以鸳鸯而戏谑与自己同行的女伴？这舒心的、无邪的、交织着甜蜜与希望的笑，透露出少女的天真和活泼！虽是夏日，玩到黄昏时分，阳光也不十分炽热了，但她们纷纷折下荷叶遮蔽阳光。她们竞折荷叶，意不在遮蔽阳光，而是为了使这一日的游玩尽兴，乘兴而来，笑着闹着而去。

[词评]

绝无曲折，却极形容之妙。

——况周颐《蕙风词话》

[词人逸事]

《海药本草》是一本药学著作，它的作者是生活在唐朝末年到五代时期的文学家、医药学家李珣。唐朝建立以后，中国和外国在经济方面和文化方面的交流日益频繁，中亚的各个国家不断派出使者到中国来从事各种各样的活动。李珣本身就是到中国来进行贸易的波斯人的后代，他也因此被人称为“李波斯”。他的祖上世代都以经营香料和海药当作主业。由于这些药品都是从海外运入中国的，因此又被称为“海药”。李珣就是在这样一个家庭中长大的，所以他也有很多机会来接触那些外国的药品，对于这些“海药”的性质和药效也有比较深入的了解，于是撰写了这部《海药本草》。书中对于载录的各种药物的释义、出处、产地、形态、品质优劣、真伪鉴别、采收、炮制、性味、主治、附方、用法、禁忌等都进行了详细的记载。明代大医学家李时珍所写的《本草纲目》在很多地方都参考了李珣的《海药本草》。

南乡子

相见处，晚晴天，刺桐花下越台①前。暗里回眸深属意②，遗双翠③，骑象背人④先过水。

[注释]

①刺桐：一种植物，形似桐但是有刺。越台：即“越王台”，西汉时南越国王赵佗修建的一座高台，其遗址位于今广州北部的越秀山上。②属意：归心，留意。③双翠：一双翠羽，翠羽为古代女子的一种头饰。④背人：离开人群。背，离开。

［词解］

在雨过天晴的傍晚时分，有位天真无邪的少女，在越王台前、刺桐花下，见到了一位青年小伙子，对他一见钟情。她暗地里悄悄地回眸，留给他深情的一瞥。又匆匆地装作不小心丢失了一双用翠羽装饰的钗子，然后若有所待地先行而别，悠悠然骑象涉水而去。少女钟情着少年，欲爱又羞，既对他有情又怕人知晓，只给少年留下回眸一瞥和无限爱意。遗失的翠钗是少女留下信物；先行而去，是欲爱又羞，期望少年能够明白自己的心意而追赶上她，主动同她说话，表达对她的倾慕之情。词中描写的少女既不像大家闺秀那样矜持，也不像普通的农家女子那样直露、决绝，词人从不同的角度、通过不同的侧面向读者展示了岭南一带特有的风土人情。

［词评］

咏南荒风景，惟李珣《南乡子》词有十七首之多。荔子轻红，桄榔深碧，猩啼暮雨，象渡瘴溪，更萦以艳情，为词家特开新采。

——俞陛云《唐五代两宋词选释》

［词人逸事］

李珣的祖先是波斯人，在唐朝时来到了中国，因此李珣的才学具有一定的伊斯兰文化底蕴。这一点可以从他文学、医学兼修，李珣的弟弟也以行医为生中得到一些启示。又因为李珣长期在中国生活，深受汉文化的浸染，而伊斯兰以前的那些圣贤自从很早以前就一直倡导教众接受先进的汉文化。伊斯兰教的创始人穆罕默德所说的“学问虽远在中国，亦当求之”就非常真实地将这种思想反映了出来。李珣“以秀才预宾贡”，比较系统而又全面地接受了中国传统文化的影响，可是李珣身上原有的那些伊斯兰文化基因仍然不时地发挥作用。“词”作为词人的心声，是表达词人情绪的最好工具。他在唐朝灭亡之后隐居不仕，并且发出了很多“感慨之音”，这也是儒家思想的一种很好的体现；他的词中很少有柔婉纤丽的风格的作品，大都表现得比较明快真切，这其中也有伊斯兰文化对他产生的潜在影响。汉文化、波斯文化对他的交叉影响，让李珣的词作在西蜀文坛上具有独特的地位。

菩萨蛮

回塘风起波纹细，刺桐花里门斜闭。残日照平芜①，双双飞鹧鸪。　　征帆何处客？相见还相隔。不语欲魂销②，望中烟水遥。

［注释］

①残日：夕阳余晖。平芜：平旷的原野。②魂销：即“销魂”。神思茫然，仿佛魂魄将离体。多用以形容悲伤愁苦时的情状，亦常用以形容男女欢情。

望中烟水遥

[词解]

幽静荷塘上的风吹动水面泛起了阵阵涟漪。自然界中这一细微的变化，只有百无聊赖的有心人才能察觉。春日里刺桐花荫中的黄昏是寂寞幽静、没有生机的，这更使得“我”倍感孤独。门半掩着，把大好的春光都挡在了门外，仿佛把“我”与这美好的春色隔绝了。残阳下“我”放眼向平旷的原野望去，一对对鹧鸪在晚照下双飞双落，好不适意。相形之下，更显出门中人的孤苦伶仃。独处的伤感能跟谁诉说呢？丈夫出门已经很久了，一叶扁舟不知漂泊在何处，怎么不叫做妻子的挂念呢？相思就想相见，然而远隔千里，又不知道他究竟在什么地方，真是无可奈何。想到这里，“我”不禁黯然销魂了。相思所以相望，相望还是相隔，眼前却唯有一望无际的浩渺烟波在飘荡。

[词评]

这首词结构分明，上片景物描写启发下片之情，下片的情绪抒发又回注上片之景，点活所寓之意，上下衔接得极其自然。写景之清丽可喜、抒情之缠绵动人，更具有十分的魅力。

——蒋寅（见《唐宋词鉴赏辞典》）

[词人逸事]

李珣的妹妹被前蜀的第二位皇帝王衍册封为昭仪。这位李昭仪长得很美，而且天真烂漫，按理说应该很受宠爱才对，可是王衍是历史上有名的骄奢淫逸的皇帝，他对李昭仪并不是特别宠爱，身为李昭仪兄长的李珣也并没有因此飞黄腾达。李珣自幼就有很高的文才，考中秀才之后便不想继续参加科举考试、进而升官发财了，他只是喜欢四处游历而且偏偏喜欢研究医学，性格上也比较淡泊清雅。这也让他的词作在《花间集》中显出了与其他词人不一样的特质，可也正是因此，李珣的词作并没有受到皇帝的青睐。前蜀亡国以后，李珣对仕途更是失去了兴趣，始终都保持着一分隐士的节操。

浣溪沙

访旧伤离欲断魂，无因重见玉楼人[1]。六街[2]微雨镂(lòu)香尘。　早为[3]不逢巫峡梦[4]，那堪虚度锦江春。遇花倾酒

莫辞频。

无因重见玉楼人

［注释］

①玉楼人：指作者的意中人。②六街：唐宋时城市建制，京师共设左右六街，此指繁华的闹市。③早为：早就已经。④巫峡梦：指楚襄王梦到巫山神女之事。

［词解］

故地重游，却物是人非。景色还像他们相聚时那样美好，而他们别离后天隔一方，想来再也没可能与心上人重新聚首了。想起这些，真是让人肝肠寸断，黯然销魂！细雨蒙蒙，繁华街市上的尘土像是被小雨给雕镂固定了，再也飘不起来。已经是过了做梦的年纪，楚襄王梦巫山神女那样的美梦再也不会遇到了，现实的生活总还得继续。怎么能够虚度了这美好的春光、美好的年华呢？宁愿在花开的日子，倾杯畅饮，有酒就喝，不会推辞拒绝，希望以此来忘记别离的伤痛。但举杯消愁愁更愁，别离之恨怎么会抛之脑后呢？

［词评］

这首词，写作者对女子一往深情，旧地重游，但却物是人非，倍增伤感，唯有借酒浇愁而已。

——丁炳贵《婉约词与豪放词鉴赏》

［词人逸事］

李珣的词作对于女子和爱情的刻画与温庭筠、韦庄等人的情调、风格与审美取向都有本质的区别。在温庭筠和韦庄的词中，描写的背景通常是青楼楚馆，刻画的对象大多是妓女，他们所写的爱情通常也都是士人和妓女之间的恋爱。李珣的词则大多是游子思妇，描写征夫之愁，闺妇之怨，或者是少女懵懂的爱情。这些词作表达出了词人对于美好淳朴的感情的向往，同时也显得非常深沉。他将这些令人感到凄切感伤的场景，用一种极为真切的笔法描写出来，使情和景交融在一起，从而在艺术上达到了很高的境界。

浣溪沙

红藕花香到槛频①**，可堪闲忆似花人**②**，旧欢如梦绝音**

尘[3]。　　翠叠画屏山隐隐，冷铺纹簟(diàn)[4]水潾潾(lǐn lǐn)[5]，断魂何处一蝉新[6]。

[注释]

①“红藕”句：是说荷香不断飘入槛内。红藕：指荷花。槛：窗户下或是长廊旁的栏杆。②似花人：作者怀念的美貌女子。③绝音尘：即音尘绝，指音讯隔绝。④纹簟：带花纹的竹席。簟，供坐卧用的竹席。⑤水潾潾：此处形容簟席的水纹。⑥一蝉新：蝉鸣，含有诉恨的寓意。

[词解]

这首词写作者怀念意中人。清爽的夏日，荷花的香味在微风吹拂下不断飘入长廊旁的栏杆。在这闲适的日子里，词人不禁想起了香如荷花的心上人。想起他们曾在一起欢度的美好日子，那如梦如幻的时光永远留在他记忆的深处。美好的时光已经过去，如今他们音信隔绝，毫无消息。欢情难继，往事如梦，不堪回首。画屏上的图案远山含翠，绰约多姿，隐约可见。清冷床上竹席的竹纹像水的波纹一样，美丽却冷酷无情。外面树上的蝉发出凄凉的叫声，像是在倾吐词人伤心断魂的思念与悲恨。

[词评]

其词温厚而不儇薄。

——李冰若《栩庄漫记》

李存勖

李存勖（885–926），即后唐庄宗，小名亚子，李克用长子。在位四年，兵变被杀。晓音律，能度曲，《唐五代词》辑其词四首。

忆仙姿

曾宴桃源[1]深洞，一曲舞鸾歌凤[2]。长记欲[3]别时，和泪出门相送。如梦，如梦，残月落花烟重。

[说明]

这首词采用神话传说故事作题材，描写刘、阮和仙女离别时的依依不舍之情。因词中有“如梦，如梦，残月落花烟重”一句，这个词调后来就取名为《如梦令》。此词应该是李存勖根据旧传曲子词改定的。

[注释]

①桃源：理想的世外桃源。②一曲舞鸾歌凤：一本作“一曲清歌舞凤”。鸾凤：鸾鸟和凤凰，古代传说中吉祥美丽的鸟。③欲：即将，将要。

[词解]

如梦，如梦

词人曾经和佳人在理想的世外桃源之地相聚，摒却了人间的烦扰，尽情享受欢宴相聚的快乐。那次宴会中“舞鸾歌凤”的情景如在眼前。还清楚地记得，将要分手离别的时候，佳人依依不舍的样子，她流着眼泪出门相送，直到心爱的他走远，消失在视线里。他们曾在一起共同分享快乐，一同承受悲伤。那样的日子真是令人难以忘怀。因为太美了，所以现在回忆起来，真是像梦一般。眼前的半轮残月和簌簌坠落的花瓣，更引起了词人别后的相思；如烟一样的月色，给全词笼上了迷蒙孤寂的气氛。自从分别后，词人的心情也像今日的月色和落花一样，一片凄迷孤寂，不知遥远的佳人现在何方，此时又在做什么呢。在这凄清的夜里，对她的思念绵绵不断，如此深沉。这首小令，抒情细腻，婉丽多姿，语言美，意境更美。

[词评]

五代词嗣响唐贤，悉可被之乐章，重在音节谐美，不在雕饰字句。而能手作之，声文并茂。此词“残月落花”句以闲淡之景，寓浓丽之情，遂启后代词家之秘钥。

——俞陛云《唐五代两宋词选释》

[词人逸事]

李存勖的父亲李克用没有完成统一大业就去世了。他父亲临死的时候，交给了李存勖三支箭，嘱咐他要完成三件大事：一是讨伐刘守光，攻克幽州；二是征讨契丹，解除北方边境的威胁；三是要消灭世敌朱全忠。李存勖将三支箭供奉在家庙里，每临出征就派人取来，放在精致的丝套里，带着上阵，打了胜仗，又送回家庙，表示完成了任务。公元 911 年，李存勖在高邑（河北高邑县）打败了朱全忠亲自统帅的五十万大军。接着，攻破燕地，将刘守光活捉回太原。九年后，他又大破契丹兵，将耶律阿保机赶回北方。经过十多年的交战，李存勖基本上完成了父亲遗命，于公元 923 年消灭后梁，统一北方，四月，在魏州（河北大名县西）称帝，国号为唐，不久迁都洛阳，年号“同光”，史称后唐。

和 凝

和凝（895–955），字成绩，郓州须昌（今山东东平）人。少好学，年十九，登进士第。初仕后唐，继为后晋宰相。善为文章，尤工短歌艳曲，有“曲子相公”之称。现存词二十余首，大都以华艳辞藻写男女情事。

江城子

竹里风生月上门。理秦筝①，对云屏。轻拨朱弦，恐乱马嘶声。含恨含娇独自语：今夜约，太迟生②！

［说明］

和凝一共写了五首《江城子》，是一组内容完整的组词，它们分别描述了一个女子在等待恋人、盼望见到恋人、与恋人见面、与恋人相处、与恋人离别等不同情况下的心绪。这五首词在文意上是贯通的，又分别独立成章，表现出了这个女子的娇、恨、笑、思、愁等不同的心态，从而展现出这个女子对恋人的一片深情。由于这五首词在章法上脉络清晰、思路连贯，因此有人称其为“联章之祖”。这首词是其中的第二首，紧承第一首“等待恋人”的描写，继续对这个女子盼望恋人赶快到来时的情态以及由于恋人没有来而产生的含恨含娇的意绪进行描写。

［注释］

①秦筝：古代的一种弦乐器。相传为秦人蒙恬改制，故名。②生：语助词。

［词解］

这首词从一开篇便将女子等待恋人前来相会时的情态刻画了出来。这个女子坐在灯烛之前，细心地聆听从“竹里”发出来的每一丝声响，认真地窥视着从门前经过的每一个身影，因为自己的心上人“潘郎”将会从这片竹林中的小路赶来，从这扇门进入自己的房间。可是，她聆听“竹里”发出的声音，却只听到了风声，认真地窥视门口人影，却只能看到月亮的影子。她的心情变得焦躁起来，真是坐卧不宁。此时夜幕刚刚降临，风刚刚刮起来，月亮也刚刚升上夜空，约会的时间其实还没有到。因此，她只能暂时地看着窗外的夜空，让自己陷入沉思之中，实在无聊了，就把秦筝拿出来，弹奏一首能够表明自己心绪的曲子，努力让自己在遐想和音乐声中慢慢平静下来，渐渐地，她似乎真的沉浸在这似诉的古筝声中了。可是，刚投入地拨动琴弦，她又立即放轻了声音。她生怕乐曲声盖过远处的马嘶声，使自己难以捕捉恋人来到的细微声息。她不由得轻按朱弦，放低声量，凝神谛听。然而情人迟迟不来，她不由得抱怨今夜约定的时间太晚了：情人怎么还不来呢？这个女子既没有抱怨“风生竹里”但是恋人还没有来，也没有抱怨“月上门”但是恋人却没有进门，更没有抱怨朱弦的声音掩盖了马的嘶叫声，她只是抱怨自己与心上人约定的时间太晚，由此可见她对自己的心上人爱得多么热切，多么真挚。

[词评]

“轻拨”、“恐乱”二语熨帖入微，似乎人人意中所有，却未经前人道过，写出柔情蜜意，真质而不尖纤。

——况周颐《餐樱庑词话》

[词人逸事]

公元918年，贺槐和李存勖在胡柳发生了激烈的战斗，贺槐大败，他手下的幕僚全都逃走了，只有和凝一直追随着贺槐。贺槐让和凝也逃走，可和凝坚决不答应。他说：“大丈夫应当立下‘士为知己者死’的志向，此刻我只怨恨自己没能战死沙场，让我离开您，比让我去死还要难受！”最终贺槐在和凝的保护下成功地逃脱。回到家里，贺槐对妻子说道：“和凝是一位仁义之士，日后肯定有前途，我们应该善待他。”不久之后，在贺槐的主持下，和凝娶了一位妻子，他的妻子就是贺槐的女儿。李嗣源称帝以后，广泛招揽四方贤士，和凝于是归附了李嗣源，李嗣源任命他做了中侍御史，日后又让他负责贡举方面的事务。

欧阳炯

欧阳炯（896–971），益州华阳（今属四川）人，曾在后蜀担任中书舍人，后随孟昶投降宋朝，被任命为散骑常侍。欧阳炯是花间派词人中的重要成员，他擅长演奏长笛，喜欢填词，工诗。他的词大都描写男女之间的感情，辞意婉丽，因此受到了时人的称道。他还曾经为《花间集》作序。《花间集》中收录了他的词十七首，《尊前集》中收录了他的词三十一首。

南乡子

岸远沙平，日斜归路晚霞明。孔雀自怜[1]金翠尾，临水，认得行人惊不起。

[注释]

①怜：爱。此处有自赏之意。

[词解]

太阳西斜，已经到了日暮时分。晚霞却在这时映红了天空，照亮了回家的路。远处的河岸，近处平柔的细沙，都清晰可见。河岸边，有一只爱美的孔雀在水边自爱自怜，自我开屏自我欣赏。看到有行人来，惊惶地又把开的屏给收回去了。

[词评]

欧阳炯《南乡子》词最工。

——尤袤《全唐诗话》

[词人逸事]

欧阳炯为人非常乖巧，作出来的词也是既能雅又能俗，因此前蜀第二位皇帝王衍对他非常喜爱，欧阳炯所写的词也经常流传于宫中。王衍在登基之初，就命人修建了一座规模庞大、奢华无比的宣华苑，两年后这座宫殿竣工，为了出入方便，王衍还派人专门开了一条连接皇宫和宣华苑的水路。几百名身上穿着彩衣的宫女手持蜡烛在彩船上站着，烛光将春夜的水面映照得像白昼一样明亮。巨大的彩船上面，宫廷乐队与舞女们正在表演一场令人赏心悦目的歌舞，悠扬的乐曲回荡在整座城市里面，轻盈的舞姿也令观看的人内心荡漾不已。歌女们演唱的就是欧阳炯所作的词，柔靡的音乐与绮艳的歌词令人心醉，皇帝的心里也充满了喜悦。

南乡子

路入南中[1]，桄榔(guāng láng)叶暗蓼花[2]红。两岸人家微雨后，收红豆[3]，树底纤纤抬素手[4]。

[注释]

①南中：本指中国南方地区，此处指南粤地区。②桄榔：一种常绿高大乔木，我国南方地区分布很多。叶暗：指树叶很稠密。蓼花：这里指水蓼，花为淡红色或白色。③红豆：又名相思子，即相思树生长的果实。古人常用它来象征爱情或相思。④素手：指女子柔软细白的手。

树底纤纤抬素手

[词解]

南方的秋天，不像北方的秋天那样清冷，景色仍然非常秀丽。一阵小雨降落，桄榔树仍然浓绿异常，淡红色的蓼花掩映于其中。红花和绿叶都呈现出一片繁荣的美好景象。河水两岸的人家，在细雨下完以后，都开始忙碌起来，他们要收获红豆。一双双纤纤细手都在树下面采撷红豆，这些生长在南国的妙龄少女们都对生活和爱情充满了美好的向往和憧憬。

［词评］

短词之难，难于起得不自然，结得不悠远。诸起句无一重复，而结句皆有余思。

——汤显祖《花间集评》

［词人逸事］

欧阳炯很有才华，他通晓音律、绘画，擅长写诗作词，《续资治通鉴长篇》中记载他“雅善长笛”。这一点就连宋太祖赵匡胤也早有耳闻。一天，宋太祖上朝时，突然想起此事，就下令让欧阳炯到皇宫中来献艺。御史刘温叟立刻跪倒在地向太祖进谏说：“皇上，千万不能这么做，您一定要吸取前车之鉴啊。以前，后蜀的皇帝孟昶整天沉迷于声色歌舞，欧阳炯在后蜀担任丞相，不仅不去劝告君主，反而纵容孟昶这种行为，失去了一个臣子的本份，这怎么能不亡国呢？请陛下三思。”宋太祖听了之后，觉得有道理，于是放弃了听欧阳炯吹奏笛子的想法。实际上，刘温叟对欧阳炯的指责是没有道理的，因为欧阳炯在后蜀担任宰相时也经常劝谏孟昶，只不过是孟昶不听，再加上欧阳炯本身喜好作诗填词，才惹来非议的。

南乡子

画舸①停桡(ráo)②，槿(jǐn)花③篱外竹横桥。水上游人沙上女，回顾，笑指芭蕉林里住。

［注释］

①画舸：装饰得很华丽的小船。②桡：船桨。③槿花：一种落叶灌木，开红、白、紫等各色花。南方民间多用来当作篱笆。

［词解］

这首词写的是舸中游人与沙岸上女子的搭话。炎炎长夏，船儿不动，桨儿不摇，近处是一座茅舍，茅舍周围种着木槿花的篱笆，远处依稀可以看见横过江面的竹桥，非常安静，非常自然。画舸和槿花互相辉映，也在恬静素淡的气氛中增添了几分艳雅。画舫中的男子，立于沙头的一位少女，两厢情愿，彼此有意。作为男子，就要主动一点，勇敢一点，他在那里站了很久，终于鼓起勇气走上前去问话，他问那位少女子叫什么名字，年龄多大了，家在什么地方居住。这个少女已经情窦初开，可是又很害羞，心里想回答，又不愿说话，最终她还是转身走了。走了，又不甘心，却又回头顾盼，笑指着远处的芭蕉林，说家在那里。这“芭蕉林”，也许就是“槿花篱”的旁边，又或者这是女子在说谎：“我家可远着呐，穿过芭蕉林还要走很远。”整首词的风格极为清丽，表达的感情也很健康、很纯朴，气氛愉悦和谐。

水上游人沙上女

[词评]

欧阳炯《南乡子》词写蛮乡新异景物，以妍雅之笔出之，较李珣《南乡子》词尤佳。

——俞陛云《唐五代两宋词选释》

[词人逸事]

欧阳炯因为文才出众而被喜好文学的后蜀皇帝孟昶重用为宰相，在担任宰相期间，他虚心纳谏，也做了不少好事。有一次，他与群臣外出游玩，中午时，有人在一座凉亭里摆上了精美的酒菜，请欧阳炯和众人食用。这些人中有个和尚，法名可朋，他是欧阳炯的好朋友，是欧阳炯特意请他一起游玩的。正当大家兴高采烈地准备入席就餐时，只见可朋紧锁眉头，一语不发，站在亭外凝视着远处。大家都很诧异，顺着他的目光一看，只见远处的田里有十几个农夫正汗流浃背地干活，欧阳炯心里一惊，再也没有心思吃饭，而是命人拿来纸笔，做了一首诗，诗中写出了农民的艰辛并告诫世人应当节俭。欧阳炯写完，还让在场的同僚每人都以此为主题和作一首，然后将这些诗都镌刻在了亭子里。这个亭子原来有名字，可是从此之后，人们就将亭子改名为“善讽亭”。

南乡子

洞口谁家？木兰船①系木兰花。红袖女郎相引去，游南浦②，笑倚春风相对语。

[注释]

①木兰船：相传用木兰树造的船，后常用为船的美称。②南浦：河水的南岸，后人常用来代指送别的地方。

[词解]

是谁家在美丽的水洞处安家居住呢？在这居住真是别有一番诗情画意。门口，用木兰花装饰的船还没有出航，穿红衣的妙龄少女把这船牵引了出来，去南浦游玩，她笑倚在木兰船上，春风吹拂而来，像是在跟她喃喃细语。

[词评]

欧阳炯写景纪俗之词，与李珣可谓笙磬同音。俨然一幅画图。

——李冰若《栩庄漫记》

清平乐

春来阶砌[1]，春雨如丝细。春地满飘红杏蒂，春燕舞随风势。　　春幡(fān)细缕春缯(zēng)[2]，春闺一点春灯。自是春心缭乱[3]，非干春梦无凭。

[注释]

①阶砌：屋基阶沿，多用青砖或青石砌成，下为阳沟以承接屋檐上的雨水。②春幡：即春旗。古代风俗于立春日悬挂着幡作为春天来了的象征。也有用丝织品做成的小旗插在头上或树上以示迎春。春缯：即春纱，指做春旗的丝织品。③缭乱：纷乱，心绪不宁。

[词解]

春天来了，屋外房基下石头砌成的台阶上藓苔丛生，春雨纤细如丝，绵绵不绝，地上落满了红杏的花蕾，燕子也活跃起来了，随着春风翩翩起舞。立春这一天，悬挂着幡作为春天来了的象征。做春旗用的丝织品又薄又细，十分精美。少女的香闺中点燃了春灯，照亮少女的心扉。自然是春天来了，万物散发出了蓬勃的生机，扰乱了少女的心绪。是昨夜梦中少女梦到了情郎才心烦意乱，还是因为这浓浓的春意让少女顿生春愁之感？

[词评]

这首词上片写深闺外的春色，下片写闺内少妇的生活和春愁。此词八句用了十个“春”字，却不使人感到别扭，真绝。

——丁炳贵《婉约词与豪放词鉴赏》

定风波

暖日闲窗映碧纱[1]，小池春水浸晴霞。数树海棠红欲尽[2]，争忍，玉闺深掩过年华。　　独凭绣床方寸乱[3]，肠断[4]，泪珠穿破脸边花[5]。邻舍女郎相借问，音信，教人羞道未还家。

［说明］

《定风波》，唐教坊曲名。始见于后蜀欧阳炯词。平仄换韵，六十二字。由于句式参差，平仄交错，声律别具特色。另有仄韵体，为柳永创作。又名《卷春空》《定风流》《定风波令》《醉琼枝》。

邻舍女郎相借问

［注释］

①碧纱：指绿色的窗纱。②红欲尽：意谓花将凋谢。③方寸乱：心绪烦乱。④肠断：形容极度悲痛。⑤脸边花：指女子脸上的装饰。

［词解］

这首词写春日闺情。风和日暖，晴窗映碧，春天已经深了。思妇看到窗外的残春光景，由于孤寂而闲得发愁。春水和明霞相映，景色极为绮丽。沉浸在这明媚的春光中，怎能不令人陶醉呢？正是春意阑珊的时候，满地落花，使她不忍心看。不忍春天将尽，更不忍深闭闺房，虚度大好的青春年华。独自倚靠在床边，心绪烦乱到肠断，极度悲伤。想着想着，思妇的眼泪不禁夺眶而出，泪珠顺着两腮流了下来。邻家的女子与她闲聊，问她的丈夫什么时候回来，她害羞地回答道："还不知道什么时候回家呢！"

［词评］

欧阳炯词，艳而质，质而愈艳，行间句里，却有清气往来。大概词家如炯，求之晚唐五代，亦不多见。其《定风波》云："暖日闲窗映碧纱，小池春水浸晴霞。数树海棠红欲尽，争忍，玉闺深掩过年华。　独凭绣床方寸乱，肠断，泪珠穿破脸边花。邻舍女郎相借问，音信，教人羞道未还家。"此等词如淡妆西子，肌骨倾城。

——况周颐《历代词人考略》

孙光宪

孙光宪（约900—968），字孟文，自号葆光子，陵州贵平（今四川仁寿）人，五代时词人。孙光宪的诗词功力很高，风格清秀俊朗，所以他作诗主张"清丽"，反对"粗鄙"，认为诗歌应该"言近意远"，表达个人的真情实感。孙光宪的词擅长描绘江南水乡的风光，词风清丽疏淡。《花间集》和《尊前集》中共收录了孙光宪的词八十四首，是同时期词人中除了冯延巳之外存词最多的人。

浣溪沙

半踏长裾(jū)宛约行[①]，晚帘疏处见分明。此时堪恨昧(mèi)平生[②]。　　早是销魂残烛影，更愁闻着品弦声。杳(yǎo)无消息若为情。

[说明]

《浣溪沙》，词牌名，一名《浣纱溪》。今天发现的最早的《浣溪沙》词保存于《花间集》，到宋代，这个词牌成为词人最喜欢用的词牌之一。

[注释]

①长裾：长裙的下摆。宛约行：女子走路步态优雅美好。②昧平生：即“素昧平生”，意指双方从来都不了解。

[词解]

女子的长袖垂到地上，步态优美地轻盈前行。男子隔着稀疏的窗帘把美女的姿颜看得十分真切。只是遗憾他们素昧平生，没有互通言语的理由。看到美人室内残照的烛光已经黯然销魂了，再听到女子弹奏琴筝的声音，男子的愁绪又增添了几分。苦于没有音信可以传达，只空有一段真情，一片相思，让男子魂牵梦萦，无法入睡。

[词评]

这首词是作者思念一位优雅贤淑的美女。从竹帘稀疏的地方看到她的美丽身影，可惜未通言语，因此魂牵梦萦，欲罢不能。

——丁炳贵《婉约词与豪放词鉴赏》

风流子

茅舍槿篱溪曲[①]，鸡犬自南自北。菰(gū)[②]叶长，水葓(hóng)[③]开，门外春波涨绿。听织，声促，轧轧鸣梭穿屋。

[注释]

①槿篱：把槿树种得很密，使之形成一道樊篱。溪曲：溪水弯曲流过的地方。②菰：多年生水生宿根草本植物。其根茎俗称为茭白。③水葓：即荭草。

[词解]

这是一首较早描写水乡农舍风光的词。春水绿波，鸡犬相鸣，一片静谧祥和的农村景象。水边的荚草开花了，门外绿水满池，碧波荡漾。一条弯曲的小溪，一座围有槿篱的茅舍中传出了织布的声音。吱吱呀呀响满整个屋子。井然有序的庭院景物，吱吱呀呀的织机声，都可以令读者想象出农村男女在耕作织布时的情景以及江南水乡农事繁忙的景象。

［词评］

《花间集》中忽有此淡朴咏田家耕织之词，诚为异采，盖词境至此，已扩放多矣。

——李冰若《栩庄漫记》

冯延巳

冯延巳（903–960），一名延嗣，字正中，广陵（今江苏扬州）人，五代十国时期南唐文学家。冯延巳先后侍奉过南唐开国之君李昪、中主李璟，官至宰相。冯延巳在政治上并无特别的建树，但是却有很高的艺术才能，尤工填词。他的词擅长用白描手法来刻画人物的内心世界，具有情感真挚、语言清丽、风格深美闳约的特点。北宋时期一些著名词人如晏殊、欧阳修等人都受到了冯延巳词风的很大影响。他的词作有《阳春集》。

鹊踏枝

谁道闲情①抛掷久？每到春来，惆怅还依旧。日日花前常病酒②，不辞镜里朱颜瘦。　河畔青芜③堤上柳，为问新愁，何事年年有？独立小桥风满袖，平林新月人归后。

［注释］

①闲情：悠闲的心情。②病酒：因过度饮酒而产生得病的感觉，实际上就是醉酒。③青芜：杂草丛生的草地。

［词解］

谁说闲情逸致被遗忘了太久？每到春来的时候，词人的心绪烦乱一如故旧。为了消除闲愁，词人每天都对着花儿饮酒，放纵自己，宁可整日酒醉，不惜令自己的身体变得消瘦。照镜子的时候才发现自己的容貌已经不再像以前那样年轻了，而是发生了很大的改变。河边的青草连成一片，河堤上的柳树也都形成了一片片的绿荫，这些景色无不宣告了春天的到来。可是对于那些受到恋情困扰的人们而言，万物复苏的景象同样也让他们心里埋藏已久的怅惘之情被激发出来。虽然眼前看到的都是春天的美丽景色，可是词人的内心却无比忧伤，为什么每当新的春天到来，自己的内心都会平添出那么多的新愁？独自站在小桥的桥头，和煦的春风吹拂着自己的衣袖。远处有一片树林，暗淡的灯光将树林映照得影影绰绰，那些晃动的影子陪伴着词人。每个人都难以避免地会遇到孤独的时候，而对于词人这种多愁善感的文人来说，就更是如此了。

独立小桥风满袖

[词评]

可谓沉着痛快之极，然却是从沉郁顿挫来，浅人何足知之。

——陈廷焯《白雨斋词话》

[词人逸事]

冯延巳的父亲本是吴国军队中的一个小校，南唐建国之后被擢升为歙州（今安徽歙县）盐铁院判官。他很有声望，当时有一位叛将发动了叛乱，叛军放起了大火，在火将要烧到冯家的房屋时，那些叛军居然放下武器来救火。冯延巳在很小的时候就非常机智，而且极有胆量，父亲在歙州任职的时候，冯延巳也跟随侍奉父亲。有一次，歙州刺史得了很重的病，外人不清楚刺史的病情，所以纷纷流传刺史将要死去的谣言。当时冯延巳只有十四岁，就奉父亲的命令独自去探望刺史，之后又把刺史的命令传达给那些等候在刺史府外的将士，结果马上就令大家安定下来了。

鹊踏枝

几日行云何处去？忘却归来，不道春将暮。百草千花寒食[1]路，香车系在谁家树？　　泪眼倚楼频独语，双燕来时，陌上相逢否？撩乱春愁如柳絮，依依梦里无寻处。

[注释]

①寒食：节令名，在清明节前一天（一说前两天）。相传春秋时晋文公为悼念抱木自焚的介之推，规定这一天不能生火做饭，只能冷食，故名。

[词解]

这首词写一名女子怀念游荡在外的丈夫，表现了无穷的哀愁。她看到空中飘荡的流云，联想起自己的丈夫也像流云一样，长时间地飘荡，不知道哪里去了。他似乎忘了回家，不知又到了暮春的时候。丈夫长时间不回家，春天转眼间就要过去了。辜负了这良辰美景，怎不叫人怨恨呢？寒食节里，无数的花花草草开放，她特

泪眼倚楼频独语

别想知道丈夫的去向，四顾向外张望，不知丈夫的车子停在了谁家的树下，不知丈夫身在何处？她眼含泪水，倚立楼头，不觉如痴如呆，独自念念叨叨。抬眼问归来的双燕，在路上有没有见过他？满天飘飞的柳絮，纷纷乱乱，她的心里也很乱。相思之情好似柳絮，纷乱地飞来飞去，在梦里都寻不见。

[词评]

这首词较明显地寄托了作者个人的感慨。他把自己比做被遗弃的女子，用以宣泄政治上的失意情绪。这比花间派词人专门描写妇女的服饰、容貌等一类作品，内容上毕竟深厚些。这种写法对北宋晏殊和欧阳修等人有着明显的影响。

——蔡厚示（见《唐宋词鉴赏辞典》）

[词人逸事]

南唐建立之后，冯延巳由于很有才华，被南唐的开国之君李昪授予秘书郎的职务，命他陪伴太子李璟。之后李璟成为南唐的兵马大元帅，冯延巳就在李璟手下担任了掌书记。李璟做了皇帝之后，于保大二年（944）任命冯延巳做了翰林学士承旨。两年以后，冯延巳又被任命为宰相。一年以后，陈觉、冯延鲁等人带领南唐兵马攻打福州，最后伤亡了几万人，福州也没有攻占。李璟十分生气，准备按照军法把陈觉、冯延鲁处斩。冯延巳为了救这两个人，主动上书请辞，被任命为太子太傅。

谒金门

风乍①起，吹皱一池春水。闲引②鸳鸯香径里，手挼③红杏蕊。　斗鸭阑干独倚，碧玉搔头④斜坠。终日望君君不至，举头闻鹊喜。

[注释]

①乍：忽然，突然。②闲引：在无聊、闲散地逗弄着玩。③挼：用手指搓捻。④碧玉搔头：用碧玉做成的搔头，即玉簪。

[词解]

突然刮起了一阵风，使整个池塘的水面被吹起了一层层波纹，就像一块平整的布被吹皱了一样，这原本是春天里极为寻常的场景。但是又有什么人能够明白，水面上那一圈圈的涟漪，却让一位女子的内心产生了波澜。她表面上还是一副悠闲的样子，不时地逗弄着鸳鸯，要么就是揉扯那些花蕊，不久又将身体靠在栏杆上欣赏斗鸭表演，可是从她那慵懒的神态中，我们便可以明白她的心思其实并不在这方面。伴随着喜鹊发出了几声鸣叫，她的脸上立刻就出现了一层红晕，喜鹊报喜，莫非是自己想念已久的丈夫就要回家了？这怎么能不让她的内心如小鹿乱撞呢？

[词评]

“风乍起”二句破空而来，在有意无意间，如柴浮水，似沾非著，宜后主盛加称赏。此在南唐全盛时作。“喜闻鹊报”句，殆有束带弹冠之庆及效忠尽瘁之思也。

——俞陛云《唐五代两宋词选释》

[词人逸事]

公元 958 年，冯延巳第二次被罢免了宰相的职务。当时的南唐朝廷，大臣之间的争斗异常激烈，大臣们基本上分成了两党，其中宋齐丘、陈觉、李征古、冯延巳等人结成一党，孙晟、常梦锡、韩熙载等人为另一党。多次用兵失败，让南唐国主李璟下了狠心，一定要消除党争的局面。于是便在同年发布诏书，宣布了宋齐丘、陈觉、李征古等人的罪状。将宋齐丘革职，命其返回九华山老家，不久宋齐丘就在家里绝食而死，陈觉、李征古则被赐死。宋党从此完全覆灭。冯延巳虽然属于宋齐丘一党，但是却安然度过了这次危机，这说明李璟对冯延巳还是法外开恩了。被罢相两年之后，也就是公元 960 年，冯延巳病死，终年五十八岁。

清平乐

雨晴烟晚，绿水新池满。双燕飞来垂柳院，小阁画帘高卷。　黄昏独倚朱阑①，西南新月眉弯。砌②下落花风③起，罗衣特地④春寒。

[注释]

①朱阑：一作“朱栏”。红色的栏杆。②砌：台阶。③落花风：指暮春时节的风。④特地：特别。

[词解]

这首词描写的是江南春天的景色，词人用极为婉转的笔法，表达了自己内心的寂寞孤独之感。春雨过后，晚照中烟霭迷蒙，绿水涨满的池塘，昭示着春天的生机盎然。双燕穿柳，池水新绿，已经春满人间。天晚了，燕子快快归巢，双双栖息画栋吧，然而燕子归来，人却不见回家。思妇无尽思念的情怀都融化在这高卷画帘的动作中。独倚朱阑，那楼头新月，砌下落花，不禁勾起她的相思之情。弯弯的新月高挂在西南的天空，已是夜深人静的时候。清凉的夜风吹落了花瓣，吹动了思妇的罗衣，她感到阵阵寒意。孤眠的凄冷感受和深心苦闷是难以说出的。

[词评]

此词纯写景物，然景中见人，娇贵可思。初写雨后池满，是阁外远景；次写柳院燕归，是阁前近景。人在阁中闲眺，颇具萧散自在之致。下片，写倚阑看月，微露怅意。着末，写风振罗衣，芳心自警。通篇俱以景物烘托人情，写法极高妙。

——唐圭璋《唐宋词简释》

[词人逸事]

冯延巳一向以文雅著称，南唐的开国皇帝李昪和中主李璟都对他很器重。得到两位君主的宠信，冯延巳在朝中非常嚣张，为了让自己的权势更加巩固，他与宋齐丘等大臣结成同党，对不服自己的人大肆排挤。他当时在太子府中任职，凡是有人地位超过了他，他一定会想办法将那人排挤走。朝中的另一位大臣孙晟经常受冯延巳的气。有一次，冯延巳又以一种挑衅的口气对孙晟说道:“你有什么才学，竟然做到了这样的官职？”孙晟难以忍受这样的羞辱，就生气地回答说:“我不过是一个从山东来的穷书生，说到执笔作文，连您的十分之一都比不上;至于说笑和饮酒，更是连您的百分之一都比不上；至于谄媚、阴险和狡诈的功夫，更是连您的千分之一都比不上。您轻视我，这一点我很清楚。可是皇上派您去辅佐太子的目的，是希望您能用道义教导太子，使太子从您的身上获益，因此您不能耽误国家的大事啊。我只是个小人，现在这个官职，不知道是靠什么得到的，不过您所能做的事情，恐怕已经足能够令国家败亡了。”这番话令冯延巳又羞又恼，却一句话也说不出来。

虞美人

春风拂拂横秋水①，掩映遥相对。只知长坐碧窗②期，谁信东风吹散彩云③飞。　银屏梦与飞鸾远，只有珠帘卷。杨花零落月溶溶④，尘掩玉筝弦柱画堂空。

[注释]

①拂拂：微风吹拂的样子。横秋水：指恋爱中的青年男女互相用眼神来交流。②碧窗：颜色碧绿的纱窗。此处代指恋人相会的地方。③东风：比喻破坏男女爱情的恶势力。彩云：代指主人公所钟情的人。④溶溶：形容月光荡漾。

[词解]

在明媚的春光中，微风轻轻地吹着，令人感觉温暖而惬意，年轻的男女之间互相暗送秋波，四目相对，心有灵犀，他们在幽会房间的绿色纱窗下面山盟海誓，那时的情景是多么美好和欢快，又是多么热烈和激动。只知道牢记着碧窗前彼此相约的誓言，却不料一阵东风吹散彩云，邪恶的力量破坏了他们的美好爱情。银屏梦中期盼与心上人相会，哪怕她远在万里之外，没有她的日子，只有珠帘无聊地闲卷。杨花凋零月光荡漾，画堂中空空无人，自从心上人走后，一切都变得空落、无聊起来。玉筝也很久没弹过了，上面已经蒙了许多尘土。一个人这样孤寂的日子，不知何时才是尽头？

尘掩玉筝弦柱画堂空

[词评]

方长坐相期，而彩云已散，明知梦远银屏，而尚卷帘凝望，何以自堪！结句凄韵欲绝。

——俞陛云《唐五代两宋词选释》

[词人逸事]

冯延巳因为擅长填词而被李璟任命为南唐的宰相，这引起了很多大臣的不满，为了安抚这些大臣，李璟又把冯延巳撤职，贬到外地去做官。可是冯延巳走了之后，李璟又感到身边缺少些什么似的，那是因为再也没有人能够与他填词唱和，而其他的大臣在这一方面又都无法与冯延巳相比。所以没过多久李璟又把冯延巳召回南唐的都城金陵，重新任命他为宰相。冯延巳这个人在政治方面并没有什么才能，还喜欢结党营私、排斥异己，不过他在填词方面的确是有很高的造诣，在整个文学史上也占有重要地位。他的词与南唐后主李煜的词在风格上也很相似，对于贵族的奢华生活也有大量描写，而且很多词中都充满了一种浓烈的低沉情绪。二人的不同之处在于，李煜经历了亡国被俘、成为阶下囚的巨大转变，尤其是投降宋朝之后，李煜的词在艺术上达到了一个新的高度，而冯延巳没有经历过这样的巨变，一味地享受安逸的生活，所以他在词上的成就也就比李煜低了很多。

长命女

春日宴，绿酒①一杯歌一遍。再拜陈三愿：一愿郎君千岁，二愿妾身常健，三愿如同梁上燕，岁岁长相见。

[注释]

①绿酒：古人用谷米酿酒，酒酿成之后，需要过滤才能变成纯度较高的好酒，在未经过滤时，酒的表面会浮起一层淡绿色的米渣，故名绿酒。

［词解］

词写春日开宴，夫妇双方祝酒陈愿。欢宴上有淡绿色的美酒，微风过处，散发着阵阵香醇。酒宴间，有歌曲助兴，更添了几分浪漫温暖的气息。妇人起身微微拜过，对她的夫君展开了动人的歌喉。她的歌词表达了自己三个美好的祝愿：一祝愿自己的郎君能够青春不老，能够永远安康；二祝愿自己身体健康，可以永远陪伴在郎君的身边；三祝愿自己与郎君像梁上的燕子一样，能够双宿双栖，夫妻团圆，天长地久。这首词采用妻子的口吻，语言平白浅易，读来如同一首民歌。最后两句用梁间燕子双宿双栖来比喻夫妇长相厮守，既贴切又活泼。

［词评］

南唐宰相冯延巳，有乐府一章，名《长命女》云："春日宴，绿酒一杯歌一遍。……"其后有人以词改为《雨中花云》："我有五重深深愿。第一愿且图久远。二愿恰如雕梁双燕，岁岁得相见。三愿薄情相顾恋。第四愿永不分散。五愿奴留收因结果，做个大宅院。"味冯公之词，典雅丰容，虽置在古乐府，可以无愧。一遭俗子窜易，不惟句意重复，而鄙恶甚矣。

——徐釚《词苑丛谈》

李璟

李璟（916—961），字伯玉，徐州（今属江苏）人。南唐先主李昪长子，史称中主。李璟非常喜欢读书，而且多才多艺，"时时作为歌诗，皆出入风骚"，他也因此具备了很高的文学素养。做了皇帝之后，李璟经常和手下的宠臣韩熙载、冯延巳等人宴饮赋诗，那种适合在歌筵舞榭之中吟唱的词也因此在南唐得到了发展的机会。李璟所作的词，具有情感真挚、风格清新自然的特点，在南唐词坛产生了很大影响。今存词四首。后人将李璟的词与李煜词合刊为《南唐二主词》。

摊破浣溪沙

菡萏（hàn dàn）香销翠叶①残，西风愁起绿波间。还与韶光②共憔悴，不堪看。　细雨梦回鸡塞③远，小楼吹彻④玉笙寒。多少泪珠何限恨，倚阑干。

［说明］

"摊破浣溪沙"，词牌名，一名《山花子》。所谓的"摊破浣溪沙"，顾名思义，就是从"浣溪沙"这个词牌"摊破"而来。而"摊破"之意，就是将"浣溪沙"前后两阕的尾句由七字变成十个字，也就是在七字句后面再加上一个三字句，而原来七字句的平脚则改成仄韵，三字句的最后一个字则是平脚，其他各句的平仄也都随之变动。李璟这首词在《词律》中词牌就直接标为“摊破浣溪沙”。此后的词人觉得好就一直沿用。如果单从文字方面说，“摊破”其实就是“添字”。

菡萏香销翠叶残

[注释]

①菡萏：即荷花，又称莲花。翠叶：此指荷叶。②韶光：美好的时光。此处既借指美好的景物时节，又借指美好的年华容色。③鸡塞：即鸡鹿塞。此处借指边塞远戍之地。④吹彻：吹奏到最后一首曲子。彻，一套大曲中的最后一段。

[词解]

这首词咏思妇怀人。思妇在梦中与征人相会，可那只是瞬息的欢愉。随着梦醒而逝去，外边的一切都是那么现实。荷花已经开始凋谢了，花下的荷叶更是残败不堪。一阵秋风吹过，水面上回荡的绿波正如人的愁思一般，为荷花的凋落飘零而发出阵阵叹息，同时也引起了思妇的心绪。那消歇的馨香、摧败的残叶，那绿池的西风愁波无不令她惆怅。思妇不由也为自己的憔悴而暗自伤心。年轻时的美好容颜都已不在，青春已经慢慢逝去，再也找不到以前的那种美丽了。外边依旧下着蒙蒙的细雨，思妇独处小楼，过着凄清孤独的生活，而征人却在遥远的边塞。小楼上凉意沁人，唯有清幽的笙音传来。这种思念令人无限感伤，不知思妇为远方的征人流下了多少眼泪，又有多少次地独自倚靠着栏杆等待征人的归来。这漫长而无尽的等待何时才是尽头呢？南唐中主李璟的这首词写的是他自己的心境。当时的南唐正像那逐渐干枯败落的荷花，美丽的姿态已经不在。大好年华最易逝去，老之将至，一代帝王以前曾经拥有的雄心壮志，现在也被消磨殆尽了。在梦中回到昔日，醒来才知道那已经变成了永远都无法再得到的美好回忆。李璟借荷花等来抒发了自己的郁闷之情。

[词评]

大有“众芳芜秽”“美人迟暮”之感。

——王国维《人间词话》

[词人逸事]

南唐中主李璟和他手下的大臣、当时担任宰相之职的冯延巳也曾有过机智的问答。在古代，一些自认为文才不错的皇帝和自己的宠臣之间，互相唱和诗词，本来也是寻常之事。李璟一生写了不少词，但流传至今的只有四首，但这四首词却几乎都很精美。他创作出这首《浣溪沙》之后不久，冯延巳便作了一首《谒金门》，其中有一句“风乍起，吹皱一池春水”，冯延巳对这一句甚为得意。这两首词写的都是一个女子思念自己的情人。而冯延巳的词很快也被李璟看到了。有一天，李璟在御花园里的池塘边散步，远远地看到冯延前来拜见自己，于是就板起脸来对冯延巳说道：“你来得正是时候，我有件事情不明白，你赶快从实招来。”冯延巳吃了一惊，急忙说道：“陛下有什么事情尽管问，臣一定如实禀告。”李璟说：“我问你，‘吹皱一池春水’，和你有什么关系？”李璟这话是在跟冯延巳开玩笑。但冯延巳仍然小心翼翼地奉承道：“确实不关微臣的事情，但若是说起陛下的‘小楼吹彻玉笙寒’，那才是绝妙之句啊！”李璟听后心中大喜，不由哈哈大笑起来。

摊破浣溪沙

手卷真珠①上玉钩，依前春恨锁重楼②。风里落花谁是主？思悠悠。　　青鸟③不传云外信，丁香空结④雨中愁。回首绿波三峡⑤暮，接天流。

［注释］

①真珠：即珍珠，珍珠帘的省称。②重楼：高楼。③青鸟：《汉武故事》中为西王母传递信息的使者。这里指带信的人。④丁香结：指丁香花的花蕾。诗人在此处以‘丁香结’象征忧愁的心。⑤“三峡”：一说应为“三楚”，指南楚、东楚、西楚。江陵（今湖北江陵一带）为南楚，吴（今江苏苏州一带）为东楚，彭城（今江苏徐州一带）为西楚。

［词解］

这首词描写的是一位思念丈夫的女子在春日之中的愁绪，以及与丈夫离别之后的四年之情。思妇手卷珠帘的动作，平淡之中蕴含着挚情真味。帘卷窗开，思妇向外望去，只见高楼深锁在这浓浓的春意中，密不透风，压得人透不过气来。思妇的春恨满满的，把这高楼都包围了。楼高人孤，春恨无穷，思妇的心中感到无限凄凉。而且这种春恨由来已久了，往年也有，岁岁年年消失不去。窗外，风吹落花，花随风散，寂寞飘零，无所依傍，春天即将逝去了。落花飘零，谁才是它们的主宰呢？看着看着，思妇不禁悲伤起来。这落花不就正像自己吗？自从亲人远去以后，她孤寂无依，这样的凄苦处境不正像落花一样吗？不管花开时是多么灿烂辉煌，也终会有衰落凋零的一天。这样想着，思妇的春恨就更深了。在这寂寞的春日，青鸟偏偏不传音信过来。远在天涯的亲人啊，为何走后就音信全无，枉自让她痴痴等待？外面仍是凄雨蒙蒙，雨打丁香，愁结满怀。这暮春的景色真是惨淡，让人伤怀！回头远望，只见暮色苍茫之中，那高接天宇的浩浩绿波，冲破三峡，滚滚西来又滔滔向东流去。思妇心中的愁绪，如同这滔滔江水，呼之即来，却挥之不去。

[词评]

全词情景融为一体，气象雄伟，意境深沉委婉，留有余韵，可称词中之神品，不为过誉。

——王方俊《唐宋词赏析》

[词人逸事]

这首词的背后，还隐藏着一段鲜为人知的凄美的爱情故事。据说李璟年轻时，因为一心向往风景秀丽的庐山，就来到庐山鹤鸣峰脚下，在那里买了一块地，建造了一座高台，专门用来读书。有一天下午，李璟由于读书过于用功，感到有些疲倦，就一个人出来在山上散步，在大山深处，李璟遇到了一位老人，这老人鹤发童颜，一副仙风道骨，原来这老人就是庐山的山神庐山君。庐山君见李璟风流儒雅，而且读书非常勤奋刻苦，便有意将自己的女儿漱玉嫁给李璟。当侍女扶着漱玉出来拜见客人时，李璟见她的身上穿着一身红袍，怀里抱着一张瑶琴，姿态婀娜，秋波流转，真是说不出的动人，李璟立刻就被漱玉的美貌惊呆了。两人一见钟情，当天晚上就结成了夫妻。从此以后，两个人郎情妾意，夜夜春宵，真是快乐无比。但是两个人的幸福生活在三年之后走到了尽头，李璟的父亲病重，即将不久于人世，下旨让李璟回京城去继承皇位。在这种情况下，李璟只能与漱玉忍痛分别，临别时两人约定，等李璟做了皇帝之后，为父亲守孝期满，便来迎接漱玉入宫。

李璟走后，漱玉每天都登上庐山眺望，等着李璟派人来迎接自己。有一天，漱玉一个不小心，掉下了万丈深渊。第二天，当地人看到从那深渊之中冒出了一朵巨大的红莲花，人们认为这是吉兆，称其为“瑞莲”。

不久，李璟亲自带人前来迎接漱玉，却从庐山君那里得知了漱玉已死的消息，他当初修建的读书台也破败不堪，李璟派人在自己读书的地方修建了一座寺庙，为漱玉祈福，然后又在漱玉坠落深渊的地方修建了一座亭子，名叫“漱玉亭”。

李煜

李煜（937–978），字重光，号钟隐，又号莲峰居士，彭城（今江苏徐州）人，五代十国时期南唐皇帝，世称其为“李后主”。他是南唐中主李璟的第六个儿子，在位十四年，南唐灭亡后归降宋朝，被封为“违命侯”，在北宋都城汴京，李煜过着“此中日夕，只以眼泪洗面”的日子，后因创作了抒发亡国之痛的《虞美人（春花秋月何时了）》而被宋太宗赐死。

李煜做皇帝很失败，但是在艺术上的才华却很高，诗文、书法、绘画、音律无一不精，当然他最擅长的还是词。他的词以亡国为界明显地分为前后两个阶段。李煜前期的词大都以宫廷之中饮酒作乐和男欢女爱为题材，词风绮艳；后期大多是抒发自己的亡国之痛以及追忆昔日的帝王生活，格调比较哀婉，但却具有极强的艺术感染力。

忆江南

多少恨，昨夜梦魂中。还似旧时游上苑①，车如流水马如龙②，花月正春风。

［注释］

①上苑：古代帝王专用的游玩和狩猎的地方。②车如流水马如龙：原本形容街市上车马很多，往来不绝的样子。这里用来形容自己梦中游玩娱乐时的盛况。

［词解］

这首记梦小词，是李煜归降宋朝以后过着囚徒一样的生活时所写的作品。昨天夜里梦到自己回到了过去，以为自己还过着那种优游自得的生活，可以在皇家园林中自由自在地游玩打猎，跟随自己的车辆和马匹连绵不绝。当时正是鲜花盛开的季节，道路两旁的野花在柔和的春风的吹拂下，散发出阵阵迷人的香气。当时在上苑中游玩狩猎的场面是多么盛大！多么气派！可是今天呢？一切都变成了一场梦，梦醒之后，面对着自己亡国之君的身份，反而更加觉得凄凉。现在心里只有无限的恨意——悔恨、怨恨、遗憾、无奈，这些恨全都涌上了心头。

［词评］

“车水马龙”句为时传诵。当年之繁盛，今日之孤凄，欣戚之怀，相形而益见。

——俞陛云《唐五代两宋词选释》

［词人逸事］

提起南唐的李后主，人们首先会想到他是一个“爱美人不爱江山”的亡国之君。史书中记载李煜做皇帝时“性骄侈，好声色，又喜浮图，为高谈，不恤政事”。李煜即位之初，根本不关心国家大事，沉湎于酒色之中，终日流连于歌舞宴游，吟诗作赋，生活可以说是荒淫奢靡至极。每年的七夕是李煜的生日，李后主都会命人用绫罗锦绣搭建成月宫天河的样子，重现牛郎织女相会时的场面。第二天，这些足可以使千万贫苦百姓御寒的罗锦就全都被扔掉了。李煜有个妃子跟随李煜一起投降了宋朝，她看到灯光就赶紧闭上眼睛，说是烟气太浓，熏得眼睛疼，有人给她换成蜡烛，她还是闭着眼，说烟气更加厉害，人们于是问她南唐的皇宫中晚上用什么照明，她说用的是夜明珠。由此可见，李煜做皇帝时有多么奢侈。

虞美人

春花秋月①何时了②？往事知多少。小楼昨夜又东风，故国不堪回首月明中。　雕栏玉砌应犹③在，只是朱颜

改④。问君能有几多愁？恰似一江春水向东流！

［说明］

小楼昨夜又东风

《虞美人》本是唐代教坊中的曲名，最初用于歌咏楚霸王项羽的宠妃虞姬，故名《虞美人》，又有《一江春水》《玉壶水》《巫山十二峰》等名字。双调，五十六字，上下两片各有四句，都是两个仄韵转为两个平韵。李煜这首词大约是在投降宋朝之后的第三年所作，李煜在这首词中并不像以前的作品那样对自己的故国之思进行掩饰，因此惹怒宋太宗，李煜在作此词不久之后即被毒死，因此这首词可以说是李煜的“绝命词”。

［注释］

①春花秋月：春天的鲜花，秋天的明月，代指岁月更替，时间流转。②了：完结，结束。③雕栏玉砌：雕刻着花纹的栏杆，用汉白玉砌成的台阶，这里指南唐故都金陵的宫殿。砌，台阶。应犹：一作“依然”。④朱颜改：红润的容颜发生了改变。这里指原先南唐的宫女全都变得衰老了。

［词解］

那些春花秋月，那些美好的时光，总是出现在词人的睡梦和回忆之中，什么时候才能彻底终结它呢？可是一想到那些春花、那些秋月，词人总是难以忘怀以前那些往事。以前那些美好的时光是怎样终结的呢？国破家亡，虽然自己仍然活着，但却已经变成了阶下囚，那些美好的春花秋月，就没有任何的意趣了。一想起自己在南唐做皇帝时悠然地欣赏那些春花秋月的时光，反而让自己觉得更加痛苦。现在想想，故都金陵的雕楼画栋应该还存在，可是还有谁在那里居住呢？原来居住在那里的人，此刻正在感受着无尽的忧愁，那人的容貌也因为愁苦而变得憔悴不堪。那么这些愁有多少呢？在此人看来，那简直就像那向东方流走的一江春水，永不停息，没有尽头。李煜曾经做过皇帝，享受的富贵到达了极点；现在却成了亡国之君，繁华落尽之后，一切都不堪回首，词人的悲哀已经达到了极点。在这首充满悲哀之情的词中，我们可以感受到一缕缕擦不尽、拭不完的血痕和泪痕。

［词评］

此首感怀故国，悲愤已极。起句，追维往事，痛不欲生；满腔恨血，喷薄而出，诚《天问》之遗也。……通首一气盘旋，曲折动荡，如怨如慕，如泣如诉。

——唐圭璋《唐宋词简释》

[词人逸事]

根据宋朝学者的记载，李煜就是由于在这首《虞美人》词中使用“故国不堪回首”、“一江春水向东流”这些句子来抒发自己的故国之思，最终在公元 978 年被宋太宗赐牵机药毒死。所谓的牵机药，其实就是中药中的马钱子，马钱子可以治病，但是过量服用就会破坏人的神经系统，浑身抽搐不已，头和脚相接，腿和身体绷直，死状极为恐怖。李煜被毒死之后，被安葬于洛阳的北邙山，李煜的妻子小周后（即李煜另一个妻子大周后的妹妹）悲痛欲绝，不久也死去了。

相见欢

无言独上西楼，月如钩，寂寞梧桐深院锁清秋①。剪不断，理还乱，是离愁②。别是③一般滋味在心头。

[说明]

《相见欢》，本是唐代教坊中的曲名。由于李后主这首词中的“无言独上西楼，月如钩”成为佳句，所以又有人为其命名为《秋夜月》，又名《上西楼》《西楼子》。《相见欢》是双调三十六字，上片三句三平韵，下片四句两仄韵、两平韵。

[注释]

①锁清秋：被清冷的秋意笼罩。清秋，清冷的秋意。②离愁：这里指离开故国的忧愁。③别是：另外。

[词解]

在凄凉清冷的深秋季节，词人默默无言，独自登上高楼，抬头见新月如钩，低头见桐荫深锁。新月如钩，偏偏照着离别远行的人；寂寞梧桐，偏偏深锁庭院。满眼都是一片衰颓凄清的景象。俯仰之间，词人不免百感交集，倍觉孤单。词人无数次地想从这种孤独中解脱出来，却总不能够。这种孤独的感觉，离别的愁绪，一丝丝，一缕缕，剪又剪不断，理又理不清，总是在词人心头萦绕。这首词把本来无法捉摸的离愁用一种形象的手法表现出来，令人觉得十分具体。

[词评]

七情所至，浅尝者说破，深尝者说不破。破之浅，不破之深。“别是一般滋味在心头”句妙。

——沈际飞《草堂诗余续集》

[词人逸事]

李煜也可以算是个多情种子了，由于自身才华很高，所以他在情场上也就有了得天独厚的优势，几乎可以被称为“爱情圣手”了。后周显德元年（954），当时十八岁的李煜与南唐大臣周宗的女儿娥皇结成了夫妻，娥皇就是大周后。娥皇聪明文雅，琴棋书画无一不精，尤其擅长演奏琵琶，她能够凭着一份残谱重新复原失传达二百年之久的《霓裳羽衣曲》。李煜和娥皇结为夫妻之后，不仅在生活上找到了好伴侣，也在艺术上找到了知音。据史料记载，娥皇是一个温柔多情而又贤惠善良的女子。他们两个经常不是在月夜谈论诗文、浅唱低吟，就是在动听的丝竹声中翩翩起舞。通常是李煜填词之后命人演唱，然后由娥皇进行点评，那段时间，李煜过着神仙一样的生活。

一斛珠

晓妆初过，沉檀轻注些儿个①。向人微露丁香颗②。一曲清歌，暂引樱桃破③。　罗袖裛(yì)残殷色可④，杯深旋被香醪(láo)涴(wò)⑤。绣床斜凭娇无那⑥。烂嚼红茸，笑向檀郎⑦唾。

［说明］

《一斛珠》，又有《醉落魄》《怨春风》《章台月》等名字。双调五十七字，仄韵。据说唐玄宗曾经赐给梅妃一斛珍珠。梅妃拒绝接受，并且写了一首诗给玄宗，诗中有“长门自是无梳洗，何必珍珠慰寂寥”的句子。玄宗看了这首诗以后内心不悦，让乐府谱新曲来演唱，并为乐曲起名《一斛珠》。

一曲清歌，暂引樱桃破

［注释］

①沉檀轻注：轻轻点抹唇色。沉檀，指深红的颜色。注，点抹。些儿个：当时方言，如今言“一点点”。②丁香颗：一种别号“鸡舌香”的花蕾，由两片形似鸡舌的叶子抱合而成，因以作为美人舌尖的代称。颗，指花蕾。③樱桃破：意谓朱唇微启。樱桃，喻美人之口。破，开启。④“罗袖”句：意谓衫袖沾上点隐约可见的残酒。罗袖：丝绸衣袖。裛：沾湿。殷色：深红色。可：隐约。⑤香醪：香酒。醪，汁滓混合的酒，即酒酿。涴：沾污，弄脏。⑥斜凭：斜依。凭，靠着。娇无那：意即不胜其娇，娇到无以复加的样子。⑦檀郎：因晋美男子潘安小字檀奴，所以旧时女子多称心上人为檀郎。

[词解]

这是一首写歌女的诗。晓妆只粗粗理过，唇边可还得点一抹沉檀色的唇膏。歌女与酒客见面寒暄时，满口留香。歌女含笑未唱，先露出花蕾般的舌尖，于是樱桃小口微张，流出了婉转如莺的清歌。歌罢，歌女就要和酒客们喝酒了。到了场下的酒会，歌女就又娇爽多了。轻注沉檀的樱桃小口沾上了香醇的美酒，显得格外红润。用小杯慢慢饮酒似乎觉得不过瘾，于是就换成深口的大杯痛饮，努力求得一醉，哪里会在意沾湿罗衣？酒喝得多了，显得不雅，美丽的女子于是用罗袖来擦拭唇边的美酒。樱桃小口不断地喝酒，酒污唇，唇染袖。美酒喝进嘴里，美人更加表现出千娇百媚的姿态，酒客们也在美酒美人之中沉醉了。宴会结束，客人散去，这位歌女在自己心爱的檀郎面前也就显得更加妖冶和放荡了。这个歌女的床榻之上还有没绣完的女工。美女斜靠在绣床上，手里拿起了绒线，把绒线的一头衔在口里，另一头在手里拿着，显得无比娇媚，可能是她的心上人说了一句轻薄的话，让这个歌女又羞又恼，将嘴里的绒线啐向了这位檀郎。

[词评]

这首词写一个歌女从化妆出场到终场赴宴的全过程，中间充满了戏剧情趣的描写。

——丁炳贵《婉约词与豪放词鉴赏》

[词人逸事]

李煜做了皇帝以后，对国家大事毫不关心，每天只是写诗作词，自以为是一个风流皇帝。每当春天来到的时候，他就把殿上的雕梁画栋、柱拱台阶，全都装上隔扇，密密地插上各种各样的花枝，并命名为“锦洞天”；然后又下令让宫中的所有妃嫔都把头发梳成高高的发髻，两鬓戴满鲜花，大家一起在“锦洞天”里饮酒作乐。李煜还命人把茶油花的花籽制成形状各异的花饼，让宫女和嫔妃身着素服，化好淡妆，把花饼贴在额头上，命名为“北苑妆”。他的宠妃小周后身上穿着青碧色的衣服，再化好“北苑妆”，风流飘逸就像一位超凡脱尘的仙子，其他的嫔妃宫女也都争相效仿。

清平乐

别来春半，触目愁肠断。砌下落梅如雪乱，拂[1]了一身还满。　雁来音信无凭[2]，路遥归梦难成。离恨恰如春草，更[3]行更远还生。

[说明]

《清平乐》又名《忆萝月》《醉东风》等，本是唐代教坊中的曲名，后来逐渐演变成词牌。双调四十六字。上片押仄韵，下片押平韵，不过偶尔也有全押仄韵的情况存在。这首词表达的感情是离愁别绪，也是这方面的名篇佳作。南唐乾德四年（966），李后主的弟弟李从善奉命出使宋朝，很久都没有归国，李后主非常想念弟弟，于是写了这首词。词中并没有一味地去抒发自己思念弟弟的感情，而是用虚笔进行点染，深刻地表达出了一种具有普遍意义但是非常抽象的离别的情感。

［注释］

①拂：拂拭，拍打。②无凭：无法托付。③更：愈加。

［词解］

此时正是春意融融的好天气，每个人的脸上都洋溢着微笑，只有词人因为对弟弟的无比的思念而黯然神伤。白梅的花期已过，花瓣就像雪花一样纷纷扬扬地飘落下来，杂乱地落在了台阶上面，有些花瓣落在了词人的身上，词人将它们轻轻地拂去，但很快又落满一身，这正像他心里那始终都无法驱散、无法挥走的离愁，连绵不绝，让人感到无比的痛苦。一直被认为是信使的大雁飞来，却没有带来弟弟的书信；道路遥远，归途是那么长，回家就像一个梦，始终难以成行。那别离的忧愁就像那一眼望不到边际的春草，不管你走到哪里，它们都会一直相伴，永远没有尽头。

［词评］

这首词上片即景生情，情景交融，感情的流露极为真挚自然；下片虚实交织，交映叠生，感情的抒发又极为缱绻宛转。

——李希跃（见《唐宋词鉴赏辞典》）

［词人逸事］

有一年七夕节，又到了李煜的生日，李煜在宫里大摆筵席，与周后开怀畅饮，周后在这天晚上多喝了几杯，第二天就病了。李煜非常着急，连忙下旨让周后的家属到宫里来探望女儿，希望周后的病情能够因此好转。周后的父母带着周后的妹妹进了宫，周后想让家人在宫里多住几天，等自己病好以后再走。但是周家的事情也很多，周后的父母就决定让妹妹留下。周后的妹妹聪慧美丽，而且正当妙龄，李煜此前就已经对她有了好感，想要纳她为妃，只是一直没有找到合适的借口。如今听说周后把妹妹留住了宫里，就下令让贴身的宫女把周后的妹妹引到了后花园的红罗亭里，向她倾诉衷肠，两人于是有了私情。李煜本就是个风流天子，得到了这样一个美貌佳人，心中不免得意洋洋，于是便写了一首《菩萨蛮》，将自己和周后妹妹偷情的事情描写了出来。这首词极为香艳，那些好事的宫女和妃嫔都竞相传诵。全词为："花明月黯笼轻雾，今霄好向郎边去！刬袜步香阶，手提金缕鞋。画堂南畔见，一向偎人颤。奴为出来难，教君恣意怜。"

捣练子令

深院静，小庭空，断续寒砧（zhēn）①断续风。无奈夜长人不

寐②，数声和月到帘栊③。

无奈夜长人不寐

［说明］

白练，是古代的一种丝织物，在制作时，需要在砧石上用木棒进行捶捣来使其变得更加绵软，捣练这种工作通常是由妇女来完成的。《捣练子令》这个词牌就是根据这一点而得名的。

［注释］

①砧：捣衣所用的石板。这里指捣衣时发出的声音。古人通常在入秋以后捣衣。②不寐：无法入睡。③栊：窗户。

［词解］

主人公远离尘嚣，住在一个深深的小院里。所居之地也并非雕梁画栋，只是一个空荡荡的院落，不仅幽静，而且空虚。远处被断续的风声吹来的砧上的捣衣声听得格外真切。捣衣声时有时无，若断若续，搅乱了主人的万千思绪。夜深了，朦胧的月光和一阵阵捣捶砧石的声音穿透了帘栊，更让人产生了征人在外的联想，从而勾起了内心那绵绵不尽的离恨与相思，所以长夜难眠，愁肠百结。“砧声不断”“月到帘栊”，这些景色描写都透露出了一种愁情，情景互相交融，表现出了一种耐人寻味的轻柔含蓄之美。

［词评］

通篇无点题之笔，但处处写离情，情包含在景中，从景中透露出感情，极为含蓄，意境清新，是李词中内容较健康的词作。

——王方俊《唐宋词赏析》

［词人逸事］

中国古代女子有缠足的习惯，一些文人墨客还将缠了足的女子的小脚称为“金莲”。据说缠足最早发源于李后主的皇宫，之后才慢慢传到民间的。李煜的后宫中虽然没有佳丽三千那么夸张，但也可以说是嫔妃成群，她们为了得到李煜的宠爱，钩心斗角无所不用其极。有个名叫媚娘的妃子，为了获得李煜的欢心，便用绢帛缠足，将一双正常女人的脚硬是缠得纤细弯曲如同新月一样。她忍受了常人难以忍受的痛苦，每天都进行艰苦的训练，终于让自己能够在走路时像风吹杨柳一般，跳舞时也更加婀娜多姿，此举也赢得了李煜的欢心，媚娘因此受宠。李煜为了表示自己对媚娘的宠爱，还专门下令为她制作了一朵由纯金铸造而成的大莲花，莲花的四周镶满了珠玉，然后让媚娘在莲花中间翩翩起舞。所以，女人缠足之后，那小脚就被称为“金莲”，更由于媚娘缠足之后脚的长度不足三寸，才又出现了“三寸金莲”之说。

浪淘沙

帘外雨潺潺，春意阑珊①。罗衾(qīn)不耐②五更寒。梦里不知身是客，一晌(shǎng)③贪欢。　独自莫凭栏，无限江山。别时容易见时难。流水落花春去也，天上人间。

［注释］

①春意阑珊：春意将尽，这里指春天就要过去了。②不耐：无法承受，耐不住。③一晌：片刻之间。

［词解］

在晚春时节的一个深夜，珠帘垂挂，词人从梦中醒来，听到了珠帘外面仍然传来潺潺的雨声。词人想起现在已经是春末了，那明媚美好的春光，也将在这潺潺雨声的伴奏下走到尽头。一想到这些，词人的心里便产生了一阵阵悲凉的感觉，况且又是处于“五更寒”这样一种状态下。词人在梦醒之后感到了万春时节的寒冷，就算盖着罗衾，也难以抵挡那一阵阵的寒意。可是，对于身体的寒冷来说，更让人无法忍受的是心寒。身上的寒冷毕竟是可以抵挡的，但是内心的寒冷和悲凉，却是没有限度、没有办法忍受的。既然从睡梦中醒来以后是那么的痛苦，那么，也就不如长睡不醒，不再感受那份痛苦和悲凉比较好。因为只有在梦中的时候，才可以让自己忘记“客”的身份——一个南唐的亡国之君，最终变成了宋朝的阶下囚，也只有在梦中，才可以享受到那暂时的欢乐。但是，梦中享受到的乐趣是虚幻而不实际的，梦醒以后的痛苦是极为真实的，而且，不管自己在主观态度上怎样贪图那梦中的快乐，但最终还是“一晌”罢了。

词人不敢独自一人凭栏远眺，也是为了避免自己因为思念故国而产生无限的悲苦情绪。而凭栏远眺的目的，是希望能够看到自己以前曾经在南唐故都金陵居住过的宫阙阁楼，也想借此来安慰一下自己思念故国的感情。但是，宋朝的都城汴京与金陵的距离很遥远，两地之间还有崇山峻岭的险阻，所以他自己只能沉浸在一种欲见而不得、徒唤奈何的悲哀之中。况且那所谓的故都，也已经不属于南唐了，“普天之下，莫非‘宋’土”，一想到这些，词人心中的悲苦反而更多，因此，“莫凭栏”所体现的，是一种更为凄楚、更为悲凉的心绪。当年自己投降了宋朝，离开了生活多年的金陵，从此在汴京过着阶下囚的生活，这样的生活也让词人开始思念故国，希望可以重回旧地，这简直是不可想象的！词人的故国之思中，掺杂了说不清的伤心与悔恨啊！春光逝去，世上的事情变化非常迅速，以前的生活像是在“天上”一样，做的是一国之君，可以自由自在、随心所欲，但后来却从“天上”掉落在“人间”，开始过着一种暗无天日的囚徒生活，从天上到地上，差别是多么的巨大！这种在生活上产生的巨大差异，也给词人带来了极大的痛苦。

[词评]

《西清诗话》云：南唐李后主归朝后，每怀故国，且念嫔妾散落，郁郁不自聊，尝作长短句云：“帘外雨潺潺”云云，含思凄婉，未几下世。

——胡仔《苕溪渔隐丛话》

牛峤

牛峤（生卒年不详），字松卿，一字延峰，陇西（今甘肃陇西）人。学识广博，擅长填词，是“花间派”的重要词人。牛峤的词风香艳绮丽，与温庭筠相近。他的作品大都描写闺情，不过偶尔也有洗尽铅华、朴实真切的作品。著有《歌诗集》三卷，但是没有留传下来。《花间集》中收录了牛峤的词三十三首。

望江怨

东风急，惜别花时手频执①，罗帷(wéi)②愁独入。马嘶残雨春芜湿，倚门立。寄语薄情郎，粉香和泪泣。

倚门立，寄语薄情郎，粉香和泪泣

[注释]

①手频执：彼此双手反复紧握。这里有依依惜别、难分难舍之意。②罗帷：丝织的帐子。常代指闺房或闺床。

[词解]

暮春时阵阵东风吹得急促。记得与情郎依依惜别的时候，彼此握住对方的双手，反复紧握，难舍难分。分别后，闺房之中充斥着满屋的思愁。外面凄凄沥沥的小雨还没停息，一直下个不停，把碧绿的春草都濡湿了，隐约听到远处马的嘶鸣声，赶紧倚在门口细细倾听，是不是情郎回来了呢？期望这骏马能替她传语寄给那薄情的郎君，还未启唇，眼泪就从脸颊流了下来，把她精心妆扮过的容颜都弄脏了。

［词评］

这首词，写闺中女子盼望情郎不归的怨恨。整首词：“文情往复”，“节奏紧迫，有急弦促柱之妙。”

——丁炳贵《婉约词与豪放词鉴赏》

［词人逸事］

牛峤是晚唐宰相牛僧孺的孙子。晚唐时期宫廷党争激烈，牛僧孺就是著名的“牛李党争”中牛派的首领。时过境迁，牛僧孺逐渐被淡忘了，而他的孙子牛峤却因为词写得好而名扬天下。牛峤在唐末的朝廷里也做过一阵子官。后来王建镇蜀，牛峤便在他的手下当判官。待到王建在西蜀称帝时，牛峤便在前蜀这个小国里当上了给事中。他的词都被收在《花间集》里。

菩萨蛮

玉楼冰簟(diàn)鸳鸯锦①，粉融香汗②流山枕。帘外辘轳(lù lú)③声，敛眉含笑惊。　柳阴轻漠漠④，低鬓蝉钗落。须作一生拼⑤，尽君今日欢。

［注释］

①玉楼：华丽的楼阁。冰簟：指竹席，竹片晶莹凉爽，像冰一样。鸳鸯锦：用绣着鸳鸯图案的锦做成的被子。②粉融香汗：脸上所涂的脂粉与汗水相融。③辘轳：从井里汲水的装置，可以通过绞转手柄把系着水桶的绳子缠起或放下。④漠漠：寂静，一点声音都没有。⑤须：一作“甘”。应当。拼：舍弃，不顾惜。

［词解］

这是一首女子闺中行乐词。这是一个清凉的夏日。在华丽的楼阁中有晶莹冰爽的竹席，绣有鸳鸯图案的锦被。因天气炎热，少女的汗水不断渗出来，和她脸上的脂粉相融。窗外有汲水的声音，见有人来，少女感到无限惊喜，整理一下自己的眉妆，脸上带着笑容。外边杨柳依依，浓荫满地，寂静无声。低下头少女的钗饰掉落了。应当不顾惜自己的一生，与情哥哥今日尽情欢乐，莫让青春年华虚度。

［词评］

牛峤“须作一生拼，尽君今日欢”是尽头语。作艳词者，无以复加。

——彭孙遹《金粟词话》

[词人逸事]

牛峤写过一首题为《红蔷薇》的诗，其中有“若缀寿阳公主额，六宫争肯学梅妆”，写的就是南朝刘宋寿阳公主和梅花妆的故事。据说有一年的正月初七下午，宋武帝刘裕的女儿寿阳公主在宫女的陪伴下在宫中游玩。不久寿阳公主觉得累了，就倚在含章殿屋檐下面的栏杆上休息，不知不觉就睡着了。此时正好有几片腊梅花的花瓣被一阵微风吹落在寿阳公主的额头上面，经过汗水的渍染，花瓣在公主的额头上留下几片淡淡的腊梅花形状的痕迹，这也使寿阳公主看上去显得更加娇媚了。皇后看到之后，非常喜欢，就让寿阳公主一直保留着这些花痕，过了三天才让她洗掉。这之后，爱美的寿阳公主就不时地摘下几片腊梅花，粘在自己的额头上。宫女们纷纷仿效，整个皇宫都流行起了这种妆饰，人们称之为“梅花妆”。此后，“梅花妆”又流传到了民间，得到了各阶层女子的喜爱，尤其是那些官宦人家的女子，还有那些歌舞妓女，更是争相效仿。这也为后代文人的诗词创作提供了新的素材。

张 泌

张泌，生卒年和生平事迹不详，五代十国时期西蜀人。《花间集》中称他为“张舍人”。张泌的词风在温庭筠和韦庄之间，不过与韦庄更加接近。现存词二十七首，大都是一些词风香艳的作品。张泌的词用字比较精炼，讲求章法，描摹比较细腻。

浣溪沙

马上凝情忆旧游，照花淹竹小溪流，钿(diàn)筝罗幕玉搔头①。　早是出门长带月，可堪分袂(mèi)又经秋②。晚风斜日不胜愁。

[注释]

①钿筝：装饰精美的筝。玉搔头：即玉簪。②经秋：经过一秋，即一年。

[词解]

这首词写一个羁旅行役之人追念旧游的情怀。一个骑在马背上的行役之人，思绪凝聚，追忆他旧日的游踪。旧游之地的环境极为幽美，一条潺潺流淌的小溪，碧水澄澈，反照着岸边的奇花异卉，浸渍了绿竹。在这天色晴朗、风景如画的时节，他常常与相爱的女子在此相会。张设起帷帐，面对着良辰美景，她又打扮得非常华贵，倾听着她弹奏美妙的乐曲。这种情怀意趣，无限风流。自旧游分离之后，他便浪迹天涯。别后常常是披星戴月，辛劳奔波，匆匆又是一年。游人对着落照斜晖，晚风萧瑟，寂寞苍凉的景色，不禁触目伤情，愁绪无穷。

[词评]

词是抒发追忆旧游的感情，表现上却纯用叙述手法。描绘旧游、别后的不同生活情景，却能情致深厚。

——王锡九（见《唐宋词鉴赏辞典》）

[词人逸事]

张泌最初做过句容（今江苏句容）县的县尉，李煜继位之后，任命他为监察御史，后来又担任过考功员外郎、中书舍人等职务。南唐灭亡以后，张泌随李煜投降了宋朝，被任命为郎中。据说李煜被宋太宗毒死之后，每年到了寒食节的时候，张泌都会去李煜的坟前祭拜，哭得很是伤心。由此可见，张泌对李后主的感情还是非常深厚的。

照花淹竹小溪流

浣溪沙

晚逐香车入凤城[1]。东风斜揭绣帘轻。慢回娇眼笑盈盈。　消息未通何计是，便须佯醉[2]且随行。依稀闻道"太狂生[3]"！

[注释]

①逐：追随，跟随。凤城：这里指京城。②佯醉：假装酒醉。③太狂生：即太轻狂了。生，语气助词，无实在意义。

[词解]

这首词描写在婚姻不自由的古代，一对青年男女傍晚在郊外的道上行进时所表现的爱慕情景。晚上黄昏之时，一名男子尾随着少女的香车进入京城。东风轻轻地掀起了少女车上的帷帘。她慢慢地回头，对男子回眸微笑，深情凝望。她笑得太美了，男子有心凑上前去，但不知道该怎样开口，互通消息。男子不知怎么办，只是假装喝醉了酒，一路上追随少女的车前行。依稀地听到有人在笑话他的轻狂。

[词评]

张泌词，其佳者能蕴藉有韵致，如《浣溪沙》诸阕。

——况周颐《餐樱庑词话》

[词人逸事]

宋朝太宗时，张泌入史馆，为郎中，家里常常有很多吃饭的人。有一天，皇上问他说："您家里为什么总有那么多吃饭的人？"张泌回答说："为臣家里旧亲很多，而且大都很贫苦，他们家里常常断粮，没饭吃。臣的俸禄除了家里的供应开销外还能剩余一些，他们常来臣家里吃饭，他们吃的也不过是些菜羹而已。"一天，皇上秘密派人察看张泌家的饭食，突然到他家，取了客人的饭食一看，果然是非常粗劣的食物。皇上对张泌的做法极为赞赏，所以给他取了一个带有褒奖意味的绰号"张菜羹"。

杨柳枝

腻粉琼妆透碧纱，雪休夸①。金凤搔头②堕鬓斜，发交加。倚着云屏新睡觉③，思梦笑。红腮隐出枕函④花，有些些⑤。

腻粉琼妆透碧纱，雪休夸

[说明]

《杨柳枝》这个词牌，又有《折杨柳》《柳枝》等名称，最早可以追溯到汉武帝时的乐曲《折杨柳》。到了唐朝开元年间，上到皇帝唐玄宗，下到普通的百姓，都非常喜爱这首曲子，此曲也因此得以发扬光大。当时的文人们都争相为这首曲子填词，使这首优美的曲子流传范围更加广泛。

[注释]

①雪休夸：形容女子的肌肤很白，连雪都不敢夸耀自己白了。②金凤搔头：金凤凰形状的簪子。③云屏：绘饰有彩云的屏风。新睡觉：刚刚从酣睡中醒来。④隐出：压出的印痕。枕函：枕头套子。⑤些些：一点点。这里有隐隐约约的意思。

[词解]

美人妆扮得特别漂亮，她的脂粉香飘四溢，她的妆饰透亮犹如碧纱，肌肤比雪还白。用纯金打造的凤凰形状的簪子斜插在她的发髻之上，鬓角和她那如瀑布一般的秀发连到了一处。在绘饰有彩云的屏风里，美人刚刚从酣睡中醒来，想起刚才做的美梦不禁笑了起来。该是梦到自己的情郎了吧，他们甜甜蜜蜜地生活在一起，心里怎么能不高兴呢？想到这，美人十分娇羞，她的两腮忽地红了。睡了一觉醒来，她的脸上隐隐约约印上了一些枕头套子上的花痕。

[词评]

此柳枝之变体也。“红腮”一语，自见巧思。

——汤显祖评本《花间集》

[词人逸事]

张泌有一首题为《碧户》的诗，其中有“咏絮知难敌，伤春不易裁”的诗句。其中“咏絮”这个典故说的是东晋名士谢安的侄女谢道韫。东晋时有王、谢两大豪门士族，其中谢家的代表人物便是在“淝水之战”中指挥五万东晋军队打败百万前秦大军的谢安。有一天天降大雪，谢安将自己的儿女、侄子侄女们都召集在一起，然后问道：“大雪纷纷何所似？”谢安的侄子谢朗想了一会儿说道：“撒盐空中差可拟。”意思是说，天降大雪就如同在空中撒盐一般，谢安认为这个比喻不具有美感，因此并没有说话。这时，就听侄女谢道韫说道：“未若柳絮因风起。”意思是说，不如把大雪比作被春风吹拂的柳絮，谢安听了之后拍手叫好。谢道韫聪明伶俐，后来嫁到了当时另一个大族王氏，他的丈夫就是东晋著名书法家王羲之的儿子。从此，“盐絮”、“咏絮”、“柳絮”也就成了后人咏雪时经常会用到的典故。

胡蝶儿

胡蝶儿，晚春时。阿娇[1]初着淡黄衣，倚窗学画伊。　还似花间见，双双对对飞。无端[2]和泪拭燕脂，惹教双翅垂。

[注释]

①阿娇：西汉时，汉武帝的皇后小名为阿娇，后人于是用此来泛指少女的小名。②无端：没有缘故。

[词解]

晚春时节，蝴蝶翩翩飞舞在花丛中。一个少女穿着淡黄色的衣服，娴静而优美。她倚窗学画，想画下这一双美丽飘飞的蝴蝶。就像花间所见的那般，翩翩成双，双双飞舞。但她忽而就无故掉下了眼泪，大概是看到双双飞舞的蝴蝶而想起了自己，想起了自己孤单无伴，还比不上蝴蝶吧！刚刚想画翩翩蝴蝶的想法没有了，看她笔下的蝴蝶，只见画面上蝴蝶双翼下垂，再不是那翩翩双飞的幸福姿态了。整首词没有一句明说恋爱的情事，只是通过描述少女在学画时几处细微的情绪变化，就将少女难以言说的心事全盘托出。

［词评］

这首词，写得切题但又不粘题，既写真胡蝶，也写画的胡蝶，真假不辨，玲珑透脱，还关合着作画少女的情感，表现了深致、凄婉的心理活动。词虽属小令，气势却一波三折，极富变化。词的语言浅近通俗，颇具民间词的特色。

——王锡九（见《唐宋词鉴赏辞典》）

浣溪沙

独立寒阶望月华，露浓香泛[1]小庭花，绣屏愁背一灯斜。　云雨自从分散后，人间无路到仙家，但凭魂梦访天涯。

［注释］

①泛：透出。

［词解］

词人在月明之夜独自站在寒阶上，望着月亮的无限华彩，庭院中的花朵上都带着晶莹的露珠。绣屏之间，微微露出一缕倾斜的灯光，似乎在诉说无尽的愁思。云雨分散后，降落人间，便再没有回到天上得以再次相见，便只有让自己的魂魄在梦中寻访心上人，追随她到天涯海角，以慰相思。

［词评］

这首春夜怀人的小词，抒写了作者对心上人的深切怀念与刻骨相思。月明之夜，花香四溢，独立寒阶，睹景思人。词的上片着重写景，下片着重抒情。当初一别，人间既难再见，便只有在梦中寻访，以慰相思。这首词委婉含蓄，情味深长而又真挚感人。

——惠淇源《婉约词全解》

江城子

浣花溪上见卿卿[1]，眼波明，黛眉轻。绿云高绾(wǎn)，金蔟(cù)小蜻蜓。好是问他来得么，和笑道，莫多情！

［注释］

①卿卿：这里代指姑娘，含有爱慕之意。

[词解]

作者在浣花溪上见到一个可爱的姑娘，很想和她约会，却又怕她拒绝，终于没敢开口。姑娘的眼睛是那样明亮，那样动人。她眼光如盼，如同水波一般清澈。姑娘的眉毛画得又细又长，她浓密的头发梳着当时流行的发式，她的发髻上饰有金色的小蜻蜓。小伙子抑制不住自己的感情，很想和姑娘幽会一次。最好问问姑娘她能不能来约会。可是，小伙子却仿佛从姑娘那庄重和蔼的神态中，看到她对自己轻率举动的善意批评。小伙子不禁为自己多情的荒唐举动脸红了。

浣花溪上见卿卿

[词评]

这首小令共有三十余字，语言平易流畅，无一奇字难字，却包含着丰富的情韵，男女主人公的心理、情态都刻画得十分细腻，主次繁简得体，格调轻快活泼。

——朱金城（见《唐宋词鉴赏辞典》）

牛希济

牛希济（生卒年不详），陇西（今甘肃陇西）人。牛希济是牛峤的侄子，因擅长诗词而知名，他虽然属于花间派词人，不过他的词风格比较平淡，语言清丽，论艺术造诣，要胜过他的叔叔，可以与韦庄比肩。牛希济特别善于白描。今存其词十四首，收录在《花间集》和《唐五代词》中。《花间集》中收录其词十一首，《唐五代词》收录十四首。

生查子

春山烟①欲收，天淡星稀小。残月脸边明，别泪临清晓。　语已多，情未了，回首犹重道。记得绿罗裙②，处处怜芳草。

[说明]

《生查子》本是唐代教坊中的曲名，又名《楚云深》，双调，四十字，上下片的格式一样，都有两仄韵，上下通押。

春山烟欲收，天淡星稀小

［注释］

①烟：这里指春天的早晨弥漫在山间的薄雾。②罗裙：这里代指自己思念的那位女子。

［词解］

两个陷入爱河中的恋人在分别之际，难免会有一种难以言说的缠绵悱恻的感觉。时间是清晨，远处的山间被一层若隐若现的雾气笼罩，天上闪烁着几颗明亮的星星。月儿西斜，已是残月，女子的脸上挂着晶莹的泪珠，对即将远行的恋人难舍难分，她的内心自然是非常愁苦的。在这个离别的早晨，女子泪眼婆娑，对恋人有千叮万嘱，生怕他去而不返。这时的天已经亮了，一对爱人心里藏着万般愁绪。彼此之间都有千言万语要说，可是又不知道从何说起。就算是千言万语，又怎能将自己的思念说清楚？又怎能将那凄苦的别情说明白呢？恋人就要走了，女子回头转身，不忍心面对那样痛苦而难受的场面。可是心里还是产生了一种冲动，女子于是又把头转了过来，对着已经走远的心上人大声地呼喊："记得绿罗裙，处处怜芳草。"女子说这句话的目的是要让心上人千万别忘了自己，不管走到什么地方，只要看到了那一片嫩绿的芳草，就应该想到家中还有一位身穿绿罗裙的爱人正在苦苦等候自己归来。这是一个生活在封建社会的女子对自己爱人所做的大胆表白。

［词评］

此首写别情。上片别时景，下片别时情。起写烟收星小，是黎明景色。"残月"两句，写晓景尤真切。残月映脸，别泪晶莹，并当时人之愁情，都已写出。换头，记别时言语，悱恻温厚。着末，揭出别后难忘之情，以虚处芳草之绿，而联想人罗裙之绿，设想似疑，而情则极挚。

——唐圭璋《唐宋词简释》

［词人逸事］

牛希济前期在前蜀王朝做官，官至御史中丞。前蜀被后唐灭亡之后，他在后唐做官。据说当时后唐的皇帝唐明宗曾经让牛希济等四位从前蜀投降后唐的官员以"蜀王降唐"为题材分别写一首诗，其他的三位官员全都痛骂蜀主不应该割据称帝，最后由于荒淫无道而亡国。只有牛希济在诗中并没有痛骂前蜀，他只是采用一种客观的态度来陈述这段史实，并且用一句"古往今来亦如此"来表达自己的意见。唐明宗听了之后发出了"希济不忘忠孝也"的感叹，于是便赏赐给牛希济绸缎百匹，以示表彰。

生查子

新月曲如眉，未有团圞（luán）①意。红豆不堪②看，满眼相思泪。　终日劈桃穰（ráng）③，人在心儿里④。两朵隔墙花，早晚⑤成连理。

［注释］

①团圞：团圆，相聚。②不堪：无法忍受。③桃穰：桃肉。穰，通“瓤”。这里指桃核。④人在心儿里：此句双关。表面指桃仁藏在桃核里面，实际上是指意中人始终在自己的心里。⑤早晚：何时。

［词解］

这首词表现了女子善良的内心。女子望月兴叹，曲月如眉，距离十五月圆之时还尚远。什么时候才能团圆呢？孤单独处的这些日子，女子真是度日如年，备受煎熬。粒粒红豆，颗颗泪珠，相互映衬，怎么能承受得了这种刻骨的相思和悲痛？女子满眼都是相思的泪水。她虽然不得不与情人分手，明知他在外面还会有别的女人，但是，她并没有表现出妒意，而是将心比心，希望男子别再做对不起其他女人的事情。词中所写的这个女子饱受相思之苦，她不想仰望天空，那是因为天上的月亮已经是残月，不能代表团圆。她也不想去看那颜色红艳的红豆，因为它有个别名叫做相思子，一粒粒红豆就如红色的眼泪一样。她只能不停地去劈桃核，从里面劈出桃仁，因为桃核里面的“人儿”就如同自己心里也装着那个人一样，她希望自己能够早日和心上人结为连理。

［词评］

这是一首表现男女深情的小词，两句一转，由执著的相思到坚信终成眷属。

——吴锦（见《唐宋词鉴赏辞典》）

［词人逸事］

中唐时期，文学史上曾经发起了一场轰轰烈烈的“古文运动”，它的主要宗旨是重振古文、反对骈文。尽管古文运动取得了很大的成功，可是骈文也并没有完全衰亡，从中唐到晚唐，骈文一直流行着。五代到宋初的几十年间，浮靡华丽的骈文再次兴盛起来，牛希济就曾经在自己所写的《文章论》中指出：当时的文章“忘于教化之道，以妖艳为胜”。

毛文锡

毛文锡（生卒年不详），字平珪，南阳（今河南泌阳）人，五代十国时期前蜀文学家。毛文锡十四岁时就考中了进士，被誉为“神童”，曾经担任前蜀翰林学士承旨、礼部尚书等官职。王建曾经想趁长江涨水的时候决开堤坝淹没江陵，毛文锡极力劝阻。后因事被贬。前蜀灭亡之后，毛文锡随王衍一起投降了后唐。后来又在后蜀做官，与欧阳炯、韩琮、阎选、鹿虔扆等人以填词侍奉后蜀皇帝孟昶，时人称他们为“五鬼”。今存词三十二首，其中三十一首收录于《花间集》，还有一首收录于《尊前集》。毛文锡的词，正如宋朝学者叶梦得在其著作《石林诗话》中所说的，于质直中见情致，但有时难免流于粗率、浅薄。他的词大都是思妇闺怨、离愁别绪之类的题材，偶尔也有雄浑刚健的作品。

更漏子

春夜阑①，春恨切，花外子规啼月。人不见，梦难凭，红纱一点灯。　偏怨别，是芳节，庭下丁香千结②。宵雾散，晓霞晖，梁间双燕飞。

[注释]

①夜阑：长夜将尽。②丁香千结：比喻愁思固结不解。

[词解]

子规鸟不住地啼叫，夜空中的月亮依旧明亮，此时夜已经很深了。春天里让人遗憾的事情太多了，在这样一个寂静的夜晚就更让人觉得忧郁。可是思念的人却无法看到，虚幻的梦又难以成真。独自面对着一盏罩着红纱的孤灯，梦醒之后就再也难以入睡。为什么非要在这样一个万物焕发生机的季节去为离别而忧愁呢？一转眼，清晨的雾气已然散去，天边又露出朝霞的霞光。在屋梁之间，两只燕子双双飞过，它们尚且能够不离不弃，这让孤单的人儿更平添了很多愁思。这首词描写春夜怀念远方之人的心绪，情景交融，堪称“花间词”中的佳作。

[词评]

上阕言春夜之怀人。质言之，人既不见，虚索之梦又无凭，则当前相伴，惟此一点纱灯，照我迷离梦境耳。下阕言春日之怀人，霞明雾散，见燕双而人独也。

——俞陛云《唐五代两宋词选释》

[词人逸事]

毛文锡不但是一位词人，而且还是一位善于品茶的雅士，他根据自己多年品茶的经验，写了一部《茶谱》，书中除了记载品茶、品水、煎汤、点茶四种饮茶的方法之外，还介绍了有炉、灶、磨、碾、罗、架、匙、筅、瓯、瓶等各种饮茶的器具，以及各种茶有何功用。而且书中还记载了不少与茶有关的小故事，其中一个故事写蜀地雅州有座蒙山，蒙山的中顶名上清峰，上清峰上出产茶叶，但产量很少。有个和尚得了怕冷的病，当地人告诉他上清峰上的茶叶可以治这种病，于是和尚就登上上清峰，到采茶季节时采得一两多这样的茶叶，这些茶叶还没喝完，和尚的病就好了。

醉花间

休相问，怕相问，相问不添恨。春水满塘生，鸂鶒（xī chì）还相趁[1]。　　昨夜雨霏霏，临明寒一阵。偏忆戍楼[2]人，久绝边庭信。

［注释］

①鸂鶒：水鸟名。以此鸟形大于鸳鸯而色多紫，故亦称紫鸳鸯。常以其借喻夫妻恩爱。相趁：相互追逐。②戍楼：古时边防驻军用来眺望的塔楼。此处代指边塞。

［词解］

征人远戍，虽劝说自己不要再相问了，心中却自难忘。满塘的春水碧绿无垠，水上的鸳鸯在相互追逐嬉戏。而昨夜一夜风雨，黎明醒来觉得有些寒意，不觉让思念远方征人的心绪更加强烈。他这么长时间都没有传来音信，着实令人牵肠挂肚。这首词的语言非常浅易，但是情感却很缠绵，读来很有韵味。

［词评］

此词言己拼得不相闻问。人苦独居，不及相趁之鸂鶒，而晓来过雨，忽念征人远戍，寒到君边，虽言“休相问”，安能不问？越抛开，越是缠绵耳。

——俞陛云《唐五代两宋词选释》

顾　夐

顾夐（生卒年不详），五代时期词人。曾在前蜀时担任茂州刺史，后孟知祥建立后蜀，顾夐累官至太尉。工小令。《花间集》存其词五十五首。

虞美人

深闺春色劳思想[1]，恨共春芜[2]长。黄鹂娇啭（zhuàn）泥[3]芳妍，杏枝如画倚轻烟，琐窗[4]前。　　凭阑愁立双娥[5]细，柳影斜摇砌。玉郎[6]还是不还家，教人魂梦逐杨花，绕天涯。

[注释]

①思想：思念，想念。②春芜：春草。芜，乱草。③嗁：鸟儿鸣叫的声音。伲：呼，叫。④琐窗：雕刻或饰有连环形花纹的窗户。琐，门窗上所雕刻或绘制的连环形花纹。⑤双娥：即双眉。⑥玉郎：指所思念的人。

教人魂梦逐杨花

[词解]

这首词写一个女子在家思念她的情郎。面对春色，深闺中的她眉头紧锁，埋怨田野荒芜，杂草丛生，因而春恨无穷。黄鹂鸟鸣声宛转，呢呢喃喃，园中的鲜花开得正旺。烟雨蒙蒙，杏树的枝条倚在她的窗前，在迷蒙中绰约多姿。她紧缩双眉，在阑干前独自忧愁地伫立着，看风吹动柳树，台阶下映着斑驳的影子。她不时落泪，心里埋怨着对方太不把离别当一回事，很久了还不回家。可是她又有什么办法呢？任你思前想后，他就是不回来！对他的思念魂牵梦萦，正像飞舞的杨花，随风吹到天涯。

[词评]

这首词，写一闺中女子想念丈夫。春色满园，鸟啼花香，玉郎不归家，梦魂无倚，寂寞凄苦，独守空闺。

——丁炳贵《婉约词与豪放词鉴赏》

[词人逸事]

前蜀通正元年（916），顾敻在皇帝王建的宫中担任侍从，当时正好有一只秃鹫在皇宫中的摩诃池上空盘旋，顾敻就写了一首词，词中带有讥讽的意思，王建读了之后非常不满，将顾敻抓进了监狱。后来王建顾惜顾敻是个人才，于是重新起用他为茂州刺史。

杨柳枝

秋夜香闺思寂寥[1]，漏迢迢[2]。鸳帷罗幌[3]麝（shè）烟[4]销，烛光摇。　正忆玉郎游荡去，无寻处。更闻帘外雨潇潇，滴芭蕉。

［注释］

①寂寥：无声无形。亦形容寂静。②漏：古时滴水计时的仪器。也借指时刻。迢迢：原意是形容路途遥远。这里用来比喻漏声不绝，没完没了地滴下去，就像走不到尽头的路一样。③鸳帷罗幌：绣着鸳鸯图案的丝绸帐幕。④麝烟：指香炉中所点麝香冒出来的烟。

［词解］

在凄清的秋日月夜，女子在闺房中感到无限寂寞。与情郎相见的路很长，不知何时才能相见？闺房里有鸳鸯图饰的丝绸帐幕，还燃烧着香炉。香炉里点的麝香冒出了烟，此时香已经燃尽了，暗淡的烛光在闺室中飘摇。情郎不知游荡到了什么地方，也无处找寻。只听到外面潺潺的雨声，滴滴打落在芭蕉叶上，像是思念的眼泪，又像是无穷的忧愁。这也是一个女子思念情人，彻夜不眠的叹息。

［词评］

顾太尉，五代艳词上驷也。工致丽密，时复清疏。以艳之神与骨为清，其艳乃益入神入骨。其体格如宋院画工笔折枝小帧，非元人设色所及。

——况周颐《餐樱庑词话》

诉衷情

永夜[1]抛人何处去？绝[2]来音。香阁掩，眉敛[3]，月将沉。争忍不相寻[4]？ 怨孤衾(qīn)。换我心，为你心，始知相忆深。

［注释］

①永夜：长夜。②绝：断绝。③眉敛：皱眉。④争忍：怎忍。寻：寻思。

［词解］

对独守空房的思妇来说，夜是那么漫长，负心的丈夫啊，你抛下可怜的妻子到什么地方去了？怎么一点音信都没有呢？斜月将落，长夜将尽，女子眉头紧皱，终夜未眠，静静地坐着等待情郎。闺门紧闭，室内一目了然，有何可以相寻的呢？又怎忍心不思量这份深情？女子暗自埋怨夜太长，孤枕难眠。爱人，假如不被爱呢？爱人，而山隔水阻呢？情丝缠绕，她痴心地等了一个又一个漫长的夜晚，可是到头来，却是失望、绝望。她对他一往情深，一生无悔，无时无刻不在思念着他，可是要怎样才能让那个一点感觉都没有的人来明白这一点呢？除非把这一颗心换给他，让他亲自体验了，才会知道这一份情有多深。只有换她的心，变成男子的心，他才会知道女子对他的思念是多么深！她多么希望把自己的一颗心移置在对方的胸腔里，以取得对方对自己思念之深的理解啊。

［词评］

顾太尉“换我心，为你心，始知相忆深”，自是透骨情语。徐山民“妾心移得在君心，方知人恨深”，全袭此。

——王士禛《花草蒙拾》

荷叶杯

记得那时相见，胆战①，鬓乱四肢柔。泥人②无语不抬头。羞么羞？羞么羞？

泥人无语不抬头

［注释］

①胆战：因害怕而发抖。②泥人：用泥捏制的人。这里形容人的呆状。

［词解］

这首词所描写的主人公是位女子，她会写诗，并且在诗中记录下了她与心上人约会时的情景。他们偷偷见面之后，她害怕得浑身发抖，四肢松软无力，头发也很乱。人呆得像个泥人，她低着头，不敢抬起来，默默无语。是感到害羞吗？为什么害羞呢？她恨不得情人立刻就能读她的诗，那可是她的心啊！她迫不及待但又很害羞，难以启唇言明，只呆呆地、急切地、羞涩地站在那里。

［词评］

顾敻以艳词擅长，有浓有淡，均极形容之妙。其淋漓真率处，前无古人。如《荷叶杯》九首，已为后代曲中一半儿张本。

——李冰若《栩庄漫记》

卷三 北宋·南宋词

王禹偁

王禹偁（954–1001），字元之，巨野（今属山东）人，宋代文学家。王禹偁自幼生长在一个贫寒之家，但他却很聪明，后中进士，官至翰林学士。由于他性情耿直，敢于直言，因此仕途不顺，多遭贬谪。在文学上，王禹偁倡导诗文改革，反对宋朝初年的奢靡文风。他的诗文大多反映了当时的社会现实，风格平易清新。他的作品被辑为《小畜集》，留存至今的词作只有一首。

点绛唇

雨恨云愁，江南依旧称佳丽[1]。水村渔市，一缕孤烟[2]细。　天际征鸿[3]，遥认行如缀[4]。平生事，此时凝睇[5]，谁会[6]凭阑意。

[说明]

这首词是北宋最早的小令之一，也是作者唯一的传世之作。

[注释]

①佳丽：风光秀丽。②孤烟：远处独起的炊烟。③征鸿：指秋天南飞的大雁。④行如缀：一行南飞的鸿雁首尾相连。谓行列齐整。⑤凝睇：注视。睇，斜视。⑥会：理解。

[词解]

江南多雨，容易使人愁闷，然而，苦雨愁云却无损这里的秀丽景色。稀稀落落的水村渔市，点缀在弯弯曲曲的绿水岸边，一缕炊烟，正袅袅而上，显示出恬静的田园风光。仰望天空，远飞的大雁正展翅长征，它们排着整齐的队形，一只只缀连成行，乘着长风，朝着既定的目标，奋力前进。这充满生机的天空和大地，触发了词人对人生价值和功名前途的思考。词人平生的心事和志向是想为国为民做一番轰轰烈烈的事业。此时词人正凭栏远望，心中思潮翻滚，他空有一腔热血，但他济苍生、建功业的远大理想，有谁能领会呢？词人为无人理解自己的抱负而倍感怅然。

［词评］

清丽可爱，岂止以诗擅名。

——张宗橚《词林纪事》引《词苑》

［词人逸事］

王禹偁为官清廉，执法公正，关心民间疾苦；秉性刚直，遇事直言敢谏，不畏权势，以直躬行道为己任。997 年真宗在位时他上书提出“谨边防”，“减冗兵，并冗吏”等几件大事。他在编撰《太祖实录》的时候，由于将一些隐晦的史事直接写了出来，受到当时宰相的弹劾，于咸平二年（999）第二次被贬出了京城。他一生中三次受到贬官的打击，于是作了《三黜赋》，申明自己“屈于身兮不屈其道，任百谪而何亏；吾当守正直兮佩仁义，期终身以行之”的气节，表现了百折不挠的坚强意志。

> **寇 准**
>
> 寇准（961—1023），字平仲，华州下邽（今陕西渭南）人。有《巴东集》，存词六首，皆伤时惜别之作，风格淡雅委婉。

踏莎行

春色将阑①，莺声渐老，红英落尽青梅小。画堂人静雨蒙蒙，屏山②半掩余香袅。　密约沉沉③，离情杳杳（yǎo yǎo）④，菱花⑤尘满慵（yōng）将照。倚楼无语欲销魂⑥，长空黯淡连芳草。

［注释］

①阑：这里是说春光即将逝去。②屏山：屏风。③沉沉：这里意为长久，是说二人约会遥遥无期。④杳杳：幽远。指别后绵绵不绝的相思情意。⑤菱花：指镜子。古时铜镜背面常做成菱形图案。⑥销魂：形容极度伤心。

［词解］

这是一首闺怨词。长期的别离使独守空闺的女子过着十分孤寂的生活。春天转眼过去了，清啭的黄莺鸣叫声也渐渐地衰涩，不再那么清脆响亮了。那迎春斗艳的红花飘零在暮春的风雨中，梅树枝头已经结出了小小的青果。到处是一片衰残、迟暮的景象。堂外细雨蒙蒙，堂内宁静沉寂，在细雨笼罩中画堂内人的心情也是极为不平静的。心中就像堂外的天空一样，天低云暗，阴雨绵绵。画着山水图案的精美屏风，半掩半开着，似乎在等待着自己心上人的归来。这种不知结果的渺茫的期待，伴随着那燃了很久、即将燃尽的一缕余香，袅袅地从屏风后轻轻飘出，弥漫在寂寞的画堂中，消散在迷蒙的细雨中。在寂寞失望中，女子又一次回忆起昔日依依惜别时的情景。他们私下约定归期，但男子一直没有实践自己的诺言如期回来。既不见身影，又音信全无，离情别绪使女子终日无聊，再无心思梳妆打扮，任凭菱花镜上落满了灰尘。她神情怅惘地默默倚着楼栏，心情极度愁苦。万里长空，暗淡无光，烟雨蒙蒙，芳草萋萋，那绵绵不断的情思，一直延伸到心上人所在的那遥远的地方。

[词评]

这首词也是依托之作。倚楼少妇比自己，所望密约者为朝廷。依本传所载，更以为罢知青州时所作。但无佐证，谨附此意供参考。

——靳极苍《唐宋词百首详解》

[词人逸事]

寇准少好学，十九岁就考中了进士。在参加殿试的时候，由于他反应敏捷，表现出了很高的才学，因此得到了当时的皇帝宋太宗的欣赏和器重，当场就被任命为大理评事。寇准性格刚直，经常直言进谏。有一次，宋太宗召他上殿议事，由于他说话过于直率，惹怒了宋太宗。宋太宗一甩袖子就要走，寇准却大胆地伸手拉住了宋太宗的衣襟，请他回到座位上，然后坚持将自己的意见表达完。宋太宗被寇准感动，夸奖寇准有唐代诤臣魏徵的风范。不久便擢升他做了参知政事。

江南春

波渺渺，柳依依。孤村芳草远，斜日杏花飞①。江南春尽离肠断，蘋满汀(tīng)洲②人未归。

满汀洲人未归

[注释]

①杏花飞：指杏花飘落。②蘋满汀洲：水边上的小洲上长满了蘋花。谓时令已到春末夏初。

[词解]

这首词写的是少女怀人伤春的情愫。一泓春水，烟波渺渺，岸边杨柳，柔条飘飘。那绵绵不尽的萋萋芳草蔓延到遥远的天涯。波渺渺，水悠悠，佳人望穿秋水，触目伤怀，想起当年长亭惜别之时。在夕阳映照下，孤零零的村落寂寂无人，只见纷纷凋谢的杏花飘飞满地。芳草茂密青翠，绵延不断，伸向遥远的天际，人的目光便随芳草远远地延伸，自然而然，情怀也随之而去，飘至所思之人身边。一如女主人公的离别相思之情，浓郁、深沉、悠长不断。江南的春已过去，离别的愁绪熬断人的柔肠。水中的水草长得茂盛，布满了整个小沙洲，可远去的人啊，还没有回来。

[词评]

观此语意，疑若优柔无断者；至其端委庙堂，决澶渊之策，其气锐然，奋仁者之勇，全与此诗意不相类。盖人之难知也如此！

——胡仔《苕溪渔隐丛话》

[词人逸事]

宋真宗景德元年（1004），寇准被任命为同中书门下平章事，职权与宰相相当。这一年的九月，辽国军队大举进攻宋国，很快就打到了黄河以北，各州县的告急文书不断地被送到京城，朝廷上下无不震惊。当时，朝臣分成两派，以参知政事王钦若为首的一批大臣主张迁都，另一派大臣则主张与辽军交战。正当当时的皇帝宋真宗犹豫不决的时候，寇准及时赶回了朝廷，极力劝说宋真宗放弃了南迁的想法，并且劝他御驾亲征，以此来激励军民保卫国家的信心和决心。宋真宗勉强采纳了寇准的建议，亲自带兵向澶州进发。宋军官兵看到皇帝亲自到达前线，勇气倍增。宋真宗在前线将作战指挥权交由寇准来掌管。寇准重用那些爱国将领，军令严明，沉着应对，首战告捷，给辽军以极大的打击。

林 逋

林逋（967–1028），字君复，钱塘（今浙江杭州）人。恬淡好古，隐居西湖孤山，终身不仕，以种梅养鹤自娱，世称其“梅妻鹤子”。卒谥“和靖先生”。其诗多咏梅之作，有《林和靖诗集》，存词四首。

长相思

吴山①青，越山②青，两岸青山相对迎。谁知离别情？　君泪盈③，妾泪盈，罗带同心结④未成。江边潮已平⑤。

[注释]

①吴山：泛指钱塘江北岸群山。②越山：泛指钱塘江南岸群山。③泪盈：含泪欲滴。④同心结：将罗带系成连环样式的结子，象征定情。⑤潮已平：指江水已涨到与岸相齐。

[词解]

钱塘江两岸山明水秀。吴山、越山两峰青翠葱茏。夹水而立的座座青山，曾目睹过多少送往迎来，见过多少悲欢离合，但它们能理解人们离别时的痛苦吗？青山不知道离别之人的离愁别恨，离别的痛苦只有别离之人最清楚。行者与送者，将别未别，难舍难分，只是无语凝噎，泪眼相视。他们如此悲伤，难道仅仅是因为暂时的分离吗？不！原来他们的爱情曾经遭遇不幸，彼此心意相属，却未能订下终身。悲伤归悲伤，送君千里，终有一别，江潮涨满，船儿已经该起航了。她目送情郎荡舟而去，心也随着情郎飞去了。

［词评］

林处士妻梅子鹤，可称千古高风矣。乃其惜别词，如“吴山青，越山青”一阕，何等风致。闲情一赋，讵必玉瑕珠颣耶？

——彭孙遹《金粟词话》

［词人逸事］

林逋出生在一个儒学世家，从小就非常好学，而且非常勤奋，年龄不大，便成了一位通晓经史百家的学者。他生性清高自傲，甘于平淡自然，不慕名利。长大以后，他曾经在江淮一带漫游，后在杭州西湖隐居，在孤山修建了一座简陋的房屋居住，院子里种着梅花，还养了很多白鹤。林逋经常驾着小舟游览西湖，还经常到各地的寺庙去拜访庙里的高僧。每当有客人前来拜访，林逋家的门童就会把白鹤放飞，林逋看到之后就会划着小船回来。因为林逋很喜欢那些梅树和白鹤，而且据说他一辈子都没有娶妻生子，世人于是称他为“梅妻鹤子”，以此表达对他的仰慕。

点绛唇

金谷[①]年年，乱生春色谁为主？余花落处，满地和烟雨。又是离歌，一阕长亭暮[②]。王孙[③]去，萋萋[④]无数，南北东西路。

王孙去

［注释］

①金谷：指晋石崇在洛阳所建的金谷园。他曾在此为王诩饯行。后以此为饯别场所之典。后来南朝江淹的《别赋》中就有“送客金谷”之说。②一阕长亭暮：谓傍晚时分在十里长亭唱一曲送别之歌。③王孙：古时对贵族公子的尊称。此指送别之人。④萋萋：草木茂盛的样子。

［词解］

金谷园内的春草年年茂盛生长，年复一年逢春而生。人既去，园无主，谁主宰它们的命运呢？一年一度，春回大地，总是小草最先透露春的消息；百花烂漫之时，又是小草衬托着无边的秀色。但从春初到春暮，又有谁眷顾过它？任它悄然无主，自生自灭。曾经是锦绣繁华的丽园，如今已是杂树横空、蔓草遍地了。它只能承接缤纷的落英，伴和淅沥的春雨。春色凋零，花朵纷坠，枝头稀疏的余花，也随蒙蒙细雨飘落满地。伤春之际，复又伤别。离别的歌唱罢，长亭已经是日暮时分。故人远去了，唯有满地的春草，恰恰犹如这无尽的伤恨离愁。凝望着亲人渐行渐远，慢慢消失了，唯见茂盛的春草通往四方之路，茫茫无涯，遮断了纵横的小路。

［词评］

林逋的《点绛唇》为词中咏草的杰作，词境极冷绝凄楚，与欧阳修的《少年游》，梅尧臣的《苏幕遮》，都为咏春草的绝唱。

——薛砺若《宋词通论》

柳 永

柳永（约 987－约 1053），本名三变，字景庄，后改名为柳永，字耆卿，因为他排行第七，所以人们称他为柳七，崇安（今福建崇安）人，北宋著名词人。柳永在宋仁宗景祐元年（1034）中进士，官至屯田员外郎，因此世人称其为柳屯田。柳永一生仕途不顺、生活落魄，因此他从追求功名转而流连于青楼楚馆，沉醉于旖旎繁华的市井生活，在“倚红偎翠”、“浅斟低唱”中寻找自己精神上的寄托。柳永是北宋第一位专门以作词为主的词人，他不仅令词的题材和内容得到了大范围的拓展，而且还制出了很多慢词，使词的叙述手法也得到了发展，宋词也因此变得更加通俗化和口语化，这些都对词在北宋的发展产生了很大影响。柳永有《乐章集》传世。

甘草子

秋暮，乱洒衰荷，颗颗真珠雨①。雨过月华生，冷彻鸳鸯浦②。　　池上凭阑愁无侣。奈此个、单栖③情绪。却傍金笼共鹦鹉，念粉郎④言语。

［注释］

①真珠雨：像珍珠一样的雨珠。②鸳鸯浦：鸳鸯栖息的水滨。比喻美色荟萃之所。③单栖：独宿。④粉郎：敷粉的郎君，即白面郎君。

[词解]

一个秋日的黄昏，荷叶铺满整个池塘，暮雨如珍珠一样从天上撒落下来，打在残荷上。雨洒衰荷的声响，使女主人的心里更加孤独寂寞。雨过之后，凄清的月光升起来了，冷冷地照在鸳鸯栖息的水滨上，给人满眼的、彻底的凄凉之感。女子凭阑凝伫、独自惆怅。即使在这冰冷的月夜，鸳鸯仍然双宿双栖，可是她呢，却无一人相伴。这寂寞独处的凄凉是如此的浓郁。月光照着残破的荷塘，久久无法入睡的她在房间里一个人无聊地逗弄着鹦鹉，教给鹦鹉念着心上人曾经对她说过的那些话。鹦鹉说完以后，反而更让这沉寂的夜增添了一种凄凉，鹦鹉的话只能起到自我安慰的作用，无法真正排解内心的空虚和惆怅。

[词评]

柳耆卿“却傍金笼共鹦鹉，念粉郎言语”，《花间》之丽句也。

——彭孙遹《金粟词话》

[词人逸事]

柳永绝意仕途之后，后半生大部分时间都是在烟花柳巷中度过的，他与那些妓女交游唱和，很多词作都是在笙歌艳舞、锦榻绣被中写出来的。当时的歌女妓女们都有这样一个愿望：“不愿君王召，愿得柳七叫；不愿千黄金，愿得柳七心；不愿神仙见，愿识柳七面。”晚年的柳永更加穷困凄凉，去世之后连安葬的钱都没有，全都是靠着那些歌女和妓女凑钱，才得以安葬。柳永去世之后，由于没有亲人祭拜，每年到了清明节的时候，歌妓们便会相约去柳永坟前祭拜，后来逐渐成了一种习惯，人们称其为“吊柳七”或“吊柳会”。

昼夜乐

洞房①记得初相遇。便只合长相聚。何期小会幽欢，变作别离情绪？况值阑珊②春色暮。对满目乱花狂絮③。直恐好风光，尽随伊归去。　一场寂寞凭谁诉？算前言总轻负。早知恁(nèn)地难拚④，悔不当时留住。其奈风流端正外，更别有系人心处。一日不思量，也攒眉千度。

[注释]

①洞房：幽深的内室，多指卧室，这里指闺房。②阑珊：衰减，将尽。③乱花狂絮：春花和柳絮四处飘落的情境。④难拚：难舍。

[词解]

这首词描写的是女主人公回忆自己昔日和心上人欢聚的情景以及今日的相思

之情。词人在这里采用了追忆的方式来讲述这个故事，中间的很多细枝末节都被省略，一上来就描写她和情人第一次见面时的情境。这次相会便是他们第一次的相遇。第一次相遇就互相钟情，双方心意相通，情浓难解。这样的相遇场景，自然会让女主人公难以忘怀，她一眼便认定这个第一次与她见面的男子就是她想要的那一个能够与其长相厮守、白头到老的如意郎君。自己也下定决心，非他不嫁。可是现实与愿望总是相反的，第一次欢好之后两个人便永久地分开了。此时已是暮春时节，落花飘零，柳絮纷飞，春天将要过去了。春回大地虽然是一片美景，可是却让人非常感伤，恰好这时又触发了女主人公对于往日幽会的幸福和痛苦离别的双重回忆，悲喜交集，更让人觉得感伤。可是这美好的时光并没有由于情郎的离开而完全消逝，只是给她留下了更多的寂寞和无奈之感。是自己轻易辜负了情郎的厚意，没有留下他。可她当时又怎能想到离别是这样让人难以割舍的呢？他确实是一位非常难得的人才，不但举止风流儒雅，而且品貌端正，绝不是一般的浮华孟浪子弟可以相比的。女主人公的眉头紧锁，每天都在思念情郎，而且这份思念也随着时间的流逝变得越来越深。

[词评]

“洞房”在柳词中屡见，是指妓女的住所。柳永常出入于“娼馆酒楼间”，他描述她们生活的作品，有些是传出了她们的苦闷和心声的。这首词就是这样。

——艾治平《宋词名篇赏析》

[词人逸事]

杜甫诗云：“文章憎命达。”柳永一生的坎坷经历，恰恰是对这句话最好的注解。柳永第一次到北宋都城东京参加进士考试就落榜了，第二次又是如此。对柳永而言，极高的才气再加上刻苦攻读，是完全能够金榜题名的。但是柳永在第三次参加考试的时候心神激荡，完全由着自己的性子写了一首全是牢骚话的《鹤冲天》，正是这首《鹤冲天》，酿成了他一生的悲剧。没过多久，这首《鹤冲天》就被宋仁宗看到了。宋仁宗读了几遍，尤其对词中“忍把浮名，换了浅斟低唱”一句感到不满。三年以后，柳永再次赴考，好不容易通过了重重关关，最后只等皇帝御笔钦点。可是当宋仁宗看到录取名册上有柳永的名字时，一下子就想起了《鹤冲天》中那句诗，宋仁宗沉吟良久，最终抹掉了柳永的名字，在旁边批道：“且去浅斟低唱，何要浮名？”柳永唯一一次飞黄腾达的机会就这样被他自己埋葬了，不过他也不是特别在意，每次作完词，在落款的时候，他都会写上一句“奉旨填词柳三变”。

八声甘州

对潇潇暮雨洒江天，一番洗清秋。渐霜风凄紧，关河[1]冷落，残照当楼。是处[2]红衰翠减，苒苒(rǎn rǎn)[3]物华休。惟有长

江水，无语东流。　　不忍登高临远，望故乡渺邈[4]，归思难收。叹年来踪迹，何事苦淹留？想佳人，妆楼颙(yóng)望[5]，误几回，天际识归舟。争知我，倚栏干处，正恁(nèn)[6]凝愁。

[注释]

①关河：关卡和河道，都是交通要道。②是处：到处，每个地方。③苒苒：慢慢，逐渐。④渺邈：渺茫、遥远。⑤颙望：抬头凝望。⑥恁：如此。

不忍登高临远，望故乡渺邈，归思难收

[词解]

天空中暮雨潇潇落下，遍布大江南北，清冷的秋意充斥着天地四方。冷雨停歇，秋意却没有停歇，只让人感觉到一阵阵夹着寒霜的冷风，令秋意一阵胜过一阵。词人独自站在高楼之上，远眺关河，只见一片凄清冷落的景象，落日的余晖照在高楼之上，更显苍茫。经过这场风雨之后，所有的地方都是落红片片、落叶纷纷，美好的时光就要过去了。只有那滚滚长江里的洪流，无声地向东方流去，似乎是在向词人默默地倾诉着什么。词人不敢登上高楼远眺故乡，因为故乡太过遥远，根本不可能见到，可是强烈的思乡之情又让人忍不住登楼。还有那远方的佳人，这时也一定是独自站在高楼之外抬头仰望，她希望丈夫能够早日归来，却总是空等一场！美人迟暮的悲凉之感，与花落叶枯的悲景，也交融在了一起。佳人又如何能够明白，在这样一个时刻，丈夫和她一样，都在凝望着天际！

[词评]

柳词本以柔婉见长，此词却以沉雄之魄，清劲之气，写奇丽之情。

——郑文焯《与人论词遗札》

[词人逸事]

柳永一生风流放荡，身心俱疲，最后死于名妓赵香香的家里。他既没有妻子儿女，也没有多余的财物，因此死后无人打理丧事。谢玉英、陈师师等一帮名妓倾慕柳永的才学与痴情，于是凑了一些钱为他举行葬礼。谢玉英曾经和柳永号称夫妻，此时便为他穿上了妻子的孝服，其他妓女也都为他戴孝守丧。出殡的时候，整个东京城的妓女全都赶来了，城里到处都是穿着丧服的人，到处都传来悲哀的哭泣声。后来有人将这件事改编成了“群妓合金葬柳七”的故事。谢玉英由于思念柳永，悲痛过度，两个月后也死了。陈师师等念她对柳永感情深厚，就将她安葬在了柳永的坟墓旁边。

雨霖铃

寒蝉凄切[1]，对长亭[2]晚，骤雨初歇。都门帐饮[3]无绪，留恋处，兰舟[4]催发。执手相看泪眼，竟无语凝噎(yē)[5]。念去去、千里烟波，暮霭沉沉楚天阔[6]。　多情自古伤离别，更那堪[7]、冷落清秋节！今宵酒醒何处？杨柳岸、晓风残月。此去经年，应是良辰好景虚设。便纵有千种风情[8]，更与何人说？

执手相看泪眼，竟无语凝噎

[注释]

①寒蝉凄切：秋天的鸣蝉叫声凄凉而悲切。②长亭：古代在官道旁边修建的供路人休息用的亭子，一般每隔五里有一短亭，每隔十里有一长亭。③都门帐饮：在京城的郊外陈设帷帐，宴饮送别。④兰舟：即木兰舟，这里指装饰华丽精美的木船。⑤凝噎：犹哽咽。⑥暮霭沉沉楚天阔：傍晚时分，云雾在辽阔的天空四处弥漫，表现出一种苍茫而辽远的境界。楚天，楚地的天空，这里指南方地区的天空。⑦更那堪：又怎么能承受得住。⑧风情：风月方面的情趣，指男女之间的恋情。这里指兴味、情致。

[词解]

秋天的鸣蝉，发出的叫声让人感到凄凉悲切，再加上刚刚下了一阵骤雨，天色又是薄暮时分，在这专门用来送别的长亭里面，人又怎能不感到悲伤呢？在都门设置帷帐来饯行，却没有开怀畅饮的心情，久久地徘徊留恋，不想离开，但是船上的人却不住地催促，就要出发了。两个人手拉着手，一个站在船上，一个站在岸上，一双泪眼望着另一双泪眼，谁也说不出话来，因为两个人都哽咽了。想到离别之后就要相隔千里，烟波浩渺，暮霭沉沉，苍茫的天空中也显得更加辽阔旷远，而前路如何，却是谁也无法说清。感情丰富的人，面对离别时会觉得悲伤难忍，从古到今都是如此。况且是在这样一个冷落凄清的深秋季节分别呢！今夜因为分别忍不住喝醉了酒，可是酒醒之后，两个人又会身在何处呢？岸边杨柳依依，清晨的凉风徐徐吹来，抬头只能看到一弯残月挂在空中，这似乎预示着一切都结束了，要走的已经走远了，送行的也应该回去了，这一切都是真实的，并不是一场梦境。这一别，就是好几年的时间，离别之后将会忍受长久的寂寞，年华虚度。再相会也不知道是什么时间了，这样的别后愁思、无限伤情，又能跟谁去诉说呢？

［词评］

此首写别情，尽情展衍，备足无余，浑厚绵密，兼而有之。宋于庭谓柳词多“精金粹语”，殆谓此类。……词末余恨无穷，余味不尽。

——唐圭璋《唐宋词简释》

蝶恋花

伫(zhù)倚危楼[1]风细细，望极春愁，黯黯[2]生天际。草色烟光残照里，无言谁会凭阑意。　拟把[3]疏狂图一醉，对酒当歌，强乐[4]还无味。衣带渐宽终不悔，为伊消得[5]人憔悴。

［注释］

①伫：长久地站立。危楼：高楼。②黯黯：灰蒙蒙一片，迷蒙不明。③拟把：打算。④强乐：勉强作乐。⑤消得：值得。

［词解］

词人登上高楼，长久地凭栏远眺，微风阵阵，看得多了，愁绪也自然而然地生发出来。这种愁绪是由于词人思念远方的“伊人”而产生的。可以想见，“伊人”这时也正想念词人吧。草色青青，阳光明媚，烟波浩渺，“伊人”究竟在什么地方呢？词人一句话也不说，只是静静地欣赏着眼前的景色，可是谁又能明白他凭栏远眺的真正用意呢？词人想要将自己的春愁排遣掉，想要让自己享受暂时的放纵，通过美酒来浇灭内心的忧愁，力图让自己大醉一场。可是真正的愁苦是没有办法排遣的，那就只能继续相思下去了。因此，词人为自己的恋人茶不思、饭不想，身体逐渐消瘦，就算是让相思折磨得憔悴不堪、虚弱无力，也决不会感到后悔。

［词评］

此首上片写境，下片抒情。“伫倚”三句，写远望愁生。“草色”两句，实写所见冷落景象与伤高念远之意。换头深婉。“拟把”句与“对酒”两句呼应。强乐无味，语极沉痛。“衣带”两句，更柔厚。与“不辞镜里朱颜瘦”语，同合风人之旨。

——唐圭璋《唐宋词简释》

定风波

自春来，惨绿愁红，芳心是事可可①。日上花梢，莺穿柳带，犹压香衾(qīn)卧。暖酥消，腻云亸(duǒ)②。终日厌厌③倦梳裹。无那④！恨薄情一去，音书无个。　早知恁么⑤，悔当初、不把雕鞍锁。向鸡窗⑥、只与蛮笺(jiān)⑦象管，拘束教吟课。镇⑧相随，莫抛躲。针线闲拈伴伊坐。和我，免使年少，光阴虚过。

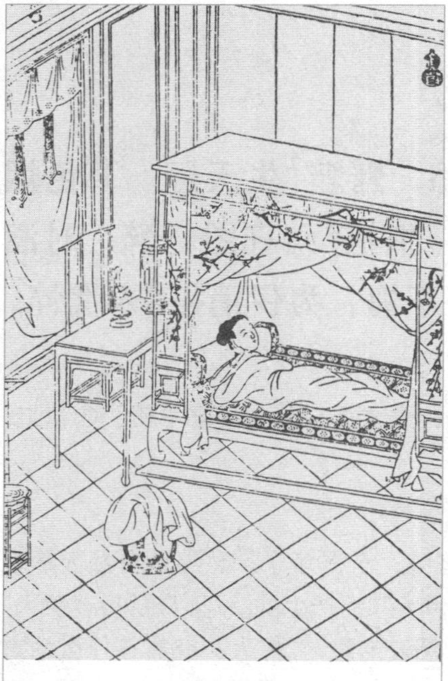

终日厌厌倦梳裹

［注释］

①可可：无关紧要，不在意。②亸：下垂的样子。③厌厌：同“恹恹”，精神委靡貌或指时间长久。曾觌《南柯子》有“两两人初散，厌厌夜向阑”。④无那：无奈。⑤恁么：这么。⑥鸡窗：代指书室。⑦蛮笺：蜀地所产之彩色信笺。⑧镇：常。

［词解］

这首词描写了一位被恋人抛弃的女子内心的情感变化。春天已经到来，但是那位心上人却始终没有音信。所以，就算是粉红的桃花、翠绿的树枝，这些原本应该令人赏心悦目的美景，在失意女子的眼中，也都变成了触景伤情的颜色。在这位女子看来，绿色令人觉得悲惨，红色令人感到忧愁，因此她一整天都觉得百无聊赖。虽然窗户外面也是艳阳高照、美景如画，但她却只是慵懒地躺在绣被之上，都无心起床了。太阳已经爬到了树梢上，黄莺这种鸟儿也已经开始鸣叫，在春风的吹拂下，柳树也已经开始发芽，而这位女子却依然躺在卧榻上枕着香枕，内心藏有无限的愁思，懒得起床。很长时间以来，她都没有好好打扮和保养自己，因相思而产生的苦恼，已经令她的形容变得憔悴不堪，原本“暖酥”的皮肤逐渐消瘦损伤，原本如“腻云”一般的头发也变得蓬松散乱，但是她却一点也不想对自己的头发进行梳理，只是娇嗔怨恨地自言自语道：“没有办法啊！可恨薄情的郎君这一走，连封信也不给我写。”早知如此，当初就应该将他留在自己身旁。遥想昔日，两个人在房间里相守，他铺纸写字、刻苦学习，她手拈针线，幸福地陪着他，他们整天都不分开。这样的乐趣是那么美好！可是现实却异常冷酷，很多年轻的女子都被情郎抛弃了，自己也不例外，在这没有边际的苦海之中，她一天天地将自己的大好青春浪费虚度！

［词评］

柳永的身世处境，使他对处于社会下层的妓女的生活，有着很深的了解，对她们的思想感情也有着很深的了解。因而，词里刻画的许多妇女形象栩栩如生，描绘她们的心理活动，显得格外生动、真切。《定风波》就是一首描写很成功的以妇女为主人公的词。

——张燕瑾《唐宋词选析》

［词人逸事］

柳永的词意境都很美，他一生风流倜傥，经常往来于青楼妓院，当时那些善于唱歌的妓女都喜欢和她交往，她们从教坊里得到新曲之后，一定会求柳永作词，而凡是经柳永作词的曲子，流传的范围都很广，当时人们说："凡有井水处，即能歌柳词。"到了南宋，北方的金主完颜亮在读过他的《望海潮》一词之后，对词中描绘的"东南形胜，三吴都会，钱塘自古繁华……有三秋桂子，十里荷花"钱塘美景憧憬不已，也因此完颜亮不顾群臣反对，执意发兵攻打南宋，非要夺下南宋京城临安不可。

采莲令

月华收[1]，云淡霜天曙。西征客、此时情苦。翠娥执手，送临歧[2]、轧轧开朱户。千娇面、盈盈伫立，无言有泪，断肠争忍回顾？　　一叶兰舟，便恁急桨凌波去。贪行色、岂知离绪，万般方寸，但饮恨、脉脉同谁语？更回首、重城不见，寒江天外，隐隐两三烟树。

［注释］

①月华收：指月亮的光辉逐渐暗淡，天色将明。②临歧：面对着岔路口。这里暗指即将分别。

［词解］

这首词描写的是离愁别绪。在分别之际，月亮斜落，云彩飘散，地上结起一层霜，天也要亮了，将要西行的游子，此时此刻的心情最是痛苦难耐。伴随着吱吱呀呀的声音，红色的大门被打开了，一个美丽的女子紧紧地拉着游子的手，一直将他送到了岔路口。她的娇媚令人难以把持，只是袅袅婷婷地站在那里，默默无语两眼泪，就已经让人肝肠寸断，舍不得离开了，已经踏上征途的旅人又怎么能够忍心回头看一眼呢？离别以后，这位男子同样也觉得心里有无限的惆怅和留恋。他觉得自己所乘的那一叶扁舟似乎是以一种“急桨凌波”的速度前行的，而同行的人却只是贪婪地看着两岸的景色，怎么会明白离人这时的愁绪呢？他的心里像刀割一样纷乱之极，又没有人可以向他们倾诉愁苦，只好在心里暗暗伤感。他的哀痛，已经无法忍受了。回过头来一看，那一层层的城门早就看不见了，在那充斥着寒意的江天以外，只能隐隐约约地看到两三树影。

[词评]

此首，初点月收天曙之景色，次言客心临别之凄楚。“翠娥”以下，皆送行人之情态。执手劳劳，开户轧轧，无言有泪，记事既生动，写情亦逼真。“断肠”一句，写尽两面依依之情。换头，写别后舟行之速。“万般”两句，写别后心中之恨。“更回首”三句，以远景作收，笔力千钧。上片之末言回顾，谓人。此则谓舟行已远，不独人不见，即城亦不见，但见烟树隐隐而已。一顾再顾，总见步步留恋之深。屈子云：“过夏首而西浮兮，顾龙门而不见。”收处仿佛似之。

——唐圭璋《唐宋词简释》

范仲淹

范仲淹（989–1052），字希文，吴县（今属江苏）人，北宋著名政治家、文学家。范仲淹自幼丧父，生活贫困，但是非常好学，考中秀才之后更是将安定天下当作自己的志向。他正直敢言，曾经多次向当时的宰相上书，批评时政，也因此多次被贬官。宋仁宗时，范仲淹官至参知政事。宋仁宗庆历三年（1043），范仲淹有感于当时朝政的弊政，提出了“十事疏”，主张建立严格的选官制度，重视农桑，休整武备，严格法制，减轻徭役。宋仁宗对他这些建议全都予以采纳并且陆续推行开来，历史上称为“庆历新政”。后来由于新政触动了保守派的利益，遭到他们的反对而未能善始善终，范仲淹也被贬为陕西四路宣抚使，后在赶赴颍州的途中病死，死后谥号为文正。

苏幕遮

碧云天，黄叶地，秋色连波，波上寒烟翠。山映斜阳天接水，芳草无情，更在斜阳外。　　黯乡魂[①]，追[②]旅思[③]，夜夜除非，好梦留人睡。明月楼高休独倚，酒入愁肠，化作相思泪。

[说明]

《苏幕遮》，又名《云雾敛》《鬓云松令》，双调，六十二字，上下片各五句。这个词牌本是唐代从西域传到中原的一首教坊曲。宋代的词人在这首曲调的基础上另谱了一首新曲，即我们今天看到的《苏幕遮》。

[注释]

①黯乡魂：化用江淹《别赋》中“黯然销魂”一句。黯，这里心情黯淡忧郁。②追：追随，这里引申为纠缠。③旅思：旅途中的忧思。

[词解]

广阔的苍穹中，云朵呈现出一种湛清的颜色，辽阔的原野上，到处都是枯黄的落叶。在这样一片寥廓苍茫、衰败凋零的景象中，词人抬起头来眺望远方，只见浓郁的秋色与绵延不尽的秋波交融在一起，天边飘起了一缕缕空翠而稍带着寒意的秋烟。那烟雾笼罩在水面之上，表现出一种迷蒙凄清的气氛。在夕阳的映照下，渺远的山峰、浩荡的水波和那辽远的天空连接在了一起。青草没有边际，似乎还在斜阳之外。词人怀念家乡的情感在这孤独的旅途中显得更加悠长，始终萦绕在心头，被不住地纠缠着。他的心里很是忧郁，而这种羁旅之愁却浓得化不开，缠绕得拨不开、撇不清。每天晚上，只有进入梦乡，才能让自己感到一丝丝安慰。在夜里，由于相思旅愁而无法入睡，尽管月光一片皎洁，从高楼上远眺夜景也非常美丽，可是自己还是没有心思去欣赏，那只能让自己的怅惘之情变得更加浓烈。为了排遣这种愁绪，词人只能借酒浇愁。可是酒不但没有化解心头的愁苦，反而化成了更多的泪水，让人倍加伤感，对远方亲人的怀念之情也更加强烈。

[词评]

范希文《苏幕遮》一调，前段多入丽语，后段纯写柔情，遂成绝唱。

——彭孙遹《金粟词话》

[词人逸事]

宋太宗端拱二年（989）的八月初二这一天，范仲淹降生于徐州，这令范家人欣喜异常，可是好景不长，第二年，范仲淹的父亲就病死了。母亲谢氏由于家中贫困，难以为继，只能抱着尚在襁褓中的范仲淹改嫁到了山东淄州长山县一个姓朱的人家。范仲淹也被改名为朱说。范仲淹自幼就很喜欢读书，而且非常刻苦，当他知道了自己的身世之后，就毅然离开了富裕的朱家，寄宿在长山的醴泉寺读书，每天刻苦诵读，不分寒暑。当时，他的生活非常艰苦，每天只是煮一锅稠粥，等粥凉了以后便用筷子划成四块，早晚各吃两块，没有菜，就拌几根腌菜，调半碗醋汁作为作料，吃完以后就继续读书。最终，范仲淹凭着这种坚强的毅力考中了进士，实现了自己的大志。

御街行①

纷纷坠叶飘香砌②。夜寂静，寒声碎。真珠帘卷玉楼空，天淡银河垂地。年年今夜，月华如练③，长是人千里。　　愁

肠已断无由醉，酒未到，先成泪。残灯明灭枕头欹④（qī），谙⑤尽孤眠滋味。都来⑥此事，眉间心上，无计相回避。

［注释］

①御街行：又名《孤雁儿》。柳永创调。②香砌：指花坛。③练：素绢。④欹：倾斜。⑤谙：熟悉。⑥都来：算来。

年年今夜，月华如练，长是人千里

［词解］

这首词描写的是一种怀念家人的感情。当夜深人静的时候，枯黄的落叶纷纷落在小楼前面的台阶上，因为过于安静，能够听到树叶落在地上时发出的琐碎声音。台阶前面仍然残留着一些花朵，它们在晚上散发出了迷人的香气。远离家乡的人把自己房间的帘子卷起来，看到那高阔疏朗的天空中，星河斜挂，一直垂向了很远很远的地方，天地交接在一起，到处都是一片银白。一个孤独的旅人，在这样的情况下，最容易触动内心深处的离愁。在今天晚上，皎洁的月光把夜空照得如同白昼一般，可是自己的亲人却远在千里之外，美丽的景色恰好让人平添了无限的思念之情。况且自己与家人已经多年没有见面，思念的感情一年强过一年，真是让人悲怆难忍。由于饱受长久离别的煎熬，已经令人肝肠寸断，就算想用醉酒的方法来化解内心的愁苦，也已经无法做到了。想喝酒，可是酒还没有进入肚子里，就已经都变成了泪水。夜色已深，灯光闪烁，忽明忽暗，让人根本无心睡眠，只能斜斜地靠在枕头上面，独自一个人伤心落泪。词人的离愁别恨是那样浓重，眉头紧锁，心头忧郁，却始终没有办法来排解。

［词评］

此首从夜静叶落写起，因夜之愈静，故愈觉寒声之碎。“真珠”五句，极写远空皓月澄澈之境。“年年今夜”与“夜夜除非”之语，并可见久羁之苦。“长是人千里”一句，说出因景怀人之情。下片即从此生发，步步深婉。“苏幕遮”末句，犹谓酒入愁肠始化泪，而此则谓酒未到已先成泪，情更凄切。

——唐圭璋《唐宋词简释》

［词人逸事］

天圣六年（1028），范仲淹受到晏殊的推荐，被擢升为秘阁校理——负责对皇家的图书典籍进行校勘和整理，其实也是皇帝的文学侍从，皇帝有些不明白的问题，可以直接问他。在这个职位上，不但能够时常与皇帝见面，而且可以了解很多朝廷的机密和国家大事。范仲淹生性耿介正直，一旦发现有些朝廷大事不符合法律和制度，就会奋不顾身地介入其中。当时宋仁宗已经二十岁了，可是朝廷里的各项军政大事，却全由六十多岁的刘太后来管理，而且范仲淹还听说，在这一年冬至祭祖的时候，太后要让皇帝和百官一起在大殿上向她磕头祝寿。范仲淹认为家法和国法不可以混淆，而且这样做对皇帝的尊严有损，所以应该停止这种做法。范仲淹将自己的意见写成表章，上奏给了朝廷。范仲淹的奏章令当时担任宰相的晏殊非常恐慌。他赶紧叫来范仲淹，责备他过于轻狂，恐怕他会连累自己。范仲淹一向都对晏殊非常敬重，这一次却没有让步，“我正是觉得由于受到您的举荐，才经常觉得惶恐，怕自己不能尽职尽责，让您为我感到担心，没想到今天却由于做了正确的事情而得罪您。”这番话让晏殊哑口无言。

陈 亚

陈亚（生卒年不详），字亚之，维扬（今江苏扬州）人。其舅为医工，亚之耳濡目染，烂熟药名。有药名诗百余首。《全宋词》录其《生查子》药名词四首。仕至太常少卿。有《澄源集》，存词四首，皆药名词。

生查子

相思意已深①，白纸②书难足。字字苦参商③，故要檀郎读④。　　分明记得约当归⑤，远至樱桃熟⑥。何事菊花时⑦，犹未回乡曲⑧？

［注释］

①相思意已深：思念之情已非常深切。相思，即“相思子”，中药名。意已，谐中药名“薏苡”。②白纸：指信笺。又谐中药名“白芷”。③苦参商：谓夫妻别离，苦如参商二星不能相见。参星在西，商星（即辰星）在东，此出彼没，无法相见。苦参，中药名。④檀郎读：一作“槟郎读”（“槟郎”亦是中药名）。意谓请丈夫仔细阅读。郎读，谐中药名“狼毒”。⑤当归：应该回家。中药名。⑥远至：最迟到，最迟于。又谐中药名“远志”。樱桃熟：樱桃红熟之时，即初夏。樱桃，中药名。⑦菊花时：菊花盛开之时，即深秋。菊花，中药名。⑧回乡曲：意谓回家的信息。回乡，谐中药名“茴香”。

［词解］

这是一首别具风味的药名闺情词。词中通过闺中人以书信向客居外的夫君倾诉相思之情的情节，抒写了闺中人思念远方人的款款深情。自从丈夫别后，对丈夫的思念甚深。因夫妻离别、隔如参商而苦恨不已。她无法排解离愁，便把深深的思念写入信中，但却怎么写也写不尽。信中的每一个字，都是诉说这离别之苦的，是要丈夫读了知道自己对他的这份真情。她一再叮嘱丈夫，最迟不要超过樱桃熟时（指夏季）回家。但她等了又等，盼了又盼，却始终不见心上人回来。于是，她不禁爱怨交织地问道：现在连菊花都开了，已经到了秋天，为什么他还不回来呢？

[词评]

虽一时俳谐之词，然所寄兴，亦有深意。

——吴处厚《青箱杂记》

[词人逸事]

陈亚性格幽默诙谐。在担任润州太守期间，他的手下有个人名叫上官弼，很受陈亚信任和喜爱。上官弼任职期满，将要调往其他地方任职。临走之前，陈亚向他询问道：“您有没有什么要指教我的地方？”上官弼非常诚恳地说道：“您的才干与品行都很高，只是过于喜欢调谑，这方面似乎有些过分了。”陈亚点点头，笑着说道：“君是上官弼（鼻），怎么能奈何下官口呢？”上官弼听了以后大笑。

张 先

张先（990—1078），字子野，乌程（今浙江吴兴）人，北宋文学家。张先的诗、词都很出名，尤工于词。他的早期作品大都是小令，与晏殊、欧阳修齐名；后期作品多为慢词，与柳永并称。他的词在题材上大部分反映了士大夫的生活与男女之情，对于都市中的生活也有一定的表现。张先擅长用词，尤其善用“影”字，而且其中三句带“影”字的词句广受称道，所以时人称其为“张三影”。留传于世的有词集为《安陆集》。

天仙子

水调①数声持酒听，午醉醒来愁未醒。送春春去几时回？临晚镜，伤流景②，往事后期空记省（xǐng）。 沙上并禽③池上瞑（míng），云破月来花弄影。重重帘幕密遮灯，风不定，人初静，明日落红应满径。

[注释]

①水调：宋词曲调名，据说隋炀帝在开凿汴河的时候曾经创作了一首《水调歌》的曲子，到唐朝时这首曲子改名为《水调歌头》。②伤流景：为青春年华像落下的余晖一样好景不长而感伤。景，日光。③并禽：成双成对的鸟类。此处指鸳鸯。

[词解]

午醉醒来愁未醒

这首词描写的是词人面对美丽的春景自伤自怜的感情。词人手持酒杯，听着《水调》这首曲子所表达的悲怨之情，中午由于喝醉而小睡一觉，可是醒来之后自己的春愁仍然存在。送春天而去，暗自问它什么时候春天还会再来，也是在向自己的青春发问。春天去了还会来，但自己的青春呢，再也不会回来了。当词人手里拿着镜子看自己的容貌时，就有一种年华永逝的痛苦感觉，也在此基础上产生了一种往事随风、后事难料的感叹。暮色渐渐笼罩了整片池塘的水面，平坦的沙地上有成双成对的鸳鸯正在栖息，天上的浮云遮掩了月亮，忽然，一阵微风吹过，浮云全都飘散了，那将要凋谢的花朵，也在水面上倒映出了自己的身影，似乎是在搔首弄姿，逗弄蜂蝶。在今晚上还能够看到花与影相伴，可是一夜大风吹过以后，明天便只能见到地上落满了片片落红。那样只会让人感到更加痛苦。

[词评]

全词将词人慨叹年老位卑，前途渺茫之情与暮春之景有机地交融在一起，工于锻炼字句，体现了张词的主要艺术特色。

——王方俊《唐宋词赏析》

[词人逸事]

在填词方面，张先一向和柳永并称，他善于使用“影”字，这一点更在文坛产生了轰动效应。尚书宋祁很器重张先，特意去拜访张先，并且派随从前去通报说：“尚书想要见那位‘云破月来花弄影’郎中。”张先听了以后回答说道：“莫非是‘红杏枝头春意闹’尚书？”还有一次，张先去拜见当时的文坛领袖欧阳修，欧阳修一边出来迎接，一边说道：“好！云破月来花弄影。”王安石也有一首题为《寄张先郎中》的诗。北宋另一位大文豪苏轼曾经说过：“能为乐府，号张三影者。”

醉垂鞭

双蝶绣罗裙，东池宴，初相见。朱粉不深匀[1]，闲花淡

淡春[2]。　　细看诸处好，人人道，柳腰身[3]。昨日乱山昏，来时衣上云[4]。

[注释]

①朱粉不深匀：胭脂和铅粉的色彩不很浓。②闲花淡淡春：喻指女子妆饰素雅而清淡。③柳腰身：腰肢细柔如柳。谓女子身材婀娜多姿。④衣上云：指以画罗缝制的衣裳，上面绘有云霞彩纹。画罗是一种有画饰的丝织品。

[词解]

词中描写了一位在酒席宴上表演歌舞的美丽女子。词人在酒宴上第一次见到她，首先看到的便是她那一身绣着彩色双蝶的罗裙，这位女子的步伐轻盈，体态曼妙，罗裙飘动，裙子上的两只蝴蝶好像也随着她翩翩飞舞一般。这位女子的容貌也非常美丽。看到她时，她的脸上稍微涂抹了一些朱粉，这样的淡妆显得非常素雅，好像在浓浓春意中盛开的一朵普通的小花，让人产生了一种清新淡雅的感受。每个人都夸赞她的腰身像柳枝一样柔软，词人也赞美她身上的每个地方都很好，不光是腰肢柔软、婀娜多姿，而且浑身上下都显出一种和谐、优美的气质。她那曼妙的舞姿最让词人难忘，她跳舞的时候让人感觉似乎是群山之中升腾起了一片美丽的云霞。

[词评]

这首词为酒筵中赠美人之作。词中对人物形象和景色的描写，运用了亦真亦幻的艺术手法，显得丰满而且美妙。

——丁炳贵《婉约词与豪放词鉴赏》

[词人逸事]

张先诗酒风流，留下了很多佳话。他的好朋友苏轼曾经赠诗云："诗人老去莺莺在，公子归来燕燕忙。"这也是张先真实生活的写照。据说张先在八十岁的时候仍然娶了一位十八岁的女子做小妾。在一次宴会上，苏轼又一次赋诗调侃张先说："十八新娘八十郎，苍苍白发对红妆。鸳鸯被里成叠夜，一树梨花压海棠。"

更漏子

锦筵(yán)红[1]，罗幕翠[2]。侍宴美人姝(shū)[3]丽。十五六，解怜才[4]。劝人深酒杯。　　黛眉[5]长，檀口[6]小。耳畔向人轻道。柳阴曲[7]，是儿家。门前红杏花。

[注释]

①锦筵红：筵席丰盛，气氛热烈。②罗幕翠：丝织的帐幕颜色深绿。③姝：美丽。④解怜才：懂得爱慕有才华的人。⑤黛眉：青黑颜料描画的眉毛。⑥檀口：

少女红润的口唇。⑦柳阴曲：柳荫的幽深处。

[词解]

锦筵铺红，罗幕垂碧，侍奉酒筵的美人格外美丽。她才十五六岁的年纪，已经懂得爱慕有才华的人。当这位歌女手里端着酒壶，袅袅婷婷地走到词人面前，弯下腰来为词人斟酒时，词人也被她的美貌深深吸引住了，于是坐在那里仔细地端详着她。只见她那黛青色的眉毛弯曲细长，红润的嘴唇就像樱桃一样美丽。在这样的情境之中，两个人的目光交集在了一起，心心相通。趁着在座的客人都在尽情畅饮之际，这位歌女悄悄地来到了词人的身边，她要和词人一起喝一杯。在酒席这种公共场合，一个年纪轻轻的歌女第一次向令她心仪的词人表达自己的爱意，选择敬酒这种方式是很自然的事情。这位歌女很机灵，也很大胆，趁机在词人的耳边轻声说道，自己的家就在柳荫幽深的地方，自己家门前有一株红杏，杏花开得正好，她会在那儿等着词人前去与自己相会。歌女的声音虽然轻柔，可是胆子却不小；话虽简略，但是表达的情感却非常炽热。

锦筵红，罗幕翠

[词评]

子野上结晏、欧之局，下开苏、秦之先，在北宋诸家中适得其平，有含蓄处，亦有发越处。但含蓄不似温、韦，发越亦不似豪苏、腻柳。规模既正，气格亦古，非诸家能及也。

——吴梅《词学通论》

诉衷情

花前月下暂相逢，苦恨阻从容①。何况酒醒梦断②，花谢月朦胧。　　花不尽，月无穷。两心同。此时愿作，杨柳千丝，绊惹③春风。

[注释]

①苦恨：深恨。从容：徘徊，逗留。这里指一起厮守欢好。②梦断：从睡梦中醒来。这里用来比喻往事已经变成一场空。③绊惹：牵缠，阻拦。

[词解]

这首词写的是词人对往昔的追忆。遥想当年，自己和恋人幸福地在一起游玩，眼前鲜花盛开，一轮明月挂在天空，他们在这样一种美丽的景色之中相逢，是多么快乐的事情啊，可是他们却只能暂时相守，他们的爱恋也不能长久。因为他们遭遇了很大的阻力，在短暂的相逢之后两个人便隔绝两地，再难相会。见证了昔日美好爱情的春花此时已经凋谢了，见证了昔日美好爱情的明月也变得黯淡，它们似乎在提醒词人，那段美好的姻缘已经变成往事，已经不在了。词人因此觉得悲怆和沉痛。“花不尽”，是希望自己和爱人能够青春长驻；“月无穷”，是希望自己能够与爱人永远团圆。词人坚信自己和情人都能够对这份爱情保持一种永远不变的忠贞，希望两个人浇灌出来的爱情之花不会因为受到了外来的阻挠而就此凋残。那凋零的春花还会再一次盛开，而且永远都会盛开；黯淡了的月光还会再次出现，而且会永远发出皎洁的光辉。词人在这时只想变成一条柳枝，去牵绊那一缕春风，永远都不和心上人分开。

木兰花

乙卯吴兴寒食

zé měng

龙头舴艋吴儿竞①，笋柱秋千游女并②。芳洲拾翠③暮忘归，秀野踏青④来不定。　　行云去后遥山暝⑤，已放笙歌⑥池院静。中庭月色正清明，无数杨花过无影。

[注释]

①“龙头”句：吴中健儿驾驭龙舟飞驶竞渡。龙头舴艋：船头饰有蚱蜢的小龙船。②笋柱：用竹子制成的秋千架。游女并：前来游玩的女子成双成对地去荡秋千玩耍。③芳洲拾翠：前来游玩的女子们在芳草丛生的小洲上去捡鸟儿脱落的各色羽毛，这里指各种游玩活动。④秀野踏青：在景色秀丽的郊野中踏青游玩。⑤遥山暝：远处的山峦看上去很昏暗。⑥已放笙歌：笙歌停歇。

[词解]

这首词用极为生动、活泼的笔触描写了吴兴地区寒食节前后人们外出游玩时的情景。在一个阳光明媚的日子里，年轻的男子和女子们都出来游春，场景真是热闹。吴中的健儿们都站在龙舟上，豪情万丈，发誓要争得第一，龙舟的船头上都装饰着舴艋。女子们则跑到竹秋千的旁边，成双成对地荡着秋千，非常地开心、快乐。

这些出城游玩的女子在芳草丛生的小洲上嬉戏玩耍，去捡地上各种颜色的羽毛，惬意之极。在那春色秀美的郊野踏春游玩，脚印遍布了所踏之处。一直玩到晚上，直到远山都昏暗了，他们才停止了笙歌，停止了喧腾，庭院重新拾回了宁静。月色清明，无数杨花在庭院中飞舞，池塘深院一片幽静的风光。

青门引

乍暖还轻冷，风雨晚来方定。庭轩[①]寂寞近清明，残花中酒[②]，又是去年病。　　楼头画角[③]风吹醒，入夜重门[④]静。那堪更被明月，隔墙送过秋千影。

[注释]

①庭轩：庭院中的小屋。②中酒：久饮成病。③画角：古管乐器。形如竹筒，本细末大，因外加彩绘，故名。④重门：一道道门户。

[词解]

清明前后，气候忽冷忽暖，很不稳定。乍暖还寒的时候心绪最不平静。外面天色不好，像是郁积着风雨的样子，天空中时而还随风飘来几颗雨滴，到晚上风雨才消歇。一轮残月升了起来。已经快到清明时节，庭院小屋中寂静无声。词人在残花下饮酒喝醉了，从去年到现在，因为长时间酗酒，词人已经久饮成病。楼头的画角随风吹动，惊醒了词人。夜已经很深，一道道门户都闭了，人们都已经进入了梦乡。月明之夜，月亮把隔壁秋千的影子投照进来，那院里应该别有人在。但自己的心上人再也不会出现了。

楼头画角风吹醒，入夜重门静

[词评]

残春病酒，已觉堪伤，况情怀依旧，愁与年增，乃加倍写法。结句之意，一见深夜寂寥之景，一见别院欣戚之殊。梦窗因秋千而忆凝香纤手，此则因隔院秋千而触绪有怀，别有人在，乃侧面写法。

——俞陛云《唐五代两宋词选释》

晏殊

晏殊（991—1055），字同叔，临川（今江西抚州）人，北宋词人。晏殊的词基本上都是小令，所描写的也大都是闲愁绮怨，在这方面，晏殊受温庭筠、韦庄，尤其是冯延巳等人的影响最大。晏殊的词风清婉明丽，意境新奇自然；语言工巧凝练，善于锻铸佳句。有《珠玉词》一卷，存词一百三十多首。

浣溪沙

一曲新词酒一杯，去年天气旧亭台[1]。夕阳西下几时回？　无可奈何花落去，似曾相识燕归来。小园香径[2]独徘徊。

［注释］

①“去年”句：去年的天气、节令、亭台楼阁以及眼前的景色都没有改变。②小园香径：花园中充满了花香的小路。

［词解］

天气是如去年一样的天气，也就是晚春时节；景色也是去年的景色，都是那些楼台亭阁；环境也是去年那样的环境，动听的乐曲，清冽的美酒。但是，在一切似乎都如往年一样的表象下面，词人分明产生了一种物是人非的感觉，这种变化是不可逆转、难以阻止的，那是由岁月流逝以及世事变化所产生的。闲来无事，听听自己刚刚创作的一首新词，喝上一杯上好的醇酒，这种享受本应该令人产生一种如坐春风的满足感。但是，时光流转，今年与去年不同，因人事发生了变化，人的感情也相应地发生了变化，词人看到夕阳西下的景色，感叹人们何时见过夕阳能够从降落的西方再回来？眼前落花遍地，令人生出一种无可奈何之感。忽然又看到燕子翩然飞过，让词人产生了一种似曾相识的感觉，原来是去年曾经在家里筑巢的燕，现在又飞了回来。词人只觉自己一念之间，就有花落花开、春去春回、日落日出等诸多变化。宇宙之间的万事万物，既有不可重复的一面，也有重复循环的一面；既有一去不回的一面，也有永恒难变的一面。

小园香径独徘徊

但是这永恒却并非原样重现，而是在不断重现的过程中逐渐发生变化，只不过让人觉得似曾相识而已。词人在花园中的小路上一个人徘徊着，想到自己历经宦海沉浮，最终也难免患得患失。在官场之中，免不了要做一些平庸无聊的应酬，敏感的词人当然会不时地产生一种切身之痛，对于生命的无意义的消耗，词人也无可避免地产生了一种闲愁，即使生活再安逸，也终究无法摆脱那种淡淡的哀伤。

［词评］

“无可奈何”二语工丽，天然奇偶。

——杨慎《词品》

［词人逸事］

晏殊从小就很聪明，再加上勤奋好学，十四岁的时候就被举为神童，十五岁时就参加了廷试，受到当时的皇帝宋真宗的赏识。后来晏殊又被擢升为翰林学士，宋真宗无论多大的事情，都要向他咨询。宋仁宗即位之后，对晏殊更加器重，晏殊历居要职，最后官至宰相。因为当时北宋社会安定，天下无事，晏殊被人称为“太平宰相”，他去世之后，仁宗十分悲痛，亲自到晏殊家中去吊唁，这在古代可以说是至高无上的荣耀。

破阵子

燕子来时新社[①]，梨花落后清明。池上碧苔[②]三四点，叶底黄鹂一两声。日长飞絮轻。　巧笑东邻女伴[③]，采桑径里逢迎。疑怪昨宵春睡好，元是今朝斗草[④]赢。笑从双脸生。

［注释］

①“燕子”句：相传燕子春社时飞来，秋社时飞去。新社，指春社，在立春后第五个戊日。此时农村祭土地神（社神）。②碧苔：碧绿的苔痕。③东邻女伴：邻居结伴的少妇。古人多以“东邻”指美女所在之处。④斗草：古代女子玩的一种游戏。唐宋时的斗草在二三月，即本词开头所说的春社时刻。

［词解］

春社即将到来，已经看到燕子从南方飞回来了，等到梨花凋谢，清明节也就到了。池塘的水面上已经长出了三四片翠绿的苔藓，给池塘增添了装饰。黄鹂鸟藏在树叶后面，偶尔发出一两声悦耳的鸣叫声。白天逐渐地变长了，柳絮慢慢地飞舞。天气也慢慢暖和了起来，一直在闺房里刺绣做女红的少女，这时也按照季节的变化换上了春装，放下了手中的针线，到郊外去踏青。东邻有两位美丽的少女，她们有说有笑地走出了家门，在种满了桑树的小路上相遇。昨晚做了一个美梦，自己还猜想着有什么好事发生，结果今天就在玩斗草游戏时获胜了，因此，这两位少女脸上的笑容也就变得更加灿烂了。

[词评]

这首词格调轻盈欢快。上片描绘出春天里流动明媚的美；下片写少女们采桑斗草的乐事。

——丁炳贵《婉约词与豪放词鉴赏》

[词人逸事]

晏殊不但学识渊博，而且治国的才能也很高，他善于察人，范仲淹、孔道辅都是经他举荐而做官的，韩琦、富弼、欧阳修、宋祁等人也都在他手下得到了重用。有人送给他一副对联：“门前桃李重欧苏，堂上葭莩推富范”，可以说是他知人善任的最佳写照。晏殊还非常注重培养人才，对于教育事业也很热心。1027年，他在担任南京（今河南商丘）知府期间，就曾经大规模地兴办学校，使自从五代以来便荒废已久的教育事业得到了振兴，由此我们也可以看出晏殊具有兴学强国，为国家培养人才的长远眼光和实干精神。

木兰花

绿杨芳草长亭路，年少抛人容易去[1]。楼头残梦五更钟，花底离愁三月雨[2]。　　无情不似多情苦，一寸还成千万缕。天涯地角有穷时，只有相思无尽处[3]。

[注释]

①“年少”句：年轻的情人轻易地离开了我。②“花底”句：三月里雨打花枝，令人倍增离愁。③“天涯”二句：极言多情之人内心的痛苦，但口气诚恳，绝无怨怼之情。

[词解]

在绿杨浓荫、鲜花芳草的春天，长亭路上送别，年轻的情人轻易地就离开了。因为年少，年轻人总是把离别看得过于轻易。五更残梦，被钟声惊醒，三月里雨打花枝，令人倍增离愁。在这残梦、愁雨中，词人倍感孤寂凄凉。如果真的可以做到“无情”就好了，那样的话词人就不会像此刻一样受到痛苦的熬煎，多情的人最痛苦，一寸柔肠之中就可以生出万种的愁绪，离愁别绪藏在自己的心里，挥不去，驱不散，没有消失的时候。天涯海角虽然是极为遥远的地方，可是总会有尽头，但相思却从来都没有尽头、没有止境。

[词评]

“楼头”二语，意致凄然，挈起多情苦来。末二句总见多情之苦耳，妙在意思忠厚，无怨怼口角。

——黄蓼园《蓼园词选》

[词人逸事]

晏殊身为宰相，可以说是“一人之下、万人之上”了，享有无上的荣光。当时北宋正处于“承平”的年代，朝廷上下无不墨守祖宗成法，不敢越雷池一步，不过晏殊在处理一些重大事务或是在危机关头，却敢于施行一些有违常理的新举措。西夏李元昊崛起，屡屡侵犯宋朝边境，由于当时北宋刚刚结束了与辽国的战争，大部分朝臣都认为不应当和西夏开战。但晏殊却下令招募弓箭手，积极巩固军事上的力量，准备与西夏人开战，而且还上书请皇帝把宫里物资拿出来解决军饷问题。假如有人胆敢私自克扣贪污军饷边费，不论其官职多大，全都予以罢免。从这些举动可以看出，晏殊识见超群、善于决断，确实是一位将相之才。

无情不似多情苦，一寸还成千万缕

清平乐

红笺(jiān)小字，说尽平生意。鸿雁在云鱼在水，惆怅此情难寄。　斜阳独倚西楼，遥山①恰对帘钩。人面不知何处，绿波依旧东流。

[注释]

①遥山：远处的山。

[词解]

把红色的纸笺在桌子上铺开写信，信纸上面写满了密密麻麻的小字，全都是在诉说自己的相思之意。但是，鸿雁在那高高的云端，鱼儿在那深深的水底，想要把书信寄出去，却没有办法可想，只能是让自己的内心充满惆怅。无可奈何的情况下，只好一个人登上西楼，一直眺望，直到夕阳落山，也不愿意回到房间里面。这茫茫天地间，心上人却不知道去了哪里，只有那无尽的绿波，仍然像以前一样，无语东流。一旦红颜衰老，意中人即使回来能相见，到了那时，也就不会再有情人相聚时应有的欢乐了。在这种愁苦的思念中，词人又增添了一份焦虑。

［词评］

此词为怀人之作，抒发了作者的离愁别恨，抒情婉曲细腻，用语雅致，情味隽永，历来为人传诵。

——丁炳贵《婉约词与豪放词鉴赏》

［词人逸事］

晏殊自幼即被誉为“神童”，当地的官员将他推荐给了朝廷。皇帝特意召见晏殊，一番交谈之后，皇帝非常高兴，准备破格任用晏殊。但是晏殊并没有接受官职，而是坚持要求参加科举考试，结果考试的题目晏殊以前曾经做过，他写起来自然得心应手，皇帝更加惊讶，但晏殊却没有隐瞒这件事，并且要求皇帝重新出题。皇帝和群臣重新给晏殊出了考题，晏殊所写的文章再次得到了好评。皇帝见晏殊如此诚实，对他更加喜爱，这也是晏殊官运亨通，做了几十年太平宰相的原因之一。

浣溪沙

一向年光有限身①，等闲②离别易销魂。酒筵(yán)歌席莫辞频③。　满目山河空念远④，落花风雨更伤春⑤。不如怜取眼前人⑥。

［注释］

①一向年光有限身：时光匆匆，人生苦短。一向，片刻，一会儿。年光，时光。有限身，有限的生命。②等闲：寻常，平常。③莫辞频：不要因为嫌太多太频繁而推辞。④念远：思念远方的亲人和朋友。⑤伤春：由于看到春景而伤感。⑥怜取眼前人：珍惜身边的人。

［词解］

时光匆匆，时间似乎一晃而过，人生也很有限，刹那之间人已老去。一次次寻常的离别，令年华虚度，人也逐渐老去，看似等闲，却不得不令人黯然神伤。既然离别是如此的让人感到无奈，那么在酒席宴上就不要再推辞别人的敬酒，也不要厌烦喝得过于频繁了，正好可以用酒来化解心中的愁绪，及时享受人生的乐趣。看到了那些风雨落花的景色，只能更让人平添伤春的情绪。“念远”又有什么用呢，只能让自己更加伤心罢了。既然无法摆脱“年光有限”的痛苦感慨，那还不如及时享受眼前的乐趣，珍惜眼前人呢！

［词评］

此首为伤别之作。起句，叹浮生有限；次句，伤离别可哀；第三句，说出借酒自遣，及时行乐之意。换头，承别离说，嘹亮入云。意亦从李峤“山川满目泪沾衣”句化出。“落花”句，就眼前景物，说明怀念之深。末句，用唐诗意，忽作转语，亦极沉痛。

——唐圭璋《唐宋词简释》

[词人逸事]

晏殊不但被尊为宋初文坛的盟主，在政坛也有很高的威望，一些我们很熟悉的宋朝名臣，对晏殊都非常尊敬。以范仲淹为例，他在文学和政治上建树很高，所享有的地位也不在晏殊之下，但由于晏殊对他有知遇之恩，所以范仲淹终生都以师礼敬之，给晏殊写信、送公文，也都以“门生”自称。范仲淹晚年拜访晏家时，仍然以崇敬的心情写诗道：“曾入黄扉陪国论，重来绛帐受师资。”宋庠、宋祁等人是晏殊的晚辈，兄弟俩以文著称，虽然身份显贵，但他们每次写好一篇文章都会亲手抄写一份寄给晏殊，请求晏殊指正。而晏殊诗词中的佳句，宋庠也都会题在自己书斋的墙壁之上。韩维做到了太子少师的高位，到六十岁时，仍然在晏殊的小儿子晏几道面前自称“门下老吏”。这一切，都是因为他们对晏殊始终抱着一种极其尊崇的态度。

蝶恋花

槛(jiàn)菊愁烟兰泣露，罗幕轻寒，燕子双飞去。明月不谙(ān)[1]离恨苦，斜光到晓穿朱户[2]。　　昨夜西风[3]凋碧树，独上高楼，望尽天涯路。欲寄彩笺兼尺素[4]，山长水阔知何处？

[注释]

①不谙：不知道，不理解。②朱户：红漆门窗。亦泛指豪门宅第。③西风：秋风。④彩笺兼尺素：诗文和书信。

[词解]

在庭院的花圃里，盛开的秋菊已经被蒙上了一层淡淡的雾霭，似乎有无限的愁苦要诉说。香兰也沾上了晶莹的露珠，好像正在轻轻啜泣一样。闺房中的罗帐难以抵挡轻寒，成双成对的燕子也早就飞走了，词中所描写的这位女主人公感到非常孤单寂寞。偏偏那皎洁的月亮不明白离人的苦楚，整晚都将清冷的月辉投进朱户之中，令这位女子一晚上都无法入睡，那因离别而产生的愁绪也更加深重。这位女子既然失眠，只好登楼远望，

燕子双飞去

只见一阵西风吹过之后，原先长满翠绿树叶的树木已经凋零了，此情此景正如爱情遭受摧残一样，女子的心里产生了无限的悲苦，这种悲苦充满了天地之间，无处不在。她将自己无限的情思和怨慕之心，都写在彩笺尺素之上，想要寄给远方的心上人，但是望穿秋水，只让人觉得山高路远，却不知道佳人究竟在哪里，这也让她感到更加悲哀。

[词评]

作者工于词语，炼字精巧，善于将主观感情熔于景物描写之中。菊愁、兰泣、幕寒、燕飞、树凋、西风、路远、山长、水阔，这一切景物都充满了凄楚、冷漠、荒远的气氛，从而很好地表达了离愁别恨的主题。从词的章法结构来讲，以时间变化为经线，以空间转移为纬线，层次井然，步步深入。

——徐育民《历代名家词赏析》

采桑子

时光只解催人老，不信多情，长恨离亭[1]，滴泪春衫酒易醒。　梧桐昨夜西风急，淡月胧明，好梦频惊，何处高楼雁一声。

[注释]

①离亭：送别的长亭。古人在官道旁边修建长亭短亭，供路人休息，一般十里一长亭，五里一短亭。因送别多在长亭之中，故称离亭。

[词解]

美好的时光总是那么容易逝去，而且在时光流逝的过程中人也被岁月消磨得老去。转眼之间，春去秋来又一年，而分离，却是那么长久，令人不敢去想，不敢去望，只是想要借酒浇化那心中原本无可化解的愁绪，但是没过多久，还是被自己的泪水沾湿了春衫，就算是酒，也没有办法让自己得到暂时的解脱，那种伤心的情绪反而变得更加强烈了。西风阵阵，透出一股凉意，梧桐叶落，显出一种肃杀之意。抬起头来向天空望去，只见窗外的大地上铺满了一层月光，可是那月光却是朦胧而惨淡的，好像它也被西风威胁，不敢发出皎洁的月光一样。词人想要多做一刻的好梦，也让自己多享受一刹那的温暖，可是好梦总是突然醒来。当他每次从梦中醒来的时候，从现实生发出来的那种不幸的感觉又像潮水一样扑向了他的内心。在这种时刻，外面世界的各种声音，各种色彩，还有词人心中那种因时光流逝而越来越浓重的情人别离的痛苦，一下子将刚刚的美梦打成了碎片。正当词人沉浸在一种沉抑的情绪中无法自拔的时候，突然有一声高亢的哀鸣传来，这声哀鸣把词人从沉思中唤醒，它响彻天际，具有很强的穿透力，也让呆在室内的词人的思绪又提升到了一个新的高度。这声哀鸣代表着什么呢？是觉得秋天已经变得更深了？还是预示着离去的人最终不会返回了？抑或是让词人的孤独感觉变得更加强烈呢？从远处传进高楼中的大雁的哀鸣，更让词人增加了离愁别恨。

[词评]

此词虽在凄伤中，却无丝毫怨毒的意思，此即其抒情的温厚处。这种作风，欧阳修、秦观及晏几道，都很受他的影响。

——薛砺若《宋词通论》

踏莎行

小径红稀[1]，芳郊绿遍，高台树色阴阴见[2]。春风不解禁杨花，濛濛乱扑行人面。　　翠叶藏莺[3]，珠帘隔燕。炉香静逐游丝[4]转。一场愁梦酒醒时，斜阳却照深深院。

[注释]

①红稀：指花朵很少。红，这里指花朵。②阴阴见：隐隐约约，在暗中显现。见，同“现”。③翠叶藏莺：翠绿的树叶下面隐藏着黄莺等鸟儿。此处的“莺”暗指美人。④游丝：这里指蜘蛛、青虫等虫类吐出的丝，这些丝一般都在空中挂着，被称为游丝。

[词解]

此时已经是暮春时节，在花草茂盛的野外，小路两旁的花儿已经很稀疏了，只能偶尔看到几瓣星星点点的凋残的花瓣。放眼望去，漫山遍野都是青绿色的小草，而附近的一个高冈上面，长满了繁茂的树木，显得格外幽深。春天即将要过去了，初夏将至，这种气氛已经非常浓厚了。和煦的春风不知道去对柳絮加以约束，所以它才会漫天飞舞，纷纷乱乱地扑在行人的脸庞之上。大自然已经没有办法来挽留春天了，只能任由柳絮飞舞，似乎要送别春天的离去。青绿色的树叶长得非常茂密，美丽的黄莺鸟儿已经可以藏在里面了；燕子被朱帘阻隔，不能进入屋子里。而初夏时节，树木繁密，白天的时候会显得非常闲静。在这样一个闲静的房间里，香炉中冒出了袅袅的的香烟，与飘荡在空中的游丝纠缠缭绕在一起，渐渐地融合到了一处，让人无法分清哪儿是香烟，哪儿是游丝了。当夕阳即将落下的时候，词人在酒醉之后睡醒了，在这深深的朱门以内，词人的内心产生了一种淡淡的哀伤，因为从初夏开始，天渐渐变长了，人们又该如何消遣呢？

[词评]

此首通体写景，但于景中见情。上片写出游时郊外之景，下片写归来后院落之景。心绪不宁，故出入都无兴致。起句，写郊景红稀绿遍，已是春事阑珊光景。

“春风”句，似怨似嘲，将物做人看，最空灵有味。“翠叶”三句，写院落之寂寞。“炉香”句，写物态细极静极。“一场”两句，写到酒醒以后景象，浑如梦寐，妙不着实字，而闲愁可思。

——唐圭璋《唐宋词简释》

诉衷情

芙蓉金菊斗馨香，天气欲重阳。远村秋色如画，红树间疏黄。　流水淡，碧天长，路茫茫。凭高目断[1]，鸿雁来时，无限思量。

[注释]

①目断：向远处眺望，一直看到目力所及的尽头，这里指凝神眺望。

[词解]

菊

这首词描写的是重阳节登高时的所见所感。虽然已经是深秋，但是木芙蓉、黄菊这两种花仍然盛开着，在清冷的秋风中争艳。词人极目远望，远远的村庄笼罩在一片秋意中，秋色如画一般美丽。秋景是最美的，秋叶更美，那些红色的树木之中还隐隐约约地透出了一些“疏黄”的颜色，红色的树叶仍然非常浓密，但黄色却非常稀疏，两种颜色一浓一淡，呈现出了一种非常鲜亮的色泽。中原地区的秋天，秋雨较少，秋水无波，清光澄净；天高气爽，万里无云，宽阔无际。淡淡的流水，碧蓝的天空，然而前路却茫茫不见。词人登上山顶以后长久地伫立，遥望远方，看见有鸿雁飞过，于是内心产生了无限的思念之情。

[词评]

这首小令，抒写登楼怀远，极有情致。上片描绘红树金菊，秋色如画；下片写水远天长，情思无限。“路茫茫”句以下，“鸿雁”隐露渴盼信息，“无限思量”申叙眷恋之殷切，均含而不露。开头写景，着意点染色彩。全词和婉雅丽，极有情味。

——惠淇源《婉约词全解》

李 冠

李冠（生卒年不详），字世英，齐州历城（今山东济南）人，北宋词人，曾著《东皋集》，已佚，今存词五首。

蝶恋花

春 暮

遥夜亭皋[①]闲信步，才过清明，渐觉伤春暮。数点雨声风约住[②]，朦胧淡月云来去。　　桃杏依稀香暗度，谁在秋千，笑里轻轻语？一寸相思千万绪，人间没个安排处。

［注释］

①亭皋：指城市的郊外修建有屋宅房舍的地方。②风约住：雨水下了几滴之后便又停住了，就如同受了风儿的约束一样。

［词解］

在一个寂静的深夜，主人公信步游荡在城郊的亭皋。时节已过清明，渐渐觉得春天即将过去了，不觉有些伤感。天空中飘起了几滴小雨，还夹杂着些凉风，下了几滴雨又停住，就像受了风儿的约束一样。小雨停住以后，天空中出现了一轮朦胧的月亮。桃花、杏花仍然散发出了芳香。忽然他从秋千架上听到了一阵盈盈的笑语，勾起了心中的万缕相思。这愁绪无处可诉，充满主人公的心间，好像整个世界都容纳不下。

［词评］

这首词写一个青年人常会碰到的意外和因此惹起的无端烦恼。事情本是琐细的。他在春夜的闲行中偶然听到隔墙的笑语声，如此而已。但正因其琐细，要写得委婉动人，又实在不易。

——刘逸生《宋词小札》

宋 祁

宋祁（998—1061），字子京，安州安陆（今湖北安陆）人，北宋词人。宋祁的诗词文章写得都很好，尤以文章著名。他的词构思精巧新颖，语言工整流丽，由于他的《玉楼春》一词中有“红杏枝头春意闹”这样的名句，时人称其为“红杏尚书”。近人辑有《宋景文长短句》。《全宋词》中收录的宋祁词共六首。

玉楼春

春景

东城渐觉风光好，縠(hú)皱波纹迎客棹①。绿杨烟外晓寒轻，红杏枝头春意闹。　浮生②长恨欢娱少，肯爱③千金轻一笑？为君持酒劝斜阳，且向花间留晚照。

绿杨烟外晓寒轻，红杏枝头春意闹

［注释］

①縠皱：皱纱，这里指起伏的波纹。棹：船桨，这里代指船。②浮生：指人生虚浮不定，没有归宿。③肯爱：怎么愿意吝惜。

［词解］

东城城外的景色已经让人感到越来越美好了。湖面的波浪就像縠纱一样，那一条条荡漾的波纹，就如同对着客人招手表示欢迎一样。杨柳已经变得翠绿，柳枝舞动，就像一阵薄薄的绿色烟雾，似乎连那料峭的春寒也让人觉得不那么冷了。杏树也开了花，红色的杏花在枝头随风舞动，引来一群群蜂蝶，满眼都是盎然的春意。词人的心里也绽放出了感情的花朵。看着那生机勃勃的美好春光，词人也觉得心头荡起了一层层涟漪。词人官至尚书，公务繁忙，很少有时间能够在这样的美好春日里享受清闲，更无暇从春天里获得人生的乐趣，因此觉得自己有些虚度年华，人生之中留下了很多遗憾。因此，词人发出感慨，宁愿舍弃千金，也不愿意放走从美好春光中得到的那短暂的快乐。既然春天是这样的可贵，又是这样的可爱，词人也就忍不住要端起已经斟满的酒杯，面对着夕阳，想要劝夕阳与自己一起干一杯。词人也希望那金色的斜阳，可以在美丽的花丛中多停留一段时间，让自己有足够的时间去欣赏，去感怀！

［词评］

“红杏枝头春意闹”，著一“闹”字，而境界全出。

——王国维《人间词话》

蝶恋花

绣幕茫茫①罗帐卷。春睡腾腾②，困入娇波慢③。隐隐④枕痕留玉脸，腻云⑤斜溜钗头燕。　　远梦无端欢又散。泪落胭脂，界破蜂黄⑥浅。整了翠鬟(huán)⑦匀了面，芳心一寸情何限。

［注释］

①茫茫：模糊不清。此处言绣幕空空荡荡。②腾腾：懒散，随便。此处犹瞢腾，指半睡半醒、迷蒙不清的样子。③娇波慢：妩媚的眼睛缓慢转动的样子。④隐隐：不清楚，不明显。⑤腻云：形容柔密润泽的头发。⑥界破：指流泪。蜂黄：指像蜂体一样的黄色颜料，唐宋女子用其来化妆。⑦翠鬟：古代妇女饰以翠翘的环形发髻。

［词解］

绣幕空荡，罗帐高悬，女主人公感到无限孤寂、空虚。春睡醒来，睡眼蒙眬，神志还不太清醒。半睡半醒，还有点困意，妩媚的眼睛缓慢转动。枕头上图案的印痕留在了脸上，隐隐约约可以看出枕套上的图案模样。柔密润泽的头发也散乱了，一边已经歪斜，头上的钗饰也落下来了。可是，这样一个美好的梦境，竟然没有任何缘由地被惊散了，无限的相思之情，一下子就如潮水一样涌上了心头。眼泪滴在了女主人公用来化妆的胭脂上面，由于泪水的稀释，黄色的化妆品颜色变浅了。女子整了整发鬟，涂匀脸上的胭脂。无论多么精心地打扮自己，也无法令女主人公排遣自己内心的相思之苦。

锦缠道

燕子呢喃(ní nán)，景色乍长春昼。睹园林万花如绣。海棠经雨胭脂透。柳展宫眉①，翠②拂行人首。　　向郊原踏春，恣(zì)歌③携手。醉醺醺尚寻芳酒。问牧童遥指孤村，道杏花深处，那里人家有。

［注释］

①宫眉：这里指古代皇宫里女子所画的眉妆，即柳叶眉。②翠：翠绿的柳叶。③恣歌：纵情歌唱。

［词解］

这首词描写的是游春时的所见所感。燕子发出了呢呢喃喃的叫声，这叫声也宣告了春天的到来，万物复苏，白天的时间也似乎一下子变长了不少，在这春日的郊外，完全是一派迷人的景色。词人看到园子里的花全都绽放了美丽的花朵，所有的花都像美丽的锦绣一般，既华美，又绚丽。经过了一场春雨之后，海棠花也展现出了它那娇艳的容姿，就像佳人脸上涂抹的一层淡淡的胭脂一样，令人心动。柳枝慢慢地舒展开了，嫩绿色的柳叶如同皇宫里女子的眉妆一样，细长动人，在和煦的春风的吹拂下不停地摇曳着，显得婀娜多姿。如果柳枝划过人的脸，就如同是情人的手在轻轻抚弄一样。这样的美景，人们怎能不纷纷到城外去踏青游玩呢？那些英俊的少年，美丽的少女，他们一路纵情歌唱，兴奋地向郊外走去。尽管景色迷人，游客们也都沉醉其中，但是他们总感觉像少了些什么似的，想了好久，才想起来是少了美酒来助兴。这些已经沉浸在愉悦中的游客，四处寻找可以买到好酒的地方。向一个牧童询问，牧童告诉他们，在那杏花深处有酒家，可以在那里喝到酒。

[词评]

在晏氏父子与欧、秦等集中，咏春之作，总不免为离情愁绪所萦绕，而深透着诗人悲惋的意绪。在宋祁与张先的词中，则只见春日之酣乐，令人心醉，如宋祁的《锦缠道》和《玉楼春》词，写春郊之明媚，春意之撩人，均浮现在纸上。

——薛砺若《宋词通论》

鹧鸪天

刘郎已恨蓬山远，更隔蓬山几万重

画毂（gǔ）①雕鞍狭路逢，一声肠断绣帘中。身无彩凤双飞翼，心有灵犀一点通②。　金作屋，玉为笼。车如流水马游龙。刘郎已恨蓬山③远，更隔蓬山几万重。

[注释]

①画毂：用五彩装饰的车。②“身无”二句：出自晚唐李商隐《无题》诗，指心意相通，互相都明白对方的想法。灵犀，犀牛的角。据古书中记载，有种犀牛的角被称为“通天犀”，这种犀牛的角上有一条白线，通过白线可以互相传递信息，人们视其为灵异之物，故称灵犀。③蓬山：传说中的仙山。

［词解］

在大路上驾驶着一辆装饰华丽的马车正在赶路，恰好与心上人巧遇，女子在绣帘后面发出了一声令人肝肠寸断的娇呼，那离别的痛苦真是难以形容。只恨自己身上没有长出彩凤那样的两只翅膀，可以随时飞到心上人的身边，不过幸运的是两个人的心，可以像灵异的犀牛角那样，让两个人无时无刻不是心意相通的。想当初两个人厮守的时候，真可以说是生活在金屋玉笼之中，与他们来往的人很多，家门前面经常是车水马龙。可是情郎一走，两个人相隔着万里蓬山，看不到心上人的面容，听不到心上人的声音，到底什么时候才能够再见面呢？那绵绵不尽的相思之情，到什么时候才能够停止呢！

［词评］

子京过繁台街，逢内家车子。中有褰帘者曰："小宋也。"子京归，遂作此词。都下传唱，达于禁中。仁宗知之，问内人第几车子，何人呼小宋？有内人自陈："顷侍御宴，见宣翰林学士，左右内臣曰，小宋也。时在车子偶见之，呼一声尔。"上召子京，从容语及。子京皇惧无地。上笑曰："蓬山不远。"因以内人赐之。

——黄昇《花庵词选》

梅尧臣

梅尧臣（1002–1060），字圣俞，宣城（今属安徽）人，北宋文学家。由于宣城在古代又被称为宛陵，所以又有人称他为梅宛陵、宛陵先生。梅尧臣在北宋年间所进行的诗文改革运动中和欧阳修、苏舜钦等人齐名，文学史上将他们并称为"梅欧"、"苏梅"。他的诗大多反映的是现实生活，寓意深刻，风格质朴自然，读来平淡委婉，在北宋诗坛有较大的影响。南宋词人刘克庄在《后村诗话》中称他是宋诗的"开山祖师"。著有《宛陵集》，今存词仅二首。

苏幕遮

露堤平，烟墅杳①。乱碧萋萋②，雨后江天晓。独有庾郎③年最少。窣(sū)地春袍④，嫩色宜相照。　接长亭，迷远道。堪怨王孙，不记归期早。落尽梨花春又了。满地残阳，翠色和烟老。

［注释］

①烟墅杳：春草掩映的茅屋笼罩在晨雾中若隐若现。墅，田间的草房。②萋萋：形容草长得很茂盛的样子。③庾郎：指南朝文人庾信，庾信少年成名，梅尧臣也是少年成名，故词人以庾信自况。④窣地春袍：拖地的青色袍服。窣地，拂地，

拖地。春袍，青色的章服。宋朝时六、七品官员的官服为绿色，八、九品官员的官服为青色。刚刚步入仕途的年轻官员一般都穿青色服饰。

[词解]

长堤上露光闪烁，远处春草掩映下的茅屋笼罩在晨雾中若隐若现。芳草萋萋，正生长得茂盛。一场大雨过后，天空显得特别澄澈，使人心胸开阔，心旷神怡，一片明媚的景象。到处都显露出浓郁的春意和蓬勃的生机。一个离乡宦游的才子，年纪轻轻就已经取得了功名。他很早便做了官，穿上了青色的官服，真可以说是少年得志、春风得意。草色嫩绿，官袍也是青色，二者相映生辉，更让人有一种惬意的感觉。春天将尽，少年思归的心绪十分浓郁。长时间在官场上生活，已经厌倦。春色将暮，他迷路了。他暗自埋怨那些王孙贵族，为什么不早点回来呢，以致天晚迷路了。梨花落尽，春色匆匆归去，一轮残阳无力地挂在天边，一派迟暮之景。这样的景色具有很强的象征意味，少年得志的词人似乎也已经度过了仕途的春天，好时光正在慢慢消逝，他未来的道路，或许就不会那么平坦了。

[词评]

梅圣俞在欧阳公座，有以林逋草词“金谷年年，乱生春色谁为主”为美者。圣俞因别为《苏幕遮》一阕，云“露堤平，……翠色和烟老”，欧公击节赏之。

——吴曾《能改斋漫录》

[词人逸事]

梅尧臣为官清正廉洁，对老百姓艰难的生活很是同情，因此在他做官期间，便施行了很多对老百姓有利的举措。他曾经在建德县做了五年的县令，当时他曾经写了一首广为流传的《南有佳著赋》。那是梅尧臣在担任县官期间，亲自到种茶树的地区去视察，对茶叶的生长气候以及采摘、制作、出售等全过程进行深入、详细的了解之后所写的。当梅尧臣作完这篇文章之后，就将笔扔到一边，捋着胡子笑道:“我乃采茶官也！”“采茶官”这个称呼是多么亲切和谦和啊。那个时代的县官，能够将自己和采茶的农民紧紧地联系在一起，是非常难得的！梅尧臣从建德调走之后，当地的百姓仍然很想念他，将县城的名字改成了梅城，后来还修了一座梅公亭，时时祭祀，以此来表达他们对梅尧臣的敬慕之情。

欧阳修

欧阳修（1007–1072），字永叔，号醉翁，晚年号六一居士，庐陵（今江西吉安）人。北宋著名文学家，诗、词、散文及史传无一不通，无一不精。欧阳修的词作多以离愁别恨、儿女恋情、惜春怜花、时序代迭为吟咏内容。欧阳修的词作词风清新自然，语言轻快婉丽。著有《六一词集》，今存词不到三百首。

采桑子

群芳过后西湖①好，狼籍残红②。飞絮濛濛，垂柳阑干尽日③风。　笙歌散尽④游人去，始觉春空⑤。垂下帘栊(lóng)，双燕归来细雨中。

[说明]

《采桑子》，双调，四十四字，八句。唐教坊大曲有《杨下采桑》。《采桑子》多数是从大曲中截取出的一片，然后独立形成一个词牌名。《采桑子》，也叫《丑奴儿令》《罗敷媚》《罗敷艳歌》。

[注释]

①群芳过后：百花凋零之后。西湖：指颍州（今安徽阜阳）的西湖。②狼籍残红：落花纷乱。狼籍，同“狼藉”，杂乱的样子。③尽日：整天。④笙歌散尽：乐器演奏声及歌声消逝以后。⑤春空：春天已过。

[词解]

百花凋谢以后，西湖别具一番美丽，它更显恬静清幽。暮春时节，柳絮纷飞、落英缤纷，这种情景通常会引起人们的怜惜之情。欧阳修却不同，他在面对颍州西湖的暮春景色时，不仅没有发出怜惜之情，反而由衷地发出赞美之声。落花满地、翠绿的柳枝在春风中轻轻摇摆，这真是一幅美丽的画面。湖面上游人不断、笙歌相随的昔日盛况早已经看不到了，词人这才意识到春天已经过去了。这时词人才觉得春天已经空落得所剩无物了。之前还是一片繁华喧闹，恍然清醒，眼前已是一片宁静，词人觉察到一丝空虚，但更多的是获得了宁静的畅适。屋外细雨蒙蒙，词人放下珠帘，一双燕子轻盈归来，这该是一种多么豁达的心胸，多么恬淡的心境！

[词评]

此首上片言游冶之盛，下片言人去之静。通篇于景中见情，文字极疏隽。风光之好，太守之适，并可想象而知也。

——唐圭璋《唐宋词简释》

[词人逸事]

欧阳修幼年丧父，家境贫寒，他的母亲用荻杆在地上教他写字。经过母亲郑氏的严格教育，欧阳修刻苦学习，长大后终成一代文豪。欧阳修之所以取得如此高的文学成就，与他多年的刻苦努力密不可分。长大以后，他不忘母亲的教诲，对母亲非常孝顺，虽然父亲去世得早，但他也没有因此而在心底忽视父亲，特意为父亲写了一篇墓志铭，题为《泷冈阡表》，将自己从母亲之口得来的父亲的生前事迹进行了追述。

诉衷情

清晨帘幕卷轻霜，呵手试梅妆①。都缘自有离恨，故画作远山长②。　思往事，惜流芳③，易成伤。拟歌先敛(liǎn)④，欲笑还颦(pín)⑤，最断人肠。

[说明]

《诉衷情》，词牌名，又名《偶相逢》《步花间》《试周郎》等，五代词人经常用此词牌抒发相思之情。

[注释]

①呵手：呵气来暖手。梅妆：即梅花妆。②远山长：指画眉修长而黛色较薄。远山，形容将眉毛画得细长，如同水墨画中的远山形状。③流芳：一作“流光”，二者指的都是流逝的年华。④敛：收起笑容，显出庄重的样子。⑤颦：皱眉。

清晨帘幕卷轻霜

[词解]

《诉衷情》描写的是一位被卷入恋爱漩涡的歌妓。清晨起床，轻轻卷起帘幕，发现一夜之间，满地清霜。天气渐寒，女子用热气呵暖纤手，然后轻轻画起梅花妆。但是在梳妆的时候，不知不觉中，女子眉头紧锁。她将眉毛画得又细又长，这才忽然意识到这是对远方恋人的思念所导致的。每当她想到往事，想到自己的爱人情非得已，又想到自己年华渐逝，更是感伤不已。以这样痛苦的心境去应付客人，想要唱歌却没办法微笑，想要微笑却不禁愁上眉头，只能强打起精神故作欢笑，用歌舞悦人，这真是一种莫大的折磨，一种让人肝肠寸断的痛苦。

[词评]

这首词是一首闺怨词，内容写离恨。词以“故画作远山长”的眉形及“拟歌先敛，欲笑还颦”的情态，来表达这位歌女内心的离恨。笔触凝练，华丽柔媚的闺怨词风，曲折深沉地表现了下层歌女的痛苦生活。

——丁炳贵《婉约词与豪放词鉴赏》

[词人逸事]

宋庆历五年（1045），欧阳修被贬为滁州太守。在此期间，欧阳修经常游山玩水，并与琅琊寺的智仙和尚成为至交好友。为方便欧阳修游览，智仙和尚专门在山腰盖了一间亭子。亭子建成当天，欧阳修前去祝贺，为这座亭子取名为“醉翁亭”，并且在这里写下传诵千古的散文名篇《醉翁亭记》。欧阳修将这篇文章张贴在城门上，寻求修改意见。起初大家只是围在一起交口赞扬，一天，一位樵夫说开头太啰嗦，于是樵夫叫上欧阳修到琅琊山南门去看山。欧阳一看，恍然大悟，于是将文章原本的开头“环滁四面皆山，东有乌龙山，西有大丰山，南有花山，北有白米山，其西南诸山，林壑尤美”这一串文字换成“环滁皆山也”五个字。这样一改，则文字精练，含义更广。

踏莎行

候馆①梅残，溪桥柳细，草薰风暖摇征辔（pèi）②。离愁渐远渐无穷，迢迢③不断如春水。　寸寸柔肠，盈盈④粉泪，楼高莫近危阑⑤倚。平芜尽处是春山，行人更在春山外。

[注释]

①候馆：泛指接待过往官员的旅馆。此处泛指旅舍。②草薰：青草散发出来的香气。薰，古书上指的是一种香草，后来泛指花草的香气。征辔：远行马匹的缰绳，这里代指马匹。③迢迢：连绵久长的样子。④盈盈：充满泪水的样子。⑤危阑：高楼上的栏杆。

[词解]

天气渐暖，旅馆中的寒梅日渐凋谢，如今只剩下几片残瓣；溪桥边的柳树已经长出了浅绿色的嫩芽。春风和煦地拂过大地，风中夹杂着花草的芳香，准备远行的人，也在这个时候开始动身了。在这美好的春日里，我也为你送行。看着你渐渐远去，我的愁绪也渐渐增多，愁思如同眼前的一江春水，无穷无尽。于是，我只好登楼远望，看着你离去的方向，期盼你可以早日归来。但是，映入我的眼帘的，只是一望无际的春草原野，原野尽处，隐约可见青山。而你，早已在遥远的青山之外，渺不可寻！

[词评]

春水写愁，春山骋望，及切委婉。

——李攀龙《草堂诗余隽》

[词人逸事]

欧阳修曾在翰林院任职，任职期间，他曾与同院的三个下属一同出游，看见路旁一匹飞驰的骏马踩死了一只小狗。欧阳修提议说:“你们各自描述一下这件事。”一位下属率先说道:“有黄犬卧于道,马惊,奔逸而来,蹄而死之。”另一个下属接着说:“有黄犬卧于通衢,逸马蹄而杀之。”第三个人说:“有犬卧于通衢,逸马遭之而毙。”欧阳修听后,笑着说:“如果像你们这样修史,恐怕写满一万卷也写不完。”欧阳修不紧不慢地说道:“六字足矣:‘逸马杀犬于道’。”三人听后,都觉得欧阳修的说法简洁明了,纷纷甘拜下风。

生查子

去年元夜①时,花市②灯如昼。月上柳梢头,人约黄昏后。　　今年元夜时,月与灯依旧。不见去年人,泪满春衫袖。

[说明]

《生查子》,唐教坊曲名,调见《尊前集》。又名《楚云深》《晴色入青山》《梅和柳》《陌上郎》《梅溪渡》《愁风月》《遇仙楂》《绿罗裙》等。双调,仄韵,四十字,上下片各是一首仄韵的五言绝句。这种词牌始见于韦应物的词。

花市灯如昼

[注释]

①元夜:正月十五为元宵节,亦称上元节,唐宋以来是夜有观灯习俗。②花市:繁华的市集。

[词解]

词人回想起去年元宵佳节时的欢悦。去年的元宵夜,灯好、月明,互相倾慕的男女也因元宵夜的欢乐而增添光彩。他们相约夜晚在树前约会,黄昏时的美景为初恋的男女增加了很多诗情画意,他们的爱情甜蜜而又美满。但是今年,元宵夜里仍然灯好、月明,却看不见去年的佳人了。人潮人海中,词人再也找不到佳人的芳踪,最终不免心情沮丧,触景情伤、悲从中来,辛酸的泪水打湿了胸前的衣襟。

[词评]

词的构思很巧妙。它采取了多层次的对比手法,如今与昔,闹与静,悲与欢,一层深似一层地表现了词中主人公内心的真挚感情。

——吴翠芬（见《唐宋词鉴赏辞典》）

［词人逸事］

欧阳修曾经替人写了一篇《相州锦堂记》，文章中有这样两句话：“仕宦至将相，富贵归故乡。”文章已经派人送出以后，欧阳修又仔细推敲了一下，认为尚有不妥，于是派人快马加鞭将稿子追回来，经过修改再派人送去。稿子修好后，来人一读感到很奇怪：这与原来没什么差别呀，仔细阅读后才发现，欧阳修将“仕宦至将相，富贵归故乡”改成了“仕宦而至将相，富贵而归故乡”，原来欧阳修差人快马追回，只是改动了两个“而”字。但是，来人在反复吟诵以后，终于发现个中精妙。原来，加了两个“而”字，虽然没改变原文语义，读起来语气却由原来的急促变为舒缓，音节更加和谐，增加了抑扬顿挫的音乐美。

南歌子

凤髻金泥带①，龙纹玉掌梳②。走来窗下笑相扶，爱道：“画眉深浅入时无③？”　弄笔偎人久，描花试手初。等闲妨了绣功夫④，笑问：“双鸳鸯字怎生书⑤？”

［注释］

①“凤髻”句：头发梳成凤凰式的发髻，用饰以屑金的丝绦束起来。②“龙纹”句：刻饰龙纹的掌形玉质梳子。③“画眉”句：眉妆的浓淡画得是否合适。画眉深浅：谓眉妆的浓淡。入时无：是否赶得上新兴的式样，是否时髦。④等闲：无端，白白地。妨了绣功夫：耽搁了刺绣的时间。⑤怎生书：怎么写。

［词解］

此词咏爱情，词中的女主人公是一位打扮入时的新嫁娘。她的发髻梳理成凤凰样式，再用金泥带子扎束起来，头上插着一把玉掌形的梳子，梳子上雕刻着龙的花纹。这位既美艳又入时的新娘，轻快地走到窗下来了，新郎赶忙迎上前去，两人带着幸福的欢声笑语，甜蜜地偎依在一起。这时，经过精心打扮的新娘，怕自己有什么地方不妥，便情不自禁地向新郎问道：“你看看我的眉黛画得符合时髦的样式吗？”新娘偎依着新郎，久久摆弄着那支对她来说很生疏的笔管，初次尝试着描摹花枝花朵。笔不大听她的使唤，画没画好，还白白地耽误了她绣花的时间。她应该拿起针线了，但新娘却满脸娇笑地问新郎，鸳鸯这两个字该是怎么个写法？整首词描述了一系列生活场景，表现新婚女子在闺房中向丈夫示爱的种种细节，层层推进，一脉贯穿，极富生活色彩和美感。

［词评］

词家须使读者如身履其地，亲见其人，方为蓬山顶上。……如欧阳公“弄笔偎人久，描花试手初”，……真觉伊然如在目前，疑于化工之笔。

——贺裳《皱水轩词筌》

蝶恋花

庭院深深深几许[1]？杨柳堆烟，帘幕无重数。玉勒雕鞍游冶处[2]，楼高不见章台路[3]。　　雨横风狂[4]三月暮。门掩黄昏，无计留春住。泪眼问花花不语，乱红飞过秋千去。

［注释］

①深深：形容庭院的深广。极言其深。几许：多少。②玉勒雕鞍：玉饰的笼头和雕绘的马鞍。这里借指华贵的车马。游冶处：指歌楼妓馆等游乐场所。③章台路：泛指繁华游玩之地。章台，汉代长安有章台街，是当时歌伎集中的地方，后借以代指歌楼妓馆。④雨横风狂：雨势迅猛，风力疾劲。

泪眼问花花不语

［词解］

庭院深深，究竟有多深邃呢？杨柳在雨雾迷蒙中显得厚重深沉，好像有无数层的屏风遮挡着。少年公子们华贵的车马停靠在歌楼妓馆等游乐场所，歌楼妓馆是他们最爱去的游玩之地。那里楼阁高耸，歌楼妓馆一家连着一家，是歌伎的集中地。雨势迅猛，风力疾劲，天色已经是黄昏时分，还不见丈夫归来。女主人公敞开着门，等待丈夫的归来。一阵风把门吹关上了。这种情景之下，妇人只能掩起门户独守空房。是否有办法能将美好的春天留住呢？妇人含泪问花，然而花瓣纷纷飘零而落，没有回答。整首词读起来如泣如诉，凄楚动人，意境浑然天成，语言清丽婉转，特别是最后两句，向来为词评家所赞誉。

[词评]

此词帘深楼迥及“乱红飞过”等句，殆有寄托，不仅送春也。或见《阳春集》。李易安定为六一词。易安云：“此词余极爱之。”乃作“庭院深深”数首，其声即旧《临江仙》也。

——俞陛云《唐五代两宋词选释》

阮郎归

南园春半踏青时，风和闻马嘶，青梅如豆柳如眉，日长[①]蝴蝶飞。　花露重，草烟低，人家帘幕垂，秋千慵困[②]解罗衣，画堂双燕归。

[说明]

《阮郎归》，词牌名，双调，又叫《醉桃源》《宴桃源》《道成归》《碧桃春》《濯缨曲》等，始见南唐李煜词。根据南朝宋刘义庆的《幽明录》记载，汉明帝永平五年，剡县刘晨、阮肇一起前往天台山采药，路上遇到两名女子，姿色妙绝，于是在山上逗留半年。等到他们回家的时候，发现家中子孙已经到第七世了。词牌名即取此义，音律凄恻。

[注释]

①日长：春分以后，白天逐渐变长。《春秋繁露》：“春分者，阴阳相半也。故昼夜均而寒暑平。”②慵困：慵懒困乏。

[词解]

这首词描写少妇由游春而生发出感慨，产生一种无可排遣的相思之情。春天转眼已经过半，少妇外出踏青游赏。此时已经错过花期，青梅结出红豆大小的果实，柳树枝头一片青翠，如眉剪黛。阳光和煦，微风阵阵，不时有车马来来往往，马嘶声声，外出踏青的游人很多。白昼变长，气温回升，不知从哪里飞来了几只蝴蝶，在花间草际翩翩起舞，大自然中一切生命都在朝气蓬勃地生长着。踏青回来后，少妇又在园中荡起了秋千，没过多久就累了，只觉慵困，便解开外衣在花园中稍作休息，这个时候刚好看见画堂前的燕子双双飞回来。

[词评]

先写春早之景，后言春昼之人，但言日久人倦。“秋千”二句不着欢愁，风情自见。

——俞陛云《唐五代两宋词选释》

王安国

王安国（1028–1074），字平甫，抚州临川（今江西抚州）人。王安石的弟弟。著有《王校理集》，今不传。现存词三首。

清平乐

春晚

留春不住，费尽莺儿语。满地残红宫锦①污，昨夜南园风雨。　小怜②初上琵琶，晓来思绕天涯③。不肯画堂朱户④，春风自在梨花。

［注释］

①宫锦：宫中特别制作的锦缎。这里比喻花瓣艳丽。②小怜：冯小怜，本是北朝冯淑妃之名，李贺写有《冯小怜》：“湾头见小怜，请上琵琶弦。”这里泛指歌女。③思绕天涯：思绪记挂着远在天涯的游子。④画堂朱户：指代豪门贵宅。

［词解］

已经到了暮春时候，想留住春天的脚步已经很难了。黄莺费力啼叫，殷勤留春，可惜终究无法挽留这大好的春光。一夜风雨过后，落英满地，看起来如同被玷污的宫锦。春天已经归去，连枝头的残花败蕊也被打落了。眼见美好事物就这样凋零，总是难免让人惋惜。歌女轻弹着琵琶，用歌声来诉说自己的惜春、惜花之情。琴声哀怨，让人整夜都无法成眠。伴随着乐声，词人跟随春光，仿佛绕遍天涯海角，如今春光已逝，只有漫天飘零的梨花，还能看到一丝春天的影子。但是这梨花却不愿意依附权贵之家。原来美好的事物，就算是就要结束，也仍然会保持着它特有的美质。歌女也不肯继续留在豪门贵胄的画堂朱户中虚耗青春，她向往着自己可以像沐浴春风的梨花一样自由自在，保持自我的高洁！

［词评］

倒装二句以见笔力。结笔品格自高。

——谭献《谭评词辨》

［词人逸事］

王安国是王安石的弟弟，神宗熙宁初年，王安国凭借自己的才能德行召试及第，官至秘阁校理。尽管他的哥哥王安石贵为宰相，王安国对王安石的改革新法却并不赞成。王安国的政治主张较为保守，为人耿直。有一次，王安石看到晏殊的小词，于是笑说：“身为宰相，也会写这种东西吗？”王安国听了，立即回了一句：“晏公只是兴之所至，玩玩而已，难道他的事业就只有这些吗？”由此可见，王安国不认为写词有损大臣的风度，反倒觉得哥哥有些过分固执了。

晏几道

晏几道（约 1038– 约 1110），字叔原，号小山，北宋著名词人，晏殊之子，排行第八，为人有才学，能文善词，与父亲晏殊齐名。晏几道的词受五代艳词影响很大，加上他又时常流连“花间”，因此多以抒写人生失意之苦与男女悲欢离合之情为内容，尤其擅长小令，工于言情，语言风格清新婉转。晏几道晚年时家境中落，他后期的词作也多感伤情调。有《小山词》。

临江仙

斗草阶前初见，穿针楼①上曾逢。罗裙香露玉钗风②。靓(liàng)妆眉沁(qìn)绿③，羞脸粉生红。　流水便随春远，行云④终与谁同？酒醒长恨锦屏⑤空。相寻梦里路，飞雨落花中。

穿针楼上曾逢

［注释］

①穿针楼：即乞巧楼。古时民俗，农历七月七日，妇女夜间结彩楼穿七孔针向织女乞巧。②玉钗风：头上的玉钗迎风颤动。③靓妆：美丽的妆饰。眉沁绿：以黛螺描眉，眉间沁出青绿。④行云：用典，暗用巫山神女“朝为行云，暮为行雨”的典故。这里指的是朋友的歌伎小云。⑤锦屏：华美的屏风。

［词解］

词人第一次看见她的时候，她正和别的姑娘一起在阶前斗草。后来一天晚上，在穿针楼上，二人再次重逢。回想初次见面的时候，应该是清明节前后，少女在斗草的时候，裙子上沾满了花丛中的露水，头上的玉钗在风中轻轻颤动，那活泼可爱的情态给词人留下了深刻印象。而穿针楼上的重逢正值七夕，女子当天晚上登楼穿针向织女乞巧。词人与女子再次相见，发现女子靓妆照人，略施粉黛，眉清目秀，双颊微红，一个“羞”字足见二人此时已经互生情愫，却并没有一语道破。下片笔锋一转，没想到华年似水，美人也如同行云流水，如今早已不知去向。虽然人早已经离开，无法回来，但是，词人对女子的那份情感却始终如一。每当深夜，酒醒时分，词人总感觉围屏是空荡荡的，他再也找不回能够填满这空虚的温暖了。春雨飞花中，词人独自跋山涉水，四处寻找那位心仪的女子。尽管这种情景只在梦中出现，词人却仍然希望能够找到她。

[词人逸事]

晏几道出身贵家公子，十几岁就受到宋仁宗赵祯的赏识。早年，他过的是珠围翠绕、锦衣玉食的生活。后来，他的境遇一落千丈，生活坎坷，仕途失意，只做过一任颍昌许田镇的小监官。晚年穷愁潦倒，衣食难以自给。

临江仙

梦后楼台高锁，酒醒帘幕低垂①。去年春恨却来②时。落花人独立，微雨燕双飞。　记得小蘋(píng)③初见，两重心字④罗衣。琵琶弦上说相思。当时明月在，曾照彩云⑤归。

[注释]

①帘幕低垂：意即帘幕虚掩。②却来：又来，再来。③小蘋：是作者朋友家歌女的名字。④心字：沈雄《古今词话》中说，古人衣领屈曲，看起来如同一个“心”字。⑤彩云：喻指歌女小蘋。

[词解]

梦境中醒来，酒意也醒了大半，只看见楼台高锁、帘幕低垂，之前还热闹的一群人，如今已经人去楼空。词人睹物思人，回忆起过往，想起去年春天离开的时候，词人孤身站在落花前，只见微雨之中，一对燕子双双归巢，好像在嘲笑词人的形单影只、孤独寂寞。就连无知的燕尚且可以双宿双栖，而词人有情人却只能孤苦无依。眼前景物，让词人回想起初次见到小蘋时的情景，那是很久之前的事情了，是词人梦中所历，也是春恨产生的缘由。当时小蘋穿着一件薄罗衫子，领口呈“心”字。词人与小蘋一见钟情，彼此倾慕，在美妙的琵琶声中，传递着心中的情愫。当时，在皎洁明月的映照下，小蘋像极了空中的一朵彩云。眼前的明月，与当时的明月一样，然而，如今词人的情怀，却与当时大不同了。梦过酒醒，明月依旧在，彩云却不知身在何方。

[词评]

此首感旧怀人，精美绝伦。一起即写楼台高锁，帘幕低垂，其凄寂无人可知。而梦后酒醒，骤见此境，尤难为怀。盖昔日之歌舞豪华，一何欢乐，今则人去楼空，音尘断绝矣。即此两句，已似一篇《芜城赋》。

——唐圭璋《唐宋词简释》

［词人逸事］

晏几道向来孤傲，性格狂放不羁，是一个典型的书生气十足的没落贵族子弟。黄庭坚曾在《小山词序》中说晏几道有“四痴”：一是不依傍权贵；二是文章“不肯一作新进士语”；三是不会打理家财，在外花费颇多，自家人却穷苦不堪；四是好心没好报，家境没落以后，他的好友曾多次耍他、欺骗他，他却对人丝毫没有怨言和恨意。

蝶恋花

梦入江南烟水路，行尽江南，不与离人遇。睡里消魂无说处，觉来惆怅消魂误。　　欲尽此情书尺素，浮雁沉鱼①，终了无凭据。却倚缓弦歌别绪，断肠移破秦筝柱。

［注释］

①浮雁沉鱼：古人认为鱼、雁可以传书，故以雁浮鱼沉表示意欲传书而不得。

［词解］

断肠移破秦筝柱

今天晚上就算是能够入眠，在睡梦中也一定没办法摆脱相思之苦。在梦中，词人来到了烟水微茫的江南，一梦之中竟然行遍了江南上下几千里路程，然而就算如此，也没能找到离别的爱侣。梦中相思之苦无法倾诉，梦醒便更觉惆怅不已。为了倾诉自己的相思之情，词人决定写封书信，却苦于没办法传送给思念的人，只能和着舒缓的琴弦轻唱出离愁别绪。为了弹奏的悲歌离曲更加断肠，把秦筝的弦柱都调试了一遍。词人所倾慕的恋人，也许是萍水相逢的女子，也许是友人家的歌伎，如今早已不知去向，纵然写封书信，又能寄向何方，向谁诉说呢？

［词评］

这首词以梦寻表现作者对情人梦系魂牵，月夜思念的苦恋情怀。上片写梦中无法找到离人，下片改变念头，想到写信，但信又无从寄出，只好借弦歌来排遣相思。这首词境阔情苦，层层递进，是作者所写四十多首描绘梦境词中的精品。

——丁炳贵《婉约词与豪放词鉴赏》

[词人逸事]

相传，晏几道年幼时就很喜欢柳永的词。一次，晏殊举行家宴，年仅五岁的晏几道一边拍着手一边将柳永的“酒力渐浓春思荡，鸳鸯绣被翻红浪”唱给大家听。在座各位都是身份显赫之人，听到这样的唱词，面面相觑。晏殊生气地说：“小孩子不要乱唱！”结果小晏几道却说：“父亲大人，这歌多好听啊！”晏殊大怒，命人将晏几道拉走，并感叹道：“孺子不可教也！”

蝶恋花

醉别西楼醒不记，春梦秋云①，聚散真容易。斜月半窗还少睡②，画屏闲展吴山③翠。　衣上酒痕诗里字，点点行行，总是凄凉意。红烛自怜无好计，夜寒空替人垂泪。

[注释]

①春梦秋云：指时间很短，去后了无痕迹。②少睡：没有入眠。③吴山：吴地的山峦。这里指的是画屏上的江南山水。

[词解]

半醉半醒之中，恍惚记得在西楼之上与心上人作别，酒醒之后，却什么都记不得了，前尘往事，如幻如电，如梦如昨。如今，眼前一切早已不同昨日，恍如隔世，只有临醉前依依惜别的场景犹在眼前。词人已经记不清昨天夜里是如何与恋人分手的，以及与恋人分开后又是怎样独自捱过那孤独寂寞时光的。如今斜月初照，词人却夜不能寐，望着画屏发呆。只见画屏上的景物平静而又悠闲，反衬出词人内心的寂寞与无聊。词人仍然在不断地寻找，想要捕捉到一些可以让他回忆留恋的生活细节或物品，以此来慰藉自己夜晚难眠的凄苦无靠。但是，他只看到衣服上的酒渍以及手里的词章，那是昨天夜里宴会上词人创作的。那词作原本记录的是快乐的生活，如今看来，只是徒增神伤了。蜡烛好像也同情词人，却又感伤自己没办法消除主人心头的凄凉，于是，只得在寒夜之中，替人垂泪到天明了。

[词评]

这首词也是写离别之感，但却更广泛地慨叹于过去欢情之易逝，今日孤怀之难遣，将来重会之无期，所以情调比其他一些伤别之作，更加低徊往复，沉郁悲凉。词境含蓄蕴藉，情意深长。

——惠淇源《婉约词全解》

鹧鸪天

彩袖殷勤捧玉钟，当年拚(pàn)却[1]醉颜红。舞低杨柳楼心月，歌尽桃花扇底风[2]。　　从别后，忆相逢，几回魂梦与君同。今宵剩把银釭[3]照，犹恐相逢是梦中。

[注释]

①拚却：甘愿，不顾惜。②桃花扇底风：一作“桃花扇影风”。③银釭：银制的灯盏。

[词解]

彩袖殷勤捧玉钟，当年拚却醉颜红

回首往日，词人与歌女一见钟情，两人互相倾慕，曾经一起度过了一段美好的时光。一次酒宴上，词人与歌女偶然相逢，歌女对词人格外照顾，总是殷勤劝酒。佳人的纤手捧着精美的玉杯来敬酒，这份殷勤，自然酒不醉人人自醉了。为了答谢佳人的柔情蜜意，今晚自然要一醉方休！佳人也有所回报，晚风之中，只见她在杨柳楼上翩翩起舞，只听见桃花扇底响起悦耳的清歌。公子手中的酒杯始终不空，歌伎的歌声舞姿也从不停歇！假如佳人不是这番多情，风流倜傥的公子也不会得到这样的佳句。月亮低挂在树梢，好像是在窥看她的舞姿；风儿并没有散开，好像是在静听她美妙的歌声。因为重逢来得太过突然，两个人都觉得这是一个并不真实的梦境。因为词人时常在梦中梦到这样的情景，等到梦醒才知是一场空，词人担心眼前的惊喜转眼间仍然会落空。

[词评]

“从别后，……犹恐相逢是梦中。”曲折深婉，自有艳词，更不得不让伊独步。

——陈廷焯《白雨斋词话》

更漏子

柳丝长，桃叶小，深院断无人到。红日淡，绿烟晴，流莺[1]三两声。　　雪香浓[2]，檀晕少[3]，枕上卧枝花好。春

思重，晓妆迟，寻思残梦时。

[注释]

①流莺：圆润婉转的莺鸣。②雪香浓：肌肤如雪，并且带有浓浓的香气。③檀晕少：妇女眉旁浅赭色的妆晕消褪了。

[词解]

柳丝长长，桃叶细嫩，庭院深深，寂静无人，虽是春日，院子里到处是一片寂静的气氛。一轮红日照进院子里，院子蒙上淡淡的光晕。空中水气弥漫，太阳淡而无光。翠绿的树丛笼罩着漠漠轻烟，远处偶尔传来几声流莺的叫声。闺中女子肌肤胜雪，透着浓浓的香气，脸上浅红色的娇晕也逐渐消褪了，那绣花枕上绣着的低压枝梢的花儿非常美艳。女子看到枕上的花枝，不禁黯然神伤。她一夜独眠，辗转反侧。春日里，闺中人相思深重，起床后也不愿意立即去梳妆，只想寻找回清晓的残梦。

[词评]

婉转缠绵，情深一往。

——陈廷焯《白雨斋词话》

虞美人

曲阑干外天如水①，昨夜还曾倚。初将明月比佳期②，长向月圆时候望人归。　罗衣著破前香在③，旧意④谁教改？一春离恨懒调弦⑤，犹有两行闲泪宝筝前。

[注释]

①曲阑干：曲折回廊上的栏杆。天如水：谓天空澄澈明净，清凉如水。②佳期：指男女约会的日子。③前香在：比喻旧日的欢情仍然无法忘怀。④旧意：旧时的情意。⑤调弦：调试筝弦以便确定琴音的高低。

一春离恨懒调弦

这里指弹筝奏乐。

[词解]

回廊上的栏杆，曲曲折折，栏杆外，天空明澈，清凉如水，思妇昨天夜里还曾在那里倚栏凭望。月圆之夜，本是情人重聚欢会的佳期。但几度月圆，还不见伊人归来。月圆人团圆，每遇月圆，她就对着圆月倚楼遥望，盼望游子归来。时久日长，身上的旧衣服都穿破了，但仍不肯丢弃，因为破旧的衣服上还留有主人留下的体香。对破旧的衣服尚且如此，更何况是对旧人呢？这份深情厚意，永远不会改变。整个春天，思妇都被这种愁情困扰，坐在宝筝前，思妇根本没有心思拨弄琴弦，眼眶里不禁泛出两行清泪，那是在脉脉诉说离别的哀情。

[词评]

这首词写的是怀人怨别的传统题材，在刻画女主人公的行动心态时，却很有艺术特色。上片四句，描述她倚栏望月，盼人归来之情。下片四句，抒写不幸被弃之恨。与上片的真诚信托，痴情等形成强烈的对照。

——丁炳贵《婉约词与豪放词鉴赏》

阮郎归

天边金掌露成霜①，云随雁字②长。绿杯红袖③趁重阳，人情似故乡。　兰佩紫④，菊簪(zān)黄⑤，殷勤理旧狂。欲将沉醉换悲凉，清歌莫断肠。

[注释]

①“天边金掌”句：用典，这里并不是实指，指的是京城汴梁。据《三辅黄图》引《庙记》记载：“神明台，武帝造，祭仙人处，上有承露盘，有铜负人舒掌捧铜盘、玉杯，以承云表之露。”金掌，指铜人手中捧着露盘。露成霜，化用《诗·秦风·蒹葭》中句子：“蒹葭苍苍，白露为霜。”②雁字：雁群在飞行的时候会组成行列，形状如字。③绿杯红袖：这里指的是歌伎。绿杯，指筵席。红袖，指代妇女。④佩紫：佩挂紫兰。化用屈原《离骚》“纫秋兰以为佩”、“夕餐秋菊之落英”等句。⑤簪黄：头上簪戴黄菊。

[词解]

从这首词所表达的感情内容来看，可以看出它是词人晚年的作品。随着年纪的增加，人的阅历也加深了，此时的词人，再也不是“归梦碧纱窗，说与人人道，真个别离难，不似相逢好”中惆怅的公子哥了。词人居住在京城里，虽然偶尔也会想念从前的故乡，但是这种感情已经不是简简单单“思乡”两个字可以囊括得了的。因此，这一篇“重九词”就格外深沉，感情也格外情怀凄冷，完全是另外一种调子了。

深秋时节，词人在京城汴梁写下这首词。天空中飘着长条形的卷云，一行飞雁排成“一”字南飞。此时刚好是重阳佳节，京城中的仕女纷纷来到郊外游玩。这些人剪彩缯做茱萸、菊花、木芙蓉花互相赠送，景色宜人，热闹非常。此情此景勾起词人对往事的回忆，让他不禁涌出“人情似故乡”的感想。在重阳节的欢娱中，他也是众多外出过节的人中的一个，但词人独来独往，并没有前来特别讨好他的人，他更不想去讨好其他人。往日要好的朋友，如今去世的去世，失去联系的失去联系。但是这毕竟是重阳佳节啊！眼看着大家如此兴高采烈，自己也佩上紫兰，簪上黄菊，展现出一派欢乐的样子吧！但是词人在摆弄这些玩意儿的时候，内心情感是十分复杂的。词人想起从前的日子，当时自己尚且年轻，每年都热热闹闹地过重阳节。如今仍然十分热闹，但是时间不同，心情也大不同了。如今再也无法像年少时做公子哥那样，没心没肺地嬉闹了！但是过去那段生活，如今让词人无限怀恋！现在，词人已经褪去当初年少轻狂的傻劲儿，却反而觉得当初那股傻劲儿多么难能可贵，多么让人怀念。而且，从今年算起，还有多少个重阳可以供词人嬉闹呢？也罢，还是尽情尽意地佩兰、簪黄，再闹一番吧。为了摆脱这种悲伤的想法，词人想到：不如听听美妙的音乐，让自己沉浸在美酒与佳人甜美的歌声中吧，这样就再不会惹起什么哀愁了！词人好像在寻求一种心灵的解脱，一种忘却愁闷的纵情嬉闹，但是，恐怕连词人自己知道，这种欢乐是无法换来的吧！

鹧鸪天

一醉醒来春又残，野棠梨雨泪阑干[1]。玉笙声里鸾空怨，罗幕香中燕未还。　终易散，且长闲。莫教离恨损朱颜。谁堪共展鸳鸯锦[2]，同过西楼[3]此夜寒！

［注释］

①泪阑干：眼泪纵横滴落的样子。②鸳鸯锦：指绣着鸳鸯图案的锦缎被子，象征男女情事。③西楼：是词人青年时与心上人欢会的地方。

［词解］

昨天夜里喝醉，今天醒酒以后，看到眼前一片暮春景象：昨夜一场春雨，野棠梨花上还残存着雨水，如同离人的悲泪一样纵横交错。酒醒以后，眼前雨飘花落的情景，让词人触眼生悲，他忽然意识到，春天真的就要过去了；再想到往日的欢娱场面，如同前尘旧梦，所有的美好全都消失不见了。在悠扬的玉笙声中，词人看到孤鸾独自哀怨，罗幕中仍然存留着浓郁的香气，飞走的燕子还没有归来。留守空巢的燕子独自穿过高楼的重重帘幕，返回旧日温暖的巢中，而离别了的情人还没有回来。词人在帘幕下吹起笙乐，因为想念着远别的情人，所以词人的曲子中充满了哀怨。既然早已知道欢聚易散，不如放开怀抱，悠闲地度日吧，不要让离愁别绪损害了青春娇美的容颜。然而，春寒料峭，长夜难眠，惆怅满怀地斜卧在西楼，想着谁能与我同床到天明？往日“共展鸳鸯锦”的美好时光，早已经一去不复返了，如今只剩下永久的孤独和哀伤。这首词写离愁别恨，哀婉动人。

鹧鸪天

醉拍春衫惜旧香。天将离恨恼疏狂。年年陌上生秋草，日日楼中到夕阳。　云渺渺，水茫茫。征人归路许多长。相思本是无凭语，莫向花笺[1]费泪行！

［注释］

①花笺：指书信。

［词解］

词人在这首词里表达了对欢歌笑语的回忆流连，同时表现出他对豪放不羁生活的略微伤感之情。词人在酒醉以后，轻轻拍打着自己的春衫，回想着自己与伊人的前尘往事。词人的衣衫上仿佛还留有香味。这种“旧香”是词人过去同佳人欢乐的遗泽，也是勾起词人离愁别绪的根源，这“旧香”中蕴含着往昔无限欢乐情事的回忆。词人一边对往事念念不忘，一边却又无可奈何，自觉十分可惜。自从与佳人离别后，词人满腔愁绪无计消除，于是只能疏狂放荡，想要借助这种方法来忘却离别之苦。但是，越是如此，词人就越是被离恨所扰，始终无法排遣心中的苦闷之情。词人想念远方的佳人，他想着佳人一定也同自己一样，饱受离别相思之苦。道路上的秋草年年生长，思妇想念的征人却很久都没有回来，她每天坐在楼中朝思暮想，饱受离恨之苦的折磨。然而天高水远，征人回返的路程漫长难寻，他们始终是相见无期。满腹的相思要如何向他倾诉呢？长路漫漫，只有鸿雁传情。奈何这离愁别恨又是如此深重，深重到文字竟然无法表达。于是思妇劝自己，不要再写书信了，那只能为自己徒增相思的眼泪而已。

［词评］

夏敬观云：“叔原以贵人暮子，落拓一生，华屋山邱，身亲经历，哀丝号竹，寓其微痛纤悲，宜其造诣又过于父。”从此词中，可以见出以上论述之深透。全词在痛楚的往事追忆中流露出词人亲身经历的慨叹，意境深阔，感人至深，具有较强的艺术魅力。

——夏承焘《宋词鉴赏辞典》

鹧鸪天

守得莲开结伴游，约开[1]萍叶上兰舟。来时浦口云随棹(zhào)，采罢江边月满楼。　花不语，水空流，年年拼得为花愁。明朝万一西风动，争奈朱颜[2]不耐秋。

守得莲开结伴游

［注释］

①约开：指拨开。②朱颜：指娇花，用拟人的手法将人与花合二为一。

［词解］

这是一首采莲词。一群女子相约采莲，为了采莲，女子们耐心等待了很长时间，终于等到莲花开了，于是她们结伴前去采莲。荷塘里到处是浮萍，女子们想要行船，就先要将浮萍轻轻拨开。一群女子到达浦口的时候，太阳刚刚升起来，云气还没有完全消散，淡淡的云气笼罩在她们的船棹周围；女子们采完莲后回到江边休息，这时月亮已经升上了天空，人家的楼台上已经洒满月光。采莲女子心地善良，她们爱惜莲花，为莲花的遭遇感到担忧。也许她们从莲花身上，仿佛看到了自己的境遇。好花易谢，这与女子的青春易逝、好景不长是多么相似！采莲女子爱惜莲花、关切莲花，同她们爱惜自己的青春、关切自己的命运如出一辙。落花无语，流水无情，深情总是无法倾诉，好景总是不断流逝，人无计可施，花也无可奈何，因而，采莲女只能年年为花愁了。而最担心的就是万一第二天骤然吹起西风，满池艳丽的莲花恐怕都无法抵挡，纷纷飘零、憔悴。想到那满目的残落，又如何能不叫人感伤？

鹧鸪天

斗鸭池南夜不归，酒阑[1]纨(wán)扇有新诗。云随碧玉歌声转，雪绕红琼舞袖回。　今感旧，欲沾衣。可怜人似水东西。回头满眼凄凉事，秋月春风岂得知！

［注释］

①酒阑：饮酒意兴将尽的时候。

［词解］

此为怀旧词作。在这首词里，词人通过今时往日的鲜明对比，抒发了强烈而又深沉的伤时感逝情怀以及身世之慨。想当年，词人在斗鸭池边推杯换盏、饮酒赋诗，那是何等的繁盛。酒席散了以后，兴致仍然未尽，词人亲自在歌女的纨扇上题诗作词。天上飘荡的云朵，仿佛也在跟随着碧玉美妙的歌声而飘转；红琼的舞姿曼妙，仿佛裹着周身的飞雪。酣歌畅舞，活色生香，回想那时，是一种怎样的畅快和欢乐！词人追忆往事，情不自禁泪水沾湿了衣襟。最让人痛苦的事情便是两个人如同各向东西流淌的水那样，再也没有会合的那一天了。如今，佳人早已不知去向。再次回首往日的情景，想到的都是凄凉。那秋月春风又如何能知道词人的愁思呢？秋月仍然皎洁无暇，春风依旧温暖和煦，只是那佳人早已不在眼前，再也听不到佳人清越的歌声，看不到佳人妙曼的舞态，如今剩下的，只是满眼凄凉。

鹧鸪天

小令尊前①见玉箫②，银灯③一曲太妖娆。歌中醉倒谁能恨④？唱罢归来酒未消。　　春悄悄，夜迢迢。碧云天共楚宫⑤遥。梦魂惯得无拘检，又踏杨花过谢桥⑥。

［注释］

①尊前：指酒宴席前。②玉箫：这里指在筵席上陪酒的歌伎。用典：韦皋与姜辅家的婢女玉箫两情相悦，韦皋离开，一别就是七年，玉箫因绝食而死，后再世为人，成为韦皋的侍妾。词中以玉箫指称，象征两人在酒宴的时候已经互相倾心。③银灯：夜晚时十分明亮的灯火。④谁能恨：指没有人会有遗憾，不会有任何后悔。⑤楚宫：楚王的宫殿，指代玉箫的居所，这里也暗示女主人公“巫山神女”的身份。⑥谢桥：谢秋娘家的桥。唐朝时，有一个名妓名叫谢秋娘。这里用谢桥指代女子的住所。张泌《寄人》诗有云：“别梦依依到谢家，小廓回合曲阑斜。多情只有春庭月，犹为离人照落花。”晏词化用此诗。

［词解］

这首词描述的是词人在一次春日的夜宴上与佳人一见倾心的情事。两个人初次相逢是在酒席之上，当时有歌有舞，有酒有佳人相伴，词人与心上人此时已经眉目传情，在心里暗自认定对方。美人在明亮的灯光下清歌一曲，酒意微醺，双颊微酡，姿态妖娆可爱，词人对她十分倾慕。词人一边欣赏歌曲，一边开怀畅饮，不知不觉中，词人深深沉醉在这美妙的歌声中，更被美艳的歌者所吸引，没过多久便

小令尊前见玉箫

酩酊大醉了。伴随着美人的歌声痛饮至醉，实在是人生中的大快人心之事！歌伎唱完之后，余音绕梁三日。词人醉得实在太沉了，以至于酒席散后，回到住所，仍然酒意未消，其实，“未消”的不单是酒意，还有看见玉箫以后产生的浓浓情意。春日的夜晚寂静无声，但浓重的春意却早已潜进了词人的心头。漫长的春夜里，词人独处，辗转反侧，于是更觉春夜漫长。词人感慨因为人为的阻隔，导致两人无法互通心愫，侯门深似海，词人想要重见心上人恐怕是难上加难了。今夜，词人在梦中，灵魂一定会穿越迷蒙的夜色，踏着满地的杨花，悄悄跨过谢桥，去与意中人相会。

苏 轼

苏轼（1036–1101），字子瞻，号东坡居士，眉山（今四川眉山）人，北宋著名文学家。苏轼多才多艺，诗文词赋书画样样精通。他的词作风格多样，时而豪壮满怀，时而洒脱自然，时而清秀婉丽，时而言议英发，不拘一格；苏轼词作内容丰富，有怀古、咏史、说理、谈玄之分，更有感时伤事、描绘山水田园、抒写身世友情之作，他的作品，真正达到了“无意不可入，无事不可言”的境地。苏轼吸收了前人词作中的婉约之风同时又不拘泥于古人作品，开创了豪放词的新宗，对词作的发展功不可没。现有《东坡乐府》传世，存词三百余首。

水龙吟

次韵章质夫杨花词[1]

似花还似非花，也无人惜从教坠[2]。抛家傍路[3]，思量却是，无情有思[4]。萦(yíng)损柔肠，困酣娇眼，欲开还闭。梦随风万里，寻郎去处，又还被、莺呼起[5]。　不恨此花飞尽，恨西园、落红难缀。晓来雨过，遗踪何在[6]？一池萍碎[7]。春

色三分，二分尘土，一分流水。细看来，不是杨花，点点是离人泪。

［注释］

①次韵：也叫步韵，即依所和诗词的原韵原字及其先后次序做诗填词。章质夫：建州浦城（今福建浦城）人，苏轼的挚友，章质夫的咏杨花词《水龙吟》，得到苏轼的大力称赏，苏轼的这首词就是因章质夫的《水龙吟》而作的酬和次韵。②从教坠：任杨花飘零坠落。③抛家傍路：指杨花离开枝头，坠落到路旁。④无情有思：杨花看似无情，实际上自有愁思。⑤“又还被”二句：化用金昌绪《春怨》诗“打起黄莺儿，莫教枝上啼。啼时惊妾梦，不得到辽西”之意。⑥遗踪何在：杨花的踪迹在哪里。这里指雨后杨花的下落。⑦一池萍碎：指杨花被雨水冲散，只剩下池塘中零乱的浮萍。

似花还似非花

［词解］

杨花有它独树一帜的风流，即“似花非花”：说它是花，它却颜色浅淡，毫无香气，形态细小，隐身在枝头，从来不会让赏花之人注意到；说它不是花，它却叫“杨花”，并且与百花同开同落，同其他鲜花一样，尽力装点着春光，然后再共同送走春色。虽然天下爱花之人很多，但是爱惜杨花的人却很少。很少有人会因为杨花的飘零而哀婉叹息。杨花飞离枝头，坠落到路旁，散落各个角落，没有自己的归宿。仔细想来，杨花看似无情，其实却有自己的愁思。杨花随着风儿时而飘起时而坠落，像佳人困倦时的眼睛，欲开还闭的那种慵懒优美姿态，又像佳人心中带着无限的离思柔情。昨天夜里，梦中跟随春风追寻，寻找情郎的去处，美梦尚且没有醒来，就被清晨黄莺的啼叫声惊醒。佳人不遗憾杨花飞舞殆尽，只是惋惜满地落红，这是一片怎样的衰飒景象。一场晨雨之后，地上的落花便消失了踪影，只剩下一池破碎的浮萍。清晨醒来，昨晚还残留着的三分春色，如今也全部付之尘土与流水。再仔细看来，这点点杨花，分明是离人的眼中的相思血泪。

［词评］

本词是和作。咏物拟人，缠绵多态。词中刻画了一个思妇的形象。……能以杨花喻人，在对杨花的描写过程中，完成对人物形象的塑造。这比章质夫的闺怨词要高一层。

——唐圭璋《唐宋词选注》

[词人逸事]

苏轼二十岁时前往京师参加科举考试，住在一个客栈的举人中，有六人很傲慢，看不起苏轼，他们合谋想要戏弄苏轼一下。六人邀请苏轼吃饭，苏轼欣然前往。一共六道菜，还没等动筷子，一个举人提议行酒令，酒令内容一定要与历史人物或历史事件有关，这样就能独吃一盘菜。其余五人纷纷附和。一位年纪较大的举人说："我先来。姜子牙渭水钓鱼！"说完兀自捧走了桌子上的一盘鱼。第二位举人不甘示弱地说："秦叔宝长安卖马。"然后神气地端走了马肉。"苏子卿贝湖牧羊""张翼德涿县卖肉""关云长荆州刮骨""诸葛亮隆中种菜"，就这样，后几个人又分别端走了羊肉、猪肉、排骨及青菜。六个举人得意洋洋地准备享用时，苏轼不慌不忙地吟道："秦始皇并吞六国！"说完，将六人手中的菜全部端到自己面前吃起来，并且微笑对众人说道："诸位兄台请啊！"六个举人哑口无言。

西江月

顷在黄州，春夜行蕲水中，过酒家。饮酒醉，乘月至一溪桥上，解鞍，曲肱醉卧少休。及觉已晓，乱山攒拥，流水锵然，疑非尘世也。书此语桥柱上。

照野弥弥浅浪①，横空隐隐层霄②。障泥未解玉骢(cōng)骄③，我欲醉眠芳草。　可惜一溪风月，莫教踏碎琼瑶④。解鞍攲(qī)枕绿杨桥⑤，杜宇一声春晓。

[注释]

①"照野"句：旷野中，明亮的月光照彻着碧波荡漾的小溪。弥弥：水深的样子。②横空隐隐层霄：一作"横空暧暧微霄"。辽阔的天空中依稀可见淡淡的云层。③障泥：即马鞯。垫在马鞍之下，垂挂在马腹两边，用来遮挡泥土的。玉骢：青白色的骏马。骄：这里是有生气、活跃的意思。④"可惜"二句：这里指月色映照在溪水之上，格外美好。可惜：可爱。琼瑶：美玉。⑤"解鞍"句：将马鞍卸下当作枕头，斜卧在绿杨桥上。

[词解]

春日傍晚，词人沿着蕲水骑马前行，路遇酒家，便下马饮酒，微醉后又乘着月色原路返回，归途中经过一座溪桥。春水满涨，溪流潺潺。辽阔的天空中，隐约可见淡淡的云层，似有若无，月色皎洁如水。因为有明月作伴，所以得以看到清溪在辽阔的旷野流过的美丽景色。那白色的骏马还没等词人解开鞍鞯，就已经不安分地活跃起来，它在提醒它的主人：准备渡水了！看着眼前这大好的月光，平如镜面的流水，词人真想立即翻身下马，哪里还等得及卸下鞍鞯，只想着在这大好的芳草月色之中酣睡一场。词人因为怜惜这水上的月色，于是不忍心让骏马的铁骑搅乱这一溪宁静的月光，于是词人卸下马鞍做枕，斜卧在绿杨桥上。词人的这一觉睡得很香，直到清晨，才被耳边传来的杜鹃声唤醒。这美丽如画的野外春晨，怎能不叫词人流连忘返？

［词评］

一般说来，词的上下两片或有转折，或用过渡。而这首词则是顺情直下，一气贯穿，浑然一体。

——刘崇德（见《唐宋词鉴赏辞典》）

［词人逸事］

苏东坡担任礼部尚书的时候，有一天，他去王安石家里拜访，刚好王安石不在家。被引到书房的他看见王安石的乌斋台桌上放着一首未完成的诗："明月枝头叫，黄狗卧花心。"苏东坡认为似乎有些不妥，于是提笔将诗句改成"明月当空照，黄狗卧花荫"。等到王安石回府后，看到苏轼改了他的诗，非常不高兴，就将苏轼贬到合浦。其实，苏轼被贬的真正原因并不是因为他改了两句诗，而是因为苏轼反对王安石变法。

卜算子

黄州定惠院寓居作

缺月[1]挂疏桐，漏断[2]人初静。谁见幽人独往来[3]，缥缈孤鸿影。　惊起却回头，有恨无人省。拣尽寒枝不肯栖[4]，寂寞沙洲冷[5]。

［注释］

①缺月：残月。②漏断：指时至深夜。③谁见幽人独往来：一作"时见幽人独往来"，或作"惟见幽人独往来"。幽人，幽居的人，这里是作者自谓。④不肯栖：作者以鸿雁自比，指自己不愿意攀高附贵。⑤寂寞沙洲冷：一作"枫落吴江冷"。

［词解］

夜凉如水，一弯残月挂在一棵只剩下几片树叶的梧桐树上。夜已经深了，这时候周围才逐渐安静下来，呈现出一片孤寂的景象。词人独来独往、心事浩茫，面对凄清寒冷的深夜无法入睡，词人那孤高的心境，不正是缥缈的孤雁的影子吗？孤雁在空中孤独缥缈，偶尔惊起回头、满怀幽恨，却没有人能够理解。孤鸿路遇不幸，一时间惊恐不已，它挑选了无数的枝头仍然不肯栖息，最终只好落宿

缺月挂疏桐

在寂寞荒冷的沙洲。

[词评]

宋人周济论词主“有寄托”与“无寄托”之说，以为非寄托不入，而专寄托则不出。东坡此词，有而似无，无而却有，可谓入而能出，故臻艺术高境。

——彭靖（见《唐宋词鉴赏辞典》）

[词人逸事]

苏轼因为“乌台诗案”而入狱，很多之前与苏轼有交往的文人全都受到株连，就连去世已久的苏轼的老师——欧阳修及家人也没能幸免。苏轼本人更是饱受牢狱之苦。直到后来，王安石变法失败辞世后，宋哲宗才下诏命苏轼代拟敕书，苏轼十分大度，不仅没有忌恨王安石，反而高度评价了王安石的一生。文中有一段曰：“瑰玮之文，足以藻饰万物；卓绝之行，足以风动四方。”这是苏轼对王安石的评价，其实这个评价用在苏轼身上，也是当之无愧的。

江城子

乙卯正月二十日夜记梦

十年生死两茫茫①。不思量②，自难忘。千里孤坟③，无处话凄凉。纵使相逢应不识，尘满面，鬓如霜。　夜来幽梦忽还乡。小轩窗④，正梳妆。相顾无言，惟有泪千行。料得年年肠断处，明月夜，短松冈⑤。

[注释]

①“十年”句：苏轼的妻子王弗在治平二年（1065）五月的时候死于汴京（开封），与苏轼作这首词的时候整整相距十年。这句话意思是说十年来天人相隔，双方茫然互不相知。②思量：想念。③千里孤坟：苏轼到密州（今山东诸城）宦游，王弗葬在故乡四川彭山，两地相隔遥远，所以说“千里孤坟”。④小轩窗：廊房的小窗前。⑤短松冈：长有小松树的山冈。这里指亡妻的坟地。

[词解]

转眼已过十年，跨越时空是一种怎样的距离？词人对亡妻的思念夜以继日、刻骨铭心，就算是自己没刻意去想念，也无法忘怀。十年前，妻子离开之后，只剩下一座荒冢，孤居于千里之外，词人的凄凉之景再也无处诉说！词人感慨妻子的一生是如此短暂，但是却在词人的生命里留下了永不磨灭的烙印。如今已经过去十年了，词人现在已苍老年迈，满面尘霜，发鬓斑白。词人感慨：如今，就算是你我相逢，你也应该认不出我了！曾经熟悉的妻子的音容笑貌，如今早已被时间的齿轮碾得斑驳不堪。词人与妻子只能在梦中相见。在梦中，词人得以回到他日思夜想的故乡，那个他们夫妻二人曾一同度过甜蜜岁月的地方。那个小屋，亲切又熟悉，妻子的音容笑貌一如当年，她正坐在小窗前梳妆打扮。久别重逢，夫妻二人含泪相望，千言万语尽在不言之中。词人知道，自己今后每当想起圆月之下，独自埋在短松冈的妻子，就一定会肝肠寸断。

[词评]

此首为公悼亡之作。真情郁勃，句句沉痛，而音响凄厉，陈后山所谓“有声当彻天，有泪当彻泉”也。

——唐圭璋《唐宋词简释》

[词人逸事]

苏轼的结发妻子王弗是四川眉州青神人，王弗年轻貌美，知书达理，年仅十六岁就嫁给苏轼。婚后夫妻二人恩爱有加，后来育有一子取名苏迈。王弗可以说是苏轼的得力助手，“幕后听言”说的就是苏轼妻子王弗的故事。苏轼为人豁达豪迈，待人接物通常不拘小节，于是妻子王弗经常在屏风后静听，并在事后将自己的一些建议告知苏轼。王弗与苏轼相互扶持，共同生活了十一年后，王弗病逝。王弗死后，苏轼将她埋葬在自己母亲的墓碑旁边，并在埋葬王弗的山头亲手种植松树以寄哀思。十年后，苏轼在密州任职，一晚忽然做了一个梦，梦见与亡妻往日的恩爱，醒来潸然泪下，于是作出这首有名的《江城子·乙卯正月二十日夜记梦》，悼念亡妻。

蝶恋花

春景

花褪(tuì)残红[1]青杏小，燕子飞时，绿水人家绕。枝上柳绵吹又少，天涯何处无芳草[2]。　墙里秋千墙外道，墙外行人，墙里佳人笑。笑渐不闻声渐消，多情却被无情恼[3]。

绿水人家绕

[注释]

①花褪残红：指花已凋落。②“天涯”句：指芳草蔓延天边，春天已经过去了。③“多情”句：指的是墙里佳人的笑声，原本是出于无意的，而墙外的行人听见了，却枉自多情，因此只能徒增惆怅。多情：指墙外的行人，也就是作者。无情：指墙里荡秋千的佳人。

[词解]

红花已经凋谢得所剩无几，杏树枝头上长出了小小的青杏，燕子在水池茅舍之上来回飞舞，柳枝上的柳絮经过清风吹拂，剩得越来越少，此时此刻，大地的任何一个角落都已经长满了如茵的绿草。眼看春日所剩无几，词人不免产生几分惜春之情。有燕子从天空中飞过，清澈的小溪围绕着村落人家流淌。柳絮已经很少见了，天涯到处都是翠绿的芳草。围墙里面，有一位妙龄少女正在荡秋千，时而发出悦耳的笑声。围墙外的词人听到了这样的笑声，忍不住去想象围墙里少女荡秋千时的欢乐场面。慢慢地，墙里佳人的笑声消失不见了，词人怅然若失，好像自己的多情被少女的无情伤害了。

[词评]

本词是消春之作。不过，作者还借“何处无芳草”以自慰自勉。“多情却被无情恼”，也不仅仅局限于对“佳人”的相思。

——唐圭璋《唐宋词选注》

[词人逸事]

苏轼被贬黄州时，当地流传着一首著名的打油诗《猪肉颂》：“黄州好猪肉，价钱等粪土。富者不肯吃，贫者不解煮。慢著火，少著水，火候足时它自美。每日起来打一碗，饱得自家君莫管。”这里所说的“慢著火，少著水，火候足时它自美”，指的就是名菜东坡肉的烹调方法了。苏东坡随后来到杭州担任太守之职，带领百姓修苏堤，兴水利，深受百姓爱戴。于是这“东坡肉”也跟着苏轼沾光，一直之间名噪杭州，如今仍然是当地的一道名菜。

贺新郎

乳燕飞华屋①，悄无人、桐阴转午②，晚凉新浴。手弄

生绡白团扇，扇手③一时似玉。渐困倚、孤眠清熟。帘外谁来推绣户？枉教人、梦断瑶台曲④。又却是，风敲竹。　石榴半吐红巾蹙(cù)⑤，待浮花浪蕊⑥都尽，伴君幽独。秾(nóng)艳一枝细看取，芳心千重似束。又恐被、西风惊绿。若待得君来向此，花前对酒不忍触。共粉泪，两簌簌。

［说明］

《贺新郎》，宋人常使用的一种长调。始见于苏轼的词作，因词中有“晚凉新浴”，所以也叫《贺新凉》。明末清初文学家毛先舒《填词名解》卷三认为此调为苏轼所创。

梦断瑶台曲

［注释］

①飞华屋：指华美的房屋。②桐阴转午：桐树的影子发生转移，时间已是午后。③扇手：佳人拿着团扇的纤纤玉手。④瑶台：玉石堆砌成的楼台，泛指仙境。曲：幽深的地方。⑤红巾蹙：形容石榴花刚开的时候形状如同褶皱的红巾。化用白居易《题孤山寺山石榴花示诸僧众》诗：“山榴花似结红巾，容艳新妍占断春。”⑥浮花、浪蕊：举止轻浮、彼此争艳的花草。化用韩愈《杏花》诗：“浮花浪蕊镇长有，才开还落瘴雾中。”

［词解］

一只雏燕在华丽的房屋中间穿梭飞行。四周静悄悄的，没有一个人影，梧桐的树影发生转移，时间已经过了晌午。傍晚时候，天气渐渐凉爽，佳人刚刚沐浴完毕。她的纤纤玉手轻摇着白绢团扇，渐渐地，竟然生出几分困意，于是倚在椅子一边睡着了，睡得那样香甜踏实。是谁在窗外推响她彩绣的门户？让她白白惊散了瑶台仙梦，原来只是夜里的凉风摇响了翠竹。刚刚绽开一半的石榴花像极了一团团簇拥在一起的红巾，等其他浮艳的花朵凋谢殆尽，就只剩下石榴花来陪伴孤独的佳人。摘下一朵娇艳的石榴花细细观察，层层叠叠的花瓣像极了美人的芳心，情深似海，却又唯恐被那骤起的西风惊动。如果能等到情人前来相会，二人在残花之前对酒，佳人一定不忍心看这样的场景，那残花同佳人的眼泪一起，簌簌地掉落下来。

［词评］

东坡贺新郎，在杭州万顷寺作。寺有榴花树，故词中云石榴。又是日有歌者昼寝，故词中云："渐困倚孤眠清熟。"其真本云："乳燕栖华屋。"今本作"非"字，非是。

——曾季狸《艇斋诗话》

阮郎归

初夏

绿槐高柳咽新蝉，薰风[1]初入弦。碧纱窗下洗沉烟，棋声惊昼眠。　　微雨过，小荷翻，榴花开欲燃。玉盆[2]纤手弄清泉，琼珠碎却圆。

［注释］

①薰风：夏季吹的东南风。②玉盆：指荷叶。

［词解］

这首词描写的是初夏时节佳人的闺中生活，词风闲雅而富有生气。初夏来临，槐树枝繁叶茂，柳树长得更加高大了，丛密的柳枝里，新蝉乍鸣乍歇，庭院中一片清幽。和煦的南风轻轻吹过，管弦等乐器又开始吹奏《南风》之歌了。房间里碧纱窗下的香炉，正升起袅袅轻烟，一阵下棋的声响惊醒了正在午睡的佳人。在这么安静的环境里，佳人多半早已睡足，因此只是下棋的一点落子声就会把她惊醒。佳人从梦中醒来以后，尽情欣赏和领略初夏时节优美的自然风光。小荷刚刚长成，娇小粉嫩，细雨过后，轻风将荷叶翻转；石榴花色原本就鲜红可人，经过雨水一洗，更是红得如同火焰一样。这勃勃生机，这优美景色，怎能不让佳人沉醉？佳人端着一个漂亮的瓷盆，来到清池边玩水。水花溅到荷叶上，如同一颗颗晶亮圆润的珍珠。此时此刻，佳人的心情也如同这飞珠溅玉的水花一样，充满了喜悦与兴奋。

［词评］

观者叹服其八句状八景，音律一同，殊不散乱，人争宝之。刻之琬琰，挂于堂室间也。

——沈雄《古今词话》

［词人逸事］

苏轼客居常州的时候，拿出自己的全部财产，在当地买了一座房子，准备收拾妥当就入住。一次，苏轼来到自己的新宅，看见大门附近有一个老妇人在哭泣，老妇人哭得十分伤心。苏轼关心地走上前去询问原因，老妇人说："这所房子是我的，只因被我的不孝子偷偷卖掉，现在我无家可归了。"苏轼听完，对老妇人说："老人家，不要难过了，你的房子，是我买下的，既然您有苦衷，我应该把房子还给您！"就这样，苏轼竟然真的将房子还给了老妇人，自己拿出的买房钱也没再追讨，其气度之大，不言而喻。

浣溪沙

万顷风涛不记苏①，雪晴江上麦千车。但令人饱我愁无②。翠袖倚风萦(yíng)柳絮，绛唇得酒烂樱珠。尊前呵手镊(niè)霜须③。

［说明］

苏轼被贬到黄州，刚好赶上天降大雪。这首词就在这个时候所作，表示苏轼对"雪兆丰年"的欣喜之情。这首词以乐景写哀情，以艳丽反衬愁情，手法十分巧妙。整首词意境鲜明，表达形象十分突出，情思深婉，恰如其分揭示了词人的内心世界。

［注释］

①苏：指的是江苏苏州市。这里是说词人自己在苏州的田地里被狂风扫荡却并不介意。②"雪晴"两句：因为大雪，词人想象黄州一带明年将或有"麦千车"的大丰收年景，而只要"人饱"，词人的"我愁"也将消除。③镊：拔除。霜须：白胡子。

［词解］

大雪之前，词人在田野间行走，被突然卷起的狂风扫荡，但是词人并不介怀，相反，"瑞雪兆丰年"，伴随着簌簌而落的鹅毛大雪，词人想象着雪过天晴后，来年当地获得丰收，收获麦子千顷的壮观场面。词人为百姓可以丰衣足食感到庆幸。词人又回想到自己前一天徐君猷过访时推杯换盏的情景，佳人的翠袖随风舞动，像极了洁白的柳絮、轻盈的雪花，佳人红润的嘴唇，酒后更显娇艳，如同熟透了的樱桃。而酒席之间，词人却不断地呵气为自己冰凉的手取暖，捋着已经变白了的胡须，心中涌起万端思绪。

［词评］

这首小词，抒发了关心和同情人民疾苦的思想，表现了内心深处的忧虑。从艺术感受来看，上阕比较显露，下阕更为深婉，而上阕的情思抒发，似乎在为下阕的无声形象作提示。这样，上下两阕的重点，就自然地落在最末一句上，彼此呼应，互为表里。

——唐圭璋《唐宋词鉴赏集》

浣溪沙

元丰七年十二月二十四日，从泗州①刘倩叔游南山②。

细雨斜风作晓寒，淡烟疏柳媚晴滩，入淮清洛③渐漫漫。雪沫乳花浮午盏，蓼(liǎo)茸④蒿笋试春盘⑤，人间有味是清欢。

［说明］

这首词乃是南山记游之作，词人看似对眼前景物信手拈来，实则涉笔成趣，寓意深刻，可谓自然浑成。苏轼曾被贬黄州，并在当地过了四年贬居生活，到元丰七年（1084）三月，苏轼奉旨迁任汝州（今河南临汝）团练副使。至此，苏轼平生最困顿的黄州时期终于结束了。由于在被贬黄州之前，苏轼从来没有遭受过这样巨大的屈辱和打击，所以，苏轼的这首词所表达的意境与他的其他词作不同。词人此时心情较为轻松，一路上四处游访。苏轼畅游庐山，并且前去江西筠州探视了自己的弟弟子由，到金陵以后，又前去拜访王安石，并且与王安石有买田江干、相偕归隐的约定。元丰七年年末，苏轼来到泗州，这首词就是在这种背景下创作的。

［注释］

①泗州：地名，今安徽泗县。②南山：在淮河南岸，泗县附近。③洛：安徽洛河。④蓼茸：蓼菜的嫩芽。⑤试春盘：古代的一种习俗，指在立春当天，将蔬菜、糖果等放在盘中，亲朋好友互相馈赠，称之为春盘。因为此时已接近立春，所以说“试”。

［词解］

十二月二十四日，词人与朋友一同游览了南山。南山附近有个名叫十里滩的地方，这一带风景很美。斜风细雨，乍暖还寒，其实残冬腊月，并不是一个游山玩水的好季节，但是词人只是说有些许寒冷，表现出词人一种淡然的态度。细雨过后，天空中烟云淡荡，河滩上的几株疏柳尽情沐浴着阳光。词人从眼前的景色中觉察到一丝春日的生机，心中满是欢喜。作者由面前的淮水联想到上游清澈的洛河，洛河原本清明澄澈，但是当它汇入淮水以后，就变得一片浩茫了。阳光照耀着岸边，烟柳在阳光的照耀下显得格外妩媚。原本是冬日的景色，通过词人的描述，竟然如此富有春意。友人初尝春菜，酒宴上放着一盏乳白色的香茶及一盘翡翠般的春蔬。词人与朋友杯盏清欢，感受到浓浓的春意，心中十分欢喜。这种清淡而闲适的快乐，值得细细品味。

［词评］

这是一首记游小词。上片写山行俯瞰所见，其人在山中，自不待言。下片言午餐，雪沫乳花，蓼茸蒿笋，山野风味盎然。

——惠淇源《婉约词全解》

[词人逸事]

苏轼与佛印和尚是至交好友。一天，苏轼闲来无事，便约上佛印同游西湖，湖光粼粼，二人谈笑风生，心情颇好。这时，苏轼忽然发现湖边有一只狗嘴里叼着一根骨头，他有心捉弄一下佛印，说："我们来对对联可好？" 佛印欣然应允。苏轼指着岸边的狗说："狗啃河上（和尚）骨。" 说完还写下来给佛印看，佛印看也不看，将苏轼写好的上联扔到水里，说道："水流东坡诗（尸）。" 二人说完，哈哈大笑起来。

西江月

玉骨那愁瘴(zhàng)雾①，冰肌自有仙风。海仙时遣探芳丛，倒挂绿毛②幺(yāo)凤③。　　素面常嫌粉涴④，洗妆不退唇红。高情已逐晓云空，不与梨花同梦⑤。

[注释]

①瘴雾：南方山林里的湿热之气。②绿毛：形状像鹦鹉却比鹦鹉小的珍禽。③幺凤：一种鸟的名字，也叫桐花凤。④涴：沾污。⑤"不与"句：苏轼自注曰："诗人王昌龄，梦中作梅花诗。"

梅 花

[词解]

岭南梅花生长在瘴疠之乡，又怎么会害怕瘴气的侵袭呢？梅花花瓣如同冰雪般洁白无瑕，自身带有一种仙风道骨的风致。梅花的美丽姿态，就连海上神仙也慕名派使者前去探望。这个使者，正是倒挂在树上的状如幺凤的绿毛小鸟。岭南梅天然去雕饰，洁白无瑕，它们从不认为粉雕玉琢会给自己增加美丽，相反认为这样只会沾污自己的纯洁。岭南梅的花叶四周皆红，经过雨雪洗礼，更加红润光泽。词人情不自禁盛赞梅花的高尚节操，可惜这种品格如今已不多见，词人就连梦中也梦不到梅花了。这首词表面看是咏梅之作，实际上是首悼亡词，苏轼被贬后，他的侍妾朝云毅然跟随左右，这首词正是为悼念朝云而作。词中描写的岭南梅花，其实正是朝云美丽容颜及高尚人品的化身，蕴藏着对朝云的无限思恋。

［词评］

古今梅词，以东坡此首为第一。

——杨慎《词品》

少年游

去年相送，余杭门①外，飞雪似杨花。今年春尽，杨花似雪，犹不见还家。　对酒卷帘邀明月②，风露透窗纱。恰似姮（héng）娥怜双燕，分明照、画梁斜。

［说明］

宋神宗熙宁七年（1074）三月底四月初的时候，苏轼担任杭州通判，他奉旨前往润州赈济灾民，此去润州路途遥远，苏轼为了表达自己对妻子的思念之情，作了这首词。这首词中，词人假托妻子思念自己，通过这种方式，含蓄委婉地表现出二人的鹣鲽情深。

［注释］

①余杭门：宋朝时，杭州城北的三座城门之一。②“对酒”句：写妻子月下独饮。

［词解］

仍然清晰记得，去年与妻子离别的时候，余杭门外，漫天飘着飞雪，片片雪花像极了杨花，彼此的离愁别绪无论怎样都诉说不尽。大雪纷飞，这样的日子原本并不适合出门，奈何词人公务缠身，只能与妻子依依惜别。词人冒着大雪踏上征程，大雪又为夫妻二人的离别增添了一种凄凉之感。转眼间，春天就要过去了，杨花似雪，但是离别的丈夫至今没有回家。妻子原本认为丈夫这次外出的时间不长，到春天就可以回家，但是等到春天即将过去，天空中杨花飘絮，却仍然不见丈夫归来，如何能不叫人牵肠挂肚呢？孤独寂寞中，妻子想要仿效太白诗人的“举杯邀明月，对影成三人”，于是卷起帘子与明月做伴，但是风露又乘卷帘之际，穿过纱窗，扑入妻子襟怀。月下，妻子思念自己远行的夫君，正如月宫中的嫦娥思念自己的丈夫后羿一样。嫦娥怜爱成双成对的燕子，将她的光辉与柔情斜洒在画梁上的燕巢上，看到这种情形，妻子不禁羡慕起栖息在燕巢中的双燕，对远行的丈夫的思念之情愈甚。

［词评］

“恰似姮娥怜双燕”三句，是以月里嫦娥的怜爱双燕（用光辉映照着它），反衬自己无人怜惜的孤寂。

——胡云翼《宋词选》

临江仙

夜饮东坡①醒复醉，归来仿佛三更。家童鼻息已雷鸣。敲门都不应，倚杖听江声。　　长恨此身非我有②，何时忘却营营③？夜阑风静縠(hú)纹④平。小舟从此逝，江海寄余生。

[说明]

此词作于送神宗元丰五年（1082），也就是苏轼被贬黄州的第三年。整首词风格飘逸而清旷，词人深秋之夜在东坡雪堂里开怀畅饮，喝醉之后返归自己在临皋的住所，表现了词人厌世归隐的心态，表达出词人想要彻底解脱的出世意念。

[注释]

①东坡：位于黄冈城的东面，苏轼被贬黄州的时候，在此地建筑一座房屋，以供游息，取名东坡。②此身非我有：用典。据《庄子·知北游》记载：“舜问乎丞曰：‘道可得而有乎？’曰：‘汝身非汝有也，汝何得有夫道？’舜曰：‘吾身非吾有也，孰有之哉？’曰：‘是天地之委形也。’”这里词人说自己身不由己，无法自主，全是因为受到外物的拘束，也表达了自己无法掌握自己命运的愤懑之情。③营营：纷扰的样子，指因为世俗名利而四处奔走忙碌。④縠纹：比喻水的波纹像绉纱一样。化用宋祁《玉楼春》词：“东城渐觉风光好，縠绉波纹迎客棹。”

[词解]

词人夜晚在东坡饮酒，醉而复醒，醒而复醉，等到他返回临皋住所的时候，已经是深夜大约三更时分。家里的僮仆早已入睡，发出雷鸣一样的鼾声。家童睡得如此熟，词人敲了很长时间的门都没有人回应。于是，词人便倚靠在柱杖上，怡然自得地倾听江水哗哗的流淌声。这奔流不息的江水勾起了词人的思绪，词人突然领悟到，在这苍茫的人世间，他没有办法主宰自己的命运，宦海起伏不定，就不要再被那些琐事纠缠不休了。词人的这种观点饱含哲理，同时又洒脱豪迈，表现出词人内心想要解脱却无法解脱的困惑与感伤。词人在寂静的夜里沉思，仿佛有所顿悟，又抬眼看江上的景致，夜深人静，江面上微波粼粼，景色迷人！词人真想在这样的良辰美景之中，驾上一叶扁舟，没有方向，随波漂流，将自己的整个生命融化在这无尽美好的大自然中。

[词人逸事]

苏轼年轻时候读了一些书，加上他天资聪颖，很快便在众人中脱颖而出，因此经常得到师长的称赞。久而久之，少年苏轼便产生了自满情绪，他在自己家门前贴了一副对联：“识遍天下字，读尽人间书。”一天，一个白发苍苍的老婆婆拿着一本古书请教苏轼，由于这本书年代久远，上面的古文字苏轼有不认识的。苏轼惭愧不已，揭下对联，从此更加用心读书，终成一代文豪。

李之仪

李之仪（？-1117），北宋词人，字端叔，晚号姑溪居士，沧州无棣（今山东庆云）人。苏轼在定州担任知州的时候，李之仪曾担任幕僚。他对词这一文学体裁有自己独到的观点，认为词“自有一种风格，稍不如格，便觉龃龉”，并且制词一定要做到“妙见于卒章，语尽而意不尽，意尽而情不尽”。李之仪的词作以小令见长。著有《姑溪居士文集》、《姑溪词》。

卜算子

我住长江头①，君住长江尾②。日日思君不见君，共饮长江水。 此水几时休③？此恨何时已④？只愿君心似我心，定不负相思意。

日日思君不见君，共饮长江水

[注释]

①长江头：指长江的上游。②长江尾：指长江的下游。③几时休：浩浩荡荡的长江水不知道什么时候才能枯竭。④何时已：离愁别恨不知道什么时候才能完结。

[词解]

我家住在长江的上游，你家住在长江的下游。我每天对你日夜思念却苦于无法相见，你同我一起喝着同一条长江水。不知道这条江水什么时候才能枯竭？不知道你我这份离恨什么时候才能完结？只希望你的心同我的心一样，我一定不会辜负你的相思意。纵然无法逾越江头江尾的重重阻隔，两个相爱之人的心灵也是一脉相通的，就让这永无停歇的别恨，化作你我之间永恒的相爱与期待！

[词评]

他的词很隽美俏丽，另具一个独特的风调。他的《卜算子》，写得极质朴晶美，宛如《子夜歌》与《古诗十九首》的真挚可爱。

——薛砺若《宋词通论》

秦观

秦观（1049–1100），字少游，一字太虚，号淮海居士，扬州高邮（今属江苏）人，“苏门四学士”之一。秦观不仅擅长诗赋，而且兼善文词，苏轼称秦观的赋作“有屈宋才”；王安石称赞秦观的诗作“清新婉丽，有似鲍谢”。秦观的词作声誉尤高。他将《花间词》以及柳永词风融为一炉，又能进行创新，可谓独具一格，秦观是婉约派的代表作家。著有《淮海集》、《淮海居士长短句》。

满庭芳

山抹微云，天连衰草，画角声断谯门①。暂停征棹，聊共引离罇②。多少蓬莱旧事③，空回首、烟霭④纷纷。斜阳外，寒鸦万点，流水绕孤村。　销魂⑤，当此际，香囊暗解，罗带轻分。谩⑥(màn)赢得青楼、薄幸名存。此去何时见也！襟袖上、空惹啼痕。伤情处，高城望断，灯火已黄昏。

[注释]

①谯门：城门。②引：举。罇：酒杯。③蓬莱旧事：往日里男女的情爱之事。④烟霭：指云雾。⑤销魂：形容因悲伤或快乐到极点而心神恍惚不知所以的样子。⑥谩：徒然。

[词解]

一缕白云萦绕在山腰之间，清淡而且高远。青山遥远，云朵漂荡，衰败的草地一望无际，满眼萧瑟苍茫。谯楼上时断时续地响起呜咽凄清的画角声，这声音又给眼前的景色平添了一丝悲凉的气氛。暂时停下船桨，共同畅谈一番，手中举着离别的酒杯，顿时感觉很多往日的情爱之事涌上心头。如今再回想这些事情的时候，发现它们竟如同这眼前弥漫在水面上的烟雾一样，分明看在眼里，却无论如何也无法理出头绪，感到十分迷茫并且不可追怀。既然往事不堪回首，那就展望一下未来吧，可是，我们自此别后各自的前程又将如何呢？只看见夕阳西下，几只寒鸦在悲鸣着，潺潺流水环绕着孤寂的小村庄流淌，有一种沦落天涯，前途渺茫的苍凉。正在踌躇之际，男子悄悄解下自己随身携带的香囊送给佳人，佳人也轻轻地拆开同心结，二人从此别离，天涯相隔，希望彼此还都能记得对方。此时，词人已经过了而立之年，仍然功未成名未就，只是在青楼之中留有自己的姓名。临别的时候，明知此去相见无期，却仍然不免泪满襟袖，无限辛酸。转眼已经黄昏，极目远望，高城越来越远，只看到远处有一片灯火在不断地闪烁。

［词评］

此首写别情，缠绵凄婉。“山抹”两句，写别时所见景色，已是堪伤。“画角”一句，写别时所闻，愈加肠断。…… “高城”两句，以景结，回应“谯门”，伤情无限。

——唐圭璋《唐宋词简释》

［词人逸事］

秦观与苏小妹的故事可以说是无人不知，无人不晓。至今，人们仍然津津乐道这段才子配佳人的佳话。据说秦观与苏小妹大婚当夜，苏小妹想要考验新郎秦观的才学，于是故意将秦观拒之门外，并出对联说：“闭门推出窗前月。”秦观一时情急，竟然不知如何回应。苏轼见状，虽然替妹夫着急，却又不方便代劳。突然，苏轼灵机一动，捡起一块石头，投进装满清水的花缸里。秦观听到“扑通”一声，对上心来，于是脱口而出：“投石冲破水底天。”苏小妹高兴地命人请新郎进新房。

鹊桥仙

纤云弄巧，飞星传恨①，银汉②迢迢暗度。金风玉露③一相逢，便胜却、人间无数。　　柔情似水，佳期如梦，忍顾④鹊桥归路。两情若是久长时，又岂在、朝朝暮暮。

纤云弄巧，飞星传恨

［注释］

①飞星：流星。传恨：传递牛郎、织女双方的离愁别恨。据传，织女是天女，王母惩其因牛郎而废织，遂画银河为隔，绝其日常往来。喜鹊怜之，每年七夕之夜，架成长桥，供牛郎、织女渡河相聚。这就是每年的七月七日（农历）鹊桥相会。因此，也才有第三句的“暗度”一说。②银汉：银河。③金风玉露：化用李商隐《辛未七夕》诗句：“由来碧落银河畔，可要金风玉露时。”指秋风秋露。④忍顾：怎么忍心回头看。

［词解］

云朵轻柔多姿，经常变幻出很多巧妙优美的图案，这些美丽的图案彰显出织女精湛的手艺。但是，就是这样心灵手巧的人儿，却无法与自己心爱之人长相厮守。天空中那闪亮的星星仿佛都在传递着这对情人的离愁别恨。银河迢迢，将两个相爱之人分隔开，让他们二人相见一次是多么不易啊！在初秋的夜晚，牛郎织女在银河之畔相会，这是多么美好的时刻，比人世间千百次的相会都更让人动容和期待。这场两情相悦的相会，彼此心中的柔情就如同那悄无声息的流水，是如此温柔而又缠绵。只可惜欢聚的佳期十分短暂，如同梦境转瞬即逝，有情之人刚刚相见却又要分离，怎能不让人心碎！刚刚用来相见的鹊桥，如今却成了与爱人分别的归路。此情此景，又怎么忍心在鹊桥上回头看？婉转语意中，蕴含着依依惜别之情，二人眼中含着辛酸的眼泪。真正长久的爱情应该经得起分离的考验，只要两个人心心相印，彼此心里思念对方，又何必在意是否朝夕相对呢。

[词评]

秦观的这首《鹊桥仙》独具丰采，是富有创造精神的好作品。它既没有慨叹会少离多，也没有抒发脉脉的相思，却自出机杼，歌颂坚贞不渝、诚挚不欺的爱情。

——张燕瑾《唐宋词选析》

踏莎行

雾失楼台①，月迷津渡②，桃源望断无寻处③。可堪孤馆④闭春寒，杜鹃声里斜阳暮。　驿寄梅花⑤，鱼传尺素⑥，砌成此恨无重数。郴(chēn)江幸自绕郴山，为谁流下潇湘去⑦？

雾失楼台，月迷津渡

[注释]

①雾失楼台：弥漫的雾气将漏填都挡住了。②津渡：渡口。③“桃源”句：长时间眺望，也没能找到桃源乐土的所在。桃源，用典，晋人陶渊明曾在自己的《桃花源记》里勾画出一个理想世界。望断：长时间注视，一直看到很远的地方。④孤馆：孤零零的驿馆。这里指的是郴州馆舍。⑤驿寄梅花：用典。据《荆州记》记载，南朝宋人陆凯从江南给他在长安的好朋友范晔寄来一枝梅花，并且赠诗曰：“折梅逢驿使，寄与陇头人。江南无所有，聊赠一枝春。”⑥鱼传尺素：化用古乐府诗《饮马长城窟行》：“客从远方来，

遗我双鲤鱼。呼儿烹鲤鱼，中有尺素书。”⑦“郴江”二句：意思说郴江原本环绕郴山流淌，如今为什么要离开故地流向湘江呢？幸自：本自。

[词解]

夜雾笼罩下一切都是隐约凄迷的：茫茫大雾遮蔽了楼台；渡口隐没在朦胧的月色之中；当年陶渊明笔下的桃花源，在如此茫然大雾之中，更是无迹可寻了。词人独自居住在驿馆，躲避料峭的春寒。夕阳西下，耳边传来杜鹃的阵阵悲鸣；此情此景更给词人徒添了愁绪。词人被贬，回京无望，亲友们纷纷来信宽慰，但这并不能给他真正带来丝毫的慰藉，往来书信和馈赠越多，词人内心感受到的离愁别绪也就越多，那封封家书，束束梅花，如同一块块砖石，在词人心中垒砌成一堵厚厚的围墙，让词人无法排遣内心郁结。词人放眼看向郴江，面对浩瀚的郴江自怨自艾，他在感慨自己原本一个好端端的读书人，想要为国家为朝廷建功立业，没想到竟被卷入一场政治斗争的漩涡中去了呢？

[词评]

少游词境，最为凄婉，至“可堪孤馆闭春寒，杜鹃声里斜阳暮”，则变而为凄厉矣。

——王国维《人间词话》

浣溪沙

漠漠①轻寒上小楼，晓阴无赖似穷秋②，淡烟流水③画屏幽。　　自在飞花轻似梦，无边丝雨细如愁，宝帘闲挂小银钩。

[注释]

①漠漠：悄然无声的样子。②晓阴：清晨天气阴晦。穷秋：深秋时节。③淡烟流水：这里指的是屏风上所画的景致。

[词解]

春寒悄无声息地侵入小楼，暮春早晨，阴沉的天气看起来像是秋天一样，这种天气不禁让人感到抑郁。词人无聊地坐在小楼上，担心外面天气寒冷不肯出去，举目环顾四周，只看见画屏上画着一幅《淡烟流水图》，意境迷蒙而淡远。小楼外天色阴沉，小楼里光景清幽，因而词人很自然地生出一股淡淡的春愁。词人在小楼中独坐了很长时间，最终因为不堪忍受寂寞，来到楼外远眺。只看见外面花谢花飞，落红随风飘扬，飘荡无定，如同梦境一样虚幻缥缈；细雨蒙蒙，周围一片迷离，正像词人那漫无边际的闲愁。词人由画屏上的淡烟流水，联想到楼外的风光，从而触发无限的忧愁，于是词人只能将珠帘卷起，试着让自己不再去招惹那无边的愁绪。

[词评]

这首词写淡淡的春愁，宛转幽怨，而有馀韵。

——丁炳贵《婉约词与豪放词鉴赏》

赵令畤

赵令畤（1051−1134），太祖次子燕王德昭玄孙，字德麟，自号聊复翁，涿郡（今北京西南）人。赵令畤的词清超婉丽，有小晏遗风，近人赵万里辑本《聊复集》录其词三十六首。另，赵令畤著有《侯鲭录》八卷。

蝶恋花

欲减罗衣寒未去，不卷珠帘，人在深深处。红杏枝头花几许，啼痕止恨清明雨①。　尽日沉烟香一缕，宿酒②醒迟，恼破春情绪。飞燕又将归信误③，小屏风上西江路④。

[注释]

①啼痕止恨清明雨：意谓因惜花而恨雨而流泪。②宿酒：隔夜之酒，即余醉。③“飞燕”句：古有飞燕传书之说。意谓燕子来时又一次没有带回远人归来的信息。④西江路：指通往远人所在之地的道路。西江，泛指西来之水。

[词解]

冬春之交，闺阁佳人想要减几件衣服穿，却又踌躇起来，因为她感到此时寒意还没有消去，减了衣服后，会不会冷呢？女主人公因气候变化无常而心情最难平静。佳人在深闺不卷珠帘，她独自惆怅自怜，心中无限愁闷。清明时节下起了连绵的春雨，天又增添了几分凉意。雨打花枝，落红无数！她十分关切庭院中的花儿，迫不及待地问询，那红杏枝头是否还有几许花儿存留？仿佛看到那枝头稀稀拉拉几朵残存的红杏，依稀还带着雨痕，像啼哭过一样，憎恨那残酷无情的清明雨呢！她终日对着一缕袅袅香烟出神，深闺之寂寞冷清和人的百无聊赖可想而知。她尽日苦坐愁城，无法排遣，唯有借酒浇愁。恨深酒多，以致一时难醒，就是醒来仍然是空对一缕烟香而已，此种境遇何等难挨！她多么希望春燕给她带来远人的信息，而它们却令人失望！她只好空对屏风怅望：淡烟流水的画屏上画的正是通往西江之路，回想当初心爱之人正是从这水路远去的！

[词评]

托杏写兴，托燕传情，怀春几许衷肠。

——李攀龙《草堂诗余隽》

贺　铸

贺铸（1052—1125），字方回，号庆湖遗老，北宋词人，宋太祖孝惠皇后族孙。贺铸祖籍山阴（今浙江绍兴），为人有才学，不依附权贵，能诗文，尤其擅长写词。他的词风格多样，时而清丽婉约，与晏几道、秦观相似；时而激昂豪放，与苏轼、辛弃疾相似。有《东山寓声乐府》，今存词二百八十余首。

鹧鸪天

重过阊门①万事非，同来何事不同归②？梧桐半死③清霜后，头白鸳鸯失伴飞④。　原上草，露初晞⑤。旧栖新垅⑥两依依。空床卧听南窗雨，谁复挑灯夜补衣？

［注释］

①阊门：苏州城西门。此处代指苏州。②“同来”句：夫妻一同来到苏州，为什么却不能一同还乡？③梧桐半死：龙门有半死之桐。此处作者自喻丧偶。④“头白”句：比喻老来丧偶。⑤露初晞：草上露水易干，比喻生命短促。⑥旧栖新垅：指词人夫妇昔日共居的寓所和夫人赵氏的新坟。

［词解］

词人又一次来到阊门，却发现所有的事物都已经面目全非。词人回想到上次游览苏州时，妻子相陪，恩爱美满，这次却是孑然一身，伤心之余，不禁感慨万事皆已不同。为什么上次与他同来的人，这次不能与他一起回家呢？失去了心爱的妻子，词人就像遭了霜打的梧桐一样半死半生，白发苍苍，老气横秋；又像白头失伴的鸳鸯，孤独倦飞，不知所止。旷野平原上的草上面的露水易干，人生是何其短促。词人面对着故居新坟，悲从中来，既不舍与妻子往日一起居住的寓所，又不忍心从妻子的新坟上离开。词人躺在空空的床上，聆听细雨敲打着南窗，雨声不断，声声添愁。词人悲伤地想到：如今形单影只，还有谁能深夜挑灯，为他缝补衣裳呢？

［词评］

贺铸退居苏州，本来就心情抑郁，“闲愁”颇多，亦颇大；在苏州又死去了妻子，这就给他布满阴霾的心头，又增添了一层乌云。这首悼念亡妻的词作，出语沉痛，感情深挚，很能感动人。

——张燕瑾《唐宋词选析》

［词人逸事］

贺铸身材魁梧，侠气冲天，他在太原做监军的时候，与一位富家子弟是同僚。

因为富家子弟有强大的后盾，所以众人纷纷巴结他，唯独贺铸不买他的账。一次，贺铸得知富家子弟挪用公款，立即展开调查，当他把证据摆到富家子弟面前时，富家子弟起先不以为意，直认不讳。贺铸严肃地说："好小子！知法犯法，罪加一等，我一定要亲自处罚你，才能服众。"富家子弟这才惊恐起来，连连求饶。不过，贺铸早就操起手杖，向富家子弟打去，旁观者暗自佩服贺铸的大公无私。

青玉案

凌波不过横塘路，但目送、芳尘去。锦瑟华年谁与度？月台花榭，琐窗朱户，只有春知处。　　飞云冉冉蘅皋①暮，彩笔②新题断肠句。试问闲愁都几许？一川烟草，满城风絮，梅子黄时雨。

[注释]

①蘅：杜蘅，一种香草。皋：水边高地。②彩笔：比喻很有才气，写作能力很强。

[词解]

美人迈着轻盈的步履，正从横塘姗姗远去。美人离去，词人极目远望，只能从见到的一片芳尘之中，想象她的美妙姿态。美人离去后，独处于"月桥花院，琐窗住户"的住处，虚度青春年华，除一年一度的春光以外，无人能至。而词人自己同样幽居独处，对美人的思恋十分殷切。暮云冉冉，舒卷移动，正笼罩着长满香草的水边高地。夜幕降临，水边的杜蘅草已经看不清楚了。这一怀愁绪，在荧荧的烛光中，化作句句相思的诗句，绵绵不绝地流淌。缕缕愁思，纷至沓来，闲愁像遍地的青草那么多，如满城飞絮那么乱，似梅雨季节的阴雨淅淅沥沥地下个不停。

[词评]

贺方回尝作《青玉案》词，有"梅子黄时雨"之句，人皆服其工，士大夫谓之贺梅子。

——周紫芝《竹坡诗话》

陌上郎

西津海鹘舟①，径度沧江雨。双橹本无情，鸦轧②如人语。　　挥金陌上郎③，化石山头妇④。何物系君心？三岁扶床女！

[注释]

①西津：西边渡口，此处泛指送别之地。海鹘舟：形如海鹘的船。海鹘，鸟名。②鸦轧：摩擦声，此指摇橹声。③“挥金”句：用鲁人秋胡戏妻之典。春秋时鲁人秋胡成亲五日，即去陈国做官，五年乃归。路见采桑妇，竟以金戏之。妇拒斥。秋胡至家，始知采桑妇即其妻。妻鄙恨之，乃投河而死。陌上郎：借指用情不专的丈夫（男子）。④“化石”句：《太平寰宇记》引《当涂县志》：“望夫山，在县西四十七里。昔人往楚，累岁不还。其妻登此山望夫，乃化为石。”山头妇：指痴情坚贞的女子。

[词解]

烟雨之中，载着丈夫远去的海鹘舟，撇下岸上送别的妻子女儿，径直渡过沧江，消失在迷蒙的江水之中。丈夫真是铁石心肠，不顾为他送别的妻子的绵绵别情。双橹本是无情之物，但船行时尚且轧轧有声，像是在对送行人说话。而舟中有情之人，却一言不发，径直而去。丈夫变成了挥金如土的陌上郎，妻子变成了永立江头的“望夫石”。女子不禁问自己这位负心汉的丈夫，有什么能系住你的铁石心肠呢？恐怕只有扶床学步的三岁女儿了。但试想一心追求利禄、喜新厌旧、不知爱情为何物的负心汉丈夫，连夫妇之情都不要，哪里又会有父女之义呢？

[词评]

此词写商妇的怨情。商人重利轻别离，商妇在家系念不已。全词语浅情深，缠绵真挚，正是乐府诗本色。

——丁炳贵《婉约词与豪放词鉴赏》

忆仙姿

莲叶初生南浦[①]，两岸绿杨飞絮。向晚鲤鱼风[②]，断送[③]彩帆何处？凝伫，凝伫，楼外一江烟雨。

[注释]

①南浦：南面的水边。后常用以借称送别之地。②鲤鱼风：一说指九月之风。一说指春夏之交的风。就“莲叶”二句景色看，当指后者。③断送：推送或迎送，此用前意。

[词解]

一条大江的渡口附近，河湖池塘，莲叶刚刚萌生，露出水面，青翠欲滴，娇嫩喜人；大江两岸，绿柳成排，枝条婀娜，飞絮漫天。初夏时节一切都是那么生机勃勃，飞动流走。傍晚，薄暮将来的时候，江面上吹来春末夏初的暖风，带着湿润的鱼腥味。一叶扁舟停泊在渡口附近的江面，它扬起彩帆，在这春色满江的傍晚，准备驶向何方呢？此时，词人正站在江岸的一座高楼上出神，这送别场景给词人带来的感触是情意绵绵，还是怅然若失？恐怕他自己也说不清。再看楼外远处，则一江碧水笼罩着一层烟雨，江面上烟雨迷蒙，与这蒙蒙的暮色相合，完全是混沌一片了。此时词人感情的潮水，也是一片混沌。

[词评]

方回仪观甚伟，如羽人剑客；然戏为长短句，皆雍容妙丽，极幽闲思怨之情。

——程俱《庆湖遗老诗集原序》

仲 殊

仲殊（生卒年不详），出家人，俗姓张，名挥，字师利，安州（今湖北安陆）人，北宋词人。为人善属文，尤其擅长长短句，他的词风格奇丽清婉，自成一家。著有《宝月集》，不传，今存《宝月词》。

南歌子

十里青山远，潮平①路带沙。数声啼鸟怨年华②，又是凄凉时候③在天涯。　　白露收残月④，清风散晓霞⑤。绿杨堤畔问荷花⑥：记得年时⑦沽酒、那人家？

[注释]

①潮平：指潮落。②怨年华：为虚度岁月而惆怅。③凄凉时候：指天各一方的分离时日。④白露：秋天的露水。收残月：一作“收残暑”。收，消除。⑤清风散晓霞：一作“清风衬晚霞”。散，送。⑥问荷花：一作“闹荷花”。⑦年时：又一年的此时。

[词解]

词人一个人云游四方，正走在江边潮湿带沙的路上，或许是向那远在十里外的青山丛林去找寻挂单的寺庙。他在这孤身行旅中不禁发出“数声啼鸟怨年华”的慨叹，这何尝是啼鸟怨年华，而是行客自己在途中听到鸟声，油然升起年华虚度的怅恨。鸟啼花放，原是快意畅游的大好场景，可对一个弃家流浪的行脚僧人来说，感到的却是无限凄凉，这种凄凉的漂泊生涯为时已经不短了。

白露冷冷，清风拂拂，残月方收，朝霞初现，作者继续行走在没有归宿的路上，他一面欣赏着这秋日早晨的旅途光景，一面也咀嚼自己长期以来漂泊无定的生活。不停地行走，不知不觉中来到绿杨满岸的荷花池旁，池中的荷花开得正艳。词人孤身浪迹天涯，刚好缺少一个可以与他促膝长谈的旅伴，此情此景之下，池塘里盛开的荷花便成了词人难得的倾听对象。美丽的荷花唤起了词人全部的美好记忆，让他突然意识到原来自己此次是旧地重游。他仍然清晰地记得上次来到这里时，为了缓解旅行疲劳，词人曾向这里的一个酒家买过酒喝，然后乘醉观赏过池中的荷花。如今，眼前荷花再次勾起词人对往事的回忆。他亲切地询问荷花是否还记得前年到此买酒喝的那个人？

[词评]

黄花庵称其《诉衷情》一调，"篇篇奇丽，字字清婉，高处不减唐人风致。"然尚不及其《柳梢青》《南柯子》二词更为清逸也。在他的词里，只感到一种出家人的清逸和婉情绪，东坡所谓"此僧胸中无一毫发事者"，可以看出他的为人。

——薛砺若《宋词通论》

[词人逸事]

仲殊年轻时放荡不羁，差点儿被妻子毒死，后来弃家为僧，先后寓居苏州承天寺、杭州宝月寺。从仲殊的生活经历中不难看出，他到处游方，不仅是为了虔心礼佛，有时候也会寻道访友，或者想要通过旅游来寄情山水，忘却俗虑。因为他时常食蜜以解毒，当时的人称他"蜜殊"。他与苏轼往来频繁，情意深厚。徽宗崇宁年间自缢而死。

柳梢青

吴中

岸草平沙，吴王故苑①，柳袅烟斜②。雨后寒轻，风前香软③，春在梨花。　行人一棹天涯④。酒醒处，残阳乱鸦。门外秋千，墙头红粉，深院谁家？

[注释]

①吴王故苑：春秋时吴王夫差游玩打猎的园林。②柳袅烟斜：指柳条细长柔弱，轻烟随风斜飘。③风前香软：谓春暖花开，香气飘溢。④一棹天涯：一叶轻舟在江水上飘摇。棹，划船工具。此处代指船。

[词解]

江岸两旁芳草如茵，芳草之后是平坦如镜的细沙。词人在舟中沿着吴江一路看去，其中的景色美不胜收。词人面对吴王夫差的故苑，只见柳条细长柔弱，轻烟随风飘斜。景色依旧而人事全非，故苑仍然是当年的细柳、轻烟、青山碧水，可吴王夫差已经成为历史陈迹了。江南吴中的春景如诗如画，韵味十足。美景当前，词人怎能不沉醉其中，他在感慨朝代兴亡历史更迭的同时，赫然发现春雨过后，寒意渐淡，清风拂过芳香处处。梨花似雪，朵朵盛开的梨花都在彰显着大好的春色。舟行之时，词人一面欣赏美景，一面把酒临风，开怀畅饮，不知不觉船已行到很远处。酒醒后，一轮残阳冉冉西下，成群的暮鸦在聒噪盘桓。有架秋千竟然荡出墙门之外，露出了姑娘那粉红的倩影。她那艳丽的衣裳随风飘拂，如霓裳广带，似天女行空。那姑娘的秋千荡得何等欢畅淋漓，姑娘的心情又是何等舒畅！这吸引了词人的好奇心，不由得暗声问道："这是谁家深院的姑娘呢？"

［词评］

"雨后"三句及"秋千"三句，景与人分写，俱清丽为邻。而观其"残阳乱鸦"句，寄情在一片苍凉之境，知丽景秾春，固不值高僧一笑也。

——俞陛云《唐五代两宋词选释》

周邦彦

周邦彦（1056–1121），字美成，号清真居士，钱塘（今浙江杭州）人。少有才学，是北宋后期婉约派集大成者。周邦彦的词富艳精工，词风浑厚和雅、结构严谨，并且音律和谐美妙，被尊为"词家正宗"。他对后世影响颇大，著有《片玉集》（也叫《清真集》），今存词二百余首。

少年游

朝云漠漠散轻丝[1]，楼阁淡春姿。柳泣花啼[2]，九街泥重[3]，门外燕飞迟[4]。　　而今丽日明金屋，春色在桃枝。不似当时，小桥冲雨[5]，幽恨[6]两人知。

［注释］

①漠漠：迷蒙广远的样子。轻丝：细雨。②柳泣花啼：细雨绵绵不断，雨水流下柳花，犹如哭泣落泪。③九街泥重：街巷泥泞不堪。九街，九陌、九衢，指京师街巷。④燕飞迟：燕子羽翼被雨水打湿，飞行艰难。⑤冲雨：冒雨。⑥幽恨：藏在心底的愁怨。

［词解］

一个狭窄的小楼上，朝云朵朵，一望无际，天空中飘着蒙蒙细雨，尽管已经步入春天，春意却并不浓厚。他们就在如此境遇中相会。云朵很低，雨渐渐大了，花柳被大雨打得一片憔悴，就连燕子也被大雨淋湿，拖着一身湿毛，吃力地飞着。两人在如此凄风冷雨的艰难情况下相会，又因为某种缘故不得不分离。小楼连接着楼阁，那是两人约会的处所。当时两人就是冒着春雨，踏着满街泥泞相别离的，他们抱恨而别。现在风和日丽，金屋藏娇，桃花在春风中明艳美丽，摇曳多姿，他们现在在这美好的春日幸福地生活在一起，不再像以前那样经历凄风苦雨。回忆起来，那时的小桥冲雨，反倒别有一番滋味。眼前这无忧无虑的生活反倒不如当时那种紧张、凄苦、抱恨而别、彼此相思的情景来得意味深长。

[词评]

此亦本色佳制也。本色至此便足。再过一分，便入山谷恶道矣。

——周济《宋四家词选》

少年游

并刀如水①，吴盐②胜雪，纤手破新橙。锦幄③初温，兽烟不断，相对坐调笙。　低声问：向谁行宿？城上已三更。马滑霜浓，不如休去，直是少人行。

[注释]

①并刀：并州（今山西太原）所产的刀，以锋利著称。如水：形容剪刀的锋利。②吴盐：吴地所出产的洁白的细盐。③幄：帐幕。

并刀如水，吴盐胜雪，纤手破新橙

[词解]

情人双双共进橙子。破橙的刀器光洁，像清水那样澄澈；盛橙子的盘子明净，果蔬新鲜。美人端庄高雅，用她的纤纤细手亲自为心上人剥破新橙。女子对男子的一片温情，男子怎能不知呢？室内，华美的帐幔轻轻低垂，袅袅的炉香使室内弥漫着暖融融的气息，彼此之间的柔情蜜意也似乎融化在这温馨的气息中了。他们相对而坐，男子陶醉在女子悠悠的笙曲中。夜深了，男子起身想与女子告别，女子低声问他：你现在去哪里入宿呢？现在已经是三更时分了，外面寒风凛冽、路滑霜寒，很少有人行走，不如就别走了吧。

［词评］

丽极而清，清极而婉，然不可忽过“马滑霜浓”四字。

——谭献《复堂词话》

［词人逸事］

周邦彦在京城寄居的时候，与京城名妓李师师关系十分亲密。宋徽宗赵佶得知李师师的芳名以后，也时常微服私访，前去作客。一天，周邦彦正在李师师家中做客，突然得知皇帝即将大驾光临，情急之下，周邦彦连忙钻到床下。很快，徽宗走进屋来，并且变戏法似的从袖子里取出一个橙子，亲手给李师师剥开，并说：“师师，这可是刚刚从江南进贡上来的，尝一口！”躲在床下的周邦彦，听着心上人与皇帝卿卿我我的对话，心中的复杂滋味可想而知。徽宗走后，周邦彦将这段经历填成一首《少年游》，送给李师师以此来向她表明心迹：“并刀如水，吴盐胜雪，纤手破新橙……”几天后，徽宗再度光临，当他听到李师师演唱这首词的时候，就明白了当天有人躲在李师师房中。于是，徽宗询问是何人所作。师师不敢有所隐瞒，便实话实说。徽宗得知后，拂袖而去。

苏幕遮

燎(liáo)沉香①，消溽暑②。鸟雀呼晴，侵晓③窥檐语。叶上初阳干宿雨④，水面清圆⑤，一一风荷举⑥。　故乡遥，何日去？家住吴门⑦，久作长安⑧旅。五月渔郎相忆否？小楫轻舟，梦入芙蓉浦⑨。

［注释］

①燎沉香：焚香。②溽暑：潮湿闷热。指盛夏天气。③侵晓：拂晓。④宿雨：昨夜的雨。此指荷叶上积聚的雨水。⑤清圆：指荷叶。⑥荷举：谓池荷舒展亭立。⑦吴门：苏州的别称。此处指古属三吴之地的钱塘（今浙江杭州）。⑧长安：借指北宋汴京（今河南开封）。⑨芙蓉浦：长满荷花的池塘。

［词解］

炎炎的夏日，心静自然凉。词人在炎热的夏季，点燃香炉，以解暑消热。昨晚一夜风雨，今日清晨，鸟雀呼叫，天气放晴了。鸟雀特别多情，在屋檐下啼叫，像是在告诉人们今日是个大晴天。清晨圆圆的荷叶上面还存留的昨夜的雨珠，在阳光下渐渐地干了。一阵风来，一团团的荷叶在微风的吹拂下舒展亭立，翩翩起舞。景色虽然如此美好，但故乡遥远，再也无法欣赏到。什么时候才能回去呢？家在苏州，却长期羁留在京城长安，想起来总让人伤怀。不知家乡的渔郎是否还思念自己呢？自己整日思念家乡的朋友，晚上做梦轻轻地划着小船行入长满荷花的池塘中了。

［词评］

此词风致绝佳，亦见先生胸襟恬淡。

——陈延焯《云韶集》

［词人逸事］

宋徽宗原本十分欣赏周邦彦的才华，当时，大臣们纷纷上报说“祥瑞沓至”，徽宗认为这是太平盛世的征兆，于是他想让周邦彦做几首用于宫廷演唱的词。没想到，周邦彦却推辞说：“我现在已经上了年纪，对年轻时候的那些轻佻之作颇感后悔。”宋徽宗十分不满。这个时候，一个平时与周邦彦有嫌隙的官员，得知他“后悔年轻时候的轻佻之作”只是一个借口，因为周邦彦后来还在一位王爷的筵席上为一个歌妓赠词。徽宗得知此事，非常生气，立刻将周邦彦贬出京城。

夜游宫

叶下①斜阳照水，卷轻浪、沉沉千里。桥上酸风射眸子②。立多时，看黄昏，灯火市。　　古屋寒窗底③，听几片、井桐飞坠④。不恋单衾⑤再三起。有谁知，为萧娘⑥，书一纸。

［注释］

①叶下：指树叶飘落。②酸风射眸子：吹来的寒风使眼睛发痛。酸风，刺眼的冷风。③寒窗底：寒窗之下。④井桐飞坠：井边的桐叶飘落。⑤单衾：冷寂的锦被。指一人独宿。⑥萧娘：代指所爱女子。

［词解］

夕阳西下，余晖穿透树叶，阳光洒在水面上，波光粼粼；不远处，江水翻涌，卷起细小的波浪，缓缓前行千里。这时恰逢薄暮时分，词人感觉愁思难耐。这悠悠不尽的愁思，如眼下流淌不绝的江水。桥上阵阵寒风吹得人眼睛发痛。词人在寒风凉意中站立多时，他独立桥头，凝神远望，看着黄昏时分华灯初上的闹市，久久没有离去。现在已经夜深人静，词人刚刚回到自己房间，只有古屋寒窗与他做伴，他辗转反侧，因为心中有着对远方之人的不断思念而无法入眠，词人分明听见，井栏上有梧桐树叶不断坠下。夜不成寐，辗转反侧，都是为了思念心上之人。思念至极，不顾天寒，起而挥笔倾泻自己的情感，抒发自己的相思之情。这个惶惶不可终日之人，为何又惶惶不可终“夜”呢？原来一切都是由心爱女子萧娘的一封书信引起的。

［词评］

桥上则“立多时”，屋内则“再三起”，果何为乎。“萧娘书一纸”，惟己独知耳，眼前风物何有哉。

——陈洵《海绡说词》

[词人逸事]

周邦彦在溧水为官的时候，有这样一桩风流韵事。一次，在同僚的酒席上，周邦彦对一个主簿聪慧美丽的姬妾一见钟情，从此经常与该女子把酒言欢，相处十分融洽。周邦彦为此女子写了一首《风流子》词，以表相思之情。这首词上阕写景，下阙抒情，词作中运用了“西厢”、“偷香”等典故，结尾喊出“天便教人，霎时厮见何妨”的心声，将自己渴望与女子私会的迫切心情写得栩栩如生。后人对周邦彦的言行和这首词一直颇有微词，有人说：“此词虽极情致缠绵，然律以名教，恐亦有伤风雅已！”

蝶恋花

月皎惊乌栖不定，更漏将残①，辘轳牵金井②。唤起两眸清炯炯③，泪花落枕红绵④冷。　　执手霜风吹鬓影，去意徊徨⑤，别语愁难听。楼上阑干横斗柄⑥，露寒人远鸡相应。

[注释]

①更漏将残：谓天色将明。②辘轳牵金井：转动辘轳从井里拉起吊桶汲水的声音。辘轳，辘轳的转动声。金井，井栏上有雕饰的水井。古典诗词中常用以指官庭园林里的井。③两眸清炯炯：两眼含满泪水发出清亮的光。④红绵：木棉芯枕头。⑤徊徨：彷徨无主的样子。⑥横斗柄：天将破晓。斗柄，北斗七星的柄（即第五至第七星）。

[词解]

黎明天亮前，栖息的乌鹊乍一看见明月的亮光而惊噪不安。有雕饰的水井边传来了辘轳汲水的转动声。天将要亮了，人需要赶路，不得不唤醒行人。被唤醒的人，眼睛炯炯有光而无神。因为她知道要与丈夫离别而不觉落泪了。泪水湿透了她的枕头。送别门外，她想起即将别离，更加伤心。霜风吹乱了她的鬓发，她久久站立风中与丈夫执手惜别，他们难舍难分，伤心得什么话也说不出来了。人走远了，她还在登楼遥望，已经看

执手霜风吹鬓影

不到丈夫的踪影，看到的是北斗星斜，感到的是寒露袭人，听到的是四面鸡叫声。天已经大亮，人也远走了。

[词评]

其形容睡起之妙，真能动人。

——王世贞《艺苑卮言》

[词人逸事]

周邦彦年少轻狂，曾经与苏州名妓岳楚云相知相恋。很多年后，周邦彦前往京城任职，中间还专门前往苏州寻找故人，却打听到她已经从良嫁人，一时之间，周邦彦惆怅不已。几天后，周邦彦在苏州太守举办的筵席上，机缘巧合看到了楚云的妹妹，唏嘘感慨之中，周邦彦作《点绛唇》寄给楚云，以此来抒发自己从此无法与她互通音信的伤悲以及对楚云刻骨的相思之情。

关河令

秋阴时晴渐向暝(míng)①，变一庭凄冷。伫听寒声②，云深无雁影。　　更深人去寂静，但照壁、孤灯相映。酒已都醒，如何消夜永③。

[注释]

①向暝：天色将晚。②伫听：久久地站着倾听。寒声：即秋声，指秋天的风声、雨声、虫鸟哀鸣声等。此处是指雁的鸣叫声。③消夜永：度过漫漫长夜。夜永，长夜。

[词解]

一个时阴时晴、已薄暮昏暝的凄清的秋夜，词人伫立庭院仰望云空。然而，云层很深，阴霾深厚，不见鸿雁踪影，音书无望，词人感到无限失落与孤独。夜已深，喧闹的人群已离去，所以词人更加感到凄凉孤独。与词人相伴的，只有一盏孤灯照着空屋而已。原来曾借酒浇愁，但深夜酒意一醒，羁旅悲愁，情侣相思，一股脑儿涌上心头，如何熬过这漫长而又凄冷阴暗的寒夜啊！时间越来越长，而愁苦却越来越深。

[词评]

其意淡远，其气浑厚。

——戈载《宋七家词选序》

兰陵王

柳

柳阴直，烟里丝丝弄碧。隋堤[1]上，曾见几番，拂水飘绵送行色？登临望故国。谁识京华倦客？长亭[2]路，年去岁去，应折柔条过千尺。　闲寻旧踪迹。又酒趁哀弦，灯照离席。梨花榆火催寒食[3]。愁一箭风快，半篙波暖，回头迢递便数驿，望人在天北。　凄恻，恨[4]堆积。渐别浦萦回，津堠岑寂。斜阳冉冉春无极。念月榭携手，露桥闻笛。沉思前事，似梦里，泪暗滴。

[注释]

①隋堤：指汴京附近汴河的堤，因为汴河是隋朝开的，所以称隋堤。②长亭：古时驿路上十里一长亭，五里一短亭。亭是供人休息的地方，也是送别的地方。③寒食：寒食节在清明前一天，旧时风俗，寒食这天禁火，节后另取新火。唐制，清明取榆、柳之火以赐近臣。“催寒食”的“催”字有岁月匆匆之感。岁月匆匆，别期已至了。④恨：遗憾的意思。

[词解]

正午时分，太阳悬挂在空中，柳树的影子直铺在地上，不偏不倚。隋堤上，柳树成行，柳阴沿着长堤不断伸展，划出一道宽阔的直线。柳枝刚刚抽出新绿，细长而柔嫩，如同轻丝一样，它们好像知道自己碧色可人，于是轻轻随风摇摆，以展现自己婀娜多姿的美。透过春天的雾霭去欣赏柳丝的碧色，别有一番诗意。但这样的柳色词人已经不止见了一次，那都是为别人送行时看到的。隋堤上，曾经几次见到别人送别时的情景。行人出发前，柳树在微风的吹拂下，绵柔地飘来飘去，杨柳依依，有万种惜别之意。那时词人登上高堤眺望故乡，别人的回归触动了自己的乡情。他这个厌倦了京华生活的客子的怅惘与忧愁有谁能理解呢？又有谁认识他这个浪游的京华倦客？隋堤柳只管向行人拂水飘绵表示惜别之情，并没有顾到送行的京华倦客。其实，那欲归不得的倦客，他的心情才更悲凄呢！

此时，词人不禁感叹人间离别的频繁。现在的离别如此之多，词人想象着，在这样的长亭路上，日复一日，年复一年，人们在离别时候折断的柳枝恐怕要超过千尺了吧。船只即将起航，词人没时间多想，连忙与恋人告别。船只行驶在江面上，周围静了下来，词人这才有时间回忆起京华的往事。那是在寒食节前的一个晚上，情人为他送别。在送别的宴席上灯烛闪烁，伴着哀伤的乐曲饮酒。此情此景真是难以忘怀啊！从那次的离别宴会以后词人已不止一次地回忆，如今坐在船上又一次回

想起那番情景。风顺船疾，行人本应高兴，词里却用一“愁”字，因为有人让他留恋着。词人回头望去，那人已远在天边，只见一个难辨的身影。留给词人的，只有无限的怅惘与凄婉。

船行愈远，遗憾愈重，一层一层堆积在词人心上，难以排遣，他也不想排遣。这时已到傍晚，不是刚刚分别时的情形了。望中之人早已不见，所见只有沿途风光。只见水流分支的浦口，水波回旋。因为已是傍晚，渡口冷冷清清的，只有守望所孤零零地立在那里。斜阳冉冉西下，春色一望无边，空阔的背景越发衬出词人自身的孤单。他不禁又想起往事。月榭之中，露桥之上，度过的那些夜晚，都给他留下了难忘的印象，宛如梦境似的，一一浮现在眼前。想到这里，词人不知不觉滴下了泪水。词人自己的心事和感情无法使旁人理解，也不愿让旁人知道，只好暗自悲伤。

［词评］

借送别来表达自己“京华倦客”的抑郁心情。

——胡云翼《宋词选》

吕本中

吕本中（1084—1145），本名吕大中，字居仁，号紫薇，世人称其为东莱先生，寿州（今安徽寿县）人，宋代诗人，是“江西诗派”的代表人物。吕本中的诗主要学黄庭坚、陈师道，他的词雅致精润，清丽自然。著有《东莱先生诗集》《紫薇诗话》《江西诗社宗派图》。后人辑有《紫薇词》，今存词二十七首。

采桑子

恨君①不似江楼月，南北东西。南北东西，只有相随无别离。　　恨君却似江楼月，暂满还亏②。暂满还亏，待得团圆③是几时？

［注释］

①君：夫君。这首词是词人以妻子的口吻所写。②暂满还亏：短暂的月圆之后很快就会月缺。还，立刻。③团圆：浑圆。表面指月圆，实际上语带双关，还指亲人的团聚。

［词解］

词人用妻子的口吻对丈夫发出了不满，因为词人总是四处漂泊，东南西北不停地奔走，妻子埋怨丈夫不能像那江楼上的月亮一样，常伴自己身边，那样两个人就可以永远相随，不会分别了。这种思念的情意在这样的娇声怨语中也变得更加浓烈了。可是，丈夫真的像江楼上的月亮就好了吗？月亮圆的时候很少，不圆的时候居多，两个人聚在一起的时间非常短暂，离别的日子却漫长无期，难得团圆一次。什么时候两个人才能真正地相依相守呢？

［词评］

东莱晚年长短句尤浑然天成，不减唐《花间》之作。

——曾季狸《艇斋诗话》

［词人逸事］

吕本中的曾祖吕公著在北宋时曾经担任宰相，吕公著死时，吕本中痛苦不已，当时前来吊唁的宣仁高太后对年仅五岁的吕本中说道：“孝于亲，忠于君，孩子，你要以此自勉。”吕本中牢牢记住了太后这句话。他长大后，随宋高宗赵构南渡，被委以重任，吕本中向高宗上表，指出为官者应该牢记“清、慎、勤”这三个字。当时秦桧掌权，为了拉拢吕本中，他大力提拔吕本中，但是吕本中却坚决拒绝了，因此惹来了秦桧的不满，不久就找了个借口把吕本中贬出京城，做了一个闲职。但吕本中毫不在意，反而借此机会在学问上有了很大进步。

李清照

李清照（1084—1155？），自号易安居士，济南章丘（今山东章丘）人。出身书香仕宦之家，早有才藻，能诗文。十八岁嫁与诸城太学生赵明诚，同好金石，尤雅词章，常相唱和。其词以南渡为界，分为前后两个时期。前期多写自然风物与离情别思，后期转向伤时念旧和国破离乱的咏叹。抒情委婉含蓄，蕴藉幽邈，语言清丽雅洁，明白如话，后人称之“易安体”，为婉约派重要代表；亦有豪放之作，风格多样。后人辑有《漱玉集》，收词约六十首。今人辑有《李清照集》。

点绛唇

寂寞深闺，柔肠一寸愁千缕。惜春春去，几点催花雨①。　　倚遍阑干，只是无情绪。人何处，连天芳草，望断归来路②。

［注释］

①催花雨：催花凋落之雨。②“连天”二句：化用《楚辞·招隐士》中“王孙游兮不归，春草生兮萋萋”之意。

[词解]

寂寞深闺

词人长久独自居住在深闺中，有对丈夫的一寸柔情，更有相思的千缕愁绪。惜春，惜花，但无奈，寒风凄雨把花都给摧落了。雨点淅淅沥沥地落了下来，好像在催促着繁花，也在催促春天早日离去。那春天是唯一可以让深闺女子寻找到一丝慰藉的景物，如今也在春雨的催促下逝去了，院中只留下几声空洞的雨滴回响声。女子无所事事，因而心情抑郁不欢。她独自凭栏远眺，愁情深重，不知道如何排解。思念的人如今身在何处呢？那一望无际的萋萋芳草，正在心上人归来的必经之路上蔓延生长，一直延伸到很远的天边。但是女子望到天涯尽头，也只能看见接连天际的芳草，却看不到心上人的踪影。

[词评]

上片第一句，点出“寂寞”二字，为以下写法的开展定下了基调。第二句承得很重，“肠一寸”，“愁千缕”，这一鲜明的对比，说明“寂寞”给作者的感受是如何深重！

——张志岳（见《唐宋词鉴赏辞典》）

[词人逸事]

李清照出生书香门第，她的父亲李格非是当时的一位著名学者，曾经担任礼部员外郎等职。李格非博古通今，能诗善文，深得苏轼赏识。李清照的母亲王氏也擅长文词。因为李清照出生于仕宦之家，所以自幼生活条件优越，受到父母良好的文化熏陶，同时她耳聪目明，勤奋好学。她的父母都认为倘若李清照是男儿身，考取功名一定如同探囊取物。

点绛唇

蹴罢秋千①，起来慵(yōng)整②纤纤手。露浓花瘦③，薄汗轻衣透。　见有人来，袜刬(chǎn)金钗溜④。和羞走⑤。倚门回首，却把青梅嗅(xiù)。

[注释]

①蹴罢秋千：荡完秋千。②慵整：不愿意活动。③露浓花瘦：指花枝花叶上露水很多，花朵已经凋零。④袜刬：不穿鞋子，只穿着袜子走路。刬，犹言光着。金钗溜：金钗从头上滑落下来。⑤和羞走：含羞跑开。

[词解]

春天的早晨，年轻的女词人刚刚在花园里荡完秋千，因而两手没有力气，慵懒地垂在两侧。在词人身旁，花朵已经凋谢，瘦瘦的花枝上挂满了晶莹剔透的露珠；词人身上，香汗湿透了薄薄的罗衣。人花两相映，词人显得格外娇美。忽然之间，词人发现有客来访，匆忙之中，顾不上穿鞋子，只穿着袜子便离开，慌乱之中，词人的金钗从头上滑落。词人并没有在词中正面描写来者是谁，但从词人的反应中便可以得知，来的一定是位风度翩翩的美少年。词人走到门口，又按捺不住好奇心，倚在门框回望客人。为了掩饰自己的失态，词人佯装嗅着青梅，边嗅边抬眼看客人，词人将少女的娇羞怯怯、风情万种描绘得淋漓尽致。

如梦令

昨夜雨疏风骤①，浓睡不消残酒。试问卷帘人②，却道海棠依旧。知否？知否？应是绿肥红瘦③。

[注释]

①雨疏风骤：雨点稀疏，风势迅猛。②卷帘人：指卷帘的侍女。③绿肥红瘦：叶子茂盛花朵稀疏。

[词解]

试问卷帘人，却道海棠依旧

昨天傍晚风势很凶猛。现在正是仲春时节，花开正艳，可惜偏逢狂风骤雨。词人心绪如潮，辗转反侧，无法入睡，只能借酒消愁。酒喝得多了以后，自然觉得睡意浓了很多。结果词人一觉醒来，发现天已经大亮了。但是昨天晚上的心事，仍然记在心里，所以词人一起床就询问正在收拾房间、拉开卷帘的侍女：“庭院的海棠花怎么样了？”侍女往外看了一看，笑着回答说：“挺好的，虽然经过一夜风雨，但是海棠一点儿没变！”女主人听后，嗔叹道：“傻丫头，你可知道，那海棠花丛应该是绿色的叶子见多，红色的花朵见少啊！”女词人这种因花而喜、因花而悲、因花而醉、因花而嗔的情感，其实是伤春惜春，用花来比喻自己，慨叹自己美好的青春年华容易消逝。

[词评]

结句尤为委曲精工，含蓄无穷之意焉。

——张綖《草堂诗余别录》

[词人逸事]

李清照和赵明诚两人结婚后，夫唱妇随，生活美满。夫妇两人兴趣相投，都对收藏金石古器、名人书画、历代图籍颇有兴趣。李清照帮助赵明诚整理和考订古器、碑铭，同时进行研究，编撰成了《金石录》。平日里，这对夫妻经常用所藏文物自娱，彼此诗词唱和，情意绵绵。李清照自幼便是一个很喜欢争强好胜的才女，“绿肥红瘦”一句词，与她这一性格十分吻合。既然是“斗胜”，也就是说彼此在才华上是不相伯仲的。李清照作为一代才女，在侍女面前说出“知否？知否？应是绿肥红瘦”，这句话的可能性其实是很小的。相反，如果说这是她在新婚燕尔之时，与赵明诚夫妻间的“斗胜”之词，倒是十分贴切。

一剪梅

红藕香残玉簟(diàn)①秋。轻解罗裳，独上兰舟。云中谁寄锦书来，雁字②回时，月满西楼。　花自飘零水自流。一种相思，两处闲愁。此情无计可消除，才下眉头，却上心头。

[注释]

①玉簟：精美的竹席。②雁字：即雁行。雁飞成行形似“一”字或“人”字，故云。

[词解]

红色的荷花已经开始凋谢了，精美的竹席也有发凉，转眼间已到深秋。回想少女时代，词人自己驾舟出游并没有感到孤独。与丈夫结婚以后，原本丈夫应该邀请词人一起领略湖光山色，但是丈夫却因事外出没有前去，因此词人才感到孤独。过去词人眼里看见的是萍花、汀草、瓯鹭，但是现在，词人却一心盼望看到那送信的鸿雁。遗憾的是，词人一直等到月上西楼，才看见鸿雁掠过。流水落花，正如青春易逝，光阴难留。词人自己饱受相思之苦，又设想丈夫也一定无法排遣忧愁。两人虽身处异地，但是心意相通，相思之情刚刚下了眉头，却又迅速地涌上心头，无法消除。

独上兰舟

[词评]

易安佳句，如《一剪梅》起七字云："红藕香残玉簟秋。"精秀特绝，真不食人间烟火者。

——陈廷焯《白雨斋词话》

[词人逸事]

赵明诚年少的时候，他的父亲决心为他选一位贤惠的妻子。这天，赵明诚正在午睡，梦见自己正在朗诵诗书。醒来以后，只记得三句："言与司和，安上已脱，芝芙草拔"。他将自己梦中梦到的几句话告诉了父亲。父亲为他解梦说："这个梦是告诉要等待一个有才华的女子啊！'言与司和'便是'词'字，'安上已脱'是个'女'字，'芝芙草拔'是'之夫'两个字。"后来，李清照嫁给赵明诚，果然是一代词中女豪。李清照与赵明诚婚后不久，赵明诚因事出门远游，李清照便在锦帕上写下这首《一剪梅》赠给他。

醉花阴

薄雾浓云愁永昼，瑞脑消金兽①。佳节又重阳，玉枕纱厨②，半夜凉初透。　　东篱把酒黄昏后，有暗香盈袖。莫道不消魂，帘卷西风，人比黄花瘦。

[注释]

①瑞脑：一种名贵的香料，即龙脑。金兽：铸成兽形的铜香炉。②玉枕：光洁如玉的瓷枕。纱厨：纱帐。

[词解]

今天从清晨开始，天空中就布满了雾气和浓云，天阴沉沉的，让人感到愁闷难捱。室外天气不好，只好待在屋里。词人静静望着铜香炉里龙脑香燃烧时冒出的袅袅青烟出了神。又到了重阳佳节，天气骤然转凉，词人睡到半夜的时候，感觉凉意直接穿透帐中浸到枕上，与词人夫妇团聚时的闺房温馨相比，如今真是天差地别。词人来到室外，天气不好；词人待在室内，又觉得烦闷无比。白天尚且不好过，到了夜晚就更加难熬了，词人坐不安稳，睡不踏实，这种烦闷真是没有停止的

人比黄花瘦

时候。在这样的节日里，家家都是亲友团聚，相携登高，佩带茱萸，喝黄菊酒。但是词人却孤独一人，没有丈夫陪在身边。词人就这样在屋里闷坐了一天，直到傍晚，才强打起精神一边喝酒一边赏菊。但是，她又触景伤情，想到菊花再美，再香，也没办法送给远在异地的丈夫。词人再也无心饮酒赏菊，只能匆匆回到闺房。夜里刮起大风，瑟瑟的西风将门帘吹了起来，让人感到一阵阵寒意。词人联想到刚刚欣赏的菊花，菊瓣纤长，菊枝瘦细，却能够斗风傲霜，人却在这样的时节里悲秋伤别，且无计消愁，词人顿时生出人不如菊的感慨。

[词评]

此首情深词苦，古今共赏。起言永昼无聊之情景，次言重阳佳节之感人。换头，言向晚把酒。着末，因花瘦触及己瘦，伤感之至。尤妙在“莫道”二字唤起，与方回之“试问闲愁知几许”句，正同妙也。

——唐圭璋《唐宋词简释》

[词人逸事]

李清照婚后的一个重阳节，她作了这首《醉花阴》寄给远在他乡的丈夫。秋闺的寂寞与惆怅跃然纸上。赵明诚收到该词后，连连称赞，但是又不甘下风，于是闭门谢客，废寝忘食思考了三日三夜，写出五十阕词。他将李清照的这首词也混在这五十阙词里，然后请他的朋友陆德夫品评，陆德夫再三品味，说道：“有三句词写得特别好！”赵明诚连忙问是哪三句，陆德夫答：“莫道不销魂，帘卷西风，人比黄花瘦。”

武陵春

春 晚

风住尘香[1]花已尽，日晚倦梳头。物是人非事事休，欲语泪先流。　　闻说双溪[2]春尚好，也拟[3]泛轻舟。只恐双

zé měng

溪舴艋舟[4]，载不动、许多愁。

［注释］

①尘香：尘土里夹杂着的落花的香气。②双溪：江名，在今浙江金华。③拟：打算。④舴艋舟：形状像蚱蜢的小船。

［词解］

原本盛开的繁花，因为遭遇狂风的袭击而飘落凋零，散落满地。日头已经升得很高了，词人却还懒得梳理头发。如今已经物是人非，所有的事情全都蕴藏在无尽的痛苦之中。还没等开口说话，词人的眼泪就已经簌簌地流了下来。词人听说金华郊外的双溪此时春光正好、游人如织，以前词人向来喜爱游山玩水，所以突然泛起出游之兴，也想前去泛一泛轻舟了。但是，词人又唯恐自己的愁思太重，小小的轻舟无法承载她这如海的愁绪。泛舟，只不过是词人一时的想法罢了。

［词评］

本词感情深切真挚，构思新颖巧妙，语言浅近而含蓄深沉，无论是直抒愁苦之情或细写内心的微妙变化，都很生动感人。

——王方俊《唐宋词赏析》

［词人逸事］

公元 1127 年，金军攻破汴京，宋徽宗、宋钦宗双双被俘，宋高宗仓皇南下避难。赵明诚李清照夫妇也先后渡江南下。1129 年，也就是他们夫妻二人结婚二十八年后，赵明诚死在建康太守任上。丈夫的去世给李清照带来了沉痛的打击，加上国破家亡、满目疮痍、民不聊生的社会现状更让她感到凄楚悲凉。于是，李清照带着丈夫生前的书画、金石以及碑帖等辗转漂流很多地方，最后才在杭州落脚。为了完成先夫的遗愿，李清照经过数年的努力，将丈夫赵明诚研究金石的遗稿认真校正并誊录，同时作了一些增补，辑成《金石录》。

声声慢

寻寻觅觅，冷冷清清，凄凄惨惨戚戚。乍暖还寒[1]时候，最难将息[2]。三杯两盏淡酒，怎敌他、晚来风急！雁过也，最伤心，却是旧时相识。　满地黄花堆积[3]。憔悴损[4]，如今有谁堪摘？守着窗儿，独自怎生得黑[5]？梧桐更兼细雨，到黄昏、点点滴滴。这次第[6]，怎一个、愁字了得[7]！

[注释]

①乍暖还寒：时暖时冷。指气候变幻无常。②将息：调整休息。③满地黄花堆积：指菊花盛开，堆积满地。④憔悴损：指词人因为忧伤而容颜衰老，身体清瘦。⑤怎生得黑：怎么能忍受得了黑夜呢？⑥这次第：这情形或这光景。⑦了得：概括，包含。

[词解]

词人整日的愁苦心情，从首句“寻寻觅觅”就可看出一二。她刚起床就百无聊赖，若有所失，东张西望地寻找着，但词人到处寻觅，最终却感到更加孤凄悲伤。在如今这个气候不定，天气时热时冷的时候，最困难的事情就是调整心绪。尽管词人喝了两三杯酒，可这几杯薄酒又怎么能抵挡这凄寒的夜风呢！词人正在伤心的时候，看到了南飞的秋雁，这秋雁正是她过去在北方见到的，因此词人说“是旧时相识”了。词人的庭院里开满了菊花，此时秋意正浓。但是她并无心赏花，因此尽管菊花散落满地，却再也没有人去采摘了。但是人不摘花，花自己也会枯萎；等到花全部凋谢的时候，想要摘也摘不到了。词人独自坐在窗前，百无聊赖，想着白天尚且如此寂寞孤凄，漫漫长夜又如何熬过呢？窗外下起蒙蒙细雨，雨水打在梧桐树上，直到黄昏，仍然淅淅沥沥地下个不停。这不停歇的雨水正如词人无法停止的愁绪，用一个简单的“愁”字又怎么能形容了的呢？

[词评]

宋人中填词，李易安亦称冠绝。使在衣冠，当与秦七、黄九争，不独雄于闺阁也。其词名《漱玉词》，寻之未得，《声声慢》一词，最为婉妙。

——杨慎《词品》

永遇乐

落日熔金①，暮云合璧②，人在何处？染柳烟浓，吹梅笛怨③，春意知几许？元宵佳节，融和天气，次第④岂无风雨？来相召、香车宝马，谢他酒朋诗侣。　中州⑤盛日，闺门多暇，记得偏重三五⑥。铺翠冠儿⑦，捻(niǎn)金雪柳⑧，簇带⑨争济楚。如今憔悴，风鬟霜鬓，怕见夜间出去。不如向、帘儿底下，听人笑语。

[说明]

李清照的这首《永遇乐》叙述的是晚年在临安的一段生活。当时宋金双方已经休战，临安城呈现出一片歌舞升平的景象，每逢过节，人们又能热热闹闹地玩乐了。这首词写的并不是词人自身的不幸遭遇，而是在元宵节当日，她不愿与前来邀请她的朋友一起到外面游玩，宁愿待在家里听听人家的欢声笑语。原本是很琐细的一件事，但是通过这样的一些细节，却生动地反映出词人晚年历尽沧桑以后的悲凉心境。

来相召、香车宝马，谢他酒朋诗侣

[注释]

①落日熔金：夕阳的颜色如同熔化了的黄金。②合璧：像璧玉一样合成一块。③吹梅笛怨：指笛子吹奏出《梅花落》这个幽怨的曲子。④次第：转眼。⑤中州：这里指的是北宋汴京。⑥三五：指元宵节。⑦铺翠冠儿：带有翠羽做装饰的女式帽子。⑧捻金雪柳：元宵节女子头上的发饰。⑨簇带：妆扮的意思。

[词解]

元宵佳节的时候，太阳刚刚下山，月亮就从东方缓缓升了起来。月亮穿过薄纱似的云霭，如同一块浑圆的璧玉，晶莹剔透，十分可爱；西边的天空，落日如同熔化了的金块，慢慢沉了下去，景致十分优美。人们都知道，如此良辰美景，正是外出看灯的好机会，可以在外面痛痛快快玩一个晚上。但是，词人却另有心事。词人看了看这天色，突然发出“我现在是在什么地方”这样的自我询问。这实在是一个令人伤感的疑问，词人曾经度过了多少个繁华热闹的元宵佳节，如今却是痛感物是人非、孤独凄凉。春天染柳烟浓，春意融融。初春时节，柳树刚刚发芽，由于天气较暖，傍晚时分，雾气低低地笼罩着大地，柳树如同笼罩在浓烟之中。这个时候梅花已经快要谢了，词人忽然听见外面有人在吹奏笛子，便想起了古代羌笛的《梅花落》曲子，但是因为自己心情忧郁，因此这笛声听起来也格外凄怨。尽管外面春色正浓，词人心里仍然浮起一个疑问：“这时节，到底还剩下多少春意呢？”词人似乎是在问自己，人生已至垂幕，时光易逝。有人前来邀请词人外出游玩，对她说：“元宵节难得碰上这样的好天气，我们一起到外面玩玩吧！”但是词人却回答：“天气太暖了，暖得有些不正常，我担心会忽然来一场风雨。”其实，这个时候词人又怎么能明说自己的心情呢？因此只好临时拿这句话来搪塞对方。正月十五，是一年一度的灯会。词人过去在汴京的时候度过了很多热闹的元宵节，那些事情至今仍然留有深刻印象。那时她们一群人兴致极好，头上戴着带有翠鸟羽毛装饰的女式帽子，在雪柳上加上金线捻丝，插戴整齐而又美丽大方。词人从记忆中回到现实，过去的热闹与今日的遭遇形成对比，她禁不住心里又生出一番凄凉。如今，经过风吹雨打，词人的头发早已纷披散乱。词人已经上了年纪了，头上出现了银丝，加上又懒得打扮，所以就怕夜间出门见人。还不如待在家里，坐在珠帘之下，听听大家的欢声笑语。

[词评]

易安居士李氏，赵明诚之妻。《金石录》亦笔削其间。南渡以来，常怀京、洛旧事，晚年赋《元宵·永遇乐》词云“落日熔金，暮云合璧”，已自工致。至于“染柳烟浓，吹梅笛怨，春意知几许”，气象更好。后段云“如今憔悴，风鬟霜鬓，怕见夜间出去”，皆以寻常语度入音律。炼句精巧则易，平淡入调者难。

——张端义《贵耳集》

蔡伸

蔡伸（1088-1156），字伸道，号友古居士，莆田（今属福建）人。前期词风近柳永、周邦彦，晚期格调雄健，有意学苏轼，尤喜模仿贺铸，好融诗句入词而未能浑然化一。有《友古居士词》，存词一百七十余首。

苏武慢

雁落平沙，烟笼寒水①，古垒鸣笳②声断。青山隐隐，败叶萧萧，天际暝鸦零乱。楼上黄昏，片帆千里归程，年华将晚。望碧云空暮，佳人何处③，梦魂俱远。　忆旧游、邃馆朱扉④，小园香径，尚想桃花人面⑤。书盈锦轴，恨满金徽⑥，难写寸心幽怨。两地离愁，一尊芳酒，凄凉危阑倚遍。尽迟⑦留，凭仗西风，吹干泪眼。

[注释]

①烟笼寒水：烟雾笼罩着寒凉的江水。化用杜牧《泊秦淮》“烟笼寒水月笼沙”诗句。②古垒：古代战场遗留下来的营垒，这里指位于徐州的古战场。笳：古代一种管乐器。③“望碧”二句：化用江淹诗句“日暮碧云合，佳人殊未来”，表达了对远方佳人的思念之情。④邃馆：幽深的宅院。朱扉：红漆大门。⑤桃花人面：指年轻貌美的佳人。化用唐崔护诗意。⑥金徽：用金属制成的琴徽。徽，系弦之绳。这里指琴。⑦尽迟：徘徊。

[词解]

一行大雁从空中飞过，最后落在了沙滩上。秋天的寒意已经笼罩了整个水面，再加上朦胧的雾气，更让人产生了一种凄清的感觉。战争的废墟中，胡笳发出了悲鸣的声音，慢慢地，就连这种呜咽的声音也消失了，天地四方一片沉寂。远处的青山隐约可见，枯黄的树叶纷纷落下，显出一派萧瑟的气氛，秋天是一个令人伤感的季节，这种伤感的情绪是很难排解的。天边的夕阳发出昏黄的光芒，几只寒鸦飞过，看上去就像是几个黑点，飞入树林中。残阳照在高楼之上时，楼上有人在凝神眺望。此时正是暮秋时节，人们全都离开了这个荒凉残破的地方，乘着小舟回去了；可是词人呢，到现在还是不能回家。重重关山阻隔了回家的道路，千里迢迢，就算是做梦也无法和家人相会。回想春天的景色，桃花明艳，与佳人的面容相映生辉，记忆中的景色是那么美好，再看看眼前的萧瑟秋风、枯枝败叶，还有那古战场的废墟，哀鸣的胡笳，怎能不让词人感到愁苦非常呢？词人尚且如此，更何况是自己的心上人，那位与自己长久分别的娇弱女子呢？锦帛上的书信，瑶琴中的哀怨之音，都无法倾诉自己内心的离愁别恨。既然如此，那“两地离愁”又该如何化解呢？在词人看来，只能用“一尊芳酒”来化解了。可是离愁是那么深重，樽酒又是那样轻，何以消解那愁苦呢？词人无奈地放下手里的酒杯，满怀凄凉地独自倚在高高的栏杆上，在楼头伫立。无家可回，无处可去，词人忍不住潸然泪下。

片帆千里归程

[词评]

这首词作于徐州通判任上，写晚秋倚楼思念远方恋人，抒发两地悬绝梦魂萦绕的离愁别恨。上片写景：“碧云”三句写情，递到下片。下片言情，“西风”三句，又于情中带景，映合上片，结构精工，寓意深远。

——丁炳贵《婉约词与豪放词鉴赏》

苍梧谣

天！休使圆蟾①照客眠。人何在？桂影②自婵娟。

[注释]

①圆蟾：即圆圆的月亮。神话传说中，月宫中有一只蟾蜍，因此又称月宫为蟾宫，此处以蟾代指月亮。②桂影：月宫中桂树的影子。

[词解]

苍天啊，别再让那圆圆的月亮照得我这个作客他乡的人无法入睡了！我的心里本来就充满了离别的愁绪，当我在这圆圆的月亮下面一个人伫立，内心怎能不涌起对千里之外与我共赏明月的心上人的思念之情呢？月亮圆了，人也应该团圆才对，可是人在哪里呢？此刻真是月圆人未圆啊。月光如同一匹白练，但是人们相隔千里，却无法相见。人们都将月亮比作一面镜子，词人想从这面镜子里看到心上人的倩影，可是凝视了许久，只看到桂树那疏密有致的影子，人影却没有发现。

张元幹

张元幹（1091—1160？），字仲宗，自号芦川居士、真隐山人，福州永福（今福建永泰）人。张元幹生活在两宋之交，因此他的词风也很明显具有前期和后期两种不同的风格。前期的词作大都比较清丽，音韵婉转，与秦观、周邦彦等人相似。“靖康之变”以后，词风一下子变得慷慨激昂，充满了一种雄浑豪迈的气魄。总体来说，张元幹后期的词对苏轼的豪放词风有所继承和发展，对后来的张孝祥、陆游、辛弃疾等人产生了不小的影响。著有《芦川归来集》《芦川词》，今存词一百八十多首。

石州慢

寒水依痕①，春意渐回，沙际烟阔。溪梅晴照生香，冷蕊②数枝争发。天涯旧恨，试看几许消魂？长亭门外山重叠。不尽眼中青，是愁来时节。　情切。画楼深闭，想见东风，暗销肌雪。辜负枕前云雨，尊前花月。心期切处，更有多少凄凉，殷勤③留与归时说。到得却相逢，恰经年离别。

[注释]

①寒水依痕：化用杜甫《冬深》一诗中“早霞随类影，寒水各依痕”两句，指冰雪消融之后，河岸上留下了一条水痕。②冷蕊：这里指梅花。③殷勤：深厚而真切的情意。

[词解]

冬去春来，大地复苏。冰融雪消，岸边留下一线水痕。在这春回大地的时候，词人内心深沉的思乡之念油然而生。从沙际迷茫开阔的景象中，词人感觉到一股和暖的春意。和煦温暖的阳光照耀着世间的一切，溪边的梅树伸展着几根疏疏落落的枝条，那些枝条上面有几朵花苞已经绽放，散发出了诱人的香气。词人的心里郁积着说不尽的离愁别恨，一想起来就觉得惆怅不已。在那长亭以外，映入词人眼帘的，是那层峦叠嶂的大山，正像心里的愁绪一样，连绵不绝。回忆昔日夫妇之情，虽然别离远行，但绵绵情丝割舍不断。想象着现在佳人正独居高楼，孤苦无依，因日夜思念丈夫而日渐消瘦下去，词人真心期望早点回到妻子的身边，听她诉说心底的无限凄凉。然而相逢之日，却可能又是离别之时。如果那样，他们都不堪忍受离别的相思之苦了。

［词评］

本词是作者长久离乡思归之作。词的上片着重写景，即景生情；下片主要抒情，笔力委婉含蓄，寓意深远。

——丁炳贵《婉约词与豪放词鉴赏》

［词人逸事］

张元幹对李纲的抗金主张表示积极支持，并富有正义精神。胡铨因上书反对议和并要求朝廷处死秦桧而被贬。四年后，胡铨又被秦桧指使的爪牙诬陷。一时间政治气氛很紧张。士大夫都畏罪缄口不提这件事。张元幹不顾个人安危，作了一首《贺新郎》词赠送给胡铨，为他饯别。这首词所写的都是当时社会的重大历史事件，以此来为友人送别，使这首词也充满了一种极为强烈的时代气息。秦桧听说这件事情之后恼羞成怒，派人罗织罪名并且罢免了张元幹的官职。张元幹失去官职以后漫游江浙等地，最后客死异乡。

点绛唇

呈洛滨、筠溪二老

清夜沉沉，暗蛩(qióng)啼处檐花落[1]。乍凉帘幕，香绕屏山角。　堪恨归鸿，情似秋云薄。书难托，尽交[2]寂寞，忘了前时约。

［注释］

①暗蛩：在暗处藏身的蟋蟀。蛩，蟋蟀。檐花落：屋檐下面的花瓣落下来。②尽交：即尽教、听任之意。宋时方言。

［词解］

深秋的一个夜晚，夜已经很深了，只听到藏在暗处的蟋蟀在屋檐下面花瓣落下的地方发出来一阵阵清脆的鸣叫声。在这样一个深夜，只要靠近帘幕就可以感觉到一股初秋的凉气从外面透进来。从屋子的香炉中散发出一缕缕袅袅的轻烟，在屏风的上方萦绕不散。怨恨那归来的大鸿，它没有捎来一封书信，也无法让自己把心事告诉别人。大雁对词人的感情就像秋天的云彩一样又淡又薄，真是可恼。如今词人和思念的人相隔万里，书信难以寄达，谁还能明白自己内心的苦恼和忧愁呢？在这令人烦恼的季节，既然没有办法来传递感情，那就只能忘记曾经的约会，任由自己去承担寂寞无聊的痛苦了吧。

[词评]

这首小令虽寥寥四十一字，但在艺术手法上确有特色。主要是寓情于景，用笔疏隽；写景则静中有动，抒情又委婉曲折。

——曹济平（见《唐宋词鉴赏辞典》）

赵彦端

赵彦端（1121–1175），字德庄，号介庵，宋太祖之弟、魏王赵廷美的七世孙，鄱阳（今江西波阳）人。赵彦端十七岁时就考中了进士，历任县主簿、转运副使、太常少卿、建宁知府等职。五十四岁时去世。著有《介庵集》，可惜没有留传于世。

虞美人

断蝉①高柳斜阳处，池阁丝丝雨②。绿檀珍簟卷猩红，屈曲杏花蝴蝶小屏风③。　　春山叠叠秋波慢④，收拾残针线。又成娇困倚檀郎⑤，无事⑥更抛莲子打鸳鸯。

[注释]

①断蝉：时断时续的蝉鸣声。②池阁：临近池塘的卧房。丝丝雨：谓细柳飘拂如纷纷洒落的雨丝。③“绿檀”二句：依语意断句，应为“绿檀珍簟卷，猩红屈曲，杏花蝴蝶小屏风”。绿檀珍簟：浓绿珍贵的竹席。④春山叠叠：谓反复皱眉。春山，指美女的眉峰。叠叠，此指多次、反复。秋波慢：目光迟缓。秋波，比喻美女的眼睛，此借指目光。⑤檀郎：犹“情郎”。⑥无事：即无缘无故、毫无缘由的意思。

[词解]

一抹残阳笼罩夜空，高高的柳树上传来时断时续的蝉鸣声。临近池塘的卧房前，细柳飘拂，像是纷纷洒落的雨丝。屋内浓绿珍贵的竹席上有一女子，还有画有蝴蝶在杏花间翩翩起舞的小屏风。室中的女子好像还没睡醒，反复皱眉，目光迟缓。她在收拾昨天还没绣完的残针絮线。这时候，一阵困意袭来，她撒娇地倚靠着情郎。闲来无事，她又抛起了莲子，笑打起了鸳鸯。

豆叶黄

粉墙丹柱柳丝中，帘箔[1]轻明花影重。午醉醒来一面风。绿葱葱[2]，几颗樱桃[3]叶底红。

[注释]

①帘箔：帘子。②葱葱：苍翠茂盛的样子。③樱桃：乔木。花白而略带红晕，果实红色近于球形，味甜略带酸。此指果实。

[词解]

淡粉色的墙院红色的柱子在绿色的柳丝中显得格外艳丽。帘子是淡色的，透过帘子能看到外边繁花的重重影子。午醉一觉醒来，迎面吹来了清爽的风。卷起了珠帘，词人向外望去，只见外面绿绿葱葱的，樱桃树碧绿的叶子掩映下，已经长出了红色的小小樱桃。

李 吕

李吕（1122—1198），字滨老，又字东老，邵武军光泽（今福建光泽）人。四十岁即弃科举。有《澹轩集》十五卷，《澹庵词》一卷。

鹧鸪天

寄 情

脸上残霞[1]酒半消，晚妆匀罢却无聊。金泥帐[2]小教谁共？银字笙[3]寒懒更调。　　人悄悄，漏迢迢，琐窗虚度可怜宵。一从恨满丁香结[4]，几度春深豆蔻[5]梢。

[注释]

①残霞：形容渐淡的红晕。②金泥帐：以金屑为饰的宝帐。③银字笙：笙上以银字标明音调的高低，故称。④一从：犹“一别”。丁香结：丁香的花蕾，常用以比喻愁绪郁结难解。⑤豆蔻：比喻美貌少女。杜牧《赠别》：“娉娉袅袅十三余，豆蔻梢头二月初。”

[词解]

入夜后，闺中人的脸颊因酒而透出了红晕，醉意初消，现在红晕已经渐渐褪去了。她晚妆匀罢，感到百无聊赖了。纵然是重理残妆，又有什么意思呢？用金粉涂饰的床帐与谁共寝呢？笙上以银字标明音调的高低，夜冷心寒，簧片也冷，懒得去烤热它，重新吹奏，因为赏音之人不在身边。女子索居寥落，对一切都没有兴趣。黑暗的夜晚总是那么漫长，静静地听着沙漏里发出的沙沙的声响，一个孤独的人将自己关在房间里面，没有人来陪伴她，看来又要辜负这美好的春宵了！女子自与情人别后，终日牵挂，以至相思成灾，无法解脱。心情郁结不开，愁恨满腹。一别数年，虚度了多少个春宵，也辜负了多少美好的年华，怎能没有恨意？

陆　游

陆游（1125−1210），字务观，号放翁，越州山阴（今浙江绍兴）人。陆游是南宋伟大的爱国诗人，在词方面也有很高的成就。他的词风格多样，“纤艳处似淮海，清丽缠绵，圆润清逸；雄快处似东坡，慷慨雄浑，激情荡漾”。著有《渭南词》等，现存词一百四十余首。

南乡子

归梦寄吴樯①，水驿②江程去路长。想见芳洲初系缆③，斜阳，烟树参差认武昌。　　愁鬓点新霜④，曾是朝衣染御香⑤。重到故乡交旧少，凄凉，却恐他乡胜故乡。

[注释]

①吴樯：归吴的船只。②驿：古时传送文书者休息、换马的处所。这里泛指行程。③芳洲：指鹦鹉洲，在武昌东北长江中。缆：靠岸后固定船只所用的铁索或粗绳。④霜：指白发。⑤朝衣染御香：谓在朝中为官。

[词解]

词人一个人乘船返回吴地，尽管已经走了很长时间的路，可是前方的路还很漫长，他因此感到担心，于是将早日归家的梦寄托在了那艘船上，他希望船能够一帆风顺，早日回到吴地。在词人的想象中，自己会在落日的余晖中抵达武昌，将船系在小洲的岸边，一定可以看到山上山下，有一片被炊烟笼罩着的参差起伏的树木。词人感叹自己已经老了，追思曾为朝官，离开朝廷已经很久了。这次东归，是奉孝宗的诏命，念旧思今，一样是前程难卜，感情复杂，滋味当然不好受。久别回乡，故旧多已死亡、离散，这种变化怕比客居他乡所引发的寂寞与伤感更大，更让人痛断肝肠！

[词评]

入手处仅写舟行，已含有客中愁思。“斜阳”二句秀逸入画。继言满拟以还乡之乐，偿恋阙之怀，而门巷依然，故交零落，转不若寂寞他乡，尚无睹物怀人之感，乃透进一层写法。

——俞陛云《唐五代两宋词选释》

[词人逸事]

陆游在二十八岁那年第一次参加了科举考试，由于他才华出众，主考官陈子茂决定录取他为第一名。可是奸相秦桧的孙子也在那一年参加了考试。早在开考之前，秦桧就向陈子茂频频发出“暗示”，让陈子茂把自己的孙子录为第一名。但陈子茂根本不予理睬，坚持将陆游列为第一名。秦桧因此很不高兴，不久就借故罢免了陈子茂的官职。到第二年复试的时候，礼部的主考官仍然不理睬秦桧的授意，坚持要将陆游的名字列在秦桧孙子之前。秦桧非常生气，暗中插手，让陆游名落孙山。直到秦桧死后，宋孝宗做了皇帝，才赐与陆游“同进士出身”，陆游这才正式步入政坛。而此时的陆游已经快四十岁了。

临江仙

离果州作

鸠雨[1]催成新绿，燕泥收尽残红。春光还与美人同。论心空眷眷[2]，分袂(mèi)[3]却匆匆。　只道[4]真情易写，那知怨句难工[5]。水流云散各西东。半廊花院月，一帽柳桥风。

[注释]

①鸠雨：相传鸠鸟每逢阴天就会将配偶赶走，等到天晴就又将其呼唤回来。因此民间有俗语说道：“天将雨，鸠逐妇。”②眷眷：依恋不舍的样子。③分袂：离别，分手。④只道：犹言“只知”。⑤那知：即“哪知”，哪里晓得。工：细致，精巧。

[词解]

在鸠鸟的啼叫声中，雨水降落，草木都变得一片翠绿；雨后，燕子开始忙碌起来，将满地的落英残红和着泥土都衔来做巢。春光和美人都是一样的，在相聚时，双方都是无比的眷恋，可是到分手的时候就变得依依不舍了。惜别时不禁感叹，正是在这匆匆分别的时刻才感觉前些时日的无限依恋如梦幻一样，一切成空。只知道真情是容易表达的，却不晓得分别的离情别绪，无限愁怨，难以真切地表达。水流而去，云散过后，他们也将各自东西了。离别时，明月照着半个花院，旅途中和风轻轻吹着，像是在诉说着无边的愁绪。

[词评]

词写与一位女子的离别，兼有伤春情绪。

——丁炳贵《婉约词与豪放词鉴赏》

钗头凤

红酥手[1]，黄縢(téng)酒[2]，满城春色宫墙柳[3]。东风[4]恶，欢情薄[5]。一怀[6]愁绪，几年离索[7]。错[8]！错！错！　春如旧，人空瘦，泪痕红浥(yì)鲛绡透[9]。桃花落，闲池阁[10]。山盟[11]虽在，锦书[12]难托。莫[13]！莫！莫！

[注释]

①酥手：像酥油一样柔软细腻的手。②黄縢酒：即黄封酒，用黄纸封口的酒。縢，意为缄封。③宫墙柳：种在围墙边上的柳树。④东风：原指春风，这里用来比喻摧残爱情的恶人。⑤欢情薄：恩爱美好的感情无法持久，指两个人的缘分浅薄。⑥一怀：满怀。⑦离索：离群索居，暗指自己与唐琬被迫离婚。⑧错：指自己被迫顺从了母亲的意愿与唐琬离婚是错误的，包含着后悔之意。⑨泪痕红浥鲛绡透：指眼泪冲掉胭脂，浸湿并且染红了手帕。红，指胭脂的红色。浥，湿。鲛绡，据说南海之中有鲛人，像鱼一样生活在水中，它们织出来的丝非常薄，而且入水不湿，这里指很薄的纱质手帕。绡，生丝。⑩闲池阁：指沈园之中的亭台在词人看来已经非常荒凉。⑪山盟：坚贞不变的誓约。⑫锦书：写在锦帛上面的书信，这里指情书。⑬莫：罢，休，意思是“算了”。

[词解]

曾几何时，唐琬与词人共同游玩沈园。唐琬纤嫩的手拿着酒壶为词人殷勤把盏，他们喝的是用黄纸封口的官酒，那时沈园围墙边的柳树都发芽了，两人幸福地在一起欣赏满城春色。但今日重游旧地，从前与自己恩爱欢好的爱人因为东风的猛烈吹打而分散了，可是沈园的景色却仍然像以前一样，但越是如此，就越让人感到烦恼。往日的恋人尽管依旧是那么美丽，可是早就嫁给了别人，酒杯里的酒虽然醇香味美，却都落上了两个人伤心的泪水。眼前的景色越是动人，就越让词人感到今天相会时的凄苦和酸楚。恩爱的小夫妻被“东风”无情地拆散，两个人的“欢情”成为往事，而“离情”却成了长久的痛。满怀愁绪，痛伤别离。这究竟是谁的错?
今日相逢，已是物是人非，她已经为相思而消瘦下去，眼里含着伤心的泪水。词人满眼看到的是花落人稀，亭台荒凉。当初的山盟海誓虽然还在，但已经无法传达彼此的心意了，就不要再提了吧！两个人明明是相爱的，可是却因为外界的原因无法去爱；已经无法去爱，可是又实在难以将那缕情丝割断。在一刹那间，爱、恨、痛、怨，还有词人看到爱人那憔悴的容貌与悲戚的情绪之后产生的怜惜、抚慰的意绪，一下子全都汇集在了一起，真如万箭穿心一般。事情已经发展到了这个地步，再也没有办法来补救，再也没有办法来挽回了，纵然是感慨万千，但想它还有什么用呢？一切都算了吧！

[词评]

这首《钗头凤》最动人处是真情。作者通过与旧日情侣不堪的重逢，描写了二人深挚而无告的爱情和难以解脱的愁怀，表达了对封建礼教及其代表者的不满和抗议。字字血，声声泪，令“闻者为之怆然”。

——杨杰（见《唐宋词鉴赏辞典》）

[词人逸事]

这首词所写的是陆游本人真实的爱情故事，也是一个令人同情的悲剧故事。陆游的原配妻子唐琬本是同郡唐氏家族的一位贤淑女子，而且还是陆游的表妹。两人结婚之后，“伉俪情深”，“琴瑟甚和”，可以说是情投意合，恩爱非常。没想到，一手包办这桩婚姻的陆母却对儿媳唐琬非常厌恶，逼着陆游休了唐琬。陆游苦苦求告，希望母亲收回成命，但陆游的母亲坚决不听，两个人最终被迫分散，唐琬改嫁了同郡的士人赵士程，从此双方音讯全无。就这样过了几年，陆游在一个偶然的机会去游览家乡山阴（今绍兴市）城南禹迹寺附近的沈园，在那里巧遇跟随丈夫同游的唐琬。唐琬命人安排了一桌酒宴，请陆游相会。陆游看到以前的爱人，内心感触颇多，于是在酒后填了这首词，并且题在了沈园的墙壁之上。两人分别之后，唐琬再游沈园，看到了这首词，于是也和了一首《钗头凤》词。回家以后，唐琬郁郁寡欢，没过多久就去世了。

卜算子

咏 梅

驿外断桥边，寂寞开无主[1]。已是黄昏独自愁，更著[2]风和雨。　无意苦争春[3]，一任群芳[4]妒。零落成泥碾(niǎn)作尘[5]，只有香如故。

寂寞开无主

[注释]

①开无主：指没有人看护，自开自落。②更著：又遭受，再加上。③争春：指百花竞芳斗妍，争占春色。④一任：完全听任，满不在乎。群芳：百花。此处喻指朝中奸臣。⑤碾作尘：被碾轧成粉末。

[词解]

梅花是一种清雅脱俗、象征着高洁的植

物，这一点远远胜过其他的花，但是现在居然在野外的驿站旁边生长，旁边还是一座破败不堪的断桥，这样的地方当然没有什么人来，所以梅花也就受到冷落了，不过幸好词人还是能够注意到它。四季轮替，梅花默默地绽放，又默默地凋零，从来没有人来欣赏它。它孤零零地生长在那里，四周一片荒凉，日暮时分，夕阳斜照，夜色朦胧，当凄冷的风雨发作时，那孤单瘦弱的梅花又如何来承受呢？春天，本应是一个百花齐放、争奇斗艳的季节，但是梅花却没有“苦争春”，而是冒着严寒率先开放，向人们报告春天的到来。其实梅花并不是故意要和百花争春，只是出自一片赤诚，平淡而自然，就算“群芳妒”，也与自己无关，就任由它们妒忌去吧。就算最终自己会凋零飘落，被驿道上的车马碾轧成泥土灰尘，它也仍然会保持着自己原有的那种清香。

[词评]

末二句大为梅誉。

——潘游龙《古今诗馀醉》

范成大

范成大（1126–1193），字致能，号石湖居士，吴县（今江苏苏州）人，南宋文学家。范成大擅长田园诗，在诗歌方面与陆游、杨万里、尤袤并称为“南宋四大家”。他的词在风格上大多清逸婉峭，也有不少愤慨苍凉的作品，不过不如辛弃疾的词风那样激昂豪放。著有《石湖词》。

南柯子

怅望梅花驿①，凝情杜若②洲。香云低处有高楼，可惜高楼不近木兰舟。　缄(jiān)素双鱼远③，题红片叶秋④。欲凭江水寄离愁，江已东流那肯更西流。

[注释]

①“怅望”句：出自陆凯《寄赠范晔》：“折梅逢驿使，寄与陇头人。江南无所有，聊赠一枝春。”这里化用诗中之意。驿：旅舍。②杜若：植物名，即燕子花。出自屈原《九歌·湘君》：“采芳洲兮杜若，将以遗兮下女。”③“缄素”句：意谓想托鲤鱼传信，可是距离太远，不知道能否送到。④“题红片”句：意谓想在红叶上题诗寄情，但叶已枯萎了。范摅《云溪友议》卷十中记载：唐宣宗时，卢渥前往京赶考，偶然路过御沟，拾到一片红叶。上题诗云：“流水何太急，深宫尽日闲。殷勤谢红叶，好去到人间。”此用其典。

［词解］

词中的这位离人因为没有得到对方的消息，所以在驿站里翘首盼望，希望已经一次一次落空，但他还是在盼望。男主人公欲得到伊人所寄之梅，期盼能够得到她的消息而久等也等不到，因而满怀惆怅。想采香草杜若寄给伊人，却不知该寄到何处，只能徒劳地凝情而望。飞来送信的大雁没有见到，想找一只大雁为自己送信也很困难。他得不到对方的消息，心驰神往，想到了她居住的地方。那雾气迷蒙、香烟缭绕、帘幕低垂的高楼，就是她的住所。但是她的高楼却没有临着水，所以他们的音信无法传达。双方相隔遥远，既然书信难通，女子想借一片红叶题诗，以表达对他深沉的思念。她临水抛出红叶，目送它飘然离去，心中有一丝渺茫的希冀。但是，江水东流，而对方却在西边，江水不会倒流，还有什么方法能传达他们彼此的情意呢?

［词评］

词上下片的开头两句都是用典，言简意赅。末两句又以叹惋结束，似直而实曲，韵味悠长。全词遣词造句简古质朴，而意蕴醇真深厚。

——王锡九《唐宋词鉴赏集》

［词人逸事］

范成大出身贫寒，父母在他很小的时候就去世了，但是艰难的生活并没有让他意志消沉，反而使他变得坚韧不屈。宋高宗绍兴二十四年（1154），范成大考中了进士。1170 年，他以起居郎、代理资政殿大学士的身份，受皇帝的任命出使金国，因为拒绝接受金国诏书时的礼仪并向金国索取河南北宋诸帝的“陵寝”，范成大在金国朝廷上“词气慷慨”，不畏强暴，义正词严，因此几乎被杀，最终范成大维护了宋朝的尊严，并且“全节而归”。回到宋朝以后，范成大写了出使金国的日记《揽辔录》。

鹊桥仙

七　夕

双星①良夜，耕慵(yōng)织懒②，应被群仙相妒。娟娟月姊③满眉颦，更无奈、风姨④吹雨。　　相逢草草，争如休见，重搅别离心绪。新欢不抵旧愁多，倒添了、新愁归去。

［注释］

①双星：指牛郎和织女星。②耕慵织懒：传说牛郎耕田，织女织布，七夕之期，他们都无心耕织，给人“慵”、“懒”之感。③月姊：指月中嫦娥。④风姨：即风神。《酉阳杂俎续集·支诺皋》：“封十八姨乃风神也。”

［词解］

七夕良夜，织女当渡银河和牛郎相聚。这时身在银河两岸的牛郎和织女，一个已经没有心情再耕种，另一个也没有心情再纺织了，因为他们都想着赶紧见到心上人，此情此景，就连天上其他的仙女也都有些忌妒了。容貌美丽的嫦娥紧皱双眉，风婆婆也鼓动起了风雨，她们都是因为妒忌织女才做出了这样的举动啊！牛郎和织女的爱情真的是让人羡慕，而且非常可贵。七夕的相会，只能匆匆见上一面，有人说见面不如不见，因为见面之后只能重新撩乱人们心中的万千愁绪。匆匆见面的喜悦还没有来得及回味，就会被旧愁所取代，反倒会让自己带着很多难以承载的新恨离去。

双星良夜

［词评］

唐词多缘题，所赋《临江仙》则言仙事，《女冠子》则述道情，《河渎神》则咏祠庙，大概不失本题之意。

——黄昇《花庵词选》

［词人逸事］

乾道七年（1171）八月，范成大以集英殿修撰的身份被任命为静江（治所今桂林）知府、广西经略安抚使。他在广西任职两年，实行了很多改革措施，也让老百姓的生活得到了改善，其中范成大所进行的一项重要改革，便是改革积弊甚多的马政。在古代，马匹可以说是很重要的国防物资。南宋时期，由于北方的国土被金人占领，朝廷只好在邕州横山寨（今田东县平马镇）采购战马，有些不法之徒充当掮客，从中牟取暴利，导致马政变得非常混乱，有些人在出售给朝廷的马匹当中，掺杂了大量的有病马匹，而朝廷拨给地方官员的草料钱也有很大一部分被贪污。范成大在了解了这些弊端之后，接连向朝廷上了四道奏疏，指出应该对马政进行改革，并且举出了具体的措施。朝廷很快就批准了范成大的建议。改革实施之后，马政得到了有效的规范。以前朝廷在邕州买马的数量是每年 1600 匹，而范成大到任之后，朝廷购买马匹的数量就骤然升至 3000 匹，创下了南宋在广西买马的最高纪录。由此可见，范成大不仅是一位著名的文人，在政治上也很有建树。

秦楼月

浮云集，轻雷隐隐初惊蛰。初惊蛰，鹎鸠[1]鸣怒，绿杨

风急。　　玉炉烟重香罗浥[2]。拂墙浓杏燕支[3]湿。燕支湿，花梢缺处，画楼人立。

花梢缺处，画楼人立

［注释］

①鹁鸠：又名鹁鸪。据说天要下雨的时候，鹁鸪会发出急促的鸣叫声。②浥：湿润。③燕支：一种植物，它的花可以用来做胭脂。

［词解］

此时距离惊蛰节气已经很近了，天上响起了隐隐的雷声，翠绿的杨柳枝条随风飞舞，浓密的杏花越过院墙，向人们昭示着春天的到来。燕支花娇艳欲滴，春天的景色是那么美好。在这一片美好的景色中，又有“花梢缺处，画楼人立”，使景物之中有了人的存在，词中所描绘的画面也便产生了一个鲜活的意境。

［词评］

石湖为南宋大诗人之一。其诗极清疏有致，词亦如之。

——薛砺若《宋词通论》

秦楼月

楼阴缺[1]，阑干影卧东厢月。东厢月，一天[2]风露，杏花如雪。　　隔烟催漏金虬(qiú)[3]咽，罗帏暗淡灯花结[4]。灯花结，片时春梦[5]，江南天阔。

［注释］

①楼阴缺：楼阁都被树木遮挡住了，只露出了一个角。②一天：满天。③金虬：即铜龙，这里指用来计时的漏壶上装饰的铜制龙头。④罗帏：用轻纱做成的帐子。这里指闺房。灯花结：灯芯久燃，余烬凝成灰结，形如花状，称灯花。旧俗认为灯结花表示有喜讯。⑤片时：短暂的时间。春梦：指与爱人相会的好梦。

［词解］

在溶溶的月色下，被浓密的树荫遮蔽的楼阁只露出来一个角，但是楼上栏杆的影子还是落在了东面厢房的地上。眼前的景色是那样的清幽，在这深夜之中，更是如此。天空就像水一般清澈，清风阵阵，露水渐浓，不远处是一片盛开了的杏花，那杏花在月光的映照下，显得明净洁白，就像无瑕的雪一样。久在闺中的少妇，一直生活在这样一座幽静雅致的园林里面，孤独寂寞，心情十分惆怅。她独自一人在罗帏中睡眠，却始终无法入睡，因为她一直在想念着远方的那个人，这时灯芯因为长久的燃烧而结出了灯花，屋子里的光线变得越来越暗，时间似乎停止了，一切都是那样的沉寂，只有那装饰在漏壶上的铜龙，穿透一阵阵烟雾传送过来一点一点的漏滴之声，证明了时间仍然在流逝着。在满心愁苦的女子听来，那就像一阵一阵哽咽抽泣的声音。少妇在一种迷离恍惚的状态下睡着了，在梦里，她的魂魄似乎飞到了江南，江南的天是那么蓝，江南的水是那么美，女子在那里与自己的爱人见面了，分外欢喜。可是当她醒来以后，自己怀念的人又在哪里呢？恐怕也只能在梦里和他见一面了。

[词评]

上阕言室外之景，月斜花影，境极幽俏。下阕言室内之人，灯昏欹枕，梦更迷茫，善用空灵之笔，不言愁而愁随梦远矣。

——俞陛云《唐五代两宋词选释》

霜天晓角

晚晴风歇，一夜春威①折。脉脉②花疏天淡，云来去、数枝雪③。　　胜绝④愁亦绝，此情谁共说。惟有两行低雁，知人倚、画楼月。

[注释]

①春威：指初春时节的寒意仍然很重，似乎在显示严寒的威力一样，民间称这一现象为“倒春寒”。②脉脉：饱含深情的样子。③数枝雪：几枝梅花洁白得就像雪一样。④胜绝：美妙之极，胜过一切。

[词解]

时至傍晚，天色晴明，风也停息了，料峭的春寒发挥了自己的威力，在一夜之间就把梅花摧残得不成样子。此时的天空仍然是淡蓝色的，梅花的花枝很稀疏，一副含情脉脉的样子，浮云来回飘动，梅花如雪，天气虽然清冷，但景物仍然很动人，可以说是美妙之极，但也因此让主人公的内心充满了愁绪，不知道这样的愁绪可以向谁来倾诉呢？天空中低低地飞过了两行大雁，它们似乎也看到有一个人独自倚着画楼上的栏杆，正抬头仰望着同样孤零零的明月。

眼儿媚

萍乡道中乍晴，卧舆中，困甚，小憩柳塘。

酣酣日脚[1]紫烟浮，妍暖破轻裘[2]。困人天色，醉人花气，午梦扶头[3]。　　春慵恰似春塘水，一片縠（hú）纹[4]愁。溶溶泄泄[5]，东风无力，欲皱还休。

［注释］

①酣酣：日光温暖柔和。日脚：日光照射处。②妍暖：微暖，轻暖。破：敞开。轻裘：薄袄。③扶头：扶头酒的简称，本指极为浓烈、容易让人喝醉的酒，这里形容醉得昏昏沉沉的样子。④縠纹：形容细微的水波。⑤溶溶泄泄：水波微漾的样子。

困人天色，醉人花气，午梦扶头

［词解］

春天到来了，天气似乎一下子变得晴朗起来，天上的云彩、地上蒸腾起来的水汽都显得非常活跃，大好的春光令人觉得温暖，于是就脱掉了冬衣，换上了轻便的裘衣。这样的天气让人觉得非常舒服，也更容易让人沉醉在一片暖融融的花香之中，整个人不禁变得慵懒困乏，再加上因为喝了酒而变得昏沉，于是便在中午小睡，那种感觉真的很惬意。春天的慵懒感觉就如同春天池塘里那一阵阵细小的波纹，总让人感觉有那么一种微妙而又无法言明的闲愁。那一塘的春水荡漾着波纹，在柔柔的东风的吹拂下，想要泛起一阵阵涟漪，却又好像是没有那么大力气似的，始终保持着平静。内心的闲愁也如同这一塘的春水，来来去去，时浓时淡，令人无法确定，却又无法完全排解。

［词评］

上阕“午梦扶头”句引起下文。以下五句借东风皱水，极力写出春慵，笔力深透，可谓入木三分。

——俞陛云《唐五代两宋词选释》

醉落魄

栖乌飞绝，绛河绿雾①星明灭。烧香曳簟(diàn)眠清樾(yuè)②。花久影吹笙，满地淡黄月。　好风碎竹声如雪③，昭华三弄④临风咽。鬓丝撩乱纶(guān)巾⑤折。凉满北窗⑥，休共软红说⑦。

［注释］

①绛河：天河，银河。绿雾：银河旁的云雾。②曳簟：拖着竹席。清樾：凉爽的树荫。樾，两木交聚而成的树荫，亦指道旁成荫的树。③雪：形容笙声清越。④昭华：古乐器名，此指笙。三弄：三遍。⑤纶巾：古代一种用丝带做的头巾。多为儒将所冠。⑥北窗：指书房，常兼会客之所。⑦软红：指繁华胜景。说：同“悦”，愉快。

［词解］

这首词描写了词人在罢官闲居之后的一个清凉寂静的夜晚吹笙自娱时的情态。当时已经是深夜，乌鸦已经飞回树林中栖息，不再盘旋飞翔。夜空中的银河笼罩着一层薄雾，透过这层薄雾，可以看到那若隐若现、似有似无的星光。这时，词人恰好点燃了一炉香，将竹席铺开，然后在清凉的树荫下面躺卧下来。词人手里捧着笙，开始吹奏音乐，茂密的花丛随着风儿的吹动来回摇摆，淡黄色的月光铺满了大地，词人吹奏出来的乐曲十分清越，就好像是风儿吹动竹林时发出的琐碎而又静谧的声音，又如同玉器摔碎以后像雪花一样纷纷坠地时发出的清脆声响。词人将一首曲子吹奏了三遍，幽咽的笙声，如泣如诉，令人心中充满了悲戚。那声音穿越了北面的窗户，风将人的鬓角的头发吹乱，头上的纶巾吹掉。这样一个美好的夜晚，这样的情境，对那些终日在滚滚红尘之中奔走追逐的人而言，是很难理解的，他们也很难欣赏这样的生活。

［词评］

此词正咏吹笙也。上解从夜中情景点出吹笙。下解“好风碎竹声如雪”，写笙声也。“昭华三弄临风咽”，吹已止也。“鬓丝撩乱”，言执笙而吹者，其竹参差，时时侵鬓也。如吹时风来则“纶巾折”，知“凉满北窗”也。

——宋翔凤《乐府余论》

杨万里

杨万里（1127–1206），字廷秀，号诚斋，吉州吉水（今属江西）人，南宋著名诗人。杨万里为人正直，而且在南宋朝廷中一直坚持抗金的主张，丝毫没有畏惧大权在握的主和派，也因此受到了时人的称道。他在诗歌方面与尤袤、范成大、陆游并称为“南宋四大家”。他的诗风格清新，立意新颖，语言通俗，号称“诚斋体”。他的词风自然活泼，清俊开朗，与诗风很相似。著有《诚斋集》。

好事近

七月十三日夜登万花川谷望月作

月未到诚斋①，先到万花川谷②。不是诚斋无月，隔一林修竹③。　如今才是十三夜，月色已如玉。未是④秋光奇绝，看十五十六。

［注释］

①诚斋：作者书斋名。②万花川谷：作者家中的花园名。③修竹：修长挺拔的竹子。④未是：还不是，还不到。

［词解］

月光还没有洒进到我的书房诚斋，先将一片清辉照进我的花园万花川谷。并不是月光无法照进诚斋，只是我的书房前面种着一片修长挺拔的竹子。今天是十三，夜晚的月光已经晶莹皎洁如同美玉一般了。尽管如此，现在也不是欣赏美丽月色的最好时候，应该等待十五、十六两天，那时才能欣赏到最美丽的月亮。词人为自己能够在十三的晚上看到如此美妙的月色感到欣喜，尽管此刻的月色已经如同美玉一般，令词人无限陶醉，但词人也很明白，要想欣赏到最美丽的月色，还是要等到最佳的时刻，也就是十五、十六两天。

如今才是十三夜，月色已如玉

［词人逸事］

杨万里一生都极力主张对金国作战，收复“靖康之变”时失去的中原土地，反对朝廷采取求和政策，因此，他在很多上呈皇帝“御览”的“书”、“策”中都陈述了国家存在的弊政，认真分析了投降政策的失误，这些书、策都反应出了杨万里强烈的爱国之情。他为官清廉，努力使自己的政令不去干扰地方的百姓，当时著名的诗人徐玑曾经写诗称赞他说“清得门如水，贫惟带有金”。在担任江东转运副使期间，他的俸禄非常优厚，任满调职之时，他已经积攒了很多余钱，完全可以归老田园，悠然度日，可是他并没有带着那些俸禄走，而是留在了官库。由于触怒了当时的权贵，杨万里郁郁不得志，根本无法施展自己的抱负，于是辞官回家，从此再也没有出仕，朝廷几次下令征召他做官，他都以身体多病推辞了。开禧二年（1206），杨万里由于痛恨权臣韩侂胄误国误民而一病不起，于同年去世了。

昭君怨

咏荷上雨

午梦扁舟花底①，香满西湖烟水②。急雨打篷③声，梦初惊。　　却是池荷跳雨④，散了真珠还聚。聚作水银窝，泻清波。

［注释］

①扁舟：指小船。花底：花丛之下。②烟水：水波浩渺，轻雾迷蒙。③急雨：下得很急、停得也很快的雨。篷：覆盖在船上，用来遮挡日光、雨水的东西。④跳雨：雨珠溅落。

［词解］

词人在午睡的时候梦到自己驾驶着一叶扁舟在西湖上游览，荷花高高地开出水面，小船在荷花下行驶，水面上笼罩着一层水雾，荷花的香气飘荡在四周。突然下起了一阵很急的雨，雨点“啪啪”地打在船篷上面，一下子将他从睡梦中惊醒了，之前在梦中见到的扁舟、荷花、烟水全都消失不见了。

可是等词人清醒过来之后，才发现梦境和现实是紧密地联系在一起的。原来，词人在梦里听到的“急雨打篷声”，竟然是雨点打在自己家门前池塘里的荷叶上所发出的声音。一个“跳”字，点明了雨确实下得非常急，不是雨滴，而是雨珠。它们在荷叶上活蹦乱跳，就像一粒粒的珍珠，每一滴雨珠降落在荷叶上面，就会将原来聚合在一起的雨水打散，之后再重新聚集在一起，由此我们也可以看出诗人的观察是多么仔细。落在荷叶上的雨珠越来越多，就像水银一样，可是叶面总有无法承受雨水重量的时候，每当荷叶上积满雨水，荷叶便会猛地一倒，将雨水倾泻到池塘里。

［词人逸事］

杨万里为人刚正不阿，遇事敢于直言，不畏权贵，因此总是无法受到重用。不过他对于仕途的升降也并没有斤斤计较，在担任京官期间他就做好了随时丢官的准备。韩侂胄掌权，杨万里在家闲居长达十五年。有一次韩侂胄修建了一座花园，想请杨万里写一篇“记”，并且许诺，只要杨万里答应，就会给他高官厚禄，杨万里坚决推辞，表示“官可弃，‘记’不可作”。当时有位名叫葛天民的诗人称赞他“脊梁如铁心如石”。

朱淑真

朱淑真（约1135—约1180），自号幽栖居士，钱塘（今浙江杭州）人，一说海宁（今浙江海宁）人，南宋女词人。朱淑真出生于一个官宦之家，曾经跟随丈夫历吴、越、荆楚等地，她的婚姻很不幸，最后抑郁而终。她擅长绘画，通晓音律，在诗词方面的造诣也很高。她的词大多是一些风格幽怨哀伤的作品，风格清丽，语言平淡但表达的感情却很强烈。著有《断肠词》，今存词二十余首。

谒金门

春半

春已半，触目此情无限。十二阑干①闲倚遍，愁来天不管。　好是风和日暖，输与莺莺燕燕②。满院落花帘不卷，断肠芳草远。

［注释］

①十二阑干：极言阑干之多，并非实指。②莺莺燕燕：成双成对的莺燕。意谓春光明媚，莺歌燕舞。

［词解］

在这仲春时节，风和日丽，莺燕纷飞，到处都是一片美景，可是词人想到那已经离开家乡、沦落天涯的恋人，忍不住思绪万千，心神难安。春天已经悄悄地走过了一半的时光，词人触目伤情，没有办法来排遣内心的愁苦。词人千方百计地想要摆脱这种愁绪的烦扰，倚遍阑干，却仍是摆脱不了这份牵挂的离愁。这样美丽的景色，原本应该是让成双成对的恋人来欣赏的，但是自己却由于内心的孤寂和忧伤而失去了赏玩的心情，眼见那些黄莺和燕子都是成双成对的，可自己却是孤零零的一个人，内心充满了无限的惆怅。庭院中遍地都是落花，珠帘也没有卷起来。词人思念的那个人此刻也正在遍地芳草的地方，只是那里太过遥远，纵使相思，也无法相聚，词人忍不住又产生了相思断肠的感受。

［词评］

这是一首写闺中春愁的小词。上片写仲春时节，眼前景色，触目生愁。……

下片写闺中人在这风和日暖的大好春光中，想起了自己所怀念的人，不禁愁绪万端，感到还不如成双成对的鸟儿，因此不愿再看见满院落花和断肠芳草。通篇哀婉细腻，愁思无限。

——惠淇源《婉约词全解》

触目此情无限

[词人逸事]

朱淑真自幼非常喜欢读书，而且文思敏捷，在当地小有名气。有一次，她的父亲骑着驴进城，没想到驴受了惊吓，冲撞了县官，县官一生气，就把她的父亲抓起来了，驴也被扣下了。朱淑真听说以后，就跑到县衙为父亲求情。县官早就听说朱淑真才思敏捷，于是让她以“夜”为题，用诗表现八个“不打”，诗中却不能出现“打”字，如果能够作出这首诗，县官就放了她的父亲。朱淑真立刻做了一首“不打诗”:“月移西楼更鼓罢（不打鼓），渔夫收网转回家（不打渔）。卖艺之人去投宿（不打锣），铁匠熄炉正喝茶（不打铁）。樵夫担柴早下山（不打柴），飞蝶团团绕灯花（不打茧）。院中秋千已停歇（不打秋千），油郎改行谋生涯（不打油）。老父失礼碰尊驾，乞望大人饶恕他。”县官一听非常高兴，于是下令放了朱淑真的父亲。

清平乐

夏日游湖

恼烟撩露[①]，留我须臾住[②]。携手藕花湖上路，一霎黄梅细雨[③]。　娇痴[④]不怕人猜，随群暂遣愁怀。最是分携时候，归来懒傍妆台。

[注释]

①恼烟：迷蒙的烟霭惹人春心荡漾。撩露：晶莹的露珠撩拨得人情难自已。②须臾住：短暂的盘桓、逗留。③黄梅细雨：初夏梅子黄熟时的雨。④娇痴：天真活泼又不通晓世事的样子。这里指处于情窦初开时期的少女那种特有的娇憨痴迷的情态。

［词解］

一名女子在含烟带雾的梅雨季节来到湖上，在与恋人相见后，他们一块游玩。正当两个人手拉着手一起欣赏湖面上盛开的荷花时，天上突然下起了一阵蒙蒙的细雨。他们在一个偏僻安静的地方停下来避雨，互相倾诉着爱意。当两个人的爱意倾吐到高潮的时候，她展现出了无限的娇柔和妩媚，内心的爱情火焰熊熊燃烧，然后就不顾羞怯地扑进了对方的怀里。她此时一句话也不说，只是脉脉含情地望着对方，躺在对方的怀里享受着人间最美好的爱情，如痴如醉。天色已晚，他们不得不分开。回到自己家里，这位女子总感到内心一阵空虚和失落，做什么事情都觉得无聊，就连平时最喜欢的梳妆台都不愿靠近了，根本没有心情去梳妆打扮！

［词评］

此词写天真少女与恋人相会的喜悦与离别的惆怅。上片点明留住须臾，故当时携手情景，藕花细雨历历在目；下片追写依恋情态，表现出对爱情的大胆追求；歇拍二句，叙分别时难言的情景，只用“最是”两字，蕴含无限眷恋之情，归来后哪得不怅然若失。词中点缀夏日风光，使形象更为饱满。

——惠淇源《婉约词全解》

［词人逸事］

朱淑真年轻的时候天真烂漫，性格开放，经常有“娇痴不怕人猜，和衣睡倒人怀”等惊世骇俗的举动，因此受到一些道学家的指责，她的父母也觉得脸上无光，对她管教得更为严厉。当时朱淑真已经有了意中人，可是父母怕她做出伤风败俗之事，硬是不许二人来往，不久又给她找了一个她根本不喜欢的人做丈夫。朱淑真结婚后郁郁寡欢，没过多久就病死了。她去世之后，父母将她的诗稿付之一炬。不过，由于她的诗词有很多已经流传开来，所以这些诗词也并没有完全消失。南宋淳熙九年（1182），有个名叫魏仲恭的人，把朱淑真残留的作品整理出版，取名《断肠集》。但是，这本集子里的诗词，还不到朱淑真所有作品的百分之一。

菩萨蛮

咏梅

湿云不渡[1]溪桥冷，娥寒[2]初破东风影。溪下水声长，一枝和月香。　　人怜[3]花似旧，花不知人瘦。独自倚阑干，夜深花正寒。

[注释]

①湿云：饱含水汽的云。渡：移动，运动。②娥寒：寒冷的月光。娥，嫦娥，代指月亮。③怜：爱惜。

[词解]

饱含水汽的浓云像是凝结在空气中，在凄冷的溪桥边长久停留。溪桥被浓浓的云雾笼罩，更显凄凉。桥下的溪水向东流去，发出潺潺的水声，一枝梅花在凄凉的月光下格外飘香。不管什么时候，词人都像往日那样爱惜梅花，但梅花却不知道现在的词人已不是从前的那般模样，已是瘦削不堪了。花是否会像人怜惜它一样懂得怜惜眼前人呢？词人独自倚靠着栏杆沉思着，夜越来越深，梅花也散发出了阵阵的寒意，恰恰代表着词人此刻的心境。

[词评]

清新婉丽，蓄思含情，能道人意中事，岂泛泛者所能及。

——魏仲恭《断肠诗集序》

[词人逸事]

在民间传说中，朱淑真死后成了神仙。清朝顺治年间，有个算命先生自称会请神，一个读书人于是就让这个算命先生请来神仙，想问问自己如何能够休掉妻子。算命先生一阵抽搐，果然表现得如同鬼神附体一样，读书人问是哪里的神仙，只见那算命先生在纸上写道："儿家原住古钱塘，曾有诗篇号断肠。"这个读书人并不知道《断肠集》是朱淑真的作品，但看到"儿家"二字，知道是个女子，便问："莫非您是苏小小？"算命先生继续写："漫把若兰方淑士。"读书人又猜："难道是李易安？"只见纸上写道："须知清照易贞娘，朱颜说与任君详。"读书人这才知道这位神仙是朱淑真，于是请"朱淑真"为自己写一首词，"朱淑真"果然笔走龙蛇，立刻写下了一首《浣溪沙》。这件事虽是无稽之谈，但由此可见朱淑真在历代文人心目中的地位是很高的。

眼儿媚

迟迟春日弄轻柔[1]，花径暗香流。清明过了，不堪回首，云锁朱楼[2]。　午窗睡起莺声巧，何处唤春愁？绿杨影里，海棠亭畔，红杏梢头。

[注释]

①轻柔：这里指春风非常轻和温柔。②云锁朱楼：云雾笼罩在了红色的楼阁周围。

[词解]

春日里，阳光温暖，春风和煦，轻柔地安抚着依依杨柳。庭院中鲜花盛开，花丛中有一条幽静的小路，空气中充满了一股花儿的芳香，这样的春天是多么让人着迷啊！但是，清明节过去以后，春季即将过去，词人身居一座被雾气笼罩着的华丽的红色小楼，当她回首往事的时候，内心忍不住产生了万千思绪。慵懒地睡了一个午觉，醒来以后，却听到了黄莺唱出的婉转歌声，这歌声原本是很好听的，此时却将词人的春愁唤醒！词人忍不住想要寻找那只唤醒自己春愁的鸟儿，可是它到底在什么地方呢？仔细寻找，才发现在那翠绿的杨柳丛中，有一座四周种满了海棠花的亭子，在茂密的海棠花丛中，有一棵开满了红杏的杏树，那只黄莺就站在杏树的枝头上唱歌。

[词评]

这首小词，通过春景的描写，宛转地抒发了惜春情绪。上片写风和日丽，百花飘香，而转眼清明已过，落花飞絮，云锁朱楼，令人不堪回首。下片写午梦初醒，绿窗闻莺，声声唤起春愁。结尾三句，构思新巧，含蓄无限。全词语浅意深，辞淡情浓。清新和婉，别具一格。

——惠淇源《婉约词全解》

张抡

张抡（生卒年不详），字才甫，自号莲社居士，汴京（今河南开封）人。他的词大多描写的是山水景物，词风清丽秀雅。著有《莲社词》。

烛影摇红

上元有怀

双阙[1]中天，凤楼十二[2]春寒浅。去年元夜奉宸[3]游，曾侍瑶池宴。玉殿珠帘尽卷，拥群仙、蓬壶阆苑[4]。五云[5]深处，万烛光中，揭天丝管[6]。　驰隙流年[7]，恍如一瞬星霜换。今宵谁念泣孤臣[8]，回首长安远。可是尘缘未断？谩惆怅、华胥[9]梦短。满怀幽恨，数点寒灯，几声归雁。

［注释］

①双阙：皇宫门前两边高大的楼台，中间为通道。②凤楼十二：泛指宫殿的楼阁。③奉宸：侍奉。北宸，北极星座，古代指帝位、皇帝。④群仙：指参加宴乐的群臣。蓬壶阆苑：指帝王的宫苑。蓬壶，海上仙山名。阆苑，神仙的居住地。⑤五云：五色瑞云。此处用以形容元夜宫苑云气色彩纷呈的景象。⑥揭天丝管：谓乐声悠扬，响彻天际。揭，高举。⑦驰隙流年：迅疾易逝的年华。驰隙，一闪而过，喻光阴易逝，《庄子·知北游》："人生天地之间，若白驹之过隙。"⑧孤臣：孤立无助的臣子，或指称亡国亡君之臣。⑨谩：空，徒然。华胥：传说中的古国名。借指梦境。

［词解］

宫殿楼阁高峻，丽日中天。禁内宫殿的凤楼有十几座之多。去年元宵节，侍奉皇帝欢度灯节，宫中宴饮，恍若游览于仙境中一般。宫殿极其豪华，好像蓬莱仙山呈现出了五彩的祥瑞之云。宴会时后妃及宫女们都身着盛装，一个个像仙女下凡一样。在这晚，君臣欢于游乐，弦管乐声响彻云霄。岁月如流水，恍然一瞬之间，又是一年。经历靖康之乱，还有谁顾念孤臣的悲泣？今宵引领北顾，凤城已沦陷，真是不堪回首！对国事未曾忘怀，只是徒然悲伤往事如梦而已。远处几盏寒灯，归雁声声，今年的元宵节已经没有去年的盛况了，只给词人留下无穷的悲恨。

［词评］

词写盛衰异象，笔致浓艳凄忧，兼而有之，抒情诚挚真切，高于豪放词中的叫嚣之作。

——王明孝（见《唐宋词鉴赏辞典》）

［词人逸事］

张抡很喜欢填词，因此受到皇帝的喜爱，据说他每向皇帝献上一首词，皇帝就会立刻让宫中的歌女乐师排练，然后为自己演奏。乾道三年（1167），高宗召集众臣饮宴，张抡就献上了一首《柳梢青》词；淳熙六年（1179）三月，高宗再次召集群臣饮宴，张抡又献上了一首《壶中天慢词》；同一年九月，孝宗巡幸缔华宫，张抡献上一首《临江仙》词。这三次献词，张抡都得到了皇帝的重赏。

蝶恋花

前日海棠犹未破[1]，点点胭脂[2]，染就真珠[3]颗。今日重来花下坐，乱铺宫锦春无那[4]。　剩摘繁枝簪[5]几朵，痛惜深怜，只恐芳菲[6]过。醉倒何妨花底卧，不须红袖[7]来扶我。

［注释］

①犹未破：海棠花蕾还没有绽开。②胭脂：指淡粉红色的海棠花蕾。③真珠：即珍珠。④乱铺宫锦：谓满地落花如多彩的宫锦乱铺。无那：无可奈何。⑤剩：颇，更。簪：戴，插上。⑥芳菲：花的香气。此指春天。⑦红袖：红色的衣袖，代指艳妆美女。

［词解］

前天海棠花还没有绽开，淡粉红色的海棠花蕾一点一点，像女子用的胭脂，有珍珠颗粒那么大。今天重新来到花下，满眼看到的却是落花如多彩的宫锦胡乱地铺在大地上，满地落红，让人感到无可奈何。从残留的花枝上摘下几朵插在头上，不禁为这些残留的几枝花朵深深痛惜、百般怜爱，这芳菲的春天恐怕快要过去了。醉倒在花下，在花下酣眠一夜又有何妨呢？那正是我所愿意的，不需要艳妆美女来搀扶我回屋。

侯寘

侯寘（生卒年不详），字彦周，东武（今山东诸城）人。宋室南渡后居长沙，曾被授予直学士的官职，担任建康知府。死于宋孝宗时。侯寘词风清婉娴雅，著有《懒窟词》。

风入松

西湖戏作

少年心醉杜韦娘①，曾格外疏狂②。锦笺③预约西湖上，共幽深、竹院松窗。愁夜黛眉颦翠，惜归罗帕④分香。

重来一梦觉黄粱，空烟水微茫。如今眼底无姚魏⑤，记旧游、凝伫凄凉。入扇柳风残酒，点衣花雨斜阳。

［注释］

①心醉：倾心爱慕。杜韦娘：唐代时一位著名的歌女。②疏狂：狂放不羁。③锦笺：华美精致的信纸。此指书信。④罗帕：丝织的手帕。⑤无姚魏：没有名花美女。姚魏，即姚黄、魏紫，原指北宋洛阳两种名贵牡丹花，此喻美女，即杜韦娘。

［词解］

年少的时候倾心爱慕那美艳又有才情的歌女杜韦娘，曾经格外放荡不羁。用华美的信纸写信给她，向她表达自己的爱慕之情，并相约她在西湖上相见。那里幽深安静，并且极富诗情画意。用竹篱围成的小小院落，别有一番情调。窗前有青松为伴，在微风的吹拂下，影影绰绰。等待得美人来，一切变得更加美好。天晚分别时，美人紧蹙双眉，夜色顿时充满忧愁。想到她分别回去后，命运难以自己主宰，罗帕的芳香不知又有谁与她分享。词人知道那就不会是他了。词人一觉醒来，原来那只是一场美梦而已。醒来看见的只有烟雾笼罩天空，水波浩渺微茫。如今，词人的眼里再也没有其他的名花美女了，回忆起曾经和韦娘的旧日游览，在水边凝神伫立，倍感凄凉。风吹动柳树，细雨拍打着残花，不觉又是黄昏时候了。

四犯令

月破轻云天淡注①，夜悄花无语。莫听阳关②牵离绪，拚酩酊③、花深处。　明日江郊芳草路，春逐行人去。不似酴醿④开独步，能着意⑤、留春住。

[注释]

①天淡注：谓云层稀薄，天色浅淡。②阳关：即《阳关曲》，此为送别之曲。③拚：不顾惜，豁出去。酩酊：形容大醉。④酴醿：植物名，同“荼蘼”，亦称佛见笑、独步春。春末夏初开花。⑤着意：注意，用心。

[词解]

风儿轻轻地抚弄着云朵，月光穿透了云层，天色淡得如同罩上了一层水雾，在银白色的月光下，地上的夜景看起来是那样的朦胧恬淡。夜深人静，鲜花默默无言，人也无语，满心的惆怅。分别在即，离绪牵人愁肠。不忍听《阳关》送别之曲，那辞情、声情皆悲凄无限，只会增添离人痛苦。无可奈何，只有借酒来麻醉自己。由于没有办法排解内心因离别而产生的愁绪，只能独自面对花丛拼命地饮酒，内心深处那种无法言说也无法排遣的悲苦却令词人“借酒消愁愁更愁”。明天仍然会有行人踏着萋萋芳草路前往远方，那些芳草似乎也有感情似的，懂得追逐着行人的脚步逐渐蔓延到远方，那么，春天是不是也会跟着行人到远方去呢？如果是这样的话，只要阻止住了春天前进的脚步，不就能够让远行的人留下来了吗？那么什么东西可以留住春天呢？词人于是就想到了酴醿这种植物，它的花期最迟，直到暮春时分才会开放。人如果能够像酴醿那样将春光、将行人留到最后一刻，那该有多好啊！

辛弃疾

辛弃疾（1140–1207），字幼安，号稼轩，历城（今山东济南）人，南宋伟大的词人、军事家。由于他力主抗金，并且坚持打击地方豪强，受到主降派的猜忌和排挤，从三十四岁起便去职闲居于江西上饶、铅山两地，闲居的时间长达二十多年。期间多次被起用，但每次都是很快就被罢官，最终忧愤而死。辛弃疾的词与苏轼并称为“苏辛”。他的词大多数都是豪放之作，风格激昂豪迈，沉郁悲慨，不过辛弃疾也有相当数量的风格清纯柔婉的词作，有些词的婉约之美，不亚于小晏、少游。著有《稼轩长短句》，今存词六百二十多首，是词作留存至今数量最多的词人。

青玉案

元夕①

东风夜放花千树②，更吹落、星如雨③。宝马雕车香满路。凤箫声动，玉壶④光转，一夜鱼龙舞⑤。　蛾儿雪柳黄金缕⑥，笑语盈盈暗香⑦去。众里寻他千百度。蓦然回首⑧，那人却在，灯火阑珊⑨处。

[注释]

①元夕：阴历正月十五为元宵节，是夜称元夕或元夜。②花千树：形容花灯繁多，像千树开花。③星如雨：焰火纷飞，洒落如雨。④玉壶：指月亮。⑤鱼龙舞：指舞动鱼形、龙形的彩灯。⑥蛾儿雪柳黄金缕：古代妇女元宵节时头上佩戴的各种装饰品。此指盛装的妇女。⑦盈盈：声音轻盈悦耳。亦指仪态娇美的样子。暗香：本指梅花，此借指美人。⑧蓦然回首：猛然回头。⑨阑珊：零落稀疏。

[词解]

元宵节的火树银花，好像春风吹开百花一样，花团锦簇，争奇斗艳。夜里燃放的焰火，就如流星雨爆发一样灿烂美丽。灯会热闹非凡，车如流水马如龙，游人往来穿梭。凤箫的声音在四处飘动，月亮的光辉在不断流转，民间艺人们舞动着鱼形、龙形的彩灯。但是，上片这一片热闹的场景，并不代表词人此时真正的心情，而只是铺垫。这种铺垫一直延续到了下片，“蛾儿雪柳黄金缕，笑语盈盈暗香去”，描写了一群赏灯归去的时髦女郎，但是这也只是为了突出作者心中那位孤芳自赏，与世俗女子完全不同的“伊人”。这位独处于灯火阑珊之处的美人，可以说是自己的真实写照。因为辛弃疾南归以后一直都担任类似杭州司农寺主簿这样的小官，远大的理想和抱负难以施展，心中郁闷，此时又恰逢张浚北伐失败，朝廷上下无人再敢言战，辛弃疾因为是北人南归，又备受猜忌，作者有苦难言，知音难觅，心中苦闷不已。因此作者在本词中所描写的美人形象，正是作者自己这样宁愿受到冷落，也决不与那些投降派和贪图苟安的人同流合污的正直人士的写照。

[词评]

稼轩心胸，发其才气，改之而下则犷。何尝不和婉。

——谭献《复堂词话》

[词人逸事]

辛弃疾南归后，曾向宋孝宗进《美芹十论》。他根据自己两赴燕京，深入河朔一带所了解的情况，阐述了“女真虚弱不可畏”的理由；批判了“南北有定势，吴楚之脆弱，不足以争衡于中原”的投降谬论；对南宋王朝如何变被动为主动，如何抓住时机进军收复中原失地等提出了具体可行的建议。由于投降派的极力排挤和诽谤，英明果断的《十论》始终没有得到皇帝的重视。辛弃疾毫不气馁，在任司农寺主簿期间，又向丞相虞允文上《九议》，详细地陈述了复国方略。内容和《十论》基本一致，他尖锐地指出：打击敌人，恢复国土，是关系到国家、民生的大业，不是皇帝或宰相的私事，应当上下一心共同参加。《九议》和《十论》的命运一样，辛弃疾的爱国热情、战斗精神和卓越的军事才能依然没有得到朝廷的理解和重视。

清平乐

博山道中即事

柳边飞鞚（kòng）①，露湿征衣重。宿鹭惊窥沙影动，应有鱼虾入梦。　一川淡月疏星，浣溪人影娉（pīng）婷②。笑背行人归去，门前稚子③啼声。

柳边飞鞚

[说明]

博山位于江西永未县以西二十里处，山上泉水清冽、怪石奇绝、林谷苍翠，还有很多名胜古迹，如雨岩、博山寺等，辛弃疾罢官闲居于上饶期间，曾经多次到这里游玩，而且写出很多与博山有关的脍炙人口的词作。

[注释]

①飞鞚：纵马疾驰。鞚，带嚼子的马笼头，此处代指马。②浣溪：一作“浣纱”。娉婷：

姿态娇美。③稚子：幼儿。

［词解］

堤岸上种着一排绿杨，词人骑马飞驰，完全不顾清晨的露水将他的衣服打湿。在芦苇丛中栖息的鹭鸶鸟被马蹄的声音惊醒，四处乱跑，使江面和芦苇不停地晃动，偶尔瞥一眼，可以看到这些鸟儿的身影，词人心想，也许这些鹭鸶鸟正在做梦，梦到有鱼虾游到自己身边，它们准备飞过去大快朵颐吧。此时虽是清晨，但天上还挂着一轮残月，几颗稀疏的星星也挂在天上，星月映在水面之上，二者互相辉映，这时浣纱的村妇也早早地起来，摇摆着柔软的腰肢，来到河边，开始了她们一天的辛勤劳动。她们已经是孩子的母亲，对自己的孩子也是非常关心的。自己外出浣纱，孩子发现母亲不在，就赶紧跑到门口去寻找，找不到母亲，孩子便啼哭起来。在溪边浣纱的母亲听到自己孩子的哭声，马上起身回家，在半路遇到了陌生的词人，只是害羞地低头一笑，然后便转过身去匆匆回家照顾自己的孩子了。

［词人逸事］

辛弃疾一生对农耕之事颇为重视。《宋史》本传中记载辛弃疾“尝谓人生在勤，当以力田为先。……故以稼名轩。”早在辛弃疾第二次出任江南西路安抚使的时候，他就在信州（今江西上饶）筑室百间，并置菜圃、稻田，以为日后退隐躬耕之所，其居所凭高临下，正对着稻田，所以辛弃疾就将自己的居所命名为“稼轩”。时人洪迈有《稼轩记》记其事。后来辛弃疾就把“稼轩”作为自己的别号。

清平乐

茅檐低小，溪上青青草。醉里吴音相媚好[1]，白发谁家翁媪（ǎo）[2]。　大儿锄豆溪东，中儿正织鸡笼。最喜小儿亡赖[3]，溪头卧剥莲蓬。

［说明］

辛弃疾自从南渡之后，就一直遭受议和派的排斥和打击，可以说是壮志难酬，他多次被罢官之后终于心灰意冷，隐居江西上饶地区的农村，这首词就是在这一时期所写。词中描绘了农村生活的安定朴素，这种描写是当时真实情境的写照，而并非像有些评论家认为的那样，是作者在粉饰太平。

［注释］

①吴音：吴地的口音，这里指江西上饶一带的口音，三国时此地属于吴国。

相媚好：相互交谈时发出的声音柔婉悦耳。媚好，指声音绵软好听。②翁媪：老公公和老太太。③亡赖：同“无赖”。这里指小孩子非常顽皮。

[词解]

这首词中采用白描手法，描绘了一幅快乐的农家生活场景。一个五口之家，居住于一条溪水潺潺的小河边的矮小茅屋，溪边满是碧绿的青草。一对满头白发的老夫妻坐在一起，一边喝酒，一边聊天。这样的老年生活，是词人所企盼和羡慕的，因此在词人看来，这种生活非常悠然自得。但这还不是老两口幸福生活的全部，他们还有三个儿子，大儿子是家里的主要劳动力，正在溪东的豆地里锄草。二儿子年纪尚小，干不了重体力活，所以在家里编织鸡笼。三儿子的形象最惹人疼爱，他不谙世事，只知调皮玩耍，躺卧在溪边剥莲蓬吃。这几句通俗易懂，却将人物形象刻画得极为鲜明。“亡赖”，就是顽皮，是作者以贬寓褒的称呼。加上那个形象生动的“卧”字，突出了小儿子的天真、活泼、顽皮，使人物形象跃然纸上。

[词评]

这首词环境和人物的搭配是一幅极匀称自然的画图。老和小写得最生动。

——胡云翼《宋词选》

西江月

夜行黄沙①道中

明月别枝惊鹊②，清风半夜鸣蝉。稻花香里说丰年，听取蛙声一片。　　七八个星天外，两三点雨山前。旧时茅店社林③边，路转溪桥忽见。

[注释]

①黄沙：即黄沙岭，位于今江西上饶城西四十里处。②“明月”句：明亮的月光令枝头的喜鹊惊醒，随即飞去。③社林：古代农村有祭祀的社树，用来祭祀神灵，称为社林。社，土地神庙。

[词解]

这首词描写了词人在山村夜行时所见到的景色。清风明月，惊鹊鸣蝉，稻香蛙声，溪流小桥，构成了一幅江南山乡夏夜的清新画面。而作者对大自然的热爱和丰收的喜悦则是贯穿全篇的中心思想。作者善于抓住夏夜山乡的特点，又为农民的丰收而喜悦，加上他轻快的笔调，优美的语言，和谐的音韵，使人读了这首词仿佛身临其境，余味无穷。清风、明月、鸣蝉、喜鹊这些是极其普通的景物，但是经过作者进行巧妙的组合以后，就显得不平常了，这两句没有用一个动词，却将一幅优美的夏夜景色展现在了人们的面前。接下来的“稻花香里说丰年，听取蛙声一片”两句，将人们关注的重点转移到了田野里的庄稼和水田里的蛙声，看来词人不仅为黄沙道上的美妙夜景而陶醉，更关心农民的丰收年景。稻花飘出的“香”味，固然是描绘稻花盛开的情景，也是词人为农民获得丰收而喜悦的表现。但是词人并没沉醉于自己的喜悦，而是从另外一个角度来描写夜色的清幽、气氛的恬静以及乡间的淳朴的气息。一个“天外”，一个“山前”，都是遥远而不可捉摸的，但是词人在此笔锋又一转：转过桥头，乡村林边的茅店就意想不到地呈现在词人的眼前。

听取蛙声一片

[词评]

作者以宁静的笔调描写了充满着活跃气氛的夏夜。一路行来，有清风、明月、疏星、微雨，也有鹊声、蝉声，还闻到了稻花香。走得久了，忽然看到那家熟识的小店，可以进去歇歇脚，愉悦之情，油然而生。

——唐圭璋《唐宋词选注》

[词人逸事]

公元 1161 年，辛弃疾投奔耿京统领的抗金义军，被任命为掌书记。辛弃疾建议耿京归顺南宋朝廷，并起草了上奏朝廷的表章。可是，由辛弃疾保管的义军大印却不见了。这时，有人报告说，义端和尚逃跑了。这个义端和尚平时喜欢谈论军事，原来辛弃疾跟他有些来往，还算比较投机。后来义端聚集了一千多人抗金，辛弃疾就劝他投奔了耿京。辛弃疾推测义端一定会向金人投降，于是向金营的方向追赶，果然追上了他。义端用花言巧语哀求道：“我会看面相，您是天上的犀牛转世，杀人对您来说不算什么，但是希望您不要杀我。”辛弃疾毫不理会义端的哀求，一刀砍下了他的脑袋，搜出大印，一同交给了耿京。

丑奴儿

少年[1]不识愁滋味，爱上层楼[2]。爱上层楼，为赋新词强说愁。　　而今识尽愁滋味，欲说还休。欲说还休，却

道天凉好个秋。

[说明]

辛弃疾因为力主抗金而受到主和派的猜忌，去职后，闲居于带湖，虽然经常在博山闲游散心，可是实际上他却根本没有心思赏玩当地的风光。眼见国势日颓，自己却无能为力，满腔的愁绪无法宣泄，于是就在博山道中的一面山壁上题下了这首词。

[注释]

①少年：指年轻的时候。②层楼：高楼。

[词解]

年轻的时候，不知道愁苦为何物，像其他文人一样，总喜欢无病呻吟。那时年少轻薄，涉世未深，对于一切都抱着乐观自信的态度，对人们常说的“愁”缺乏深切的体验。词人从小在被金人占领的中原地区长大。他亲身经历了人民遭受的苦难，目睹了金人的凶残，同时也被北方人民英勇抗金的精神所鼓舞。他自己文武双全，单纯地认为中原在朝廷和人民的共同努力下是可以收复的，所以，他根本就不知道什么是“愁”，为抒发所谓的“愁情”，他只能是“爱上层楼”，刻意寻愁。可是，随着自己年纪的增长，阅历越来越丰富，对“愁”字也有了较为真切的体验。作者满怀报国之情投奔南宋，一心想着完成恢复大业。南宋政权对他不但不加以重用，反而严加防范，他的职务也是频繁的更替，最后落得一个削职闲居的境地，词人心中的愁闷痛楚完全可以想见。“而今识尽愁滋味”，一个“尽”字，十分全面地概括了作者所遭到的种种不公正待遇，它包含了作者许多复杂的情感，使整篇词作在思想感情上有了一个很大的转折。两个“欲说还休”，由过去的无愁找愁，变成如今的愁到深处而不知从何说起。可见，作者的忧愁并不是自己简单的儿女情愁，而是忧国伤时之愁。在当时那种投降派把持朝政的情况下，抒发这种忧愁显然是触动了统治者的痛处，因此作者只用了一句“天凉好个秋”，表面是在谈论天气，实际上则是以凄凉的秋天当作愁的代表，以秋天的满目萧瑟表达作者“愁”之深沉博大。

[词评]

用“却道天凉好个秋”这样一句闲淡的话，来结束全篇，用这样一句闲淡的话来写自己胸中的悲愤，也是一种高妙的抒情法。深沉的感情用平淡的语言来表达，有时更耐人寻味。……他这首词外表虽则婉约，而骨子里却是包含着忧郁、沉闷不满的情绪。

——夏承焘《唐宋词欣赏》

[词人逸事]

辛弃疾在湖南曾创建了一支“飞虎军”。这支军队士气很旺，而且作战时非常勇敢，大有辛弃疾词中所说“壮岁旌旗拥万夫”的气势。“飞虎军”成为当时长江沿岸各地方军队中最精锐的一支队伍，并且成为南宋政府中后期维护湖南政治局势的重要军事支柱。金人对其闻风丧胆，十分畏惧，称之为“虎儿军”。但是，朝廷对于辛弃疾这样从北方归顺的将领始终怀有猜忌之心，没过多久，辛弃疾就被调走了，“飞虎军”的首领也换成了别人。

程 垓

程垓（生卒年不详），大约生活年代为南宋中期，字正伯，号书舟，眉山（今属四川）人。他曾经旅居南宋京城临安，擅长诗词。他的词大多描写男女之间的恋情，风格凄婉绵丽，与柳永颇为类似。著有《书舟词》，留存至今的词作有一百五十七首。

卜算子

独自上层楼，楼外青山远。望到斜阳欲尽时①，不见西飞雁②。　独自下层楼，楼下蛩（qióng）③声怨。待到黄昏月上时④，依旧柔肠⑤断。

[注释]

①“望到”句：谓直望到残阳余晖即将完全消失的时候。②西飞雁：从西边飞回的大雁。古人认为雁能传书。③蛩：蟋蟀。④“待到”句：语出欧阳修《生查子》：“月上柳梢头，人约黄昏后。”⑤柔肠：女子的情怀。

望到斜阳欲尽时，不见西飞雁

[词解]

这首词中主人公是一位女子，她一个人登上了高楼，极目远望，只能看到绵延无际的青山。可是，这位女子想要看的并不是青山，而是希望看到出门在外的丈夫早日归来。女子一直在楼上眺望，直到斜阳落山，视线变得一片模糊，什么都看不到了，也没有等到那盼望已久的从远方传来的讯息，因为从西面连一只大雁都没有飞回来，怎么会有丈夫的音信传来呢！丈夫出门在外已经很长时间了，现在到了应当回来的日期，可是他却没有回来，这位女子内心焦急万分，真是望眼欲穿，不过她并没有因此而灰心失望。她又一个人下了楼，继续在楼下徘徊等待。庭院中一片寂静，蟋蟀发出了清脆的叫声，似乎也充满了哀怨，在诉说女子的心事一般。此时已经是黄昏，月亮出来了，这时正好应该和爱人相会，但是这个女子却仍然是孤身一人，此情此景，怎不令人柔肠寸断。

[词评]

程正伯凄婉绵丽，与草窗所录《绝妙好词》，家法相近。

——冯煦《蒿庵论词》

愁倚阑

春犹浅，柳初芽，杏初花。杨柳杏花交影处，有人家。　玉窗[1]明，暖烘[2]霞。小屏上、水远山斜。昨夜酒多春睡重，莫惊他。

[注释]

①玉窗：窗户的美称。②烘：渲染，衬托。

[词解]

春色尚淡，柳树刚刚发芽儿，杏花儿刚刚开放。杨柳和杏花相互掩映的地方，有一户人家。窗外柳枝轻舞，杏花灿烂，二者相互辉映，分外美丽；窗内明亮温暖，就如同烘霞一般，让人感觉到了暖融融的春意。屋内画屏上，山水相接，溪水潺潺地流向远方，远处青山隐隐。情郎因为昨夜多喝了几杯酒而春睡浓重，现在还没有醒来。让他多睡一会儿吧，可不要惊醒了他啊。

[词评]

盖其词以凄婉绵丽为宗。

——吴梅《词学通论》

石孝友

石孝友（生卒年不详），字次仲，南昌（今属江西）人，南宋词人。石孝友于宋孝宗乾道二年（1166）中进士。因擅长填词而著名，他的词作多有俚俗之语，大都描写男女之间的情爱，笔法超然飘逸，清人李调元称他是“词中白描高手”。著有《金谷遗音》，存词一百五十余首。

卜算子

见也如何[1]暮，别也如何遽[2]。别也应难见也难[3]，后

会难凭据④。　　去也如何去，住⑤也如何住。住也应难去也难，此际难分付⑥。

［注释］

①如何：犹言“为何”。②遽：仓促。③见也难：语意双关，既言初见之难，亦言重见之难。④凭据：凭信，犹言“准信”、“把握”。⑤住：停留，留下。⑥此际：眼下，目前。分付：安排，发落。宋时口语。

［词解］

相见啊，为什么这样晚？相别啊，为什么这样仓促？离别时难分难舍，两情依依，彼此有千言万语要说，有讲不尽的句句叮嘱。满眼含泪，紧紧握住对方的手，不忍就这样分别，分别是这样的不舍，难以离去！分别后相见无期，不知道再次相见会在何时。世间万事变化无常，人总会经历艰难坎坷，凭自己的力量，又怎能改变呢！分别后想见上一面就更难了！怎么能够现在就决绝地离去呢？即使长时间送别，长时间停留，却终有一别，又该停留到什么时候呢？这真是让人为难。停留也难，离去也难，真不知道眼下该怎么办。

［词评］

词中白描高手无过石孝友。《卜算子》云：“见也如何莫，……此际难分付。”所谓不著一字，尽得风流。

——李调元《雨村词话》

好事近

微雨洒芳尘①，酝造可人②春色。闻道梦云楼③外，正小桃花发。　　殷勤留取④最繁枝，尊前待闲折。准拟乱红深处，化一双蝴蝶⑤。

［注释］

①芳尘：指带有香气的粉尘。②可人：使人满意，惹人喜爱。③梦云楼：化用宋玉《高唐赋》所写楚王梦见巫山神女的故事。此指女子所居之楼。④殷勤：情意恳切。留取：留着。⑤“化一双”句：《庄子·齐物论》写庄周梦见自己化为蝴蝶，醒来复是庄周，因疑是庄周梦中化蝶，还是蝶梦化为庄周。这里借用此意，意为愿与思念之人同化为蝶，相偕并飞。

［词解］

迷蒙细雨中的春色更加迷人。淅淅沥沥的小雨轻轻地滴洒在染满花香的尘土上，酝酿出了惹人喜爱的满城春色。听说女子所居的高楼外，一株株明艳的桃花开得正盛。女子情意深切地留着那开得最好的花枝，等待着情郎来了，他们两人共同把盏，共同攀折。女子愿意与所思念的情郎同化为蝴蝶，翩翩飞舞在这深深的芳草香花之中，一起飞到花开最香处。

陈 亮

陈亮（1143—1194），本名汝能，字同甫，号龙川，世称龙川先生，婺州永康（今属浙江）人，南宋词人。陈亮少年时代就拥有很高的才气，喜欢谈论兵事，主张抗金收复失地，曾三次向朝廷上书，希望振兴国家，反对议和，因此触怒朝中的权贵并三次入狱。陈亮的词风格豪放，与辛弃疾的词风接近，偶尔也有秀婉绵丽的词作。著有《龙川文集》、《龙川词》，今存词七十四首。

点绛唇

咏梅月

一夜相思，水边清浅横枝瘦[1]。小窗如昼，情共香俱透。　清入梦魂[2]，千里人长久[3]。君知否？雨僝(chán)云僽(zhòu)[4]，格调[5]还依旧。

［注释］

①“水边”句：化用林逋《山园小梅》诗意。其一云：“疏影横斜水清浅，暗香浮动月黄昏。”其二云：“雪后园林才半树，水边篱落忽横枝。”②清入梦魂：即魂入清梦之倒装。③“千里”句：化用苏轼《水调歌头》“但愿人长久，千里共婵娟”词意。④雨僝云僽：被云雨折磨。黄庭坚《宴桃源》：“天气把人僝僽，落絮游丝时候。”⑤格调：品格和情调。此处专指品格。

［词解］

整整一夜陷入相思之中，词人难以入睡，看着梅花倒影在平静的水面上荡漾，一阵清香随着水波飘进了词人的鼻子。月色很美，照进窗户里，屋子里就像白天一样明亮，月光如水，词人内心的幽情就如同梅花的香气一样深厚浓重。诗人独自一人坐在窗边，在明月的清辉下，在梅花的清香中，慢慢进入了梦乡，他在梦中只想祝愿千里之外的好友能与他共同分享那美丽的月色，并且对朋友说：尽管梅花会受到风雨的摧残，可它仍然保持着自己美好的品格。

［词人逸事］

陈亮和辛弃疾都是南宋时期著名的爱国词人，而且两个人还是好朋友。南宋淳熙十五年（1188）冬天，陈亮从浙江东阳赶赴江西探望自己的好友辛弃疾，两人共商恢复中原、抗击金军的大计；并且邀请了另外一位朋友朱熹来到紫溪（江西铅山南）相聚。陈亮与辛弃疾先是一同游览了鹅湖寺（在铅山东北）；后来又赶到紫溪等待朱熹相聚，由于朱熹有事未能前来，陈亮便辞别辛弃疾东归。陈亮走后，辛弃疾作了一首《贺新郎》词，陈亮看到后，就写了这首词来赠答。

姜 夔

姜夔（约 1155– 约 1221），字尧章，号白石道人，饶州鄱阳（今江西波阳）人，南宋著名词人，格律词派之祖。姜夔诗词皆负盛名，他的诗早年学习江西诗派，后又学陆龟蒙。他的词讲求炼字锻句，音律和谐优美，格调高雅，寄意深远，或感慨世事，或描摹爱情，或写景状物，或记述交游，这些都对后世产生了极大的影响。著有《白石道人诗集》《白石道人歌曲》等。《全宋词》中收录了姜夔的词作八十七首。

点绛唇

丁未冬，过吴松作

燕雁①无心，太湖西畔随云去。数峰清苦，商略②黄昏雨。　第四桥③边，拟共天随④住。今何许？凭阑怀古，残柳参差舞。

[注释]

①燕雁：自北方飞来之雁。燕，地名，泛指北方。②商略：商量，指酝酿。③第四桥：即江苏吴江城外的甘泉桥。④天随：即陆龟蒙，晚唐诗人，号天随子。

[词解]

北来之燕无心在南方逗留，竟然毫无留恋地随太湖西畔的白云而去。剩下的只是几座看上去很是“清苦”的山峰，在黄昏中耸立着，似乎酝酿着要在黄昏时分下一场雨。吴江城外有一座桥名叫甘泉桥，因为那里的泉水被评为第四名而得名第四桥，晚唐诗人陆龟蒙就曾经在那里隐居。词人以陆龟蒙自况，因为他觉得自己和陆龟蒙有很多相似之处。他们都很关心老百姓的疾苦，又都隐居在吴地，第四桥仍然存在，可是那位自号天随子的陆龟蒙却已然消失在历史的长河之中了。词人凭栏怀古，望着河边的高矮不一的柳树，它们正在夜里的凄风苦雨中来回舞动，似乎是在倾诉自己内心无边的愁苦。

［词评］

通首只写眼前景物。至结处云:“今何许，凭阑怀古，残柳参差舞。”感时伤事，只用“今何许”三字提唱。“凭阑怀古”下，仅以残柳五字咏叹了之。无穷哀感，都在虚处。令读者吊古伤今，不能自止。洵推绝调。

——陈廷焯《白雨斋词话》

第四桥边，拟共天随住

［词人逸事］

姜夔有个朋友名叫张仲远，张仲远的妻子很有文才，不过她很爱吃醋，但凡有人给张仲远写信，妻子一定会先拆阅书信，张仲远对妻子非常畏惧。又一次，姜夔想跟张仲远开个玩笑，就给他写了一首词，故意留在张仲远的家里。张仲远的妻子拆开一看，原来是一首名为《眉妩》的词:“看垂杨连苑，杜若侵沙，愁损未归眼。信马青楼去，重帘下，娉婷人妙飞燕。翠尊共款。听艳歌、郎意先感。便携手、月地云阶里，爱良夜微暖。　无限。风流疏散。有暗藏弓履，偷寄香翰。明日闻津鼓，湘江上，催人还解春缆。乱红万点。怅断魂、烟水遥远。又争似相携，乘一舸、镇长见。”词中绘声绘色地描述了张仲远与一位青楼女子的“艳遇”，张仲远的妻子立刻妒火中烧，等张仲远一回家，马上就冲上去，对着丈夫就是一顿暴打，等妻子明白事情的真相之后也晚了，张仲远已经被打得头破血流、满脸抓痕，无奈，张仲远只好闭门不出，直到脸上的伤完全好了才敢出门。

鹧鸪天

巷陌风光纵赏时，笼纱①未出马先嘶。白头居士无呵殿②，只有乘肩小女③随。　花满市，月侵衣④，少年情事老来悲。沙河塘⑤上春寒浅，看了游人缓缓归。

［注释］

①笼纱：即纱笼，蒙纱的灯笼。②白头居士：即白石道人，作者自指。呵殿：前呵后殿，谓显贵出行，随从者前呼后拥。③乘肩小女：一说系指歌舞艺人。此处指词人肩上坐着小女。④月侵衣：月光洒满衣裳。⑤沙河塘：杭州街名，在余杭门内，宋时为一繁华街市。

[词解]

京城临安的大街小巷之中，早在正月十一这一天，就已经开始为元宵节赏花灯做准备了，当时供赏玩的各色花灯还没有悬挂出来，就已经听到车马嘶鸣的声音了。词人一生从未出仕做官，自号白石道人，不像那些达官贵人一样出行的时候有人前呼后拥地服侍着，而只能让小女儿坐在自己的肩头，父女两个一同外出观灯。大街上到处都是花灯，月光洒在衣服上。月上中天，词人回忆起了自己少年时代游玩观灯的快乐，如今风景依旧，但观灯的心情已经改变了很多，不仅没有快乐，反倒有一种莫名的悲哀。行走在沙河塘这条繁华的大街上，因为观灯到了深夜，白天那股淡淡的春意慢慢消失，气温变得越来越低，让人感到阵阵寒意，游人们也都观赏得差不多了，全都慢慢地回到了家里，大街上变得一片冷清。

[词评]

姜白石《鹧鸪天》云:“笼纱未出马先嘶。”七字写出华贵气象，却淡隽不涉俗。

——况周颐《蕙风词话》

[词人逸事]

宋光宗绍熙二年（1191），姜夔在自己的好朋友、著名诗人杨万里的家里，听到了一曲据说失传已久的古琵琶曲《醉吟商朝渭州》。他虚心地向弹奏这首曲子的琵琶艺人学习，掌握了这首曲子的品弦法，并且填词编成了风格清新的《醉吟商小品》。后来，姜夔来到合肥，看到了已经变得一片萧索的南宋边境城市，感受到了古代英雄的伟大壮烈，又创作出了一首寓意深远的《凄凉犯》曲调。就在这同一年，当时著名的诗人范成大回到了故乡，姜夔应邀到范成大故乡范村做客。姜夔在范成大的陪同下玩赏了当地的梅花之后，创作出了《暗香》《疏影》两首曲牌送给范成大。范成大让自己的婢女小红学习并演唱，果然非常美妙。范成大赞叹不已，于是便将小红送给了姜夔。姜夔为此还特意写了一首题为《过垂虹》的诗，专门来记述这件事。

鹧鸪天

肥水①东流无尽期，当初不合种相思②。梦中未比丹青见③，暗里忽惊山鸟啼。　　春未绿，鬓先丝。人间别久不成悲。谁教岁岁红莲夜④，两处沉吟各自知。

[注释]

①肥水：发源于安徽合肥紫蓬山的一条河流，向东南流经将军岭，至施口注入巢湖。②种相思：种下相思的情愫。③梦中未比丹青见：在梦中见到的人还不如

画像清晰真切。丹青，原指红色和青色的颜料，后代指绘画。这里指画像。④红莲夜：指正月十五元夕节的夜晚。红莲指花灯。

［词解］

肥水向东奔流，一眼望不到头，永远都没有停止流动的时候。词人在懊恼、惆怅，当初不应该在这个地方种下相思的种子，以至于始终无法忘却那位美丽的女子。分离之后，那相思之情，也像那肥水一样，永远都没有停止的时候。因为相思，词人在梦中见到了那位女子，可是梦中的她总是若即若离，朦朦胧胧看不清楚，还不如看着她的画像，那样反倒觉得更清楚。但就是这么飘忽难定的梦也很难得，词人很快就被山间几声鸟啼惊醒了。眼前这种凄凉的情境，令词人感到虽然绿满大地的春天还没到来，但自己却已经两鬓斑白了。自己和那位美丽的女子已经离别多年，只能在梦里相会。离别原本就是让人觉得悲伤的，可是分别的时间一长，便产生了一种与当初不同的感觉，这样的悲伤会从外表深入内心，慢慢变得迟钝。离别的时间越长，心中的爱意就越深，词人也就越是无法释怀，内心就会变得更加伤感了。在这样一个元宵灯节，青年男女纵情地赏灯，正是他们交往定情的好机会。每年到了这个时候，身在两地、心却相思的人都忍不住沉吟叹息。他们都知道对方正在怀念自己，不管是温馨甜美的短暂回忆还是痛苦心碎的长期别离，那种滋味只有自己内心才明白。

当初不合种相思

［词评］

此首元夕感梦之作。起句沉痛，谓水无尽期，犹恨无尽期。“当初”一句，因恨生悔，悔当初错种相思，致今日有此恨也。“梦中”二句，写缠绵颠倒之情，既经相思，遂不能忘，以致入梦，而梦中隐约模糊，又不如丹青所见之真。“暗里”一句，谓即此隐约模糊之梦，亦不能久做，偏被山鸟惊醒。换头，伤羁旅之久。“别久不成悲”一语，尤道出人在天涯况味。“谁教”两句，点明元夕，兼写两面，以峭劲之笔，写缱绻之深情，一种无可奈何之苦，令读者难以为情。

——唐圭璋《唐宋词简释》

［词人逸事］

姜夔在二十多岁的时候，曾经在合肥与一位美丽的女子相识并相爱。可是因为他四处漂泊，居无定所，两个人经常是聚少离多。因为大部分时间都处于分别状态，相会的时间很少，那种相思的离别之痛就常常在他的笔下出现。到后来两人分手，姜夔对昔日这位情人也始终不曾忘却，这也成了他内心深处一道永远无法抹去的伤痕。这首词的内容，就与姜夔年轻时这段“合肥情事”有关，词人在词中所怀念和思恋的便是昔日在合肥与自己相好的那位女子。

踏莎行

自沔[1]东来，丁未元日至金陵。江上感梦而作。

燕燕轻盈，莺莺[2]娇软。分明又向华胥[3]见。夜长争得薄情[4]知，春初早被相思染。　　别后书辞，别时针线。离魂暗逐郎行[5]远。淮南[6]皓月冷千山，冥冥归去无人管。

［注释］

①沔：沔州，即今湖北武汉汉阳。②燕燕、莺莺：女子的名字，这里代指情人。也用来比喻情人的身姿轻盈，声音娇媚。③华胥：指白天所做的梦。《列子·黄帝》：“黄帝昼寝而梦，游于华胥之国。”④薄情：不念情意。多指恋爱中的男女对感情淡薄，这里指“薄情郎”，是一种情人之间的昵称。⑤离魂：脱离了身体躯壳的灵魂。郎行：即郎边，情郎那边。行，宋时口语，犹“这边”、“那边”之意。⑥淮南：这里指安徽合肥，宋代属于淮南路。

［词解］

这是一首怀念年轻时恋人的词作，词人怀念的对象仍然是当初在合肥遇到的女子。燕燕、莺莺，是昔日那位情人的小名，而那位情人的身姿也的确如同燕子一样轻盈，说话的声音也的确如黄莺一样婉转动听。从这两个称呼中我们可以体会到当初词人与恋人在一起卿卿我我时的缠绵情意。词人因为过于思念情人，以至于在睡梦中就梦到了她。夜是那么长，词人辗转难眠，那薄情的人又如何能够了解这一点呢？春天刚刚到来，词人的心情早就被相思所染，对于情人的思念之情总是在词人的梦里萦绕着无法离开。在离别之后，词人睹物思人，对于旧日的感情仍然难以忘怀。情人寄给自己的书信，仍旧保存得像新的一样；情人给他所做的衣服，仍然留着他身体上的遗香。更有甚者，她的魂魄都脱离了自己的躯体，追逐着词人来到了远方。词人在梦醒以后开始想象情人的魂魄离开身体的情况：在一片明亮的月光下面，淮南的一座座山是那样的清冷，她就这么一个人独自离去，没有人照顾。词人心里也由此产生了一种怜香惜玉的感情，更有一种深深的惭愧内疚的感觉，这种感觉回荡在这首词的每一个字中。

［词评］

白石之词，余所最爱者，亦仅二语，曰“淮南皓月冷千山，冥冥归去无人管”。

——王国维《人间词话》

[词人逸事]

范成大把小红送给姜夔之后，姜夔带着她一起到了南宋都城临安，两个人非常恩爱。可是，此时姜夔的生活已经非常潦倒，吃不饱，穿不暖，但小红并没有嫌弃姜夔，一心一意地侍奉姜夔。但姜夔却不愿意让小红跟着自己过苦日子，想要将她卖给一个富商。小红坚决不肯答应，哭着恳求姜夔不要卖了自己。姜夔狠下心来，对小红说道："把你卖了，我还能换些钱生活，你也可以过好日子，你就成全我吧。"小红大哭不止，姜夔狠下心来，最终还是卖了小红。没过多久，姜夔就病死了，他的好友苏石为他写了两句挽词，说道："所幸小红方嫁了，不然啼损马塍花。"

扬州慢

淳熙丙申至日，予过维扬，夜雪初霁，荠麦①弥望。入其城，则四顾萧条，寒水自碧。暮色渐起，戍角②悲吟。予怀怆然，感慨今昔，因自度此曲。千岩老人以为有黍离之悲也③。

淮左名都④，竹西⑤佳处，解鞍少驻初程。过春风十里⑥，尽荠麦青青。自胡马窥江⑦去后，废池乔木，犹厌言兵。渐黄昏，清角吹寒，都在空城。　杜郎俊赏⑧，算而今、重到须惊。纵豆蔻(kòu)词⑨工，青楼梦好⑩，难赋深情。二十四桥⑪仍在，波心荡、冷月无声⑫。念桥边红药⑬，年年知为谁生？

[注释]

①荠麦：荠菜和麦子，一说指野生的麦子。②戍角：边防军的号角。③千岩老人：南宋诗人，名萧德藻，字东夫，福建闽清人，曾经将自己的侄女嫁给了姜夔。黍离之悲：指《诗经·黍离》中所表达的那种对国家盛衰的感慨之情。东周时期，一位大夫途经西周的故都，看到那里长满了禾黍，变得非常荒凉，于是产生了宫室宗庙毁坏的叹息。④淮左名都：宋时扬州为淮南东路治所，故称。⑤竹西：亭名，位于扬州北门之外。⑥春风十里：指扬州原来繁华的大街，语出杜牧《赠别》诗："春风十里扬州路。"⑦胡马窥江：指金兵南下攻打宋国。⑧杜郎：指唐代诗人杜牧。俊赏：因杜牧曾在扬州冶游，故称"俊赏"。⑨豆蔻词：指杜牧《赠别》诗："娉娉袅袅十三余，豆蔻梢头二月初。"⑩青楼梦好：杜牧《遣怀》诗有句："十年一觉扬州梦，赢得青楼薄幸名。"⑪二十四桥：唐时扬州原有南桥、小市桥等二十四座名桥，到宋时只存有八座。⑫"波心荡"二句：写月影倒映波中，虽摇荡不定，却

无声响。⑬红药：即红芍药。

[词解]

词人来到了历史上曾经非常繁华的扬州，于是“解鞍少驻”。扬州位于淮水的南岸，城外有一座竹西亭，那一带的风景曾经非常美丽，可是在遭受金国军队的铁蹄蹂躏以后，现在已经变成一片废墟了。被“胡马”破坏之后的荒凉景象，无论走到哪里都可以看见。日落黄昏时分，一阵凄清的号角声悠然地响起，黄昏的沉寂由此被打破，似乎那号角的声音将浓浓的寒意吹到了这座空旷的城市里。这更让词人增加了几分萧索的意兴。就算像杜牧那样风流俊赏的人物，文才那么高，他如果再来扬州的话，也一定会对现在这种败落的景象感到惊讶，也无法写出那么好的诗文了。以前在杜牧笔下，扬州“青楼梦好”，说不尽的风流和繁华，可是今天却变成了这般景象。南宋王朝偏安江南，不思进取，竟然让这样一座名城变成了废墟，就凭这样一座“空城”，南宋王朝如何来抵挡金兵的铁蹄呢？难怪人们会变得忧心忡忡，悲恨交加。二十四座著名的桥现在还保存着，月亮的倒影随着微波荡漾，虽然摇荡不定，却没有任何声响。桥边的红芍药依然是每年开放，但是让人觉得那些红花绿叶非常凄惨，难道这种悲愤就没有尽头了吗？

[词评]

写兵燹后情景逼真。“犹厌言兵”四字，包括无限伤乱语，他人累千百言，亦无此韵味。

——陈廷焯《白雨斋词话》

[词人逸事]

姜夔品性清高孤傲，卓尔不群。他和抗金名将张浚的孙子张鉴是很好的朋友，并且在很长的一段时间都得到了张鉴的资助。张鉴去世以后，姜夔的生活逐渐变得潦倒落魄，可是他依然甘于过着清贫的生活，坚决不肯委屈自己的心意来换取高官厚禄。姜夔晚年大多往来于嘉兴、湖州一带。在他寓居于武康一带的时候，居所旁边就是白石洞天，有个名叫潘转翁的人送他一个雅号“白石道人”。姜夔于是作了一首诗：“南山仙人何所食，夜夜山中煮白石，世人唤作白石仙，一生费齿不费钱。”以此来对自己清苦的生活进行自嘲。在饱经颠沛流离的困苦生活之后，姜夔最终病死在临安（今杭州）。

史达祖

史达祖（生卒年不详），字邦卿，号梅溪，汴京（今河南开封）人，南宋词人。史达祖的词大多表达闲逸的情绪，因为有感于国事艰难，偶尔也有风格激愤的词作。他的词作重视格律，善于炼字，擅长咏物，细腻工致，不过也招致了评论家“尖巧”的批评。自从清朝以后，史达祖的词开始受到人们的推重。著有《梅溪词》。

临江仙

闺思

愁与西风[1]应有约，年年同赴清秋。旧游帘幕记扬州。一灯人著梦[2]，双燕月当楼。　罗带鸳鸯尘暗淡，更须整顿风流[3]。天涯万一见温柔。瘦应缘此瘦，羞亦为郎羞。

愁与西风应有约

[注释]

①西风：秋风。②著梦：入梦。③风流：此处指风韵。

[词解]

每年到了清秋时节，忧愁和西风就像约好了一样同时来到，以前到扬州游玩的情景，现在仍然时时进入女主人公的梦乡。在这凄凉的秋夜独处，不禁对月伤怀，心中无限愁苦。昏黄的灯光慢慢地令这位女子进入了梦乡，当她从梦中醒来以后，发现明月悬在中天，两只燕子栖息在楼阁的梁上，一想到燕子可以成双成对，自己却一个人独零零的，她的心里就生出了一种难以言说的悲伤。绣有鸳鸯图案的合欢带已经很久没有整顿了，上面已经落上了厚厚的一层尘土。情郎不在，哪有心思梳妆打扮呢？可要是万一重见，那绣有鸳鸯图案的合欢带就更加需要重新整顿了。无法重见，却又希望重见，各种想法，一齐涌上女子的心头。女子对情郎爱得很深，不惜为情郎消瘦憔悴。同时女子又为自己很想见到情郎、对他思念之切而感到羞涩。

[词评]

宋南渡后，梅溪、白石、竹屋、梦窗诸子，极妍尽态，反有秦、李未到者。虽神韵天然处或减，要自令人有观止之叹。正如唐绝句，至晚唐刘宾客、杜京兆，妙处反进青莲、龙标一尘。

——王士禛《花草蒙拾》

[词人逸事]

史达祖虽然学识渊博，文才很高，但一生都没有在科举考试中获得功名，他年轻的时候曾经在权臣韩侂胄的手下做过堂吏，韩侂胄对他也非常器重。庆元年间，韩侂胄当权，史达祖专门为他起草文书。凡是奉行文字、拟帖撰旨，都由史达祖来完成。开禧二年（1206），韩侂胄北伐失利，第二年被处斩，史达祖因此受到牵连，并且遭受黥刑，被发配到边关，最终落魄而死。

蝶恋花

二月东风吹客袂[1]，苏小[2]门前，杨柳如腰细[3]。蝴蝶识人游冶[4]地，旧曾来处花开未？　　几夜湖山生梦寐[5]，评泊[6]寻芳，只怕春寒里。今岁清明逢上巳[7]，相思先到溅裙[8]水。

[注释]

①袂：衣袖。此处代指衣衫。②苏小：南齐名妓苏小小。此处借指所恋之歌伎。③杨柳如腰细：谓杨柳枝条像苏小小的腰肢一样柔细。反用美人之腰喻杨柳之婀娜。④游冶：野游，多指狎妓游赏。⑤几夜湖山生梦寐：作者在旅途中多次梦到自己与情人一起游览杭州的湖山。⑥评泊：评论或量度。⑦今岁：今年。一作“令岁”，吉祥的年份。上巳：旧时节日名。汉以前以三月上旬巳日为上巳，魏晋后定为三月三日。后演变成了水边宴乐、郊外踏青的节日。⑧溅裙：即湔裙。古代在正月初一到月底的这一段时间内，士女将酒洒在水边，然后浣洗衣服，以示祓除不祥之意。宋代人往往在清明、上巳两个节日的时候举行“湔衫”仪式。

[词解]

时值二月，词人从遥远的异地回来，柔和的东风吹动他的衣袖。南齐名妓苏小小门前的杨柳枝条，像苏小小的腰肢一样柔细。作者和自己心爱的女子约好要在春暖花开的时节相见，所以着急地向那认识路的蝴蝶询问，那美人家门前的花儿开了没有？他担心天气还不是足够温暖，还没有到约会的时间。作者在旅途中多次梦到自己与情人一起游览杭州的湖山，他们在一起评论、思量着什么时候才能出城踏青，找寻碧草的芳香，只害怕春天还冷而不能乘兴游玩。今年清明和上巳两个节日凑在同一天，一定特别热闹，到时候，还怕在湖边找不到“洗濯祓除”的情人吗？词人对美人的相思，已随着湖水，流到她的裙下去了。对她的痴情一片，时间和地域怎能阻隔！

[词评]

梅溪词奇秀清逸，有李长吉之韵，盖能融情景于一家，会句意于两得。

——姜夔《梅溪词序》

[词人逸事]

史达祖因为受到权相韩侂胄的器重，也有些得意忘形。当时韩侂胄的下属在上陈文书的时候，都要用上“申”“呈”等字样，就有人指责史达祖公然接受贿赂，与韩侂胄狼狈为奸。有个朋友想要劝谏史达祖，就在他的桌子上写了“危哉邦卿，侍从申呈”几个大字，意思是劝他居安思危，否则乐极生悲，韩侂胄和史达祖必然要招致大祸。可是史达祖不以为意，反而得意洋洋地填了一首《双双燕·咏燕》，来表现自己的志得意满。结果，果然如这位朋友所料，史达祖的结果非常凄惨。

高观国

高观国（生卒年不详），字宾王，号竹屋，山阴（今浙江绍兴）人，南宋词人。高观国大约生活于南宋中期，他与史达祖同为吟社词友，交情深厚，迭相唱和，时人并称他们为“高史”。他的词作所写的大多为男女之间的恋情，表达一种闲适的心境，在风格上接近秦观。同时又受到了姜夔的影响，被人称为“白石羽翼”。著有《竹屋痴语》一卷，其中收录高观国的词作一百零八首。

菩萨蛮

烟明花似绣，且醉旗亭酒

春风吹绿湖边草，春光依旧湖边道。玉勒锦障(zhàng)泥①，少年游冶②时。　烟明花似绣，且醉旗亭酒。斜日照花西，归鸦花外③啼。

[注释]

①玉勒锦障泥：指坐骑极为华贵。玉勒，用美玉装饰的马笼头。锦障泥，用锦缎做成的马鞍垫子。②游冶：出游玩乐。③花外：花丛的远处。

[词解]

春天到了，在春风的吹拂下，湖边沉睡的小草开始焕发生机，变得绿意盎然，词人对于往日恋情的回忆也被唤醒。每个人都有一段美好的感情，尤其是美好的恋情，显得特别有活力，虽然有时会短暂地“忘记”，可是在受到外界不经意的刺激时，就会突然被惊醒。湖边的路上，春光明媚，依然像以前一样美丽。此时，词人想起了年轻时在“湖边道”游玩的情景。美玉装饰的马龙头，锦缎做成的鞍垫，烘托出了词人坐骑的华贵，也更衬托出了人的意气风发。也就是在这次游玩的时候，词人的脑海中留下了一段难忘的回忆。早春的湖畔阳光明媚，雾气逐渐消散，岸边的红花就像是绣出来的一样明艳。词人由此想到了身穿织绣罗裳的恋人。这时词人有些惆怅，在旗亭中借酒浇愁，直到夕阳西下，落日的余晖在西山斜照着花儿，阳光透过花丛照在词人身上，而且从远处传来了回巢的乌鸦的啼叫声，才令词人醒过神来，但是内心的愁绪却始终没有消除。

[词评]

大抵南宋以来，如放翁、如于湖，则学东坡，如龙川、如龙洲，则学稼轩。至蒲江、宾王（按即高观国）辈，以江湖叫嚣之习，非倚声家所宜，遂瓣香周、秦（按指周邦彦、秦观），而词境亦闲适矣。

——吴梅《词学通论》

霜天晓角

春云粉色，春水和①云湿。试问西湖杨柳，东风外、几丝碧。　望极连翠陌②，兰桡(ráo)③双桨急。欲访莫愁④何处，旗亭在、画桥侧⑤。

[注释]

①和：连，带。②望极：极目远望。翠陌：绿色的原野。③兰桡：兰木之舟。泛指华贵的小船。桡，本是划船之具，此处代指小船。④莫愁：古代女子名，一说为洛阳人，一说为石城（今属湖北）人。此处用来代指自己恋慕的歌女。⑤旗亭：酒店。画桥：桥的美称。雕饰华丽的桥。

[词解]

春天的空气中带着点点湿润的气息，云朵在水中的倒影，仍然显得那么洁白、那么纯净；而映照白云的西湖水，是那样深远、那样浩渺。水面倒映着白云，白云像是从水面升起的一样，水与云连接到了一起，真是一片美丽的春光。西湖畔，杨柳也在微风的吹拂下轻轻地摇曳着，词人询问杨柳，在温暖春风的吹拂下，有几枝柳枝发出了嫩绿的幼芽呢？词人极目远眺，只见西湖的尽头是一片绿色的原野，一条翠绿的长堤与之相连。他于是急忙催促船家划起双桨，向着那道长堤岸驶去，他要下船去寻访像古诗中的莫愁一样的美女，也许在那座小桥旁边的酒楼里，就能遇到她呢！

李从周

李从周（生卒年不详），字肩吾，眉州（今四川彭山）人，南宋学者，词人。李从周精通文字学，著有《字通》。

清平乐

美人娇小[1]，镜里容颜好。秀色侵人春帐晓[2]。郎去几时重到？　叮咛记取儿家：碧云隐映红霞，直下小桥流水，门前一树桃花。

［注释］

①娇小：娇媚纤弱。李白《江夏行》："忆昔娇小姿，春心亦自持。"②秀色侵人：娇媚的姿容令人陶醉。帐晓：帷帐中变得明亮，指天亮。

［词解］

郎去几时重到

美人娇媚纤弱，因为她纤弱，虽然情窦初开，却又不会让人产生狂荡的感觉。又因为她的娇小，所以不知道愁的滋味。她一个人端坐在镜前，暗自欣赏着自己的美丽容颜，举手投足之间，展现出了一种风流的韵味。她的情郎也为她娇美的姿容而陶醉，不能自持，与美人在暖帐里共度良宵。不觉天就亮了，情郎就要离去，美人对情人依依难舍。尚未分手，她便轻声地问情郎什么时候能再次相会。她的态度极为认真。临别时叮咛自己的情郎，要求他牢牢记住自己住的地方。她住的地方碧云冉冉，与天边的红霞相互掩映。小桥流水轻轻荡漾，门前有一树桃花正烂漫开放。她把这里描绘得那么美好，那么富于吸引力，俨然仙境一般，是希望情郎不要忘记他们美好的恋情，是她挽留情郎的一片痴情。

洪咨夔

洪咨夔（1176–1236），字舜俞，号平斋，於潜（今属浙江临安）人，南宋词人。洪咨夔的词很多都是慷慨疏畅的作品，偶尔也有柔婉别致之作。著有《平斋词》。

眼儿媚

平沙芳草渡头村，绿遍去年痕。游丝下上，流莺来往，无限销魂[①]。　绮窗深静人归晚，金鸭水沉[②]温。海棠影下，子规[③]声里，立尽黄昏。

［注释］

①销魂：为情所困，若魂魄离散一般。②金鸭：用铜制成的鸭形香炉。水沉：即沉香，亦称沉水香。③子规：即杜鹃。

［词解］

这首词的主人公是一位痴情的少妇，全词展现了她在日暮时分伫立在渡口企盼丈夫归来时的哀怨形象。这位女子生活在一个小村之中，村外就是沙滩渡口，平静的沙滩远处是一片萋萋芳草，那一片翠绿的芳草，已经与去年离别时的场景变得完全一样了。女主人公来到了村外，看见蜘蛛正在吐丝结网，黄莺正在树梢间往来穿梭。这一切都说明春天已经到来，万物开始复苏，可是，偏偏这位少妇是独自一人，她触景伤情，内心惆怅不已。这种魂离魄散的哀伤，是出于对丈夫的刻骨相思。每当夜深人静的时候，她都会独自一人倚靠在窗前，等待着丈夫的归来，房间里的鸭形香炉中点燃了沉香，那令人感到一丝暖意的香气正在慢慢上升。在海棠树摇曳的树影下，在杜鹃声哀婉啼血的鸣叫声中，女主人公站在那里等了很久，从早晨到晚上，一直到黄昏，再到夜幕降临，她的丈夫还是没有回来。

［词评］

此词通过春景的描写，透露出怀人之情。上片写明媚春景。平沙芳草，又似去年，绿遍原野。眼前流莺往来，令人无限销魂；下片抒怀人之情。倚窗深静，盼人速归。海棠影下，子规声里，立尽黄昏。思念之情，缠绵真挚。全词构思新巧，景色绮丽。柔媚含蓄，极有情致。

——丁炳贵《婉约词与豪放词鉴赏》

［词人逸事］

洪咨夔于嘉泰二年（1202）中进士，受到宋理宗的赏识，称赞他是“鲠亮忠悫，有助新政”。洪咨夔为官清正，而且很有胆识，不惧权势，因此得罪了很多权贵。他曾经上书弹劾当时的权臣史弥远，请求罢免枢密使薛极，因此令朝政为之一新。

史弥远死了以后，洪咨夔更受理宗器重，但由于他被奸臣排挤打压，以至于连续十年都担任没有实权的闲职，也无法得到升迁。洪咨夔还是一位藏书家，他一生酷爱读书，而且喜欢收藏，据说他家中有藏书一万三千多卷，后来这些书籍都被收藏于天目山宝福寺。

刘克庄

刘克庄（1187–1269），本名灼，字潜夫，号后村，莆田（今属福建）人，南宋词人。刘克庄早年师从真德秀，又与翁卷、赵师秀等人友善，受其影响，其诗词形成了瑰丽精琢的风格。后期眼见南宋国势飘摇，再加上宦海沉浮，因此写了很多感慨时事的作品，风格豪放悲壮，成为辛（弃疾）派词人中的领袖人物。不过刘克庄的很多词略显粗疏，不如辛词那样机警深沉。著有《后村先生大全集》，其中词作五卷，被辑为《后村长短句》。

清平乐

顷杠维扬，杨师文参议家舞姬绝妙，赋此。

宫腰①束素，只怕能轻举。好筑避风台②护取，莫遣惊鸿③飞去。　一团香玉温柔，笑颦俱有风流。贪与萧郎眉语④，不知舞错伊州⑤。

[注释]

①宫腰：指年轻女子的纤细腰肢。②避风台：据说汉代赵飞燕身轻如燕，汉成帝害怕她被风吹走，为她修建了一座“七宝避风台”。③惊鸿：形容女子轻盈的身姿。④萧郎：本指梁武帝萧衍，后泛指受女子爱恋的男子。眉语：挑动眉毛来示意传情。⑤伊州：曲词名。

[词解]

舞女那纤细的腰肢就如同素绢一样柔软轻盈。似乎只要用手轻轻地一托，就能把她举起来。汉朝的赵飞燕身体娇弱，无法承受大风的吹袭，汉成帝于是专门为她修建了一座七宝避风台，这位舞女似乎也像赵飞燕一样柔弱，词人忍不住对她产生了怜惜之情，想要为这个柔弱的女子遮挡风雨。她身体轻盈灵巧，翩翩起舞像空中的惊鸿；她温柔香艳，舞动间频频露出甜美的笑容，有无限风流。这位舞女和她的心上人眉目传情，不知不觉就浑然忘我，连跳错了《伊州》这支舞都没有发觉。

[词评]

上阕惜其轻盈，有杜牧诗“向春罗袖薄，谁念舞台风”之意。下阕窥其衷曲，有李端诗“欲得周郎顾，时时误拂弦”之意。后村词大率与辛稼轩相类，人称其雄力足以排奡，此词独标妩媚，殆如忠简梨涡、欧阳江柳耶?

——俞陛云《唐五代两宋词选释》

贪与萧郎眉语，不知舞错伊州

[词人逸事]

据史书记载，刘克庄在二十三岁时就参了军，在江淮制置使李珏手下做幕僚，负责起草文书等工作，时人称赞他为“烟书檄笔”“一时无两”，刘克庄也为此感到自豪，正如他词中所说“少年自负凌云笔”。当时南宋的军队在泗上前线打了败仗，朝廷上下都主张“以守易战”。刘克庄则建议抽调边防的士兵，让他们在前线驻守，以壮根本，可是这个建议却没有被采纳，刘克庄一怒之下辞去官职，回到了家乡。因为这次辞官过于草率，刘克庄一生再也没有直接参与到对敌人的战斗中，后来刘克庄每当回忆起这件事的时候，都流露出了歉疚和悔恨之意。

长相思

惜梅

寒相催①，暖相催②，催了开时催谢时，丁宁③花放迟。
角声吹④，笛声吹⑤，吹了南枝吹北枝⑥，明朝成雪飞。

[注释]

①寒相催：严寒促使梅花开放。②暖相催：指春天天气逐渐变暖，促使梅花逐渐凋零。③丁宁：通“叮咛”，指反复进行嘱咐。④角声吹：指用画角吹奏出的《大梅花》《小梅花》等曲调。⑤笛声吹：指用笛子吹奏出的《梅花落》曲调。⑥“吹了”句：谓角声、笛声吹落了南枝的梅花，又吹落了北枝的梅花。

[词解]

梅花不畏严寒，越是寒冷，它越是凌寒而开，等到春回大地，天气慢慢变得

梅花

暖和，它反倒早早的凋零了。词人忍不住就对梅花产生了一种怜惜的感情。他为严寒催梅早开而叹息，又为变暖的天气催梅早落而叹息，所以他再三寄语那些花朵，还是迟些开花比较好。词人突然又听到了画角吹奏出的《大梅花》《小梅花》的曲调，又听到了用笛子演奏的《梅花落》曲调。梅花在南方和北方地区都能生长，在这些曲调声中，南方的梅花谢了，北方的梅花随之也谢了。飘落的梅花瓣，就像雪花一样漫天飞舞，更让人产生了惋惜之情，想留住梅花却又做不到，词人的心境就更加惆怅。

[词评]

花开便落，莫如不开，佛氏所谓无得亦无失也。词为惜花，而殊有悟境。

——俞陛云《唐五代两宋词选释》

[词人逸事]

刘克庄是莆县（今福建莆田）人，他和仙游人王迈是很好的朋友，两个人经常以诗唱和，也经常互相调侃对方。有一次莆阳太守杨栋请当地的名士赴宴，当时刘克庄和同乡刘希仁，都以史官的身份在家乡定居，他们和王迈都在受邀之列。宴会上，王迈出了一个对联："大编修，小编修，同赴编修之会"。因为杨栋和刘克庄、刘希仁的职务都是编修，只是等级不同而已。刘克庄听了上联，立刻说道："要对下联并不难，但是您听了不要生气"。王迈让刘克庄尽管说，不要在意。于是刘克庄说道："前通判，后通判，但闻通判之名。"这是由于王迈有五次被擢升为通判正职的机会，但都没有成功，一直都担任副职。王迈听了以后哈哈大笑。

卜算子

片片蝶衣①轻，点点猩（xīng）红②小。道是天公不惜花，百种千般巧。　朝见树头繁，暮见枝头少。道是天公果惜花，雨洗风吹了。

[注释]

①蝶衣：指花瓣又薄又轻，就像蝴蝶的翅膀一样。②猩红：喻花朵颜色鲜艳。

指像猩猩血一样鲜红。

[词解]

轻薄的花瓣如同蝴蝶的翅膀一样轻盈美丽，在风儿的吹拂下轻轻舞动，花朵鲜红耀眼，摆出了各种姿态，假如上天对花儿没有怜惜之意，那这千百种精巧的姿态又是谁做出的呢？可是如果上天真的对花有怜惜之意的话，那为什么又要无端地兴起风雨，让这些美丽的花朵凋零呢？清晨，树木的枝头还开满了似锦的鲜花，到黄昏的时候那些花就都凋谢零落了。这些难道不是上天摧残的结果吗？

[词人逸事]

刘克庄是一个尊师重道的人，在他的文学和仕途生涯中，第一个非常重要的人是叶适，刘克庄虽然未拜叶适为师，但终其一生都对叶适非常尊敬。叶适曾经跟随刘克庄的祖父刘夙、叔祖刘朔学习，并且和刘克庄父亲刘弥正是好朋友，又和刘克庄的从叔父刘起晦是同年，可以说叶、刘两家的关系非常亲密，刘克庄的祖父、叔祖、父亲、从叔父等人去世之后，都是由叶适写的墓志铭。有了这层关系，叶适对刘克庄非常照顾，他称道刘克庄的诗作可以“建大将旗鼓”，从而使刘克庄很早就在当时的文坛获得了一定的知名度。刘克庄从小就诵习叶适的碑志文，并将这些文章当作自己学习的典范。后来刘克庄所写的碑志非常有名，求他写墓志铭的人很多，刘克庄因此开玩笑说：“我卖文以资老者也。”叶适去世之后，刘克庄非常悲痛，并且作诗哀悼，在诗中，刘克庄表达了自己对叶适的知遇之恩的万分感激之情：“国人莫知我，天下孰宗予。”

吴文英

吴文英（约1212–约1274），字君特，号梦窗，晚年又改号为“觉翁”，四明（今浙江宁波）人，宋代词人。吴文英本姓翁，后过继给吴家，于是改姓吴。吴文英一生布衣，与当时另一位词人周密齐名，因周密号“草窗”，因此时人称他们为“二窗”。吴文英的词大多是酬唱与咏物之作，题材较为狭窄，不过在艺术上却有较高的造诣。他擅长使用修辞，再加上精于音律，因此能够熔铸佳句，营造出一种典雅秀丽的氛围。著有《梦窗甲乙丙丁稿》，今存词约三百五十首。

浣溪沙

门隔花深梦旧游，夕阳无语燕归愁，玉纤[1]香动小帘钩。　落絮无声春堕泪，行云有影月含羞，东风临夜冷

于秋。

[注释]

①玉纤：代指美人手指。

[词解]

词人在梦中回到了以前游历过的地方。当时门前花径通幽，春意浓郁。词人去寻访她时，本是想与她好好欢聚一场，不料这场欢聚却成话别。斜阳照在庭落中，燕子刚刚归来，它们似乎因为同情词人与她的离别而黯然无语，相对生愁。伊人的纤手打开帘栊，两个人一起走出了房门，他们互相留恋，不忍心分别。柳絮在空中飞舞，无声地替即将分别的两个人流泪。云彩遮住了月光，地上落下一片阴影，云遮月是由于月的含羞，而她呢？以手遮面，不是含羞，而是害怕被词人看见自己忍不住流下的泪水，使词人的悲伤更增。夜暮即将降临，春风似乎也有了感情，带来了一阵阵的寒意，好像对他们的分别感到悲伤，这种寒意比起深秋的风来要更加清冷。

门隔花深梦旧游

[词评]

此首感梦之作。起句，梦旧游之处。“夕阳”两句，梦人归搴帘之态。换头，抒怀人之情，因落絮以兴起人之堕泪，因行云以比人之含羞。“东风”句，言夜境之凄凉，与贺方回《浣溪沙》结句“东风寒似夜来些”相同。

——唐圭璋《唐宋词简释》

[词人逸事]

吴文英年轻的时候虽然喜欢读书，擅长诗词，对科举考试却没有多大的兴趣。他喜欢与那些流落江湖的艺人交往，而且交游的范围很广。这一点从他的著作《梦窗词》中可以得到验证，和他唱和诗词的人有六十多个，其中有文人、政客、普通的百姓、手工业者，三教九流无所不包。他和施枢、方万里、冯去非、沈义父等人都是以笔结缘，晚年时又和年轻的周密结成了忘年交。他还在当时一些权贵手下做幕僚。淳祐年间，他到了临安，投在右丞相贾似道等人门下，与这些人赋词唱和，交情很深。吴文英一生大部分时间都在做清客，但他这样做并非为做官，也不是为得到什么好处，纯粹是出于文学切磋的目的。

踏莎行

润玉①笼绡(xiāo)，檀樱②倚扇。绣圈③犹带脂香浅。榴心空叠舞裙红，艾枝④应压愁鬟(huán)乱。　　午梦千山，窗阴一箭⑤。香瘢(bān)新褪红丝⑥腕。隔江人在雨声中，晚风菰(gū)叶生秋怨。

［注释］

①润玉：肌肤润泽如玉。②檀樱：浅红色的嘴唇就像樱桃一般。③绣圈：带有花绣的圈饰。④艾枝：古人在端午节时将艾草做成虎形，佩戴在身上以求平安。⑤窗阴一箭：形容时间非常短暂。箭指漏壶上用来指示的箭头，一箭是指漏壶移动了很小的距离。⑥红丝：古代一种风俗，端午节时都会在手腕上系彩线。

［词解］

词人午睡梦到了自己的心上人。她润泽如玉的肌肤上罩上薄薄的一层绸衣，浅红色的樱桃小口含着微笑被罗扇掩盖，绣花的领圈上还残留着淡淡的胭脂的香气。她的舞裙上叠印着红色的石榴花，她发鬟散乱，戴着的艾枝用来压着她的鬟发，压着她那无尽的愁思。午睡梦醒后，词人不禁慨叹光阴似箭，与梦中人分别已久。词人在午睡梦醒之际产生了一种对于时间和空间的错位感。在梦里，词人走遍了千山万水，可回到现实才发现实际只不过睡了片刻而已。梦中，他还分明见到她依端午习俗盘系着彩丝的手腕，以及她手腕上由于过度思念而消瘦的印痕。此刻，词人虽然已从梦里醒来，可是他的脑海中却仍然浮现着梦境里的一切。从梦境回到现实，外面秋风凄凄，雨点正滴，词人与心上人隔江千里，在凄风苦雨中默默相思，却无法与她相见。晚风中，菰叶萧萧，似乎在冷雨中正向晚风诉说自己的无限怨情。对词人来说，回想梦中见到的那个人，她给自己留下的印象是那么亲切分明；而怅望眼前的景色，词人的心情又是那么凄迷无助。

［词评］

余览《梦窗甲乙丙丁稿》中，实无足当此者。有之，其“隔江人在雨声中，晚风菰叶生秋怨”二语乎。

——王国维《人间词话》

［词人逸事］

吴文英与南宋名相吴潜有很深的交情。吴潜和吴文英的哥哥翁逢龙在同一年考中了进士，而且吴潜还是状元。有了这层关系，吴潜和吴文英兄弟两个都有很深的交情，与吴文英的唱和也非常频繁。吴潜在淳祐十一年（1251）和开庆元年（1259）两次被任命为丞相，后受贾似道诬陷，被罢职贬官，死于谪所。吴文英曾经在吴潜手下做幕僚，对吴潜的人品非常中肯。吴潜被贬以及吴潜之死，都令吴文英非常痛心，但慑于贾似道的淫威，他又不敢公开悼念，于是就以“过先贤堂”为名，写了一首《西平乐慢》，来表达自己的哀思。

鹧鸪天

化度寺作

池上红衣①伴倚阑，栖鸦②常带夕阳还。殷云度③雨疏桐落，明月生凉宝扇闲。　乡梦窄，水天宽，小窗愁黛④淡秋山。吴鸿⑤好为传归信，杨柳阊(chāng)门⑥屋数间。

［注释］

①红衣：荷花。②栖鸦：归巢的乌鸦。③殷云：深红色的云。度：投下。④愁黛：女子因为愁苦而眉头紧蹙。⑤吴鸿：吴地的鸿雁。据说吴地的鸿雁最有灵性，善于为人们传递书信。⑥阊门：苏州古城的西门。

乡梦窄，水天宽，小窗愁黛淡秋山

［词解］

这是一首抒发词人对家人思念之情的词作，被思念的那个人应当是他的姬妾。词人此时身在杭州，正倚着池塘边的栏杆，陪伴他的只有那穿着一身红衣服、如少女一般美丽的莲花。他在栏杆旁边一直盘桓到了黄昏时分，见到的景象也就是在夕阳的余晖中飞回来栖宿的乌鸦。在化度寺从午后到傍晚所见到的景致，只让人感到一片孤寂。夜晚浓云出现时，下起雨来，雨点打在桐叶上，有些萧索的意味。大雨过后气温变得低了一些，天色也更加清爽，明月在天空中出现，生出一股凉气，原本用来避暑的宝扇可以暂时得到闲置了。这样的夜色真是美丽，也很清凉。化度寺靠近水边，从杭州到苏州，大多时候都是走水路。水天相接，茫茫一片，望不到尽头，而美好的乡梦却只是短短一瞬间，只能享受片刻的甜美。词人倚窗看到的远山，在饱含哀愁的人眼中，就连远处山峰上那浅浅的绿色树木也都带上了愁态。看见天上有鸿雁飞过，词人多么希望它是从自己长大的家乡吴地飞过来的啊！离开家乡已经很久了，对家人的怀念之情很深切，所以词人盼望着大雁能为他传递家书。词人要把家书传到什么地方呢？就是那苏州城西的阊门以外，种着几棵萧疏的柳树，盖有几间平房的地方，那里就是自己的家。

［词评］

近人学梦窗，辄从密处入手。梦窗密处，能令无数丽字，一一生动飞舞，如万花为春，非若琱璘蹙绣，毫无生气也。

——况周颐《蕙风词语》

［词人逸事］

吴文英曾经自创了一个词牌，这个词牌也是词史上字数最多的词调，词牌名为《莺啼序》，全文共二百四十字，《宋六十名家词》中又名为《春晚感怀》。所谓的“感怀”，实际上就是怀旧和悼亡的意思。根据夏承焘所著《吴梦窗系年》记载：“梦窗在苏州曾纳一妾，后遭遣去。在杭州亦纳一妾，后则亡殁。集中怀人诸作，其时夏秋，其地苏州者，殆皆忆苏州遣妾；其时春，其地杭州者，则悼杭州亡妾。”《莺啼序》便是为悼念亡妾所作的，这也是吴文英诸多悼亡词中篇幅最长、结构最为完整、最能反映他与亡妾深厚感情的一篇力作。

陈允平

陈允平（生卒年不详），字君衡，一字衡仲，号西麓，四明（今浙江宁波）人。约与杨缵、吴文英同辈，卒于元后。其词格律严整，字句精美，风格与周邦彦甚近。有《西麓诗稿》一卷，《西麓继周集》一卷，《日湖渔唱》一卷。

清平乐

凤城春浅①，寒压花梢颤。有约不来梁上燕，十二绣帘②空卷。　去年共倚秋千，今年独倚阑干。误了海棠时候③，不成直待花残④。

［注释］

①凤城：指南宋京城临安。春浅：春意浅淡，即初春。②十二绣帘：泛指帘幕。③海棠时候：海棠花盛季节。因唐玄宗曾戏称杨贵妃酒醉之态为“睡海棠”，故后人多用“海棠”喻美女。这里喻指女子青春貌美之时。④直待：一直等到。花残：鲜花凋落。喻指年老色衰。

［词解］

南宋京城临安春意浅淡，刚是初春的时节。因为是初春，气候还比较寒冷，残留的阵阵寒意肆虐，压得花梢打颤。因为刚入春天还冷的缘故，因此见不着燕子的踪迹。已经嘱咐过燕子让它传递天涯芳信，把思妇的重重心事捎给远方的丈夫。但燕子却违约不来，闺中妇人思夫的烦恼更加沉重。燕巢筑在梁上，垂帘妨碍燕子活动，思妇卷起珠帘以等待燕子的归来。梁燕不来，思妇在料峭的春寒中苦苦等待。思妇看到秋千而想起了往日的欢乐，想起昔日的情事，心里便回荡起了一种幸福的感觉。去年今日，她与丈夫幸福地共荡秋千；如今，却是她一人，独自倚靠阑干，寂寞凄清之苦没人知晓。她不禁埋怨所爱的人不能及时惜花，白白误了花期，如今已经是花叶凋零、满地残红了，这还如何观赏呢？

[词人逸事]

陈允平生活在宋末元初，那是一个相当混乱的年代，自幼就跟随五伯父陈卓学习的陈允平虽然才华横溢，但在科举方面却是连遭厄运，多次参加科考都名落孙山之后，陈允平放弃了仕途，转而以漫游为主，大多数时间他都在吴、越一带游山玩水。宋祥兴元年（1278），陈允平被仇家告发“约苏刘义谋复宋”，受到追捕，幸亏有一位名叫袁洪的官员相救，他才免于一死。出狱之后的陈允平从此更加无意于仕途，做起了真正的隐士。元朝灭亡南宋之后，征召陈允平到元大都做官，陈允平被迫前往，后元朝放松了对他的监管，将他放还。经此变故，陈允平更加消极，回到南方后再也没有和以前的朋友交往，隐居在山里直到死去。

江　开

江开（生卒年不详），字开之，号月湖，南宋词人。《全宋词》收词四首。

菩萨蛮

商妇怨

春时江上廉纤[①]雨，张帆打鼓开船去。秋晚恰归来，看看[②]船又开。　嫁郎如未嫁，长是凄凉夜。情少利心[③]多，郎如年少何[④]？

[注释]

①廉纤：细微。②看看：转眼之间。③利心：追逐金钱利益之心。④郎如年少何：郎该怎样对那青春年少的女子呢？

[词解]

这首词是写“重利轻别离”的商人之妇的哀怨。春雨绵绵不绝，在这大江的江面上，竖起风帆，敲起锣鼓，丈夫坐着船走了。这中间商人曾回来过，但时间特别短暂。等到晚秋时节，船开回来了，可是不久就要开走，不知下次的归期会在何日？女主人公在商人又将离去时，非常痛苦感伤，因为从春到秋她都没有与丈夫好好相聚的机会。这个商人成年到头忙于买卖，丝毫也不考虑他的妻子。女主人公觉得虽然是嫁人了，但和未嫁时是一样的，有了家却又好像是没有家。长夜漫漫，她常常一个人独守空房，享尽长夜独处的凄凉。她谴责她的丈夫把金钱看得比感情更重要，追逐金钱利益之心远远超过了对自己的情意。可与青春相比，金钱又算得了什么吗？情郎该怎样对待那青春年少的女子呢？不要让她的青春虚度啊！

李好古

李好古，生卒年不详，字仲敏，自署乡贡免解进士，曾客居扬州。他写了一些在扬州、镇江一带怀古伤今的词作，从中可看出作者少年时曾立志沙场杀敌，可惜功业未成。有《碎锦词》，其词或感怆时事，或呼吁北伐，言辞激切，情绪昂扬。

谒金门

花过雨，又是一番红素①。燕子归来愁不语，旧巢无觅处。　谁在玉关②劳苦？谁在玉楼歌舞？若使胡尘吹得去，东风侯万户③。

[注释]

①红素：红色和白色，指花。②玉关：即玉门关，此处泛指边关。③“若使”二句：意谓如果东风能够吹走胡尘，它也会被封为万户侯。胡尘：胡人扬起的尘埃。此处指金兵。

[词解]

花儿经过一夜风雨之后，不仅没有凋零残败，反而又是一番花开的景象，又回到了春天，一片欣欣向荣的景象。春色依旧，可归来的燕子为何愁而不语呢？原来它们寻不见自己的故居了。春归来了，燕子却没有了归处。看到此情此景，作者不禁感怀自己的命运。因国土沦陷，他当时流落他乡，看到燕子无家可归，他不禁产生了悲凉之感。国家山河支离破碎，百姓流离失所，在这样艰难的时局里，一方面是戍边的将士风餐露宿，日夜守卫边关；一方面是南宋统治者和达官贵人们在灯红酒绿中寻欢作乐。南宋统治者整日沉湎在荒淫的生活中，不思收复失地，词人感到无限悲痛。既然无法收复失地，那就只有寄希望于“东风”了。如果东风能将胡尘吹去，能把金兵驱逐出中原，东风便可以被封为万户侯了。

[词评]

这首词里通过对中原故土的怀念，抒发作者感伤国事，为国家前途忧虑的思想感情，同时流露出对腐败无能的南宋统治集团的不满。上片写春天到来，燕子寻觅旧巢的情景，委婉曲折地道出了由于中原沦陷，自己无法返回家乡的悲苦心情；下片谴责腐朽的南宋统治者，表达自己渴望收复中原的急切心情。全词感情深挚浓郁，宛转含蓄，设喻新巧，较有感染力。

——丁炳贵《婉约词与豪放词鉴赏》

[词人逸事]

李好古少年就有大志，但无法获得报国的机会，三十岁时尚未求到功名，于是乘船千里，到扬州一带游览。他中年以后仍然不得意，到处流浪。李好古非常仰慕北宋时期的大文豪苏轼，他曾经这样说道：“夜吹箫，朝问法，记坡仙。祇今何许，当时三峡倒词源。”他的词师法苏轼、辛弃疾，风格雄奇豪放，词作或感怆时事，或主张收复失地，格调激昂。

王沂孙

王沂孙（约1230－约1291），字圣与，又字咏道，号碧山，又号中仙、玉笥山人，会稽（今浙江绍兴）人。宋朝灭亡后，王沂孙与周密、张炎等人一起组成词社。他的词集名《碧山乐府》，一名《花外集》。王沂孙最善拟咏物词，他的词作中多寄寓着家国之恨，用一种隐晦曲折的方式表达出来，如同秋蝉的哀鸣，充满幽怨凄苦。

眉　妩

新　月

渐新痕[1]悬柳，淡彩[2]穿花，依约破初暝[3]。便有团圆意[4]，深深拜[5]，相逢谁在香径。画眉未稳，料素娥、犹带离恨。最堪爱、一曲银钩[6]小，宝帘[7]挂秋冷。　千古盈亏休问。叹慢[8]磨玉斧，难补金镜[9]。太液池犹在，凄凉处、何人重赋清景。故山夜永[10]，试待他窥户端正[11]。看云外山

河，还老尽、桂花影。

[注释]

①新痕：一弯新月。②淡彩：月色很淡。③依约：仿佛、好像。初暝：指天刚刚黑下来。④团圆意：开始显示出团圆的迹象。⑤深深拜：指向月亮参拜祈祷。古代妇女有拜新月的风俗，这样可以求得团圆平安。⑥一曲银钩：一弯新月像银钩一样。⑦宝帘：借指夜幕。⑧慢：同“谩”，徒然之意。⑨金镜：也指月亮。⑩故山：故国，指亡宋。夜永：夜长。⑪端正：形容月亮已经圆润。

[词解]

一弯新月像是美人额上淡淡的眉痕，悬挂在柳树梢头。新月逐渐攀升，淡淡的月色笼罩在花丛周围，薄似轻纱；月色轻柔，仿佛无力笼罩住花丛，只是若有似无地在花间来回穿梭；月色渐浓，好像快要分破初罩大地的暮霭。面对如此清新的新月，词人心中生出团聚的祈望。词人对月深深揖拜，祈祷月亮能让自己与心上人在花间小路重逢。可惜词人没能见到情人，因此竟生出怅惘之情，原本的期望和欣喜瞬间被蒙上了一层淡淡的哀愁，新月仿佛也沾染上凄凉的色彩。新月如同还没有画好的美人蛾眉，也许是月中嫦娥感伤离别，思念丈夫后羿，也在独自悲伤吧。在这广袤的夜空中，新月像一弯银钩遥挂在夜空中。夜空浩茫无边，新月在夜幕的衬托下显得何其渺小！秋空中还夹杂着一丝寒冷，词人对寒冷中的新月产生怜爱之情。月亮同人世一样，都有盈亏往复，无穷变化，这是一种自然的规律，不要刻意追寻到底是什么原因。人这一世，变化无常，兴亡盛衰总不由人，这让词人更加悲哀。就算是将玉斧磨利来修月，也很难让月亮圆满，更何况是亡国之恨，这又如何能修补？回顾过去，历朝的宋代皇帝都会在太液池边赏月观风，而今宋朝已亡，太液池只剩下满目凄凉，面对着太液池的雅致景色，任谁也再没有心情在那里玩赏赋诗。在这样的漫漫长夜，词人的内心饱受煎熬。故国山河飘零，等到他日月圆，有幸收复失地的时候，词人再透过窗户欣赏圆圆的月亮，那个时候人也应该能团圆了。大好山河，以及天上的月亮，全都恢复了当初的模样！在词人看来，亡宋仍然是他内心深处一个扭不断的情结，就连天上的新月也被词人赋予了这层深刻的含义。在强大到不容置疑的这种永恒的规律面前，面对故国沉沦，今昔巨变，词人通过对新月的吟咏寄寓了对亡国的哀思。

[词评]

寓意微而多讽。后半忽用纵笔，却又是虚笔，寄概无端，别有天地。极龙跳虎卧之奇，海涵地负之观。

——陈廷焯《词则·大雅集》

[词人逸事]

王沂孙生活在宋末元初，这段时间朝廷局势不稳，社会动荡不安，王沂孙一生也在纠结中度过。出生在宋朝的王沂孙，对亡宋有着不可磨灭的留恋情节，但是面对改朝换代，王沂孙又无可奈何，因而在他的词作中，有很多描写故国之思。同时，王沂孙将这种思念同世事变迁、朝代兴衰以及人的悲欢离合融合在一起，作品中大多流露出一种凄凉感。

> 刘辰翁
>
> 刘辰翁（1233—1297），字会孟，号须溪，庐陵（今江西吉安）人。宋亡以后，隐居不仕。其词充满了对故国的依恋和深切的亡国之痛，并有较高艺术成就。有《须溪集》《须溪词》。

宝鼎现

春 月①

红妆春骑②，踏月影竿旗穿市。望不尽、楼台歌舞，习习香尘莲步③底。箫声断、约彩鸾④归去，未怕金吾⑤呵醉。甚辇（niǎn）路、喧阗⑥且止，听得念奴⑦歌起。　　父老犹记宣和⑧事，抱铜仙⑨、清泪如水。还转盼、沙河多丽。滉漾⑩明光连邸（dǐ）第，帘影冻、散红光成绮。月浸葡萄十里，看往来、神仙才子，肯把菱花扑碎。　　肠断竹马儿童⑪，空见说，三千乐指⑫。等多时春不归来，到春时欲睡。又说向灯前拥髻⑬，暗滴鲛（jiāo）珠⑭坠。便当日亲见霓裳⑮，天上人间梦里。

[注释]

①春月：元宵节。②春骑：指游春的车马。③习习香尘：指尘土飞扬。莲步：女子的行步足迹。④彩鸾：这里指游春女子。⑤金吾：官名，掌管京城的守卫防务。⑥喧阗：人声喧闹。⑦念奴：唐玄宗时名妓，善歌。这里借指歌女。⑧宣和：宋徽宗年号。⑨铜仙：即金铜仙人。这里指亡国恨。⑩滉漾：即汪洋，形容水势很大。⑪竹马儿童：指出生于宋亡后的儿童。竹马，以竹杖当马。⑫三千乐指：三百人的乐队。指，用来计算人数（每人有十指）。⑬拥髻：表示愁苦。⑭鲛珠：泪下如珍珠。⑮霓裳：即唐代名曲《霓裳羽衣曲》。这里指宋代的歌舞。

［词解］

古代的女子一般深居闺房，很难有抛头露面的机会，因此她们出来游玩也就最能表现当时繁华喧闹的游众的乐趣。贵妇人盛妆出游，到处是香车宝马；官员或军人也出来巡行，街上旌旗遍布。街市上的楼台望不到尽头，楼台上的歌舞表演，吸引了很多来观赏的人。而楼台的下面，聚集了很多观众，凡是美人经过的地方，就连地上的尘土，也沾染了一股幽香的气味。怀春的少男少女们在这样的良宵美景中，经常不自觉地就坠入爱河。元夕之夜没有颁布禁令，到处是一片自由欢乐的景象。在皇家车骑行经的道路上人声嘈杂，突然又鸦雀无声，原来是著名歌女开始演唱了。那年的元夕繁华热闹，灯火辉煌，彻夜歌舞喧阗，真是一个欢乐的世界！

年老的人都还记得北宋末宣和年间的事情。他们都难以忘记那深重的亡国之痛。那时连宫外的铜人，都流下了悲伤的泪水。月光下西湖的水，幽深而碧绿，方圆十里的金波形成一道奇丽景色，在湖船长堤上，仕女如云。灯红酒绿之中，那些“神仙才子”，有没有人像南朝徐德言那样预料到将有国破家亡之祸，而预先将菱花镜打破，与妻子各执一半，以作他日团圆的凭证呢？

如今，往事如烟，江山已经不在。按宋时旧例，教坊乐队由三百人组成，一人十指，故称“三千乐指”。入元以后，前朝遗老固然知道前朝的故事，而骑竹马的儿童，则只能从老人口中略知一二，可惜已无缘得见了。此时，对着室内孤灯，追忆旧事，以手拥髻，泪湿襟巾。季节轮回依旧，人们依旧盼着春天，盼着元夕。但蒙古统治下，元夕不免萧条，给人们留下来的只有无尽的哀愁。

［词评］

通篇炼金错采，绚丽极矣；而一二今昔之感处，尤觉韵味深长。

——陈廷焯《白雨斋词话》

［词人逸事］

刘辰翁生活的那个年代，正是宋亡元兴之际。在他出生之后的第三年，与南宋对峙了百余年的金国，就被在草原上崛起的蒙古人灭亡。蒙古人继续对南宋发动攻势，使南宋面临着极大的危险，而此时的宋理宗赵昀，则表现得更加昏庸无能，他重用奸相贾似道，老百姓的生活更加痛苦。景定三年（1262），刘辰翁参加科考，在廷试对策的时候，刘辰翁奋笔疾书：“济邸无后可恸，忠良残害可伤，风节不竞可憾。”这些话都是针对贾似道所说，贾似道读了之后怒不可遏。刘辰翁因此被置于丙等，并险些为贾似道所害。

西江月

新秋写兴

天上低昂似旧①，人间儿女成狂②。夜来处处试新妆③，却是人间天上。　不觉新凉似水，相思两鬓如霜。梦从海底跨枯桑④，阅尽银河风浪⑤。

［注释］

①“天上”句：指七夕天上的景象与往日一样。低昂：起伏升降。②“人间”句：指地上的青年男女如痴如狂地欢度七夕。儿女：指青年男女。③试新妆：宋时七夕有儿童女子试穿新衣之俗。④“梦从”句：梦见从海底跨越桑田。意即经过了重大的世事变化。⑤“阅尽”句：梦见在天上看尽银河风浪。指经历了人生的风波。

［词解］

天上的太阳和月亮，依然像以前一样照常升落。那么人间又是什么景象呢？人们也像以前一样，兴高采烈地欢度七夕。词人原本以为这些经历了巨大变故的人，在七夕这样一个夜晚，应该是深深地怀有一种黍离之悲的，可是今天人们竟仍然像变故发生之前那样高兴。这不能不让词人感慨良多。到了晚上，孩子们都穿上了新衣服，好像自己身在仙境一般。被金人占领的大好河山，已经变成了人间地狱，可是人们似乎早就把家国之痛忘记了。时间过得很快，不知不觉已经是秋天了，夜色很深，词人心事重重，由于相思，他的两鬓已经像霜雪一样苍白了。在这七夕的晚上，词人梦到自己在海底跨越了那曾经干枯的桑田，又梦到自己在天上经历了银河的风浪。

［词人逸事］

刘辰翁也知道以自己的个性，是不会被那些权贵欣赏的，而他也确实不愿意随波逐流，于是便托辞年老多病，请求朝廷让他去濂溪书院担任一个闲职。江万里、陈宜中等人对他很了解，知道他是一个学识渊博、正直无私的人，不断向朝廷推荐他做官，都被他谢绝了。宋朝灭亡以后，他不再出仕，甘于淡泊的生活，一心著述。虽然如此，他依然如杜甫一样发出了“我亦每饭不忘君”的呼声，他的高风亮节，受到了时人及后世的推崇。与他同时代的诗人的张孟浩写诗赞道：“首阳饿夫甘一死，叩马何曾罪辛已。渊明头上漉酒巾，义熙以后为全人。”刘辰翁曾经刻了一枚印章，上刻“三代人物”，这是他用古代高士自许的表现。

浣溪沙

感别

点点疏林①欲雪天，竹篱斜闭自清妍②。为伊憔悴得人怜。　　欲与那人携素手③，粉香和泪④落君前。相逢恨恨总无言。

［注释］

①疏林：叶子凋落，枝丫扶疏的树林。②斜闭：一作“斜壁”。清妍：清雅秀美。③素手：洁白的手。常指女子之手。④粉香和泪：即泪和香粉。谓泪水拌和着脂粉。

［词解］

这首词是抒写男女重逢又离别的词。离别时，枝丫扶疏的树林里，叶子都凋落了。时间已经是寒冬，看上去将要下雪了。他们在“竹篱斜闭”的乡野居处挥手告别。用竹子砌成的篱笆，半开半闭，清雅秀美。如此美景，却不能再一起分享了，他们都感到无限感伤。女子因与心上人离别而悲哀伤身，形容憔悴，然而却更引起了男子的无限爱怜之情。眼看就要分手，男子却偏偏紧握着女子洁白晶莹的纤嫩小手，依依眷恋，难舍难分。女子哭得更是伤心，泪水拌和着脂粉流了下来，滴到男子的身前。才知这次离别原本是男女双方别后的重逢，但转眼之间又要分开了，他们在很短的时间内经历了从长期离别的痛苦，到意外重逢时的惊喜，随即又跌入更长时间离别的痛苦感受。这种短暂的重逢的喜悦反而让他们内心的悲伤变得更加深重。

［词人逸事］

刘辰翁从小就很聪明，可是由于家里很穷，没有钱读书，直到他十岁的时候才得到一个好心人的资助。这个人名叫方中舟，方中舟看到刘辰翁记忆力超群，就让他到自己家的私塾来读书。刘辰翁读书有过目不忘的本领，塾师对他非常喜爱。十三岁时，刘辰翁参加了县里组织的考试，连考三场，全都考中了第一名，当地人都称他是“神童小秀才”。第二年，刘辰翁要到府学去参加考试。临行之前，方中舟以当地的龙须山为题出了个上联来考他，这个上联是“龙须山天赋笔架”，刘辰翁一想，自己家后面的垅山有个地方名叫金竹坳，立刻就有了下联：“金竹坳地育文魁。”方中舟一听，这个对联对得很工整，心里非常高兴，但表面上却不动声色地问道：“文魁指的是谁？”刘辰翁笑着说道：“既然龙须山是笔架，那当然就是给我准备的了。”这一次，他又考了个第一名。

山花子

此处情怀欲问天，相期相就[①]复何年。行过章江[②]三十里，泪依然。　　早宿半程芳草路，犹寒欲雨暮春天。小小桃花[③]三两处，得人怜[④]。

［注释］

①相期相就：相约聚会。此指男女之间的幽期欢会。期，邀约，会合。就，接近，趋合。②章江：即章水，古称豫章水，亦名南江，是赣江的西源。③小小桃花：指凋残的桃花。小小，极小，词中有亲昵意味。④得人怜：惹人喜爱。

行过章江三十里

［词解］

此时此处分别的情怀可以询问苍天。在分别之际，男主人公十分焦虑，暗自询问苍天：他们今日一别，什么时候才能再次幽期欢会？明日相会遥遥无期，他才在无奈之际如此激动。分别后，他驾着小舟行进在章江上，已经行出了三十里，但离别的眼泪仍然挂在脸上。他慢慢地行进在远去的道路上，不愿快速离去，并且早早就栖宿了。早宿是由于害怕远行，然则这半程旅途却只见了两岸的萋萋芳草。芳草遍野，离人目睹，更添无限惆怅之情。暮春时节偶尔会有风雨，寒意犹存，犹寒欲雨，更使行人的离恨倍增。晚春时花期已过，桃花已经凋谢了，仅存三三两两的残枝。凋残的桃花真是惹人爱怜，想起自己的意中人，也将像这桃花一样，独守空房，备尝寂寞，他不禁黯然神伤。

周　密

周密（1232–1298），字公谨，号草窗，一号四水潜夫、霄斋、蘋洲、萧斋、弁阳老人、华不注山人，宋、元间文学家，济南（今属山东）人。周密曾经担任过义乌县令。宋朝灭亡后，周密便不再做官，一直寓居在杭州。周密在诗、词、书、画几方面都有很深的造诣，他一生著述非常多，著有《齐东野语》《蜡屐集》《癸辛杂识》《弁阳客谈》《浩然斋雅谈》《澄怀录》《武林旧事》《云烟过眼录》等书。他的词风与吴文英相似，在文学史上两人并称"二窗"。周密编选的《绝妙好词》，现存南宋词三百八十四首，对后人具有很大的影响。

花 犯

赋水仙

楚江湄①，湘娥②乍见，无言洒清泪，淡然春意。空独倚东风，芳思谁寄？凌波路冷秋无际。香云随步起，谩记得、汉宫仙掌，亭亭明月底。　　冰弦写怨更多情，骚人恨，枉赋芳兰幽芷(zhǐ)。春思远，谁叹赏国香③风味？相将共、岁寒伴侣，小窗静，沉烟熏翠袂。幽梦觉、涓涓清露，一枝灯影里。

［注释］

①湄：岸边、水边。②湘娥：湘妃。这里比喻水仙花。③国香：兰花为国香。这里指水仙为国香。

［词解］

楚江水边，词人再次看见水仙花。水仙花的茎叶刚刚长出来，叶子上面带着晶莹的水珠，它默默无言，看起来好像是为谁悲伤而漫洒的清泪。水仙花娇艳欲滴，生长在冬春之交，因而含有一股淡淡的春意。水仙恬静淡泊，不沾染尘事污浊。水仙如此冰清玉洁，如同湘水女神娥皇、女英在湘江岸上现身一样。水仙独自迎着东风站立，是要向谁遥寄美好的情思呢？其实，水仙花是无所寄托的，因为它品质高洁，很难寻找到知音。湘妃步履轻盈，像是江水中起伏的波浪，凌波小步，带起片片香云，如同水仙在水中倒映的倩影。不知不觉中，词人的思绪也随着水仙的丽影飘向远方，词人想起昔日汉宫前，皎洁的月光下金铜仙人捧承露盘的亭亭玉影。冰弦弹奏起来总是有很多怨情，以往的文人墨客，通常都将自己的注意力投诸在兰花上。水仙花春思悠远，韵味深长，却不知道有谁能懂得欣赏？水仙摆在明净的小窗前，屋内燃烧着的沉香腾起青烟，烟雾缭绕着水仙抽出的绿叶。当词人一觉醒来，便看见灯影之中有一支枝叶带有点点露珠的水仙花。

水 仙

[词评]

这首咏花词，咏物抒怀。上片写花之丰神姿容。犹如湘娥再见，无言洒泪，春意淡然。空倚东风，芳思谁寄！下片抒写诗人惜花心情。天香国色，花无人赏，实令骚人深恨。唯有自己与花相共，结为岁寒伴侣。全词亦花亦人，委婉含蓄。情意缠绵，饶有韵致。

——惠淇源《婉约词全解》

[词人逸事]

周密可以说是一个“多栖”才子，诗词书画样样精通，而且喜欢研究医药之事。同时，周密对各地的风土人情也多有了解。他的笔记集《武林旧事》《癸辛杂识》《志雅堂杂钞》《齐东野语》等记载了当朝的传闻轶事、风俗习惯，是后人了解宋朝文化、历史的重要参考资料。书中还记载了一些医家史料、养生知识以及治疗疾病的验方。周密搜集整理这些验方，大多亲自实践过，具有较高的可信度。

蒋 捷

蒋捷（生卒年不详），字胜欲，号竹山，阳羡（今江苏宜兴）人，宋末元初词人。蒋捷的词作内容涉略广泛，有很多抚今追昔的作品，构思新颖，音节嘹亮，色彩明丽。他的词风有婉约豪放两派，自由而奔放，有如稼轩；清空而骚雅，又似白石。著有《竹山词》，今存词九十余首。

一剪梅

舟过吴江

一片春愁待酒浇，江上舟摇，楼上帘招[①]。秋娘渡与泰娘桥[②]，风又飘飘，雨又萧萧。　何日归家洗客袍？银字笙调，心字香烧。流光容易把人抛，红了樱桃，绿了

芭蕉[3]。

［说明］

《一剪梅》，词牌名，一名《腊梅香》。始见于周邦彦词中“一剪梅花万样娇”。《一剪梅》双调六十字，前后阕句句用平韵，一韵到底。

［注释］

①帘招：指酒旗招子。②秋娘渡、泰娘桥：吴江的两个地名。③“红了”二句：谓时光流逝，春去夏来。

［词解］

小船在吴江上漂荡，词人心中满是在外漂泊的春愁，他看到岸上酒帘子在风中飘摇，招揽客人，于是想要借酒消愁。词人的小船经过让无数文人墨客流连忘返的秋娘渡与泰娘桥旁边时，面对如此美景，词人却没有好心情去欣赏。眼前春风不断吹拂，春雨淅淅沥沥，实在令人烦恼。自己什么时候可以回到家里，洗涤客袍，结束终年漂泊劳顿的生活呢？什么时候能和家人团聚在一起，再次弹奏起镶有银字的笙，点燃香炉中那盘“心”字形的盘香？春光虽美，但容易流逝，让人无法追赶上，樱桃刚刚红熟，芭蕉也绿了，春天脚步远了，夏天又来到了。年年岁岁，韶华易逝，让词人感慨颇多。

［词评］

蒋竹山词未极流动自然，然洗炼缜密，语多创获。其志视梅溪较贞，其思视梦窗较清。刘文房为五言长城，竹山其亦长短句之长城与！

——刘熙载《词概》

［词人逸事］

蒋捷后期生活困顿，混迹渔樵，隐姓埋名，经常吃的是“枯荷包冷饭”，食不果腹，睡不安寝。有学者考证说，蒋捷曾经为于谦占卜过，于谦还因此做了首诗作为回谢。由此可推知，蒋捷流落街头，潦倒成一名相士。或许面对国仇家恨，蒋捷真的看破红尘，一心只想成为一个隐士。幸运的是，尽管蒋捷命途多舛，却留下了“红了樱桃，绿了芭蕉”这样传颂千古的绝唱！

虞美人

听雨

少年听雨歌楼上，红烛昏罗帐。壮年听雨客舟中，江阔云低断雁[1]**叫西风。　而今听雨僧庐**[2]**下，鬓**(bìn)**已星星**[3]**也。悲欢离合总无情，一任阶前点滴到天明**[4]。

［注释］

①断雁：离群的孤雁。②僧庐：僧人居住的房屋。③星星：词人形容自己头上的白发。④“一任”句：化用温庭筠《更漏子》中“梧桐树，三更雨，不道离情正苦。一叶叶，一声声，空阶滴到明”词意。

［词解］

年少的时候不谙世事，在歌楼上听雨，明亮的红烛映照着低垂的罗帐，只知道尽情欢乐。青春年少又怎么会知道愁苦的滋味。壮年的时候，正值兵荒马乱，词人经常在苍茫的大地上踽踽独行，东奔西走，漂泊四方，饱受颠沛流离之苦。词人坐在独自飘零的客舟之中听着江上风雨，江水悠悠，一望无际，天空中的乌云直逼江面，低低地压在旅客的头上。萧瑟秋风中，一只离群孤雁发出凄惨的悲鸣，像是在诉说着一段充满离愁别恨和无边悲凉的往事。现在，词人已经是一个两鬓斑白的老人，他独自坐在僧庐下倾听着窗外的夜雨，国破家亡，心境凄凉。江山早已经更换了主人，壮年时的愁绪以及少年时的欢乐，如今都已经随同风雨一去不返。人生的悲欢离合，总是让人觉得无情，转眼间，万事都将成空。词人在这个时候再听到外面点点滴滴的雨声，早已经无动于衷了，任凭它自顾自滴落在台阶上，一直下到第二天天亮。这首词里，囊括了词人的一生。词人曾经高中进士，过了几年官场生活，但是宋朝很快就灭亡了。此后，词人的一生都在颠沛流离中度过。少年、壮年、老年三个时期的三种心境的鲜明对比，读起来使人心中戚戚然。

少年听雨歌楼上

［词评］

此词通过听雨，概括出作者少年、壮年、晚年三个时期不同的感受。生动地反映出年龄不同，听到雨声时的心情也不同。……全词曲折含蓄，意境深幽，耐人寻味。

——惠淇源《婉约词全解》

霜天晓角

人影[1]窗纱，是谁来折花？折则从他折去，知折去、向谁家？　　檐(yán)牙[2]枝最佳，折时高折些。说与折花人道，须插向、鬓边斜。

[说明]

《霜天晓角》，词牌名。因北宋著名隐逸文人林逋咏梅词有“霜洁”、“晓寒”、“玉龙三弄”，因而得名。

[注释]

①影：这里为动词，映照影子的意思。②檐牙：一种建筑装饰，形状像牙一样的，翘出在外的屋檐角。

[词解]

女主人公看到纱窗上映出一个人影，她猜测着，是谁会到自家的院子来摘花呢？假如来人想要摘花，那就让他摘好了。可是这人是谁，又要将花摘下带到哪里去呢？女主人公想着，院中的花，要数跟檐牙长得一般高的最好，女主人想着，干脆将情况告诉折花人吧。要她将最好的花摘下，插在鬓发旁边。由此可知，采花者应该是位女子。高挑的檐牙，栽种着好花，彰显出女主人高贵的身份。看着自家院中的好花被折，却没有阻拦，则显示出女主人的不凡气度。女主人公不轻易走出闺房，只是独自在闺房中轻轻告语，想必女主人是位大家闺秀。词作中显示出女主人温和、善良的性格以及爱美之情。

[词人逸事]

蒋捷的远祖可以追溯到北宋时的忠臣蒋之奇，他官至监察御史，是一个刚正不阿、忠心为国的忠臣。只可惜金无足赤、人无完人，蒋之奇因为误信谗言，上书状告原本有恩于他的欧阳修，后来经过查证，发现是遭人诬陷，蒋之奇也因为这件事遭人非议。不过，历史是公正的，《宋史·蒋之奇传》评价蒋之奇，说他“孜孜以人物为己任，在闽荐处士陈烈，在淮南荐孝子徐积，每行部至，必造之”，忠诚程度由此可知。蒋捷高风亮节，宁愿隐姓埋名，也不愿为元朝做官，可以说深得先人蒋之奇真传。

郑文妻

郑文妻，即南宋太学生郑文的妻子孙氏。郑文（生卒年不详），秀州（今浙江嘉兴）人。

忆秦娥

花深深，一钩罗袜①行花阴。行花阴，闲将柳带，细结同心②。　日边消息空沉沉③，画眉楼④上愁登临。愁登临，海棠开后，望到如今。

闲将柳带，细结同心

［说明］

《忆秦娥》，词牌名，名字来源于唐代李白诗“秦楼梦断秦楼月”一句，一名《秦楼月》《蓬莱阁》《双荷叶》《花深深》《碧云深》《华溪仄》。秦娥，即秦穆公的女儿弄玉。

［注释］

①一钩罗袜：指词人小巧玲珑的双足。罗袜，丝织的袜子。这里借指双足。②结同心：编织同心结。用柳条或锦带打成连环回文样式的结子，同心结用来象征男女相爱。③日边：指在皇帝身边。这里指她的丈夫郑文读书的太学所在地临安。沉沉：形容音信全无。④画眉楼：指闺楼。

［词解］

春天，百花盛开，一片浓丽的大好景色。在一个晴和的春日，词人踱着轻盈的步子，独自徘徊于花荫之下。风和日丽，春光无限，此时原本应该是夫妻团聚，携手共游的日子，但是如今丈夫不在身边，良辰美景形同虚设。词人看到长长的柳条，便随手攀折了几枝，然后细心编成一个同心结，以此来表达词人对丈夫的怀念之情，期望丈夫能与自己永结同心。丈夫在临安读书，音信全无。词人在愁苦无奈的时候，便独自登上闺楼远眺。已经很长时间没有收到丈夫的来信了，而词人自己无时无处不在思念远方的丈夫。词人希望丈夫早日学成归来，从海棠花开就开始盼望，一直盼到现在。

［词人逸事］

郑文的妻子孙氏将写好的《忆秦娥》寄给丈夫郑文以后，郑文看见这首词作得这样好，因此爱不释手，时常在他人面前炫耀，反复诵读品味。因此，孙氏的这首词很快就有了名气。一时之间，无论是歌楼还是妓馆，都开始竞相传唱这首《忆秦娥》，当时，这首词成为酒楼妓馆中的流行歌曲。

无名氏

作者今已不可考。

眼儿媚

萧萧江上荻(dí)花①秋，做弄②许多愁。半竿落日③，两行新雁，一叶扁舟。　惜分长怕君先去，直待醉时休。今宵眼底，明朝心上，后日眉头。

[说明]

南宋《古今词话》一书中，记载着《眼儿媚》的词牌的由来。据说这一词牌来源于王安石之子王雱的一首抒发相思之情的词作："杨柳丝丝弄轻柔，烟缕织成愁。海棠未雨，梨花先雪，一半春休。而今往事难重省，归梦绕秦楼。相思只在，丁香枝上，豆蔻梢头。"王雱当初与翰林学士庞公的女儿庞荻一见钟情。白居易《长恨歌》中有"回眸一笑百媚生，六宫粉黛无颜色"之句，也就是所说的"眼儿媚"。"眼儿"是俗语，文词称为"秋波"，苏轼有诗曰"佳人未肯回秋波"，因此，《眼儿媚》又名《秋波媚》。

[注释]

①荻花：芦苇花。②做弄：犹酝酿。化用谢懋《石州引》中"飞云特地凝愁，做弄晚来微雨"句意。③半竿落日：太阳下落，距西山半竿之高。言时间将晚。

[词解]

这是一首抒发离愁别绪的词作。饯行的酒席可能就设在江畔，因而得以看见江上的景致，江上的芦苇都已开满白花，萧瑟秋风中，芦苇无可奈何地随风摇曳，发出凄切的声响，好像有意显出许多忧愁的样子，让本来已经愁肠百结的离人更增添了很多愁思。词人抬眼望去，看到太阳就快要落山了，距离西山只剩下半根竹竿那么高了；两行新雁从天空中飞过，越飞越远，飞向南方了；岸边停泊着的这一条船，就要载着主人公的心上人离开了。有情之人最怕别离，主人公常常担心心上人会离他先去。然而，分别的时刻还是无情地来临了，在这即将分别的时刻，也许只有喝醉才可以暂时排解心中的烦忧。今天晚上，主人公还可以看见一个活生生的心上人，等到明天，情人的样子就只能刻在词人的心里；等到后天呢，词人一定会对心上人想念无比，却又看不见她、喊不应她，因此词人只能紧蹙双眉，饱受永无休止的离愁的煎熬了，这实在是教人心酸肠断啊！

黄公绍

黄公绍，字直翁，宋末元初邵武（今属福建）人。宋朝灭亡后，黄公绍隐居樵溪，著有《古今韵会》《在轩集》。

青玉案

年年社日停针线①，怎忍见、双飞燕。今日江城春已半。一身犹在，乱山深处，寂寞溪桥畔。　　春衫著破谁针线②，点点行行泪痕满。落日解鞍③芳草岸。花无人戴，酒无人劝，醉也无人管。

[注释]

①停针线：古时候每逢社日，女子们有停做针线活计的习俗。②著破：穿破。谁针线：谁来为我缝补春衫。③落日解鞍：指黄昏后解下马鞍找地方歇宿。

[词解]

每逢社日，女子们便有停止针线活的习俗，每年的这个时候，词人都会想到分隔两地的妻子。妻子现在一定因为思念远在他乡的丈夫而愁绪万端，憔悴忧伤。妻子不忍心看到成双成对的飞燕，因为它们会让妻子更为感伤。春天已经过去了大半，词人却仍然处在乱山深处、溪桥之畔，形单影只，饱受相思之苦。词人的春衫已经穿破，而妻子却远在他方，如何为他缝补呢？想到这里，词人不禁泪流满面。当太阳快要下山的时候，诗人解鞍归来，尽管路上有鲜花，却没有人摘下佩戴，词人以酒浇愁，又没有人坐陪，酒醉以后更无人照管。这该是一幅多么凄楚的画面！

“落日解鞍芳草岸，花无人戴，酒无人劝，醉也无人管。”这四句可以说是全词的关键所在，写得精彩绝伦。词人将自己对妻子的思念之情落实到具体事物上，所以给人一种充沛、缠绵的感觉。

[词评]

不是风流放荡，只是一腔血泪耳。

——陈廷焯《白雨斋诗话》

踏莎行

殢（tì）酒[1]情怀，恨春时节。柳丝巷陌黄昏月。把君团扇卜[2]君来，近墙扑得双蝴蝶。　笑不成言，喜还生怯。颠狂绝似前春[3]雪。夜寒无处著[4]相思，梨花一树人如削[5]。

[注释]

①殢酒：苦闷无聊的时候借酒消愁。②把：拿着。团扇：一种丝制的小圆扇。古代女子用团扇遮面。卜：占卜，预测吉凶之兆。③颠狂：高兴得手舞足蹈。前春：早春。④著：牵系，依附。⑤人如削：人仿佛瘦削了许多。

近墙扑得双蝴蝶

[词解]

女主人公苦闷的时候借酒消愁，春日将尽，她感慨美好的春天就这样匆匆结束了。女主人公和心上人相约在黄昏时的小巷柳树下相见。这样的良辰美景，幽期密约，原本应该是值得欢欣的幸福事情，但是这位女子心神不宁，因为她不知道这次的约会是否能成功，因此在等待的焦急无聊之中，女主人公想要占卜一下今晚的运气。她用心上人赠给她的团扇来占卜，结果非常意外，她竟然在靠近墙角花丛的地方捉到一双同宿的蝴蝶，女主人公惊喜不已。“双蝴蝶”是大大的吉兆，因此女主人公情不自禁地发出喜悦的笑声。然而，这个预兆让她在惊喜之余，又感到一丝羞涩和畏怯，但更多的则是对幸福的无尽向往之情。于是女子高兴得手舞足蹈，却突然发现自己的状态有些过于轻浮了。但占卜的吉兆毕竟不能代替客观生活的现状，转眼间女子与心上人的相约时期已过，情人还没有出现，情人无端地失约了。此时，夜已深了，女子满腹相思之情无处寄托。现在她再也“颠狂”不起来了，只是在梨花下痴痴地徘徊不忍离去，似乎一下子瘦削了许多，只因她无法承受这沉重的打击。

卷四 金·元·明·清词

刘 著

刘著（？－约1140），字鹏南，自号玉照老人，舒州皖城（今安徽潜山）人，金代词人。刘著六十多岁的时候才进入翰林院。他擅长诗词，词今存一首，见《中州乐府》。

鹧鸪天

雪照山城玉指寒，一声羌管①怨楼间。江南几度梅花发，人在天涯鬓已斑。　星点点，月团团，倒流河汉入杯盘②。翰林风月三千首③，寄与吴姬④忍泪看。

［注释］

①羌管：即羌笛，因出自西北羌地而得名。②“倒流”句：夸张地描写月下畅饮场面，美酒好像从天河中倒流入酒杯里。③“翰林”句：化用欧阳修《赠王安石》诗中“翰林风月三千首，吏部文章二百年”句意。原本是称赞王安石的诗文，能与李白、韩愈作品相媲美。这里词人说自己作诗非常多，有如翰林李白。④吴姬：吴地（即江南）一带的美女。

［词解］

离别的滋味总是令人感伤不已。一个寒冷的冬日，一行人在南方的山城里告别。那天，天空中洋洋洒洒地飘起雪花，好像是在倾诉这漫无边际的离愁别绪。在这样凄清寒冷的雪天作别，更让人感到无限惆怅。天气寒冷，相别之人手指冻得冰凉。远处的楼上，响起阵阵羌管声，听起来凄凉幽怨，不禁让人回想起江南梅花花开花落，转眼几度春秋。岁月无情，词人的双鬓如今已经斑白。再回忆以往别离时的情景，仿佛就在眼前。月照离人，离别愁苦只有开怀畅饮才能暂时忘记，你我饮尽银河，酣畅淋漓。但是酒入愁肠，却化成点滴相思泪，反而更加愁苦。词人又将满腔不舍寄托笔上，挥毫而就，倾诉满腔愁怨，满腹思情，满怀祝福。千言万语都无法说尽，只好借助欧阳修《赠王安石》中的名句“翰林风月三千首”来表达内心情感了。恍惚之间，词人好像看到了心上人一边翻阅着情词，一边泪眼模糊，心弦颤动的动人景象。

[词评]

雪照山城，玉指生寒。一声羌管，更引起对江南的怀念。江南已梅开几度，而人生天涯，鬓发已斑，何堪羁旅之苦，无限怀远之情。“羌管”与“玉指”相衬，用字工巧。下片写星月之夜，痛饮浇愁，逆想如将万种幽怨诉之于诗，吴姬亦当和泪而读。与上片掩映，益增凄切。

——惠淇源《婉约词全解》

[词人逸事]

刘著，舒州皖城人。原本是北宋人，后来到金国为官，从此久居北国。一直到六十余岁，刘著才入翰林院，参与修撰史籍。刘著的老家皖城有个地方名叫玉照乡，刘著老了以后，自号玉照老人，以此来显示自己不忘本。

元好问

元好问（1190–1257），字裕之，号遗山，太原秀容（今山西忻州）人，元代著名文学家、词人。元好问七岁就能写诗，后来跟随郝晋卿学习，博览群书。金朝灭亡后，元好问隐居著述。元好问擅长诗文词章，金元之际颇受重视，成为北国学术权威和文坛宗主。元好问的诗大多慷慨悲凉，如同诗史。元好问的词风与苏轼、辛弃疾接近，沉郁健劲，也有婉约之作。著有《遗山集》四十卷，今存词三百七十余首。又辑有《中州集》《中州乐府》，金人诗词多赖以传。

清平乐

离肠①宛转，瘦觉妆痕浅②。飞去飞来双语燕，消息知郎近远③。　楼前小雨珊珊④，海棠帘幕轻寒。杜宇⑤一声春去，树头无数青山。

[注释]

①离肠：离别的心情。②瘦觉妆痕浅：因愁苦而消瘦，又懒于梳妆打扮。浅，即脂粉已褪色。③消息知郎近远：是“知郎远近消息”的倒装。④珊珊：此处指雨声。⑤杜宇：即杜鹃鸟，春末夏初啼鸣，声似“不如归去”。

[词解]

离别的心情凄苦宛转，痛伤人肠。女主人公因愁苦而日渐消瘦，又懒于梳妆打扮，脸上的脂粉已经褪色了。女主人公寂寞孤独，百无聊赖，面容憔悴。她看着天上来回飞行的燕子，不禁心中发出痴想：燕子们会知道郎君的下落吗？一个正值妙龄的女子，每日独处闺房，那种寂寞孤独的心情不难想象。就连天空中的燕子都成双成对，更加衬托出女主人公的凄凉。女子隔着帘幕，看到窗外正淅淅沥沥地下着小雨，细细的雨丝，交织成一片迷惘的愁绪，仿佛有人在轻轻弹奏着琵琶，弹奏出一曲哀伤的轻歌。风雨之中，海棠花寂寞地开着，水珠晶莹剔透，像是女子滑落的泪珠。远处传来几声杜鹃鸟的啼叫，女子寻声望去，却看不见丈夫的踪影，茫茫烟雨之中，只看到平林外的无数青山。

瘦觉妆痕浅

［词评］

其（元好问）诗奇崛而绝雕刿，巧缛而谢绮丽。五言高古沈郁，七言乐府不用古题，特出新意，歌谣慷慨，挟幽并之气。

——脱脱《金史》

［词人逸事］

元好问担任过中央及地方官，在其位谋其政，元好问做官期间兢兢业业。元好问关心国家兴亡，关心百姓疾苦，在政治上享有很高的声誉。同时，元好问非常重视和保护人才，喜欢鼓励后进之人。金哀宗天兴二年（1233）四月，蒙古兵攻破汴京，元好问立即向当时担任蒙古国中书令的耶律楚材推荐了五十四个中原秀士，其中包括王若虚、杨奂、李治、高鸣、刘祁、张仲经、杜仁杰等人。文坛名手郝经、许楫、王恽、王思廉、徐琰、孟琪、郝继先等人都是出自元好问的门下。

刘 基

刘基（1311–1375），字伯温，号犁眉，处州青田（今属浙江）人，元末明初政治家、谋略家、诗人。曾经辅佐明太祖朱元璋平定天下，是明朝的开国功臣，官至御史中丞，封诚意伯。后来被左丞相胡惟庸诋毁，忧愤而死。刘基博古通今，诗文自成一家。著有《诚意伯文集》等。

如梦令

一抹斜阳沙觜（zuǐ）[①]，几点闲鸥草际。乌榜[②]小渔舟，摇过半江秋水。风起，风起，棹（zhào）入白蘋花里。

[注释]

①沙觜：沙洲口。②乌榜：游船。

几点闲鸥草际

[词解]

时间已经是傍晚，一抹斜阳照在沙洲渡口上，海鸥忙碌了一天，这时也飞回岸边，悠闲地在草丛中栖息。无论是江边的游船，还是渔夫驾驭的小渔舟，全都在秋水中轻轻飘摇，有的已经漂离江岸很远了，被江水包围环绕着。忽然江面上吹起一阵接一阵的风，在风儿的吹拂下，游船和小渔舟又都漂回到岸边，船棹都漂到白蘋花中去了。

[词评]

残阳一抹，闲鸥几点，景极悠远淡雅；秋水荡舟，风起白蘋，更是风韵别具，令人神怡。此词短小精致，意境美，文辞亦美。堪称明词中之佳作。

——惠淇源《婉约词全解》

[词人逸事]

刘基具有很强的军事才能，朱元璋经常和他一同商量军政大事。刘基在帮助朱元璋打天下的时候，得知母亲过世，刘基想要告假回乡奔丧，但是朱元璋舍不得刘基离开，于是婉言挽留而不批准放假。后来朱元璋勉强同意了，刘基回乡期间，朱元璋不时写信到青田乡里向刘基请教军政大计，刘基则一一详细分析回答，让朱元璋十分满意。尽管如此，最后朱元璋还是提前将刘基召回来。刘基看见朱元璋如此诚意待己，更是倾其所有，悉心辅佐。

陈子龙

陈子龙（1608–1647），字人中，号大樽，松江华亭（今上海松江）人，明末文学家。陈子龙曾经事奉南明福王，又先后受到唐王、鲁王封衔。陈子龙想要起义抗清，事情败露后被捕，于是投水而死。陈子龙的词风格婉丽，后期作品更是绵邈凄恻，是明词中的佼佼者。著有《湘真阁》诸稿，今不存。存世《陈忠裕全集》，后附诗余（即词）一卷。

诉衷情

春游

小桃枝下试罗裳[1]，蝶粉斗遗香[2]。玉轮[3]碾平芳草，半面恼红妆[4]。　风乍暖，日初长，袅(niǎo)[5]垂杨。一双舞燕，万点飞花，满地斜阳。

[注释]

①罗裳：织锦的裤裙。裳，下身的衣服，裙装。②蝶粉：指桃花初放，蕊粉未褪。斗：比试。遗香：指罗裳和少女身体散发出的清香。③玉轮：华贵的游车。④半面恼红妆：即"恼半面红妆"的倒装句。指因花瓣凋零而心生懊憾。半面，指凋残。红妆，指花瓣。⑤袅：细柔摇曳的形态。

一双舞燕，万点飞花

[词解]

妙龄女子在开得正艳的小桃树下试衣裳，她的衣衫上和身体散发出了阵阵清香的气息。蝴蝶有爱美攀比之心，它们闻到这清香的味道纷纷从远处飞来，在桃树蕊粉间徜徉片刻，沾满花香，想与少女散发出的清香比拼一下高低。春天的景色真是怡人。春风和暖，花香草碧，一片大好的景象。在这美好的日子，俊男少女们都纷纷乘兴出来游玩。华贵的游车碾压了青青的芳草，他们都因为看到花瓣凋零而心生懊憾之感。虽是初春，却还带有阵阵的寒意，春风乍暖，白天变得越来越长，杨柳低垂，柳条依依，正是乘兴纵情游玩的大好时候。但是这样的美景却很短暂。燕子在空中轻轻飞舞，花瓣飘飞，满地斜阳，转眼已经是日落时分了。该是结束游玩回家的时候了。

[词评]

桃下试裳而至蝶粉斗香，可见其春服艳丽。所绣花朵几能乱真；轮碾芳草而红妆半露，情态如画。风暖日长，垂杨袅袅，正是纵情逸兴之时；双燕飞花，满地斜阳，又暗示良辰难久，美景不长。全词工丽婉媚，情景交融。

——惠淇源《婉约词全解》

[词人逸事]

明崇祯元年（1628），陈子龙年仅二十一岁，与湖广宝庆府邵阳知县张轨端的女儿结为夫妻。当时，江南名妓柳如是，二十多岁，“色艺冠绝一时”，擅长诗赋，并且才貌出众。不少文人才子对柳如是“一见倾心”，但她只是垂青于陈子龙，并表示愿意以身相许，托付终身。虽然陈子龙也曾流连声色诗酒，但他始终对柳如是没有好感。柳如是想要下嫁给陈子龙，从盛泽到松江前后多次拜谒，并且自称是陈子龙的女弟子。这种做法让陈子龙对她更加厌恶，因而直接出言拒绝柳如是。柳如是这才死心，后来嫁给钱谦益，成为钱谦益的妻子。

谒金门

五月雨

莺啼处，摇荡一天疏雨①。极目平芜②人尽去，断红③明碧树。　　费得炉烟无数，只有轻寒难度。忽见西楼花影露，弄晴催薄暮④。

[注释]

①摇荡：摇落，抖洒。疏雨：毛毛细雨，即梅雨。②平芜：平原。③断红：残红，即残花。④薄暮：傍晚。

[词解]

五月的时候，天空下起了雨，小雨淅淅沥沥地下了一天。雨过之后，万物澄新。黄莺在枝头抖抖羽毛，兴奋地飞上天空，想必它也是想尽情地享受一下如此清新的空气。放眼望去，那边平坦的地方，原本在悠闲唠嗑的人们，现在也纷纷散去了。经过一天雨水的洗礼，树叶更绿了，花儿更红了，万物一新。雨后，天气稍微有些凉意，词人想要生火取暖，但是被雨水淋湿的木柴怎么也点不着。除了一点微寒无法消除，其余所有的事物都是如此清新美好。词人在生火的时候，忽然看见西楼上露出沾着雨滴的花影，天气逐渐放晴，转眼间就快要到傍晚了。

[词评]

词题为“五月雨”，正面着墨不多，而以景物变化与人的感受从旁映衬，写得洒脱自如。结尾点出薄暮之时，恍见花影微露，正是春夏间雨霁转晴特征。

——惠淇源《婉约词全解》

[词人逸事]

陈子龙担任浙江绍兴府司理的时候，深受百姓爱戴。清朝攻破明朝的都城以后，陈子龙得知京师失守，眼看国破家亡，悲痛欲绝，血泪沾衣。后来，陈子龙起兵反清，失败被捕。陈子龙在被押往南京的时候，途经松江境内跨塘桥时，趁旁边看守不备，投水身亡，誓死不被辱，具有很高的民族气节。

夏完淳

夏完淳（1631—1647），原名复，字存古，号小隐，松江华亭（今上海松江）人，明末著名诗人，抗清将领。夏完淳自幼聪慧，有神童之称。十五岁的时候跟随父亲夏允彝、老师陈子龙起兵抗清。兵败后被捕，押往南京。洪承畴怜惜夏完淳年少多才，想要为他开脱，夏完淳大骂不止，最终被残杀，死时年仅十七岁。夏完淳的词作时而悲壮慷慨，时而凄怆哀婉，“如猿唳，如鹃啼”，具有强烈的民族气节。著有《夏完淳集》，词有《玉樊堂词》一卷。

卜算子

断肠

秋色到空闺，夜扫梧桐叶。谁料同心结[1]不成，翻就[2]相思结。　十二玉阑干，风有灯明灭[3]。立尽黄昏泪几行，一片鸦啼月。

[注释]

①同心结：古人用彩丝或柳条缠绕编织成回环之结，比喻两情相悦。②翻就：反倒做成。③明灭：忽明忽暗的样子。

[词解]

深秋的夜晚，月色照着佳人的闺房，空寂一片。在凄凉月夜的残照下，梧桐树的叶子黯然无光。一阵秋风袭来，梧桐的叶子发出瑟瑟的声响，给人们带来阵阵寒意。闺室内，女子在用彩丝缠绕做同心结。但她与情郎别离已久，离别的这些日子她备尝离恨别苦，在这凄清的漫长秋夜，她的心情更加愁闷了。带着这样

秋色到空闺

郁结的心情，怎么能做成同心结呢？不知不觉间，她的手好像不听使唤似的，没有编织成同心结，却反而做成了相思结。大概是她对情郎思念太深的缘故吧。她怅惘地走出屋外，想放松一下这郁闷的心情。她在十二栏杆处凭栏远望，急切地期待她的情郎能早日归来。但她看到的却只是远处的灯光，在秋风的拂动下，忽明忽暗闪动。她独自站在栏杆处默默等待，一直等到黄昏时分，还没有见到情郎的踪影，不禁流下了伤心的泪水。天边，唯有一只乌鸦在凄清残月中悲鸣。

［词评］

这首小词，通篇抒写闺怨，而香草美人，却寄托遥深。“立尽黄昏泪几行”，寄寓着国破家亡的身世之感。全词委婉凄恻，曲折含蓄。

——惠淇源《婉约词全解》

［词人逸事］

夏完淳有早慧，是有名的神童。清军入关后，夏完淳在自己父亲和老师的影响下，毅然加入抗清斗争中。一年以后，夏完淳的父亲、老师相继牺牲。夏完淳自己也因被叛徒出卖而被捕。清军将夏完淳押到南京监狱，他在那里被关押了整整八十天。每日与死亡作伴的日子并没有让他有一丝一毫的恐惧，相反，夏完淳想到自己没能实现恢复中原的壮志，伤心不已。降清名臣洪承畴知道夏完淳是有名的神童，因此想要收买他，让他屈服。没想到夏完淳坚决不从，并且嘲笑了洪承畴一番。临刑时，夏完淳立而不跪，面不改色，显示出崇高的民族气节，死时年仅十七岁。

纳兰性德

纳兰性德（1655—1685），原名成德，字容若，号楞伽山人，满洲正黄旗人，大学士纳兰明珠的大儿子。纳兰性德善长骑射，喜欢读书，喜欢结交名士。他的词富有情致，擅长小令，有清代李后主的称誉。纳兰性德的词风格清新婉丽，不事雕琢，有很多感伤情调。著有《通志堂集》，词有《饮水集》，今存词三百余首。

长相思

山一程，水一程①，身向榆(yú)关②那畔③行，夜深千帐④灯。　风一更，雪一更⑤，聒(guō)⑥碎乡心梦不成，故园⑦无此声⑧。

［注释］

①山一程、水一程：形容山高水长。程，道路、路程。②榆关：山海关。

③那畔：山海关的另一边，指身在关外。④千帐：军营很多。帐，军营中的帐篷。⑤风一更、雪一更：形容整个晚上都风雪交加。更，古时一夜分五更，每更大约有两个小时。⑥聒：形容声音喧扰、嘈杂。⑦故园：家乡。⑧此声：指夜晚风雪交加的声音。

［词解］

羁旅荒凉的塞外，词人在长途跋涉。走过高山大河，心中还存有亲人为词人送行时的依依别情。词人使命在身，行色匆匆。经历了跋山涉水之苦，词人终于到达山海关。身处山海关外了，这时词人心中激荡着“万里赴戎机，关山度若飞”的萧萧豪迈情。此时，夜已经深了。夜晚时，康熙帝一行人马在军营中住宿，在黑色的衬托下，很多帐篷的灯光显得更加明亮，呈现出一道独特的壮观场景。这种情景催生了壮士们“大漠孤烟直，长河落日圆”的壮烈情怀。整夜风雪交加，但是只要一家人在一起就什么困难都不怕。可是远在塞外安营扎寨，夜深人静，风雪不断，心情就十分复杂。这里距离家乡路途遥远，难诉衷肠，词人辗转反侧，难以入睡。风雪的声音喧扰而又嘈杂，让词人心生厌烦，他想着如果是身在家乡，就一定不会有这种凄寒的感觉。

［词评］

以自然之眼观物，以自然之舌言情。……故能真切如此。北宋以来，一人而已。

——王国维《人间词话》

［词人逸事］

纳兰性德生性豪迈，喜欢结交有识之士。清顺治十四年，才子吴兆骞牵连某案件之中，被判发配充军。纳兰性德的好友顾贞观，千方百计想要营救吴兆骞，他作了两首《金缕衣》，纳兰性德得知后，十分感动，决定出手相助。他请求自己的父亲纳兰明珠出手帮助，让吴兆骞结束了流放生涯。吴兆骞回京后，纳兰性德又聘请他为馆师。两年后，吴兆骞在回乡探亲途中病逝，纳兰性德得知后，亲自赶往吴兆骞的家乡，为他操办丧事。当时人们都称赞纳兰性德有厚德。这件事后来广为流传，也就是所谓的“生馆死殡”。

相见欢

落花如梦凄迷①，麝[shè]烟②微。又是夕阳潜下小楼西。

愁无限，消瘦尽，有谁知！闲教玉笼③鹦鹉念郎诗。

［注释］

①凄迷：景色模糊。②麝烟：即香烟。麝，泛指香气。③闲教：无聊而漫不经心地教授。玉笼：华贵的鸟笼。

愁天限，消瘦尽，有谁知

[词解]

飘舞的落花像梦一样凄迷感伤。室内香烟缭绕，似乎飘尽室中女子无限的哀愁。夕阳西下，斜阳笼罩下的高楼也蒙上了一层凄苦的愁绪。室中女子怀有无限的忧愁，为相思而消瘦得人都憔悴了，有谁知道呢？闲得无聊，她只好调弄鹦鹉，教它念诗。而所念的，正是情郎的诗，无意中流露出女子对情郎的深切相思。诗中女子其实就是词人自己。二十几岁的词人，风华正茂，出身书香豪门，又有皇帝贴身侍卫的优越地位，自然是眼界开阔、见解非凡，有着强烈的建功立业的雄心壮志。可正是由于这种特殊的身份反而形成了他拘谨内向的性格，有话不能直说，只好借助于儿女情长的手法曲折隐晦地反映自己复杂的内心世界。

[词评]

此词仅描写闺中人教鹦鹉念诗的细节，便把思妇的心情和盘托出。她镇日思念心上人，而又不能离开深闺，闲得无聊，只好调弄鹦鹉，教其念诗；而所念的，正是他的诗。“闲教玉笼鹦鹉念郎诗”，既是消遣，又是怀念，感情细腻婉曲，含蕴无限情韵。风格绮丽，凄婉缠绵。

——惠淇源《婉约词全解》

[词人逸事]

公元 1674 年，纳兰性德二十岁时，娶两广总督卢兴祖之女为妻。这一年卢氏刚刚十八岁，贤惠端庄，婉丽多姿。两个人结婚以后，夫妻恩爱有加，感情深厚。新婚燕尔，生活美满，纳兰性德写下很多诗词。然而，三年之后，妻子卢氏因为产后遭受风寒而死，这给纳兰性德造成了莫大的痛苦，从此“悼亡之吟不少，知己之恨尤深”。亡妻之痛让纳兰性德在以后的悼亡诗词中经常流露出一种哀婉凄楚、倾诉不尽的相思之情以及怅然若失的怀念心绪。爱妻早亡，后续难圆旧时梦，使他无法摆脱内心深处的困惑与悲观。他于康熙二十四年（1685）暮春，抱病与好友一聚，一醉，一咏三叹，然后便一病不起，七日后溘然而逝。

蝶恋花

辛苦最怜天上月。一昔如环，昔昔都成玦。若似月轮终皎洁，不辞冰雪为卿热。　无那①尘缘容易绝。燕子依然，软踏帘钩说。唱罢秋坟②愁未歇，春丛③认取双栖蝶。

［注释］

①无那：无奈。②唱罢秋坟：用李贺《秋来》中“秋坟鬼唱鲍家诗，恨血千年土中碧”句意。指诗人亡妻后抑郁愁苦的情怀和遗恨就像“苌弘碧血”那样永远难以消释。③“春丛”句：化用梁山伯、祝英台死后化蝶的故事。

［词解］

你看那天上的月亮，一个月里只有一天晚上是圆的，其他都是缺损不圆。为了这一晚上的团圆，月亮等得好辛苦，盼得好辛苦！人间夫妇，往往如此。而词人夫妇两个，更是如此。如果月亮每天都能月圆皎洁，夫妻能够长相厮守，词人将不怕冰雪严寒，为她而等待，为她而执著。无奈，词人与妻子在尘世隔绝，再也无法相见了。燕子呢呢喃喃，欢悦地落在词人的帘钩之上，而词人却高兴不起来。自从妻子死后，词人抑郁愁苦的情怀和遗恨就像“苌弘碧血”那样永远难以消释。泉下的妻子一定悲痛万分，词人吟诵完词作仍然不能消解内心的愁恨。等到来年的春天，烂漫花丛中飞舞着形影相随、双栖双飞的彩蝶，那一定是词人与妻子的灵魂所化。

［词人逸事］

纳兰性德贵为宫中一等侍卫，经常要入值宫禁或者跟随圣驾外出。尽管他与妻子卢氏新婚不久，夫妻情深，但仍然身不由己，时常在外，所以两人总是聚少离多，夫妇二人饱尝相思之苦。而妻子竟然早亡，这便成了纳兰性德终生无法弥补的痛苦与遗憾！这是因为，卢氏不仅与纳兰性德是一般意义上的夫妻，他们的志趣也非常投合。在难以消释的痛苦中，纳兰性德心中的爱妻逐渐化作天上一轮皎洁的明月。词人在《沁园春》序言中写道：“衔恨愿为天上月，年年犹得向郎圆。”

张惠言

张惠言（1761—1802），字皋文，武进（今江苏常州）人，清代词人、散文家。张惠言擅长词作及散文，是常州词派的开山祖师，对后人影响很大。与他的弟弟张琦一起辑成唐宋《词选》，倡导词的比兴寄托，主张词应该意内言外，缘情造端，对常州词派的形成以及清词的发展有很大影响。张惠言的词涉及的生活面较窄，但是都出自真情实感，含蓄而委婉，语言清丽。著有《茗柯词》《茗柯文集》。

相见欢

年年负却花期①，过春时，只合安排②愁绪送春归。

梅花雪③，梨花月④，总相思。自是春来不觉去偏知。

自是春来不觉去偏知

[注释]

①负却花期：错过了春花盛开的季节。谓辜负了大好春光。花期，春天花开的季节。②只合：只应当。安排：听任推移。排，推移。③梅花雪：谓初春时梅花在雪中傲然挺立。④梨花月：谓梨花在月光的照射下更加楚楚动人。

[词解]

这首词一咏三叹，读者好像看见春天即将过去，一个身影在徘徊叹息，惜春恋春。在情绪上，词人从自责到惆怅再到后来的渴望和无奈，感情变化层次分明，重点突出了一个“愁”字。由于年年都错过春花盛开的日子，年年都辜负了这大好春光，词人因而感到自责。春天即将离去之时，他便听任愁绪漫满心头，只因要送春离去。初春的美景最是让词人难忘。那时，梅花在雪中傲然挺立，梨花在月光的照射下更加楚楚动人。这样动人的美景总是惹人怀恋，惹人相思。但美景总是稍纵即逝，直让人留恋不已。春光就是这样容易流逝，春来时不觉得它有多美好，待到春去时才知道春景迷人，惹人无限爱怜。

[词评]

此词写春过惜春。作者以惋惜的心情埋怨自己年年错过花期。看似信手拈来，却是耐人寻味。“春来不觉去偏知”一句，更揭示了无人之常情，即诸事往往在时过境迁之后，才倍觉珍贵。春如此，人生亦如此。全词语浅意深，新颖自然。

——惠淇源《婉约词全解》

[词人逸事]

张惠言小时候家里很穷，他的父亲英年早逝，母亲带着三个孩子辛苦生活。尽管家中一贫如洗，母亲仍然坚持让张惠言去城里的亲戚家读书求学。每当张惠言回家探望母亲的时候，晚上甚至连饭都吃不饱，到第二天早上饿得起不来床。

有人曾经建议张母，让大儿子去学一门手艺好缓解生活压力，维持生计，但是张母一口回绝说："张家世代都是书香门第，我不能让这种传统到这里就断了。"张惠言心知母亲操持家务辛苦，更是用功读书，并且利用闲暇时间教弟弟读书，终于功夫不负有心人，长大后的张惠言不仅擅长文词，还精通经学，是一个当之无愧的集大成者。

龚自珍

龚自珍（1792–1841），又名巩祚，字璱人，号定庵，浙江杭州人，清代思想家、文学家，大力推崇改良主义。龚自珍曾经与林则徐、魏源等人一同组成宣南诗社，讲求经世之学，主张实行内政改革，抵御外侮，是近代改良主义的先驱。龚自珍的学术兼有儒侠两种思想，他的诗文大多抒发的是他的社会政治思想。龚自珍的词作内容多狎邪语，既不依傍张惠言的常州派，也不依傍朱彝尊的浙派，自成一家，词作风格绵丽，似周邦彦，激情飞扬，又似辛弃疾。著有《定庵全集》和《定庵词》。

鹊踏枝

过人家废园作

漠漠春芜①春不住，藤刺牵衣，碍却②行人路。偏是无情偏解舞，濛濛③扑面皆飞絮。　绣院④深沉谁是主？一朵孤花，墙角明如许⑤。莫怨无人来折取，花开不合⑥阳春暮。

［注释］

①春芜：春天杂乱丛生的草木。②碍却：妨碍了。③濛濛：模糊不明的样子。④绣院：花团锦簇的庭院。⑤如许：如此，这样。⑥不合：不应该。

［词解］

龚自珍年少聪慧，但是参加科举成绩却不理想，因此他省悟到时世与人才之间具有无法调和的矛盾和冲突。这阕《鹊踏枝》描写的就是词人这样的一种心境。春草荒芜丛杂，漫天飞絮飘舞，春天不会停留下前进的脚步。龚自珍二十二岁的时候写下《金缕曲》，词中曾经强烈表示出自己不甘心只做雕虫小技的匠工："纵使文章惊海内，纸上苍生而已。似春水、干卿何事？"词人又怎么会早早甘愿"怨去吹箫，狂来说剑"，甚至去草野伴青灯？可惜词人的使命感、责任心在残酷的现实中饱受折磨，最终被现实剥蚀掉。"无奈苍狗看云，红羊数劫，惘惘休提起！客气渐多真气少，汩没心灵何已？千古声名，百年担负，事事违初意”，后来他在《百字令·投袁大琴南》那首词中也表达了同样一番心声，正印合“花开不合阳春暮”的这个痛苦的判断。“藤刺牵衣，碍却行人路”与“一朵孤花，墙角明如许”突出了“废”字。文中“偏是无情偏解舞”显示了词人一种不屑的情绪跃然纸上；“一朵孤花，墙角明如许！”词人则流露出惊喜的情绪；而结尾“莫怨无人来折枝，花开不合阳春暮”更进一步表现出作者的无奈。

［词人逸事］

道光十九年（1839），鸦片战争爆发前夕，龚自珍因为得罪了军机大臣穆彰阿，只能辞官南行。龚自珍在杭州聚徒讲学，信心满满地迎接新生活。

相传，龚自珍南行途经镇江的时候，看到街上人山人海，十分热闹。人们抬着玉皇大帝、风神、雷神举行虔诚的祭拜。这个时候，有人认出了他是大名鼎鼎的龚自珍。于是一位道士请求龚自珍写篇文章。龚自珍大笔一挥，写道：“九州生气恃风雷，万马齐喑究可哀。我劝天公重抖擞，不拘一格降人才。”

项鸿祚

项鸿祚（1798-1835），一名廷纪，字莲生，浙江钱塘（今杭州）人，清代词人。项鸿祚年幼的时候学习填词，崇尚花间词，自己评价自己说“幼有愁癖，故其情艳而苦，其感于物也郁而深”。等到项鸿祚中年以后，家道中落，因而困顿不堪。项鸿祚是浙派词的后劲，对后人影响很大。著有《忆云词甲乙丙丁稿》。

清平乐

池上纳凉

水天清话①，院静人消夏。蜡炬风摇帘不下，竹影半墙如画。　醉来扶上桃笙②，熟罗③扇子凉轻。一霎荷塘过雨，明朝便是秋声。

［注释］

①清话：清新美好的意思。②桃笙：竹簟。据陈鼎《竹谱》载，四川阆中产桃笙竹，节高皮软，制成竹席，暑月寝之无汗，故人呼竹簟为桃笙。③熟罗：丝织物轻软而有疏孔的叫罗。织罗的丝或练或不练，故有熟罗、生罗之别。

［词解］

这首词描写的是夏日的夜晚，词人在庭院荷塘边乘凉消暑的闲适场景。

词的头两句话，勾勒出一幅宁静、清幽的夏夜画面。池水清澈，夜空宁静，庭院悄然无声，词人坐在池畔乘凉。

“蜡炬风摇帘不下，竹影半墙如画”，写词人在院内乘凉的时候所观察到的室内室外的情景。凉风习习吹来，室内的烛光在清风的吹拂下摇晃不定，竹帘也轻轻摆动；室外，竹林的倩影映照在墙上，形成一幅优美的图画。

“醉来扶上桃笙，熟罗扇子凉轻”，这两句话着重刻画词人乘凉时的心情。词人酒醉以后摇晃着身子躺在凉席上，手中摇着熟罗扇子，尽管扇动的力气不大，但是过了一会儿，凉风便沁人心脾。

最末一句，词意陡转，词人由夏夜联想到初秋。眼前的池塘里荷花开得正艳，让人赏心悦目，然而一场大雨过后，只需要一夜时间，荷花便花瓣凋落，等到第二天起床的时候，庭院便是一片秋声了。词人用传神笔墨，抓住瞬间愁情，描绘出一个如诗如画的境界。

蒋春霖

蒋春霖（1818–1868），字鹿潭，江苏江阴（今属江苏）人，清代著名词人。蒋春霖生性风流倜傥，不拘泥于世俗，一生豪放不羁，中年以后致力于词的创作，后颇负盛名。蒋春霖的作品所表达的感情大多抑郁悲凉，寄寓身世之感，风格与姜夔、张炎相近。著有《水云楼词》。

柳梢青

芳草闲门，清明过了，酒滞①香尘。白楝②花开，海棠③花落，容易黄昏④。　东风阵阵斜曛⑤，任倚遍红阑未温。一片春愁，渐吹渐起，恰似春云。

［注释］

①酒滞：耽于饮酒而沉醉不醒。②楝：落叶乔木，春夏之交开花。③海棠：落叶乔木，春季开花，花未放时深红色，开后淡红色。④容易黄昏：即时光易逝，人生易老。黄昏，常借喻人生晚年。⑤曛：日落时的余光。

［词解］

时间已过清明，已经到了暮春时节，大好春光转眼即逝，芳草侵上阶台，透出了门庭冷落、人际稀疏的凄清。词人孤寂潦倒，黯然神伤，唯有举杯独饮，借酒浇愁。闷酒最是伤人，词人在闷酒中滞留不醒，自然也就不能和别人一样共踏落花的香尘，不能享受残春的温馨。暮春了，白楝花开，海棠花落，春天在愁闷中不知不觉即将逝去了。时光易逝，人生易老，转眼词人已经到了人生的暮年，怎不让人伤感？黄昏时分，人更有垂暮之年的悲凉之感。词人在庭台徘徊，却无助于苦闷的排解。尽管春寒已过，东风送暖，夕阳残照，词人却倍感冷清。心底深处袭来阵阵凉意，任倚遍栏杆，何时心中才会有一丝温馨之意呢？此时，天空飘起了片片浮云，天上的浮云勾起了词人的联想，词人心中的愁思不正像这春云一样吗，随风渐起，绵绵不绝。

[词人逸事]

蒋春霖人生后期，正值兵荒马乱，他个人的悲剧命运与国家悲剧密不可分。蒋春霖虽然才高八斗，却只是做了几年八品小官，辞官以后，更是贫困交加，靠朋友接济度日。他为人生性豪迈，却又不得不仰人鼻息，因此性格中多有矛盾复杂的成分。他的妻子去世很早，晚年的蒋春霖与一个名叫黄婉君的女子相知相许，更将黄婉君接到泰州共同生活，但是黄婉君因为无法忍受贫穷的生活而与他人私通。蒋春霖得知此事后，悲痛万分，只好前去向老友杜文澜求助。没想到，杜文澜闭门不见，悲愤交加的蒋春霖，最终选择投湖自尽。

谭　献

谭献（1832－1901），原名廷献，字涤生，后改字复堂，号仲修，浙江杭州人，近代学者、词人。同治六年（1867）举人。谭献在安徽做官，曾历任歙县、全椒、合肥、宿松诸县。擅长骈文，更擅长词作，曾选清人词为《箧中词》六卷，续三卷，造诣颇高，学者奉为楷模。

蝶恋花

庭院深深人悄悄，埋怨鹦哥①，错报韦郎②到。压鬓钗梁金凤③小，低头只是闲烦恼。　　花发江南年正少，红袖④高楼，争抵⑤还乡好？遮断⑥行人西去道，轻躯愿化车前草⑦。

[说明]

这是一首春闺思远词，是闺中思妇怀念作客他乡的情人之作，其寓意有为了追求美好理想终生不悔为之献身的意思。

[注释]

①鹦哥：即鹦鹉。经反复训练，能模仿人言。②韦郎：古代女子对男子的爱称，这里借指情郎。③金凤：古代妇女的头饰。④红袖：代指美貌女子。⑤争抵：怎么比得上。⑥遮断：犹言遮挡，拦住。⑦车前草：草名，又名当道。

庭院深深人悄悄

[词解]

深院寂静，室内也是悄然无声。爱人远行，少人来往，乌云般的头发上插着精美的头钗，一位红颜女子独自幽居。女子忽然听见自己的鹦鹉在呱呱人语，鹦鹉突然开口说话令人惊喜，她急忙开门，误以为鹦鹉告诉她是她的情郎来了，结果大失所望。她在内心埋怨鹦鹉，嫌它错报郎归，让她空自整妆等候，无端地引起她的无限烦恼。女子前思后想，她在想象中呼唤情郎早日归来。她的这位"韦郎"正是青春年少，远行他方，本已经令人不安，何况又是去风景如画的江南。那里歌楼妓馆很多，到处都是美貌的女子，她担心情郎久居他乡，而难免拈花惹草。尽管那里到处充满了诱惑，但她还是很自信家乡的旧人更好。因此，她温情相劝，希望对方早日回家。既然知道规劝无用，情郎难免还要远行，为了能够阻拦他，女子愿意舍身化作小草，只要能够留住他，遮挡住情郎前去的脚步，即使自己被碾压也在所不辞。

[词评]

"庭院深深人悄悄，……低头只是闲烦恼。"传神绝妙。下云："花发江南年正少，……轻躯愿化车前草。"沉痛已极，所谓情到海枯石烂时也。

——陈廷焯《白雨斋词话》

[词人逸事]

谭献一生命途多舛，他年幼失去双亲，在这种常人无法忍受的沉痛打击下，小谭献并没有一蹶不振。他发奋读书，虽然经常吃不饱，穿不暖，但他仍然坚持不懈，成为当地有名的才子。后来，谭献成为举人，按说以他的才华，考取功名如同探囊取物，但命运就是如此弄人，谭献自从考上举人以后，多次参加科举考试都名落孙山。谭献转而投到福建学使徐树藩的门下，成为他的幕僚。晚年后，谭献去官归隐，一心钻研学问著述，取得多方面成就。

青门引

人去阑干静，杨柳晚风初定。芳春[1]此后莫重来，一分春少[2]，减却一分病[3]。　　离亭薄酒终须[4]醒，落日罗衣冷。绕楼几曲流水，不曾留得桃花[5]影。

［注释］

①芳春：即春季。②一分春少：即少一分春。③减却：减少。病：指因春色而惹发的愁思苦闷。④终须：最后一定会。⑤桃花：代指离去的情人。

［词解］

心上人离去后，栏杆楼头，到处一片寂静。杨柳依依，在春风吹拂下，没有定向纷乱地飘来荡去，像是思妇纷乱的思绪，到晚上才安静下来。春天，一切都芬芳灿烂，花儿开了，小草绿了，这大好的春色反而招惹得思妇无限怅惘。如此大好年华，她却孤单一人，独守空房，年华虚度，怎让人不感伤？看到这美好春光，只会令愁绪更浓。减少一分春色，思妇就会减少一分愁思与苦闷。思妇想着，如果以后春天不来该多好啊，那样，她就不会因春色而惹发那么多的惆怅了。现在思妇还清楚地记得，那天在长亭与情郎送别的情景。在长亭送别，摆下了酒宴，他们只喝了少许的酒就有些醉意了，想起即将离别，他们都不能承受这离别之恨。情郎远去，只留下思妇一人。酒醒后已是落日时分，身着薄衣单衫的她感觉到了阵阵寒意。溪水绕着楼曲曲折折地流过，却留不住桃花的芳菲。情郎远去了，女子无限的柔情蜜意，终留不住他匆匆而去的脚步。

［词评］

仲修《青门引》云："人去阑干静，……减却一分病。"透一层说更深，即"相见争如不见"意。下云："离亭薄酒终须醒，……不曾留得桃花影。"此词凄婉而深厚，纯乎骚雅。

——陈廷焯《白雨斋词话》

王国维

王国维（1877—1927），字静安，一字伯隅，号观堂，浙江海宁人，我国近现代国学大师、学术巨子。光绪年间，王国维曾经留学日本。早年深受叔本华和尼采哲学思想的影响。回到祖国后，王国维从事中国戏曲史和词曲研究，在文字学、音韵学、词曲、史学等方面都取得了很高的成就，著有《人间词话》和《宋元戏曲考》等。王国维晚年时，担任清华大学研究院教授。1927年在北京颐和园昆明湖自杀身亡。著有《观堂长短句》《海宁王静安先生遗书》等。

蝶恋花

百尺朱楼临大道，楼外轻雷[1]，不间[2]昏和晓。独倚阑干人窈窕[3]，闲中数尽行人老。　一霎车尘生树杪[4]，陌上楼头，都向尘中老。薄晚西风吹雨到，明朝又是伤流潦(lǎo)[5]。

[说明]

这首《蝶恋花》是《人间词话》中最为知名的一篇。其主题是抒写楼头思妇对陌上游子的无限思念，原本就是词这一文学样式最传统、最当行、最本色的主题之一。但王国维在这一的主题下，把这首《蝶恋花》写的“境界始大，感慨遂深”，令人把玩不尽。

[注释]

①轻雷：指车声。②不间：不管，不论。③窈窕：体态娇美，性情娴雅。④树杪：树梢。杪，音“秒”。⑤流潦：路上流水。

[词解]

百尺高楼临近一条大道，大道上不分昼夜，车马往来不停地喧哗，隐隐若雷。这往来不停的车马行人中是不是也有风尘仆仆的心上人呢？女子独自倚靠着栏杆盼望着心上人归来，因对情郎思念深切都渐渐消瘦下去了。这女子的生活在朱楼的掩映下，显示出极度的无聊。闲来无事，她倚在高楼之上，数着过往的行人，一直等到他们远去，消失在视线里。一阵车声从树梢处袅袅而来，倚栏的女子精神一振，以为是自己的情郎远远地到家了。然而车轮声又自顾自地走远去了。多情反被无情恼后，一切才复归平静。陌上的人和楼头的人，都在等待中，年华飘逝，逐渐老去。临近黄昏的时候，楼上刮起大风，西风吹着细雨，人间呈现出一片秋色。这个时候，女子只身独在高楼，风雨交加之中，女子想到一夜风雨过后，第二天地上将是深深浅浅坑洼不平的积水，便不知不觉中又惆怅起来。

[词评]

意境两忘，物我一体。

——樊志厚《人间词乙稿序》

[词人逸事]

王国维致力于填词，主要在光绪三十年（1904）至三十三年（1907）间。这期间，他曾饱尝人间生死别离的滋味。因此，他的《人间词话》甲稿中有不少写离恨别苦的诗篇，由于有切身的感受，往往写得极其凄婉悱恻。这首《蝶恋花》词也以居者之相思、行者之旅愁为抒写内容。

点绛唇

屏却[1]相思，近来知道都无益。不成抛掷，梦里终相觅。　　醒后楼台，与梦俱明灭[2]。西窗白，纷纷凉月[3]，一院丁香雪。

［说明］

这首《点绛唇》收入《人间词乙稿》。时王之前妻莫夫人新丧，此词为悼亡之作。

［注释］

①屏却：放弃。②“醒后楼台”二句：指梦中虚构的空中楼阁，醒后还若明若灭，隐约可见。③纷纷凉月：形容丁香院落的月色。杜甫诗：“絺衣挂萝薜，凉月白纷纷。”

［词解］

此词书写词人为相思缠绵的惆怅心情。明知相思无用，决心将其放弃，但近来知道这样做是没有任何作用的。相思难以抛却，即使生活中不去想起，她也会在梦中出现，与词人相会。久别相会，即使是在梦中，也是欢快的。他们欢聚一堂，美人把盏，相互诉说着别后重逢的欢喜。那是何等的温馨！楼台梦醒之后，才知道那不过只是美梦一场罢了。梦醒后，梦中的情景，还隐约可见，若明若灭地浮现在词人的心中，久久挥之不去。词人举目西窗，觉得月光如水，散发出阵阵凉意，满院丁香，似乎凝结着万种哀愁，似雪一般孤寂凄凉。

［词评］

君词往复幽咽，动摇人心，快而能沉，直而能曲，不屑于言辞之末，而名句间出，往往度越前人。至其言近而指远，意决而辞婉，自永叔之后，殆未有工如君者也。

——樊志厚《观堂长短句序》

［词人逸事］

1924年，冯玉祥举兵发动“北京政变”，将溥仪驱逐出皇宫。王国维认为这是一件奇耻大辱。1925年，王国维接到邀请，邀请他担任清华大学研究院的导师，负责教授古史、《尚书》以及《说文》等学科，清华大学汇集了王国维、梁启超、赵元任、陈寅恪、李济五大导师，五人合称为“五星聚奎”。他们的桃李门生、私塾弟子足迹遍充几代中国史学界。1927年6月时，国民革命军北上，王国维留下遗书：“经此世变，义无再辱。”纵身一跃，投颐和园昆明湖自杀而亡，年仅五十岁。王国维的自杀，至今仍是国学史上最具悲剧色彩的“谜案”。

图书在版编目(CIP)数据

图解婉约词／温庭筠等著,崇贤书院释译.—合肥:黄山书社,2015.11

(经典传家系列丛书)

ISBN 978-7-5461-5318-6

Ⅰ.①图… Ⅱ.①温… ②崇… Ⅲ.①婉约派-词(文学)-作品集-中国-古代
Ⅳ.①I222.82

中国版本图书馆 CIP 数据核字(2015)第 291792 号

总 策 划　李　克
选题策划　汤吟菲　白剑峰
编辑统筹　刘　春
责任编辑　程　景
装帧设计　未　氓
责任印制　戚　帅
出版发行　时代出版传媒股份有限公司(http://www.press-mart.com)
　　　　　黄山书社(http://www.hspress.cn)
地址邮编　合肥市政务文化新区翡翠路 1118 号出版传媒广场 7 层　230071
印　　刷　安徽新华印刷股份有限公司
版　　次　2016 年 3 月第 1 版
印　　次　2019 年 6 月第 3 次印刷
开　　本　700mm×1000mm　1/16
字　　数　290 千
印　　张　18.5
书　　号　ISBN 978-7-5461-5318-6
定　　价　24.80 元

服务热线　0551-63533706

销售热线　0551-63533761

官方直营书店(http://hsssbook.taobao.com)